ΛΕΣΒΟΣ

Φυγή στην Ερεσό

ΑΡΤΕΜΗΣ ΑΡΤΕΜΙΑΔΗΣ

~~~~~~~~~~~~~~~~~~~~~~~~~~~~~~~~~~~~

ΟΠΟΙΟΣ ΕΧΕΙ ΜΕΣΑ ΤΟΥ
ΤΟ ΣΤΟΙΧΕΙΟ ΚΑΙ ΤΙΣ ΔΥΝΑΜΕΙΣ
ΓΙΑ ΝΑ ΠΡΑΞΕΙ ΤΟ ΚΑΚΟ
ΘΑ ΕΙΝΑΙ ΑΝΙΚΑΝΟΣ ΚΑΙ ΓΙΑ ΤΟ ΚΑΛΟ

Φ. ΣΕΛΙΝΓΚ

Η ΦΙΛΟΣΟΦΙΑ ΤΗΣ ΜΥΘΟΛΟΓΙΑΣ

~~~~~~~~~~~~~~~~~~~~~~~~~~~~~~~~~~~~

ΠΕΡΙΕΧΟΜΕΝΑ

ΠΡΟΛΟΓΟΣ

Η φυγή από την πραγματικότητα είναι το τελευταίο, αλλά και το πιο ελπιδοφόρο καταφύγιο του ανθρώπου. Σε αυτήν καταφεύγουν οι καταπιεστές και οι καταπιεσμένοι, οι ευχαριστημένοι από τη ζωή τους, αλλά και όσοι δεν γνώρισαν την ευτυχία, οι κυνηγημένοι από τις ενοχές τους, αλλά και οι εφησυχασμένοι από τη μακαριότητά τους.

Οι ήρωες του μυθιστορήματος ξεκίνησαν, ο καθένας από διαφορετική αφετηρία, να ξεφύγουν από τα προσωπικά τους προβλήματα. Πίστεψαν ότι η φυγή θα ήτανε η σωτηρία τους.

Η Σόνια προσπάθησε να απαλλαγεί από τις τύψεις της για τη συμμετοχή της σε ένα αναίτιο έγκλημα.

Ο Μάικ θέλησε να την ακολουθήσει ψάχνοντας κοντά της την ερωτική χίμαιρα. Ο Αλέξανδρος ξεκίνησε ένα μακρινό ταξίδι κυνηγημένος από το θάνατο που καραδοκούσε.

Η Λάουρα βρέθηκε σε μόνιμη φυγή, αρχικά από την άθλια ζωή της, στη συνέχεια από τη χωρίς προοπτικές ήρεμη ζωή στο απόμακρο ταβερνάκι του νησιού και, τέλος, από τη σκληρή ζωή της μεγαλούπολης, από τον ίδιο της τον εαυτό.

Η μοίρα τούς ένωσε για να βρουν καταφύγιο στην πατρίδα της Σαπφούς, την Ερεσό. Επηρεασμένοι από τη ζωή της ποιήτριας και τις θεωρίες της, αλλά και παρακολουθώντας σεμινάρια στο εκεί κέντρο διαλογισμού των Ινδών γκουρού, βρήκαν λύση στα αδιέξοδα τους επηρεασμένοι από την ποίηση της Σαπφώς, καθώς και από τις διδασκαλίες της ινδικής φιλοσοφίας.

Η απέραντη ομορφιά, αλλά και η αγριάδα του τοπίου, η ερωτική ατμόσφαιρα του νησιού, η γαλήνια και ατάραχη ζωή κοντά στους απλούς και αγαθούς ανθρώπους του χωριού και, κυρίως, η ανθρώπινη επαφή που απέκτησαν μεταξύ τους, τούς πρόσφεραν αυτό που έψαχναν στη ζωή τους.

Η φυγή έπαψε πια να έχει κάποιο νόημα για αυτούς.

ΜΕΡΟΣ ΠΡΩΤΟ

ΣΟΝΙΑ ΚΑΙ ΜΑΪΚ, ΜΙΑ ΠΡΟΒΛΗΜΑΤΙΚΗ ΣΧΕΣΗ

1

Η ΣΟΝΙΑ ΤΗΣ ΖΩΗΣ ΜΟΥ

Εκείνη τη χρονιά, ο βαρύς σκανδιναβικός χειμώνας είχε πλακώσει από νωρίς και δεν έλεγε να τελειώσει. Δυνατοί άνεμοι σταλμένοι από τον Βόρειο Πόλο λυσσομανούσανε ασταμάτητα. Η βροχή που έπεφτε μέρες τώρα άλλαζε σε χιόνι μόλις πλησίαζε στη γη και το χιόνι γινότανε αμέσως πάγος. Οι δρόμοι ήτανε ερημικοί, οι ψυχές των ανθρώπων παγωμένες. Δεν άκουγες πουθενά γέλια, αλλά μόνο κάποιους ψιθύρους να σπάνε τη νεκρική σιωπή. Παντού επικρατούσε σκότος λες και η παγωνιά δεν άφηνε να προβάλλει ο ήλιος.

Η Σόνια έγινε πανύψηλη και πανέμορφη τώρα που έφθασε στην εφηβεία. Το μπόι των κοριτσιών του βορρά, το οποίο στους Λατίνους άντρες προκαλεί ερωτικές ανατριχίλες και τούς κάνει να ποθούν τα θηλυκά σαν αφιονισμένοι, αυτές οι λυγερές όμορφες, σαν αγγελικές υπάρξεις, που με το μπόι τους γεμίζουν κρεβάτι, εδώ στην παγωμένη πατρίδα τους περνάγανε απαρατήρητες ή μάλλον πολλοί θεωρούσαν το ύψος τους μειονέκτημα για μια γυναίκα.

Οι συμπατριώτες της Σόνιας εστίαζαν τις φαντασιώσεις τους στις ολοστρόγγυλες κοντούλες, γεμάτες χυμούς υπάρξεις του Νότου, τις κατακόκκινες και πικάντικες, χαρούμενες νεαρούλες ίδιες ντοματούλες γεμιστές της γιαγιάς, που γελαστές και ζωηρούλες, καθώς ήτανε, άναβαν μέσα τους φωτιές.

Όσο ψήλωνε η Σόνια τόσο γινότανε και πιο κομπλεξική για το ύψος της. Τί κι αν η φύση τήν είχε προικίσει με μία σπάνια ομορφιά, με ένα αγγελικό πρόσωπο στεφανωμένο με το χρυσάφι των μαλλιών της, πρόσωπο στολισμένο με τα τεράστια γαλαζοπράσινα μάτια της; Τί κι αν το σώμα της είχε τις τέλειες αναλογίες; Η αδιαφορία των συμπατριωτών της, αδιαφορία, το δικό της κόμπλεξ, κόμπλεξ.

* * *

2

Ο ΜΑΪΚ ΑΝΑΠΟΛΕΙ ΤΗ ΣΟΝΙΑ

– Διατηρούσα την ανάμνησή σου άσβεστη μέσα μου, αγαπημένη μου Σόνια. Είχανε περάσει πέντε χρόνια από τότε που χάθηκες από κοντά μου– ή μήπως ήτανε και έξη, δεν είμαι σίγουρος,– όμως η μορφή σου δεν έλεγε να σβήσει με το χρόνο. Σε ένοιωθα να είσαι δίπλα μου σε κάθε στιγμή ακόμα και στα όνειρά μου. Δεν μπορώ βέβαια να πω ότι με ενοχλούσε η συνεχής παρουσία σου στο μυαλό μου, παρ όλο που ήτανε στιγμές που ευχαρίστως θα απόδιωχνα την ανάμνησή σου για να λυτρωθώ από τις εμμονές μου.

– «Καημένε Μάικ. Απόψε την ένιωθες πάλι κοντά σου. Τα χρόνια που περάσανε δεν έχουνε σβήσει καμία λεπτομέρεια από τις αναμνήσεις σου. Σου λείπει πάντα ο εύθυμος χαρακτήρας της, η αγάπη της για τη φύση και τα αδέσποτα ζωάκια που θαρρείς και έκανε συλλογή από δαύτα, οι απότομες μεταπτώσεις της διάθεσής της, ο τρόπος που απολάμβανε την κάθε ερωτική πράξη είτε γινότανε στην ακρογιαλιά είτε στο κακόφημο εκείνο ξενοδοχείο για ζευγαράκια που πηγαίνατε, είτε στον καναπέ του σπιτιού σου. Ο νους σου είναι στραμμένος σε εκείνη ακόμα και όταν πετυχαίνεις να εξασφαλίζεις μια ευκαιριακή ερωτική σύντροφο ακόμα και όταν απολαμβάνεις προσωρινά μια άλλη γυναίκα απάνω σου, κάτω σου, η και πλαγιασμένη δίπλα σου. Ώρες ώρες έχεις την πεποίθηση ότι μόνο εκείνη αντιπροσωπεύει το γυναικείο φύλο. Όλες οι άλλες είναι φαντασιώσεις που σβήνουν μόλις κορεστεί η σεξουαλική σου επιθυμία. Δεν της κράτησες κακία ακόμα και όταν σε παρέσυρε σε εκείνη την τραγική, την απίθανη περιπέτεια που συνέβαλε στη φυγή και των δυο σας. Φυγή που για εκείνη ήτανε μία λύτρωση από το αθέλητο έγκλημα, αλλά και από την πατρίδα και τους ανθρώπους της. Φυγή που για σένα ήτανε κάτι το αναπάντεχο, μια πράξη πανικού να γλυτώσεις την τιμωρία, να απομακρυνθείς από τις τύψεις σου, να χωρίσεις από εκείνη που με την προσωπικότητά της σε είχε καταντήσει πειθήνιο όργανό της. Το «έγκλημα» έμοιαζε να έχει γίνει ο συνδετικός κρίκος που θα ένωνε για πάντα τις ζωές σας. «Ή μήπως δεν ήτανε έγκλημα, μήπως κατά βάθος δεν είχε την πρόθεση να σε παρασύρει σε μια τέτοια αποτρόπαιη πράξη!

– Άβυσσος η ψυχή σου, Σόνια. Κανείς ποτέ δεν θα κατορθώσει να σε ψυχολογήσει... Θα σε κυνηγάνε για πάντα τα γεγονότα εκείνης της βραδιάς που, όσο ακριβά και να τα πληρώνεις ακόμα, ποτέ δεν θα καταφέρεις να απαλλαγείς από την τραγική τους ανάμνηση. Αγαπημένη μου, εσύ που έφερνες τον ήλιο στα σκοτάδια της ψυχής μου, εσύ που με έκανες να καταλάβω τί θα πει Ανατολίτης και τί αντιπροσωπεύει στη ζωή μας η Ανατολή, μια Ανατολή που λατρέψαμε και οι δύο μας ύστερα από μια σύντομη επίσκεψή μας εκεί. Θυμάμαι τον ενθουσιασμό σου όταν καθισμένοι στο κατάστρωμα του ποταμόπλοιου ανακαλύπταμε μαζί τη γοητεία του ηλιοβασιλέματος στο Νείλο, όταν μαγευόμασταν από τις επισκέψεις μας στους μεγαλοπρεπείς ναούς της αρχαίας Αιγύπτου, όταν εκστασιαστήκαμε στο αντίκρισμα των Πυραμίδων και στο μυστήριο της Σφίγγας. Θα μου μείνει αξέχαστη εκείνη η επίσκεψή μας στη μακρινή Ανατολή και, στη συνέχεια, στα νησιά του Αιγαίου με την ασυνήθιστη ομορφιά τους, τις ιδιομορφίες τους, τη διαφορετικότητα των άγονων τοπίων, τον πληθωρικό ερωτισμό των κατοίκων τους που ήτανε διάχυτος στα πεινασμένα για σεξ βλέμματά τους, στην ατμόσφαιρα, τους αρχαίους ελληνικούς μύθους και θρύλους, που μου διηγιόσουνα με πάθος, τους γεμάτους από περιγραφές για την υπερσεξουαλικότητα των θεών. Περιγραφές που ακόμα και σήμερα επηρεάζουν τη γεμάτη πάθος ερωτική ζωή των θνητών και συνδυάζει την ερωτική πράξη με το συναίσθημα ξεχωρίζοντας τον άνθρωπο από το ζώο μια και εκείνο λειτουργεί μόνο με το ένστικτο. Σε θυμάμαι να μού παρουσιάζεις τα συμπεράσματά σου για τη σεξουαλική πράξη που τής αποδίδουν τόση σπουδαιότητα εκεί στην Ανατολή, ώστε να την περιβάλλουν με μυστήριο, με ίντριγκες, με υποκρισία, αλλά και συναισθήματα αγάπης, να τη θεωρούν σαν την ύψιστη ηδονή τυλίγοντάς την συγχρόνως με το μανδύα του μυστηρίου, του παράνομου και της αμαρτίας. θυμάμαι εσένα που με έκανες να κατανοήσω το γυναικείο οργασμό και από πού πηγάζουν οι γεμάτες πάθος, πρωτόγονες – συχνά υστερικές – γυναικείες κραυγές που διαλαλούν αδιάντροπα την κορύφωσή του, εσένα που με έκανες να συγκινούμαι με την ποίηση και τις καλές τέχνες που απογειώνουν από τις ανθρώπινες καθημερινότητες. Ίσως για αυτό το λόγο μιλάνε μόνο σε ορισμένες ψυχές κατορθώνοντας να τις κάνουν να δακρύζουν από αισθητική συγκίνηση.

Μια μορφή ποίησης γεμάτη μυστήριο, μου ανέφερε συχνά η Σόνια μου, είναι και αυτή που σου μεταδίνει και η μονότονη, λατρευτική και αργόσυρτη φωνή του μουεζίνη – απαραίτητο χαρακτηριστικό στις χώρες της Ανατολής – που αρκεί να τήν ακούσεις μια φορά για να σφραγίσει το είναι σου και να την κουβαλάς πάντα μαζί σου. Χαράματα, πριν ακόμα αρχίσουν το κελάηδισμά τους τα πουλιά, κυριαρχεί στην πλάση το άκουσμά της που σε παρασύρει σε μιαν απόκοσμη νιρβάνα. Μια φωνή που έφθανε στ' αυτιά μας από το πουθενά, που ξεχυνόταν μέσα στην ατμόσφαιρα και ανακατευόταν με τις γεμάτες μυστήριο πρωινές ομίχλες και με τα αρώματα της φύσης που ξυπνούσε. Η θαυμαστή προσευχή χάραζε το δρόμο της μέσα από τις αποκοιμισμένες ακόμα αισθήσεις μου, σκέτο φίδι που τρυπούσε τα αυτιά μου για να εξελιχθεί στη συνέχεια σε νότες πιο χαμηλές μέχρις ότου φθάσει σε κορεσμό και σβήσει μέσα στους ήχους της φύσης, όταν εκείνη σιγά σιγά συνερχόταν από το νυχτερινό της λήθαργο σηματοδοτώντας μία θεία χάρη ξαφνική και απρόσμενη. Εξυμνούσε ο μουεζίνης μέχρι να δύσει ο ήλιος το θεό της Ανατολής, το λατρεμένο, τον αιώνιο, τον ένα και μοναδικό. Αυτόν που δεν έχει όμοιό του ούτε και ισάξιο. Και εμείς οι άπιστοι και άθεοι, νοιώθαμε, όχι χωρίς κάποια απορία, τη συγκίνηση να μας πνίγει μπροστά στο μυστηριακό μεγαλείο.

Κάτι τέτοια ποιητικά και απόμακρα σε απασχολούσαν, αγαπημένη μου Σόνια, και με παρέσυρες και εμένα στους κόσμους σου μακριά από τις μικροαστικές καθημερινές έννοιες της μικρής μας κοινωνίας. Ζήσαμε οι δυο μας έναν μεγάλο έρωτα μόνο που αλίμονο κράτησε για ένα τόσο μικρό διάστημα. Κρίμα! Και όμως αυτό το ελάχιστο διάστημα έμελλε να σημαδέψει για πάντα την ζωή μου. Και να που τώρα αισθάνομαι απελπιστικά μόνος. Κατέφυγα σε όλες τις λύσεις για να πετύχω το αντίθετο. Έφυγα μακριά σου, διάβασα, άκουσα μουσική, θαύμασα τα αριστουργήματα της τέχνης ψάχνοντας να βρω ένα καταφύγιο. Παρ' όλα αυτά το νοιώθω ότι ματαιοπονώ, μακριά σου με πνίγει ο ίλιγγος της μοναξιάς μου.

3

ΠΡΟΒΛΗΜΑΤΑ ΤΗΣ ΕΦΗΒΕΙΑΣ

– Γκρίνιαζε εκείνο το δειλινό η μητέρα σου στη βόλτα που έκανε παρέα με την κολλητή φίλη της την Κίρστεν Δίπλα στη λίμνη ήσουν, λέει, απόμακρη, ασυνεννόητη, ζούσες στο δικό σου κόσμο διαβάζοντας μόνο ποιήματα και έχοντας για μοναδική σου απασχόληση τα ταξίδια, τα ζώα και την ποίηση.

– Εμένα, είτε με αγνοούσε είτε προφασιζόταν ότι με αγνοεί, παραπονιόταν η μητέρα.

– Μην ανησυχείς – την παρηγορούσε η κολλητή της φιλενάδα. Όλα αυτά οφείλονται στη σύγκρουση της πρόωρης εφηβείας της με τη δική σου καθυστερημένη κλιμακτήριο. Όλα θα τα διορθώσει ο χρόνος. Μην νομίζεις, έχω και εγώ παρόμοια προβλήματα με τον γιο μου τον Γουστάβο. Είναι και αυτός μοναχικός, μελαγχολικός, αποφεύγει να συζητά μαζί μας, μένει ώρες κλεισμένος στο δωμάτιό του παρέα με το κομπιουτεράκι του και το κινητό του τηλέφωνο. Αυτή είναι η μόνη του επικοινωνία με τον έξω κόσμο. Κυρίως με απασχολεί η παντελής αδιαφορία του για το σεξ, σε σημείο που ο άντρας μου άρχισε να φοβάται ότι είναι σεξουαλικά ανώμαλος.

– Μητέρα, μού παραπονιέται συχνά. Δεν καταλαβαίνω τί μου συμβαίνει. Μου προξενούν απέχθεια τα κορίτσια που συνέχεια μου κολλάνε. Θέλουν να βγούμε σε ραντεβουδάκια, προσπαθούν να με αγκαλιάζουν, να με φιλάνε στο στόμα και εγώ νοιώθω μιαν απέραντη σιχασιά. Ανατριχιάζω στην παραμικρή επαφή μαζί τους, μου προκαλεί αηδία η μυρωδιά του ιδρώτα τους, προσπαθώ συνέχεια να αποφεύγω τις παρέες τους. Αντίθετα, βρίσκω μεγάλη ευχαρίστηση να κάνω παρέα με αγόρια, συχνά αφαιρούμαι θαυμάζοντας τα δυνατά τους σώματα, ενώ τα «ποντίκια» στα χέρια και στα πόδια τους μου προξενούν μιαν ανεξήγητη αναστάτωση. Μου αρέσει να παλεύω μαζί τους, να τα αφήνω να με νικάνε, να με ρίχνουν κάτω ακόμα και να με δέρνουν. Δεν τολμάω να ομολογήσω στον εαυτό μου ότι κάτι αφύσικο μού συμβαίνει. Νοιώθω απέραντη μοναξιά. Τα αγόρια συχνά με κοροϊδεύουν και με αποφεύγουν, τα κορίτσια τα αποφεύγω εγώ. Βοήθησέ με μητέρα, δεν είναι ζωή αυτή, μόνο σε εσένα μπορώ να στηρίζομαι.

– Έχω και τον πατέρα του που έχει αρχίσει να καταλαβαίνει τί συμβαίνει στο παιδί. Αντιδρά με βιαιότητα, άλλοτε προσποιείται τον αδιάφορο και άλλοτε τρώγεται με τα ρούχα του. Μοιάζει να αδιαφορεί για το πρόβλημα του παιδιού. Πιο πολύ τον απασχολεί το πώς θα αντιμετωπίσει την κοινωνία, τους φίλους του, τα αδέλφια του. Δεν θέλει να με ακούσει όταν ζητάω τη βοήθειά του. Εθελοτυφλεί και προσπαθεί να παρηγορήσει τον εαυτό του.

– Θα συνέλθει, όταν βρεθεί καμία «ξεπέτα» να τον συνεφέρει» μού λέει και σταματά εδώ τη συζήτηση. Εγώ τον προτρέπω να μην τον πιέζει, να μην τον αντιμετωπίζει με το γνωστό ειρωνικό του ύφος. Πανικοβάλλομαι με τις εφηβικές αυτοκτονίες που μαθαίνω ότι συμβαίνουν κάθε μέρα γύρω μας...

– Βλέπεις, λοιπόν, φιλενάδα, ότι κάθε μία έχουμε τα προβλήματά μας με την εφηβεία των παιδιών.

– Εγώ σκέφτομαι να πάω τη Σόνια στον Βέρτη, τον ψυχολόγο, να με βεβαιώσει ότι δεν πάσχει από κατάθλιψη, να ησυχάσω τουλάχιστον από αυτή την άποψη. Γιατί δεν κάνεις και εσύ μια τέτοια προσπάθεια;

– Καλή ιδέα, κάτι τέτοιο θα προσπαθήσω να κάνω και εγώ!

∗∗∗

4

Η ΣΟΝΙΑ ΑΝΤΙΜΕΤΩΠΗ ΜΕ ΤΟΝ ΨΥΧΙΑΤΡΟ

– Με κουβάλησε με το ζόρι η μητέρα μου να επισκεφθώ τον Βέρτη. Υποχώρησα μόνο και μόνο για να απαλλαγώ – έστω και προσωρινά – από τη συνεχή γκρίνια της. Περιμέναμε αρκετή ώρα στο σαλόνι του, η μητέρα μου ξεφυλλίζοντας αφηρημένη ένα περιοδικό και εγώ παρατηρώντας τους συμπάσχοντες μανιοκαταθλιπτικούς, άλλον να κοιτάζει επί ώρα το ταβάνι, άλλον να τραντάζεται συχνά από διάφορα «τικ», άλλον να είναι συνέχεια δακρυσμένος και τέλος τον διπλανό μου μια να γελάει και μια να αναστενάζει δακρύβρεχτα. Επιτέλους ήρθε η σειρά μου και με βάλανε στο χώρο που εξέταζε. Σηκώθηκε και η μητέρα μου να με συνοδεύσει, αλλά η νοσοκόμα με μια ευγενική χειρονομία την απέτρεψε. Ευτυχώς! Ο Βέρτης με κάρφωνε με το βλέμμα του σιωπηλός και απόμακρος. Περνούσαν τα λεπτά γεμάτα αμηχανία, ενώ εγώ μάταια προσπαθούσα να ανταποδίδω τη ματιά του μήπως και το εκλάβει σαν αδυναμία μου.

– Λοιπόν, είπε στο τέλος, ενώ έδειχνε να τον απασχολεί περισσότερο το άναμμα της πίπας του παρά η δική μου αντίδραση. Πες μου, λοιπόν, πιο είναι το πρόβλημά σου;

– Ένοιωσα ένα κύμα θυμού να με πνίγει. Σηκώθηκα να φύγω λέγοντας ένα ειρωνικό ευχαριστώ. Με κοίταξε χαμογελαστός και επιτέλους μίλησε.

– Άκουσε καλή μου, ήρθες εδώ για να συνεργαστούμε, να βρεις λύση στα προβλήματά σου. Μίλησέ μου, λοιπόν, αν θέλεις να σε βοηθήσω. Έλα σε ακούω.

– Ξαφνικά τον συμπάθησα. Κάτι έκανε «κλικ» μέσα μου, λειτούργησε ένα είδος χημείας ανάμεσά μας, πίστεψα στην ειλικρίνειά του να με βοηθήσει, αποφάσισα να του μιλήσω.

– Γιατρέ, τελικά όσο πνίγομαι μέσα στο πέλαγος της εφηβείας, τόσο συνειδητοποιώ ότι δεν ανήκω σε αυτόν τον τόπο. Πρέπει την προηγούμενη ζωή μου να την έζησα εκεί στη Μεσόγειο, κοντά στον ήλιο, παρέα με τους ζεστούς ανθρώπους, τους ζωντανούς, τους πλημμυρισμένους από αισθησιασμό, τους φωνακλάδες, τους ανεπρόκοπους, τους ανθρώπους που εύκολα γελάνε και ακόμα πιο εύκολα κλαίνε.

Η Σόνια σταμάτησε το μονόλογό της εντυπωσιασμένη και η ίδια από τα λόγια της, κάτι κουνήθηκε στο βάθος του δωματίου και την τρόμαξε.

– Είναι ο Χανς ο γάτος, της εξήγησε ο ψυχίατρος. Μην τρομάζεις, συνέχισε για να την καθησυχάσει.

– Το βλέπω ότι δεν ανήκω στον εδώ κόσμο, συνέχισε. Είμαι η μετεμψύχωση μίας κόρης του ήλιου και της θάλασσας, ακούω Λάτιν μουσική και ανατριχιάζω σύγκορμη, Νοιώθω το αίμα μου να βράζει, το κορμί να σείεται και να κουνιέται, ολοκλήρωσε.

Τώρα κανείς δεν διέκοψε τη σιωπή που έπεσε. Ακουγότανε μόνο το τραγούδι της φωτιάς στο τζάκι. Το χιόνι φάνταζε να πέφτει πυκνό και βελούδινο πίσω από την τζαμαρία. Το ρολόι του τοίχου σήμανε τελετουργικά το τέλος της ώρας.

– Συμφωνώ ότι οι περισσότεροι από εμάς εδώ θα θέλαμε να είμαστε

Λατίνοι – αν φυσικά, δεν ήμασταν αυτοί που είμαστε. Η τάση της φυγής κυριαρχεί σε πολλούς από εμάς. Όμως ο χρόνος μας τελείωσε, ραντεβού σε μία εβδομάδα, είπε.

Ο ψυχίατρος σηκώθηκε και της έσφιξε το χέρι, σηκώθηκε και εκείνη να φύγει, η επαφή των χεριών τους της ζέστανε λίγο το μέσα της.

– Θα φύγω, δεν τον μπορώ τον βορρά. Θα πάω να ζήσω εκεί από όπου νοιώθω ότι κατάγομαι, είπε, καθώς η παγωνιά την χτύπησε καταπρόσωπο μόλις βγήκε από το ιατρείο.

– Δεν ανήκω εδώ, επανέλαβε μέσα της.

– Εδώ οι άνθρωποι είναι ψυχροί και ουδέτεροι, αδιαφορούν για το διπλανό τους και αυτό το ονομάζουν πολιτισμό, πρόσθεσε. Οι έρωτές τους είναι πιο ψυχροί και από αυτό το χιόνι. Οι οικογένειες δημιουργούνται για να διαλυθούν μόλις τα παιδιά ενηλικιωθούν. Οι γονείς και τα παιδιά αποξενώνονται, ίσως να τηλεφωνιούνται για τις εορτές. Οι διασκεδάσεις γίνονται και αυτές μέσα στην ψύχρα, στηρίζονται αποκλειστικά στα ναρκωτικά και το οινόπνευμα. Δεν υπάρχει αίσθημα, δεν υπάρχει ρομαντισμός. Το σεξ είναι και αυτό μέρος της ρουτίνας, κάτι χωρίς σημασία, σαν μία χειραψία, σαν ένα φιλί στο μάγουλο.

Βάδιζε με γρήγορα βήματα. Τα μακριά, ατελείωτα, πόδια της ήτανε μαθημένα από χιόνια. Δεν γλίστραγε, απλώς κρύωνε. Όμως η απόφασή της την είχε ενθουσιάσει, έδινε φτερά στα πόδια της να τρέξει, να μην χάσει λεπτό, να φύγει μακριά. Οι σκέψεις καλπάζανε μέσα της.

– Τέλος τα συνεχή σκοτάδια, τόνισε. Θέλω ήλιο και ζέστη. Τέλος οι ψυχροί άνθρωποι. Θέλω αίσθημα και φλογερά πάθη. Τέλος τα ανόητα σπορ να σέρνεσαι ατελείωτες ώρες μέσα στο χιόνι και τους πάγους. Θέλω μπάνια στη θάλασσα και ψήσιμο στον ήλιο. Με αφήνει αδιάφορη το σεξ που εξαρτάται από το πόσο έχει μεθύσει ο τυχαίος ερωτικός σύντροφος της βραδιάς. Θέλω έρωτα παθιασμένο, θέλω σεξ να ξεχειλίζει από συναισθήματα, να το απολαμβάνω κάτω από τα άστρα, στις αμμουδιές, στο πάτωμα τού σπιτιού, στην κουζίνα, παντού. Τον θέλω απρογραμμάτιστο, άγριο και γεμάτο πάθος. Να φτάνω στα άκρα της αντοχής.

Επιστρέψανε αμίλητες, μάνα και κόρη βαδίζοντας ζωηρά μέχρι που φτάσανε στο σπίτι. Η μητέρα, μόλις μπήκανε στο φιλόξενο σαλόνι τους, άναψε το τζάκι και κάθισε βιαστικά στο πιάνο της. Είχε την ελπίδα ότι μόνον έτσι θα απέφευγε τις ατέρμονες συζητήσεις με τη Σόνια και τα προβλήματά της. Όμως ματαιοπονούσε. Η Σόνια είχε πάρει τις αποφάσεις της και ανυπομονούσε να τις ανακοινώσει στη μητέρα της.

– Μητέρα, πρέπει να σου μιλήσω, έχω αποφασίσει να πάρω την ζωή μου στα χέρια μου, έσπευσε να μιλήσει..

– Έλα τώρα, μωρέ Σόνια. Άσε με να γαληνέψω λίγο στο πιάνο. Μη μου αρχίσεις πάλι τα ίδια και τα ίδια. Συνέχισε με τον κύριο Βέρτη και θα δεις ότι σύντομα θα συνέλθεις.

– Μητέρα, θα φύγω. Δεν την μπορώ τη σκοτεινιά σας εδώ και τους μονόχνοτους ανθρώπους. Θα πάω στην Ανατολή, να ζεσταθεί η ψυχή μου, να ζήσω ανάμεσα σε κόσμο γεμάτο αυθορμητισμό, κόσμο χαρούμενο και ανέμελο, σε ανθρώπους που γελάνε και κλαίνε με το παραμικρό, που αγαπάνε και μισούνται συχνά χωρίς σοβαρό λόγο, ανθρώπους που ζούνε μια έντονη ζωή.

– Φύγε αν θες. Δεν σε κρατάει κανείς. Μόνο πρόσεχε μην το μετανιώσεις.

Η μητέρα της απάντησε αδιάφορα προσπαθώντας να μπλοφάρει. Πόσο λίγο την ήξερε, πόσο ξένη τής ήτανε αυτή η μητέρα!

* * *

5

ΕΝΑ ΕΓΚΛΗΜΑ ΧΩΡΙΣ ΔΟΛΟΦΟΝΟ

Ο Μάικ συνέχιζε τις αναμνήσεις του.

– Είχα φτάσει απρόσμενα να τη βρω στο ξενοδοχείο, εκεί όπου την είχανε παρασύρει οι γονείς της για την «κυνηγητική» τους εκδρομή.

– Έλα μια τελευταία φορά μαζί μας πριν πάρεις την οριστική σου απόφαση και μας εγκαταλείψεις, τής έταξε η μάνα της.

Η Σόνια μου είχε γίνει έμμονη ιδέα. Έπαιζε μαζί μου σαν τη γάτα με το ποντίκι. Άλλοτε τρυφερή και αγαπησιάρα και άλλοτε χωρίς λόγο απόμακρη και ψυχρή. Δεν άντεχα να είμαι μακριά της για πολύ. Εκείνες οι τάσεις της για φυγή με είχανε αναστατώσει. Φοβόμουνα! Με έπιανε πανικός με την ιδέα ότι θα μπορούσε ξάφνου να εξαφανιστεί από τη ζωή μου. Πήγα να τη συναντήσω στην οικογενειακή εκδρομή όπου είχε καταφύγει. Δεν μπορώ να πω ότι η υποδοχή που μού έκανε ήτανε ιδιαίτερα θερμή. Είχε εκείνο το γνωστό ύφος το απόμακρο και προβληματισμένο, το σχεδόν ονειροπόλο. Προσπάθησα να τήν κάνω να μου ανοίξει την καρδιά της μήπως και ξαλαφρώσει από τους εφιάλτες της., και για μεγάλη μου έκπληξη εκείνη ανταποκρίθηκε. Σιγοπερπατούσαμε στην όχθη της λίμνης και μαζί με το θρόισμα του ανέμου άκουγα την ψιθυριστή φωνή της. Μου μιλούσε με ένα ύφος εμπιστευτικό, σαν να μού αποκάλυπτε ένα μεγάλο μυστικό. Άρχισε με την περιγραφή της επίσκεψης στο γιατρό τον Βέρτη και την εξομολόγηση που τού έκανε. Ύστερα συνέχισε με τον αποχαιρετισμό με τη μητέρα της, η οποία το μόνο που τής ζήτησε ήτανε να τη συνοδεύσει στην περίφημη εκδρομή που είχε προγραμματίσει με την παρέα της πριν πάρει την τελική της απόφαση, και κατέληξε με τη φρίκη της περιγραφής των σκηνών που παρακολούθησε αντάμα με το μικρό της ξάδελφο τον Γουστάβο. Τέλος, διστακτικά προχώρησε στην περιγραφή της σεξουαλικής της εμπειρίας με το μικρό. Μιλούσε σα να περιέγραφε μια φυσιολογική εξέλιξη των γεγονότων χωρίς να δείχνει να ενδιαφέρεται για τις δικές μου αντιδράσεις. Τότε ήτανε που κατάλαβα ότι η Σόνια δεν θα γινότανε ποτέ δική μου, διότι ο εγωισμός της δεν θα τής επέτρεπε ποτέ να ανήκει πουθενά. Την συνόδευσα προβληματισμένος στο ξενοδοχείο και καθόμαστε σιωπηλοί σε δύο πολυθρόνες αποφεύγοντας να διασταυρώσουμε τα βλέμματά μας. Ξάφνου, εμφανίστηκε ο μικρός κραδαίνοντας ένα όπλο.

– Είναι το όπλο του παππού. Το βρήκα κρυμμένο στο συρτάρι του, είπε με ύφος θριαμβευτικό. Πάμε να τους σκοτώσουμε όλους και να τους εξαφανίσουμε μέσα στη λίμνη, συνέχισε με τα χέρια τρεμάμενα από μίσος.

Στα μάτια της Σόνιας φάνηκε μια περίεργη αστραπή σα να της κατέβηκε μια ξαφνική ιδέα.

– Εντάξει Γουστάβο, τού είπε. Όμως, ας κάνουμε πρώτα μια προπόνηση. Θα βάλουμε στο «μύλο» του πιστολιού μία σφαίρα και τις υπόλοιπες θέσεις θα τις αφήσουμε κενές. Ύστερα, θα πυροβολούμε ο ένας τον άλλο με τη σειρά για να δούμε ποιοί είναι οι τυχεροί και ποιος ο άτυχος. Άμα είσαι άντρας και αρκετά γενναίος έλα να βάλουμε στοίχημα...

Ο μικρός χωρίς να έχει πολυκαταλάβει έδειξε να συμφωνεί και τότε η Σόνια έβαλε τη μοναδική σφαίρα στο όπλο. Μού έγνεψε να γυρίσω το «μύλο» ώστε η σφαίρα να βρεθεί στην τελευταία θήκη και υπολογίζοντας ποιο θα είναι το θύμα μού έδωσε το όπλο να πυροβοληθώ πρώτος. Ακούστηκε ένας ξερός ήχος του πιστολιού που δεν είχε σφαίρα. Ακολούθησε ο μικρός με τρεμάμενα χέρια, τίποτα και αυτός. Ούτε βέβαια η Σόνια πέτυχε το εαυτό της. Συνεχίσαμε με ένα δεύτερο γύρο γνωρίζοντας ότι πλησίαζε η μεγάλη στιγμή. Ο Γουστάβος είχε τώρα αναθαρρήσει, η παιδική του επιπολαιότητα τον έκανε να νομίσει, δεν ξέρω και εγώ τί... Η πιστολιά που ακολούθησε, τράνταξε το μικρό χώρο. Στον τοίχο απέναντι από τον Γουστάβο σχηματίστηκε ένας μικρός λεκές από αίμα... Τότε, εγώ παρασυρμένος από το ένστικτο αυτοσυντήρησης, έβγαλα το μαντήλι μου και σκούπισα καλά το όπλο. Ύστερα το στερέωσα με τρόπο στο νεκρό χέρι του παιδιού. Αυθόρμητα σηκώσαμε το πτώμα του νεκρού παιδιού και με χίλιες δύο προφυλάξεις το μεταφέραμε στην όχθη της λίμνης απ΄ όπου και το πετάξαμε στο νερό. Κατόπιν χωρίσαμε πανικόβλητοι. Η Σόνια γύρισε στο δωμάτιό της και εγώ πήρα το δρόμο για το αεροδρόμιο να φύγω με την πρώτη πτήση. Πέρασε κάμποση ώρα. Κάποια πουλιά πετάξανε πάνω από τα παγωμένα νερά της λίμνης κράζοντας αλαφιασμένα, τα κυνηγόσκυλα αρχίσανε να γαβγίζουν προσπαθώντας να ελευθερωθούν από τις αλυσίδες τους. Όμως και αυτά δεν επέμειναν για πολύ. Ακολούθησε μια νεκρική ησυχία. Τα αγριοπερίστερα του βορρά παραξενεύτηκαν με το θέαμα. Παρατηρούσαν κάτι που επέπλεε πάνω στη λίμνη, κάτι μεγάλο και ακίνητο. Όρμησαν καταπάνω του με φόρα. Δεν υπολόγιζαν κανένα κίνδυνο μπροστά στην πείνα τους. Τα νερά είχανε αρχίσει να παγώνουν, σε λίγο οι πάγοι θα σκέπαζαν τα πάντα και θα χάνανε την ευκαιρία να χορτάσουν την πείνα τους. Πέσανε σαν βολίδες πάνω στα ανοιχτά του μάτια και τα εξαφάνισαν στο λεπτό. Έπειτα προχώρησαν με κραυγές θριάμβου και με μανία άρχισαν να ξεσκίζουν τις παγωμένες σάρκες του. Σε λίγο το πτώμα του δεκαπεντάχρονου Γουστάβου είχε μετατραπεί σε άμορφη σάρκα, τα ρούχα το σε χιλιοτρυπημένα κουρέλια. Από το τσιμπούσι δεν απουσίασαν και τα ψάρια της λίμνης. Αυτά θα συνέχιζαν το μακάβριο έργο τους μέσα στη θανάσιμη σιωπή που επικρατούσε κάτω από τους πάγους.

– Καλλίτερα έτσι παρά να τον φάνε τα σκουλήκια, μονολόγησε με κυνισμό η Σόνια, που παρατηρούσε με αφύσικη αδιαφορία το θέαμα από το μισάνοιχτο παντζούρι του παραθύρου στο δωμάτιό της όπου είχε επιστρέψει.

Κατέβηκε περπατώντας στα νύχια των ποδιών της στον κάτω όροφο μην και την πάρει κανένας είδηση. Όμως τα τρία ζευγάρια, οι γονείς και οι θείοι της Σόνιας παρέα με τους γονείς του Γουστάβου, δεν υπήρχε περίπτωση να την αντιληφθούν. Συνέχιζαν το ομαδικό τους όργιο – άλλωστε γι' αυτό είχανε κάνει αυτή την εκδρομή, όχι για το κυνήγι που είχανε προφασισθεί – τρυγώντας ο ένας το κορμί του άλλου και στενάζοντας ελαφρά από το πάθος, ένα πάθος συγκρατημένο και πολιτισμένο κατά πως συνηθίζεται σε εκείνα τα βόρεια μέρη. Η Σόνια είχε συγκλονιστεί, όταν ένα προηγούμενο βράδυ, αγριεμένη από τους απόκοσμους αναστεναγμούς που αντηχούσαν στο μικρό ξενοδοχείο, είχε πάρει το νεαρό Γουστάβο από το χέρι και μαζί αντίκρισαν από μια χαραμάδα της πόρτας το «παιχνίδι» των μεγάλων. Τα δύο παιδιά παρακολούθησαν αποσβολωμένα σε κάθε του λεπτομέρεια εκείνο το «παιχνίδι» μέχρις ότου η Σόνια τράβηξε λαχανιασμένη το μικρό από το χέρι. Τον πήγε σπρώχνοντας στο δωμάτιό της και τον έριξε στο κρεβάτι. Ο μικρός τα είχε χαμένα, κάποια στιγμή προσπάθησε να αποφύγει τη δοκιμασία, αλλά γρήγορα οι εφηβικές ορμόνες τον πρόσταξαν διαφορετικά. Βιαστικά το ζευγαράκι άρχισε να επαναλαμβάνει το παράδειγμα των μεγάλων.

– Σαν τα ζώα παρακινούμενοι μόνο από το ένστικτο, χωρίς κανένα αίσθημα χωρίς να νοιώθουμε το παραμικρό ο ένας για τον άλλον, αναλογιζόταν αργότερα η Σόνια.

Όμως σύντομα κατάλαβε ότι ο ευκαιριακός ερωτικός της σύντροφος δεν ανταποκρινότανε στα χάδια της και στην προσπάθειά της να τον ερεθίσει. Τον φιλούσε σε όλο του το κορμί, τον παρακινούσε με λόγια τολμηρά, όμως εκείνος.. τίποτα. Στο τέλος απηυδισμένη έφυγε από πάνω του και ξάπλωσε δίπλα του. Χωρίς καν να το συνειδητοποιήσει άρχισε να του λέει λόγια προσβλητικά. Μέχρι και … «αδελφή» τον είπε! Εκείνος σηκώθηκε και κλαίγοντας βγήκε από το δωμάτιο. Ο Μάικ έφερνε συχνά στο νου του εκείνες τις εφιαλτικές στιγμές του μακάβριου παιχνιδιού που ακολούθησαν...

Ακόμα δεν μπορώ να εξηγήσω τον παραλογισμό της πράξης που κάναμε οι δύο μας. Η Σόνια με παρέσυρε, εγώ μετατράπηκα σε άβουλο όργανό της, δεν την εμπόδισα, αλλά σαν ναρκωμένος υπέκυψα στις προσταγές της. Κουβαλήσαμε το πτώμα του Γουστάβου στην όχθη της λίμνης και το πετάξαμε μέσα στο νερό. Με κοίταξε άγρια αμέσως μετά σαν να έγιναν όλα από δική μου πρωτοβουλία. Ο κόσμος σκοτείνιασε μέσα μου, έφυγα πανικόβλητος Η Σόνια δεν μπορούσε να ξεχάσει τις στιγμές που έμεινε μόνη να ατενίζει το θέαμα έξω από το παράθυρο. Τα πουλιά που πετούσανε κράζοντας απαίσια, το χιόνι που έπεφτε ακατάπαυστα, τα σύννεφα που παίζανε κυνηγητό με τον άνεμο. Μέσα της ένοιωθε την απουσία κάθε συναισθήματος. Ούτε λύπη, ούτε τύψεις, ούτε κανένα ίχνος συγκίνησης. Δεν άργησε την πιάσει πανικός, να νοιώσει την ανάγκη της φυγής. Το ίδιο συναίσθημα – ίσως πιο δυνατό τώρα – που την ταλάνιζε εδώ και καιρό. Άφησε δύο λέξεις πάνω στο κομοδίνο της.

– Μάνα φεύγω, όπως σού είχα πει.

Τίποτε άλλο. Μάζεψε τα πράγματά της και κατευθύνθηκε όσο πιο αθόρυβα μπορούσε στην έξοδο. Κάπως έτσι χώρισαν οι δρόμοι τους. Η Σόνια είχε ξεγράψει για πάντα τους δικούς της, δεν είχε καμία διάθεση να τους ξαναδεί πια.

***

6

ΓΙΑΤΡΕ ΒΟΗΘΕΙΑ!

Ο γιατρός Βέρτης δεν έδειξε καμία έκπληξη όταν άκουσε εκείνη την ακατάλληλη ώρα το δυνατό χτύπο στην πόρτα του. Δεν ήτανε η πρώτη φορά που κάποιος απελπισμένος από τους ασθενείς του, κάποιος κυνηγημένος από τον ίδιο τον εαυτό του, θα ζητούσε τη βοήθειά του. Η έκπληξή του ήτανε όταν αντίκρισε τη Σόνια, η οποία αναμαλλιασμένη και ξεπαγιασμένη όρμησε μέσα στο ιατρείο.

– Γιατρέ βοήθεια, ψιθύρισε με σβησμένη φωνή πριν σωριαστεί στον καναπέ.

Άρχισε να τού διηγείται την εμπειρία της εκδρομής και το συγκλονισμό που ένιωσε παρακολουθώντας τους γονείς και τους φίλους τους στις ερωτικές στιγμές τους. Δεν τόλμησε ακόμα να προχωρήσει στην περιγραφή του τέλους του Γουστάβου.

– Δεν είναι αηδιαστικές, γιατρέ, οι σκηνές που σού διηγήθηκα; Εσύ πώς θα τις αντιμετώπιζες;

– Ας μην είμαστε απόλυτοι στις κρίσεις μας, γλυκιά μου. Η κάθε φάση της ζωής έχει και τα άγχη και τις ιδιομορφίες της. Προσπάθησε να κατανοήσεις αυτούς τους ανθρώπους. Βλέπουν με την κάθε μέρα που περνάει τη ζωή τους να πλησιάζει προς το τέλος της. Δεν υπάρχει μέλλον για αυτούς, προσπαθούν να επωφεληθούν από το παρόν για όσο αυτό διαρκεί. Εδώ που ζουν υποφέρουν από την έλλειψη δυνατών συγκινήσεων. Έρωτες και πάθη, χτυποκάρδια και αγωνίες, φιλοδοξίες, σχέδια και όνειρα τρελά, ακόμα και αν τα έζησαν ανήκουν πια στο παρελθόν. Είναι γλυκές αναμνήσεις για όσους τα δοκίμασαν, αλλά και απωθημένα όνειρα για τους άλλους τους περισσότερους που απλώς τα έζησαν με τη φαντασία τους. Το συζυγικό σεξ, για όσους επιμένουν σε αυτό, είναι ένα αναμασημένο φαγητό, αναμασημένο και άνοστο. Όσοι διατηρούν ψευδαισθήσεις για κάποια τελευταία εμπειρία, καινούργια και συγκλονιστική φτάνουν στα άκρα μήπως και την πραγματοποιήσουν. Ας μην τους κατακρίνουμε. Μαζί με τα χρόνια που περνάνε ελαχιστοποιούνται και οι δυνατότητες για καινούργια σχέδια, για όνειρα για δυνατές συγκινήσεις. Και οι άνθρωποι μέσα στην απελπισία τους καταφεύγουν σε διάφορες λύσεις, την αυταπάτη, την άρνηση κάθε κανόνα ηθικής συμπεριφοράς, τον ασκητισμό και τελικά τη φυγή. Οι δικοί σου και οι φίλοι τους επέλεξαν τη φυγή για να ανακουφίσουν τις ανησυχίες της ηλικίας τους. Κατέφυγαν στη λεγομένη εμπειρία του τίποτα, ενός κενού που υποσκάπτει ύπουλα τα θεμέλια της ύπαρξής τους. Πελαγοδρομούν στην αναζήτηση νοήματος για τη ζωή. Εσείς οι νέοι δεν φαντάζεστε πόσο σκληρό είναι να αισθάνεται κανείς ότι πλησιάζει το τέλος του, χωρίς να έχει προλάβει να χορτάσει τη ζωή, όπως την είχε φανταστεί, με τις άπειρες συγκινήσεις που θα μπορούσε να τού προσφέρει, γιατί σας είναι δύσκολο να τους κατανοήσετε.

Η Σόνια τον άκουγε βυθισμένη σε περισυλλογή. Άρχισε να βλέπει ότι κάθε πρόβλημα έχει δύο όψεις. Αναθάρρησε διαπιστώνοντας ότι ο Αλέξανδρος είχε την ικανότητα να την κάνει να δει τη ζωή από την σκοπιά του ώριμου ανθρώπου. Παίρνοντας θάρρος, προχώρησε ακάθεκτη τη διήγησή της με την περιγραφή της στιγμιαίας επαφής της με τον Γουστάβο για να καταλήξει στην εξομολόγησή της.

– Με είχε καταλάβει η διάθεση να κάνω κάτι ακραίο, ίσως ένα φόνο, να σκοτώσω κάποιον χωρίς να μου φταίει σε τίποτα, είπε. Με πιάνει αυτή η επιθυμία, κυρίως όταν ξυπνάω το πρωί από έναν ύπνο έτσι κι αλλιώς ταραγμένο από εφιάλτες. Θέλω να σκοτώσω, θέλω να ξεράσω ελπίζοντας ότι μαζί με το διαταραγμένο στομάχι μου θα ξαλαφρώσει και το διαταραγμένο μου μυαλό. Θέλω να ξεφύγω από την τωρινή μου πραγματικότητα, θέλω να φύγω, να κρυφτώ...

Συνέχισε περιγράφοντας το θανάσιμο «παιχνίδι» των τριών τους και την τραγική του κατάληξη.

– Τώρα, εκτός από τις τύψεις που με κυνηγάνε, νοιώθω και μία απέχθεια για την σεξουαλική πράξη. Στο μυαλό μου έρχεται η λαχανιασμένη ανάσα του μικρού, οι γεμάτες αμηχανία κινήσεις του. Παγώνω αμέσως κάθε φορά που νοιώθω κάποιον ερεθισμό, στο μυαλό μου συνεχίζουν να έρχονται εκείνες οι σκηνές και αηδιάζω. Γιατρέ, φοβάμαι ότι έχω γίνει ψυχρή και αυτό με γεμίζει πανικό.

– Παρασύρθηκες από ένα στιγμιαίο πάθος, θέλησες να εκτονώσεις το μίσος σου για τους μεγάλους αφαιρώντας τη ζωή του Γουστάβου, έσπευσε να πει ο γιατρός. Δεν το τόλμησες μόνη σου, παρέσυρες και τον Μάικ που θύμα του έρωτά του σε ακολούθησε σ' αυτόν τον κατήφορο. Τώρα νομίζεις ότι θα γλυτώσεις με τη φυγή. Μια φυγή που την δικαιολογείς με χίλιους δύο τρόπους.

Ο γιατρός δίστασε πριν συνεχίσει, όμως τελικά το αποφάσισε.

– Έλα να φύγουμε μαζί, αν θέλεις., της πρότεινε. Είναι για μένα μια απόφαση που την έχω πάρει και εγώ από καιρό χωρίς να την πραγματοποιώ κυριευμένος από την αβουλία της ηλικίας. Να που εσύ μού δίνεις την ευκαιρία. Θα ταξιδέψουμε μαζί και συγχρόνως με την αλλαγή περιβάλλοντος θα προσπαθήσω από μέρους μου σιγά σιγά να ξαναφέρω τη γαλήνη μέσα σου. Σού υπόσχομαι ότι θα κάνω ό, τι περνάει από το χέρι μου...

Έτσι που αντίκρισε τη γλύκα του προσώπου της, με αποτυπωμένη την αγωνία στα όρια πανικού, ένοιωσε την ανάγκη να την αγκαλιάσει και να την χαϊδέψει τρυφερά. Όμως αμέσως κρατήθηκε. Η δεοντολογία του επαγγέλματός του δεν επέτρεπε τρυφερότητες και ιδιαίτερες σχέσεις με τους «ασθενείς». Πολλοί, όταν τούς έδινες κάποια ένδειξη ιδιαίτερης συμπάθειας, έπαιρναν αμέσως θάρρος. Πολλοί αποκτούσαν πλήρη εξάρτηση από το γιατρό τους, φαντασιώνονταν διάφορες καταστάσεις και κατέληγαν πολλές φορές να παρασύρουν και το γιατρό σε ένα δεσμό χωρίς νόημα και συχνά με πολύ κακή κατάληξη. Ωστόσο, το διαισθανότανε ότι με τη Σόνια τα πράγματα θα μπορούσανε να είναι διαφορετικά. Συχνά την έφερνε στο νου του μετά την πρώτη τους συνάντηση και ένοιωθε να υπάρχει ανάμεσά τους μια ταύτιση. Η ανάγκη της φυγής, όπως τού την είχε περιγράψει και εκείνη, είχε φέρει στην επιφάνεια τα παλιά δικά του όνειρα.

– Να ένας άνθρωπος που θα μπορούσε να με συντροφέψει στη φυγή που ονειρεύομαι. Ίσως να είναι ο ιδεώδης σύντροφος για την τελευταία περιπέτεια της ζωής μου, μονολογούσε.

Ο Βέρτης ήτανε άνθρωπος των γρήγορων αποφάσεων. Αα αποτολμούσε το πρώτο βήμα. Την έπιασε από τα δύο χέρια και όταν ένοιωσε κάποια σημάδια ανταπόκρισης την πήρε στην αγκαλιά του.

– Λέγε με Αλέξανδρο, είπε στοργικά!

✳✳✳

7

ΤΟ ΠΡΟΒΛΗΜΑ ΤΟΥ ΓΙΑΤΡΟΥ

Είχε και ο Αλέξανδρος τα προβλήματά του, για τα οποία έψαχνε συνέχεια να βρει κάποια διέξοδο. Οι στιγμές που τον έπνιγε η τρομερή μοναξιά γινόντουσαν όλο και πιο συχνές. Η αίσθηση του κενού, η βεβαιότητα ότι η ύπαρξή του βάδιζε καλπάζοντας προς την ανυπαρξία, τον βύθιζαν όλο και πιο συχνά σε μια άβουλη απελπισία.

Οι παρατεινόμενες ώρες της ανίας τον οδηγούσαν – το ένοιωθε – στο επόμενο βήμα, την κατάθλιψη. Πλησίαζε ο Δεκέμβριος, ο μήνας που η θλίψη γιγαντώνεται μέσα στην ψυχή αυτών που δεν έχουν λόγο να περιμένουν τις γιορτές. Ο καιρός, που όλο και χειροτέρευε, έπαιζε και αυτός το ρόλο του στην ψυχική του διάθεση. Άρχισε να ενδιαφέρεται καθημερινά – όπως πολλοί συνομήλικοί του – με την πρόβλεψη του καιρού ή να παρακολουθεί τις ειδήσεις που δεν τον αφορούσαν μια και ενδιαφερόταν για άλλα, πιο ουσιαστικά, γεγονότα. Οι κλιματικές αλλαγές έμοιαζαν να έχουν πάρει μια σημαίνουσα θέση στη ζωή του. Το σώμα του τού έστελνε τα πρώτα θλιβερά σημάδια για τα χρόνια που περνούσαν καλπάζοντας. Τελευταία ένοιωθε μια συνεχή κούραση. Τον τυραννούσε ένας επίμονος βήχας, το στήθος του πονούσε συχνά.

Πήγε σε ένα γνωστό του γιατρό και έκανε εξετάσεις. Η καθημερινή του ρουτίνα άλλαξε δραστικά τη μέρα που ο γιατρός του τον κάλεσε να του ανακοινώσει τα αποτελέσματα. Με την ωμή ειλικρίνεια που διακρίνει τους γιατρούς στη χώρα του τον άκουσε να τού ανακοινώνει το συνταρακτικό νέο.

– Δεν μου αρέσουν οι εξετάσεις σου, φίλε, τον άκουσε να λέει. Πολύ φοβάμαι ότι δεν σου απομένει πολλή ζωή. Τα πλεμόνια σου είναι γεμάτα σκιές, η αξονική δείχνει ότι είσαι γεμάτος καρκίνο. Λυπούμαι...

Ξεροκατάπιε, ένοιωσε τη γη να φεύγει κάτω από τα πόδια του. Σχεδόν αυτόματα έκανε τη γνωστή ερώτηση.

– Γιατρέ πόσος χρόνος μού απομένει;

– Έχεις τουλάχιστον ένα χρόνο μπροστά σου να ζήσεις μια κανονική ζωή, ύστερα πια δεν σού εγγυώμαι τίποτα... Πρέπει να αρχίσεις αμέσως θεραπεία μήπως και μπορέσουμε να προλάβουμε κάτι, ίσως και να παρατείνουμε για λίγο την ζωή σου.

Ο νους του έτρεξε στα νοσοκομεία, τις επίπονες θεραπείες, το μάταιο αγώνα.

– Δεν αξίζει τον κόπο γιατρέ, τού απάντησε σχεδόν αυθόρμητα. Δεν βλέπω το λόγο γιατί να τυραννιστώ, να περάσω όσο χρόνο μού απομένει στα νοσοκομεία και να τυραννιέμαι με μάταιες θεραπείες. Καταλαβαίνω ότι το τέλος μου είναι σχεδόν σίγουρο, αλλά και αν ακόμα γίνει το θαύμα να παραταθεί η ζωή μου, θα ζήσω κάποια χρόνια αγωνίας και ταλαιπωρίας στα νοσοκομεία με μια ζωή αναμονής του τέλους χωρίς καμία χαρά. Όχι, προτιμώ να τον αξιοποιήσω καλλίτερα αυτόν τον χρόνο που μου απομένει, να πάρω σιγά σιγά τον δρόμο της επιστροφής για την πατρίδα, όπου ονειρεύομαι να με θάψουν. Δεν θα βιαστώ να φτάσω, θα κάνω κάποιο γύρω προηγουμένως να γνωρίσω τον κόσμο που δεν γνώρισα, θα προσπαθήσω να μαζέψω όσες εμπειρίες θα προλάβω, ώστε να φύγω τουλάχιστον ευχαριστημένος.

– Δική σου η απόφαση φίλε μου, δεν σου δίνω άδικο, κάνε ότι νομίζεις καλλίτερο.

Ο γιατρός σηκώθηκε από την καρέκλα του με ανακούφιση, είχε ξεπεράσει τις δύσκολες στιγμές και ένοιωθε ξαλαφρωμένος.

– Όποτε με χρειαστείς, εδώ θα είμαι, τον αποχαιρέτησε δίνοντάς του κάποια ισχυρά παυσίπονα.

– Πάρε αυτά, τού είπε, φοβάμαι ότι θα σού είναι απαραίτητα.

Ο Αλέξανδρος παρέμενε διστακτικός.

– Κάτι τελευταίο, φίλε μου. Αποτείνομαι στον φίλο, όχι στον γιατρό. Μη με αφήσεις να τυραννιστώ, όταν πλησιάσει η κακιά ώρα. Δώσε μου την ευκαιρία να διαλέξω εγώ πότε θα φύγω από τη ζωή. Ξέρω ότι υπάρχουν κάποια χαπάκια...

Ο γιατρός τον έκοψε.

– Φίλε, εγώ σπούδασα γιατρός, μην μού ζητάς να κάνω το δήμιο.

– Μα δεν σού ζητώ να κάνεις τίποτα παραπάνω απ ό,τι θα έκανες – ο μη γένοιτο– σε κάποιον πολύ δικό σου, στη μάνα σου, στην αδελφή σου.

– Δεν θα έκανα ποτέ κάτι τέτοιο, σε βεβαιώ. Με έχει προβληματίσει πολλές φορές το θέμα και έχω καταλήξει στις αποφάσεις μου. Χρησιμοποιώ τις επιστημονικές μου γνώσεις για να προσφέρω ανακούφιση στους ασθενείς μου, όχι για να τελειώνω μια ώρα αρχύτερα μαζί τους. Το μόνο που μπορώ να κάνω– και αυτό μόνο για σένα– είναι να σού δώσω τη διεύθυνση ενός «ειδικού» στην Ολλανδία που έμαθα ότι ασχολείται με αυτές τις περιπτώσεις. Δεν συμφωνώ αλλά θα το κάνω στο όνομα της παλιάς μας φιλίας.

Αυτό ήτανε! Ο Αλέξανδρος σημείωσε το όνομα και την πολύτιμη

γι' αυτόν διεύθυνση, και αποχαιρετιστήκανε και φιληθήκανε σταυρωτά, στο κάτω – κάτω παλιοί φίλοι ήτανε. Και τώρα ήρθε η στιγμή που το αποφάσισε. Ο παλιός Οδυσσέας ξύπνησε μέσα του. Θα έκανε – έστω και πολύ αργά – την προσωπική του επανάσταση. Θα άλλαζε ζωή. Θα έφευγε όσο πιο μακριά θα άντεχαν οι δυνάμεις του, θα επέστρεφε επιτέλους στην πατρίδα του την Ελλάδα... Μακριά από τον παγωμένο βορρά με την ψευδαίσθηση ότι έτσι απομακρύνεται και από τη σκληρή του μοίρα. Ούτε και αυτός καταλάβαινε πως καλυτέρευσε η διάθεσή του μόλις πήρε τις αποφάσεις του. Άλλαξε το αυτοκίνητό του αγοράζοντας ένα τζιπ της μόδας, προμηθεύτηκε χάρτες και ταξιδιωτικούς οδηγούς, ξαγρυπνούσε κάνοντας προγράμματα και σχέδια για το τελευταίο του ταξίδι, θαρρείς και το τελεσίγραφο του γιατρού τον είχε ξυπνήσει από ένα χρόνιο λήθαργο και του άνοιγε καινούργιες, ενδιαφέρουσες προοπτικές για όση ζωή του είχε απομείνει. Από μια άποψη σκεφτότανε ότι μάλλον την καλοδέχτηκε την ετυμηγορία του γιατρού. Έως τώρα δεν πίστευε σε κανένα θεό, πίστευε στην επιστήμη και στις ανθρώπινες δυνατότητες. Τώρα που αντιμετώπιζε τη σκληρή αλήθεια ένοιωσε μια αλλαγή να γίνεται μέσα του.

– Δεν είναι δυνατόν, σκεφτότανε, η μεγάλη πλειοψηφία της ανθρωπότητας να ζει με την ψευδαίσθηση κάποιας θρησκείας, να αντλεί από αυτήν ελπίδες για τη συνέχιση με άλλες μορφές της ύπαρξης μετά τον σωματικό θάνατο. Ας μην είμαστε τόσο εγωιστές εμείς οι φιλοσοφούντες άθεοι, δεν είναι καθόλου σίγουρο ότι το δίκιο είναι με το μέρος μας. Ας αρχίσω να δίνω κάποια πίστη σε αυτό που διδάσκουν οι περισσότερες θρησκείες του κόσμου. Μπορεί να έχουν κάποιο δίκιο. Τελικά, την ίδια αδυναμία που έχουν οι πιστοί να αποδείξουν την ύπαρξη κάποιου θεού, ακριβώς την ίδια έχουμε και εμείς να αποδείξουμε τη μη ύπαρξή του. Ίσως σε λίγο καιρό που θα απαλλαγώ από το σαρκίο μου, ίσως τότε μάθω την αλήθεια.

Όπως όλοι οι θνητοί, άρχισε μπροστά στο θάνατο και ο Αλέξανδρος να ελπίζει αυτό που εκείνη τη στιγμή τον συνέφερε περισσότερο.

Ανθρώπινο ήταν.

– Το είχα αποφασίσει να ξεφύγω από την πραγματικότητά μου, αλλά άλλο είναι να το αποφασίζεις και άλλο να το πραγματοποιείς. Ακούγοντας την αλλοπρόσαλλη ιστορία της Σόνιας, μια τρελή ιδέα κυριάρχησε μέσα μου. Η Σόνια λαχταρούσε να φύγει όσο και εγώ. Μέχρι τώρα διατηρούσα ένα δισταγμό να ξεκινήσω μόνος. Λαχταρούσα μια συντροφιά, αρκεί να ταιριάζανε τα χνώτα μας. Ξάφνου συνειδητοποίησα ότι η Σόνια έμοιαζε να είναι η σύντροφος που μού έλειπε. Δεν δίστασα να τής το προτείνω. Χάρηκα όταν εκείνη δέχτηκε χωρίς δισταγμό.

– Φύγαμε Αλέξανδρε, με έναν μόνο όρο. Θα είμαι ελεύθερη να κάνω ό,τι θέλω, να γνωρίσω ανθρώπους και καταστάσεις, να πλουτίσω σε εμπειρίες. Έχω μάθει να είμαι ανεξάρτητη, δεν θέλω δεσμεύσεις.

– Τής το υποσχέθηκα. Άλλωστε τήν είχα ήδη ψυχολογήσει. Ήξερα ότι η Σόνια ήθελε να ανήκει μόνο στον εαυτό της.

Ξεκινήσανε αμέσως σαν κυνηγημένοι, αφού για άλλη μία φορά αγκαλιαστήκανε και φιληθήκανε σαν παλιοί γνώριμοι –«σαν ερα-στές που ξανασμίγουνε»; – πέρασε από το μυαλό του η σκέψη σαν αστραπή. Συμφωνήσανε να μην σταματήσουνε καθόλου στην Κο-πεγχάγη. Άλλωστε δεν είχε τίποτα το διαφορετικό να τούς προσφέ-ρει. Καταχνιά και κρύο, άνθρωποι κουμπωμένοι και βιαστικοί στους δρόμους, κατήφεια παντού.

Η Σόνια ένοιωθε την έντονη επιθυμία να ξεκινήσουν αμέσως προς τα Νότια. Ο νους της ήτανε προσανατολισμένος προς τα εκεί σαν τη βελόνα της πυξίδας, που όσο και να τη γυρίζεις, εκείνη στρέφεται να δείξει το σημείο της γης που την τραβάει σα μαγνήτης. Εκείνος πάλι δεν έβλεπε την ώρα να φθάσει στην Ολλανδία, να βρει στο Άμ-στερνταμ τον ειδικό που θα τόν λύτρωνε από το άγχος ενός θανάτου βασανιστικού και επώδυνου «όταν θα έφθανε η ώρα.»

Μόνον έτσι, σκεφτόταν – έχοντας το λυτρωτικό χαπάκι στην τσέπη του – μόνον τότε θα μπορούσε να «απολαύσει» τη ζωή που τού υπολειπότανε να ζήσει. Φυσικά και δεν ανέφερε τίποτα από αυτά στη σύνοδό του. Ήταν πολύ νωρίς για τέτοιου είδους εξομολογήσεις. Άλλωστε, δεν μπορούσε να μαντέψει πώς θα αντιδρούσε εκείνη. Ίσως έπρεπε να κρατήσει το μυστικό του ως το τέλος. Την παρατηρούσε τώρα να καταβροχθίζει με όρεξη το πρωινό της, να φλυαρεί περί ανέμων και υδάτων, να σταματά μόνο για να του χαμογελάσει, να ξεσπάει σε γέλια μόλις εκείνος διακόπτοντας τις θλιβερές σκέψεις του τής πέταγε κάποιο αστείο.

– Σε ζηλεύω, τής έλεγε από μέσα του. Εσύ πάς να βρεις τη ζωή, εγώ πάω να την αποχαιρετήσω...

Το ύφος του τον πρόδωσε, η Σόνια το παρατήρησε.

– Πολύ σκεφτικό σε βλέπω σήμερα, σαν κάτι να σε τυραννάει, τού είπε αγγίζοντας τρυφερά το χέρι του.

– Δεν είναι τίποτα, έσπευσε να δικαιολογηθεί. Απλώς, ανυπομονώ και εγώ να βρεθώ σε πιο χαρούμενα μέρη.

Εκείνη δεν επέμεινε, δεν πείστηκε βέβαια, μόνο το άφησε να περάσει έτσι. Ανακουφίστηκε ο Οδυσσέας με τη διακριτικότητά της, Είχε ανάγκη μια τέτοια διακριτικότητα. Το τζιπ καταβρόχθιζε τώρα με άνεση τα ατελείωτα χιλιόμετρα, ενώ οι επιβάτες του, βυθισμένοι ο καθένας στις σκέψεις του, απολάμβαναν την απαλή μουσική που ακουγότανε από το ραδιόφωνο. Η Σόνια είχε σπεύσει να αλλάξει τη συμφωνία του Μάλερ, η οποία ακουγότανε με μία ζωηρή Λάτιν μουσική.

8

ΣΤΟΥΣ ΕΥΡΩΠΑΪΚΟΥΣ ΠΑΡΑΔΕΙΣΟΥΣ

Άμστερνταμ. Η πόλη έσφυζε από ζωή. Το χιόνι που έπεφτε κατά διαλείμματα είχε στολίσει τα κανάλια με ένα πέπλο φαντασμαγορικό. Από τα διάφορα γεφυράκια, που ένωναν τις όχθες, έβλεπε κανείς να κρέμονται σταλακτίτες και να τούς δίνουν μία παραμυθένια όψη. Οι δύο κυνηγοί της χίμαιρας είχαν γίνει ένα με το χαρούμενο πλήθος που σουλατσάριζε στις όχθες των καναλιών χαζεύοντας τις βιτρίνες με το ζωντανό εμπόρευμα και σχολιάζοντας τα εκθέματα.

– Μου προξενεί αηδία η ελευθεριότητα αυτού του λαού, σχολίαζε η Σόνια. Βρίσκω ότι η δημοκρατία τους έχει ξεπεράσει τα όρια της πολιτισμένης ζωής. Η εκμετάλλευση του ανθρώπου από τον άνθρωπο, με το πρόσχημα της απόλυτης ελευθερίας, βρίσκω ότι τούς έχει οδηγήσει σε ακραίες καταστάσεις. Δεν νομίζω ότι το σεξ είναι εμπόρευμα να αγοράζεται και να πουλιέται. Δεν μπορεί να ονομάζεται αυτό το πράγμα πολιτισμός. τού μιλούσε ακατάπαυστα δείχνοντάς του τη βιτρίνα με την ολόγυμνη κοπέλα να προσποιείται ότι αυνανίζεται με μία μπανάνα, ενώ τη χάζευε το φιλοθεάμον κοινό.

Ένας τερατόμορφος μελαψός τούς έφραξε ξάφνου το δρόμο. Πρότεινε με απειλητικό τρόπο τα ναρκωτικά που πουλούσε στον Αλέξανδρο, ενώ συγχρόνως έσπρωχνε το ζευγάρι προς το κανάλι. Τρομάξανε και με χίλια ζόρια απαλλαγήκανε από αυτόν και από τις απειλές του. Η Σόνια σχεδόν σε κατάσταση πανικού πρόσεξε με φρίκη ότι κανένας από τους περιπατητές δεν έδωσε σημασία. Ούτε βέβαια εκδήλωσε την παραμικρή διάθεση να παρέμβει βοηθώντας το ζευγάρι.

– Τι καλά που θα βρεθούμε στη Μεσόγειο. Όχι ότι και εκεί δεν γίνονται του κόσμου τα εγκλήματα και οι εκβιασμοί. Όμως ο κόσμος είναι διαφορετικός.Δεν προσπερνά όσους κινδυνεύουν σφυρίζοντας αδιάφορα. Συντρέχει το διπλανό του, προσπαθεί να τον βοηθήσει στη δύσκολη ώρα, είπε.

 Ο Αλέξανδρος τής χαμογέλασε πατρικά. λέγοντας:

– Συγκράτησε τις ψευδαισθήσεις σου, μικρή μου. Ο κόσμος είναι ζούγκλα, είτε στο Βορρά βρεθείς είτε στο Νότο.

Μπήκανε βιαστικά σε ένα κινέζικο εστιατόριο. Ήταν ένα από αυτά τα εστιατόρια πολυτελείας του Άμστερνταμ που έχουνε βαφτίσει Κινέζικα τα διάφορα φαγητά ανατολίτικης έμπνευσης που σερβίρουν και που εξάπτουν τη φαντασία και τη γεύση των καλοζωισμένων πελατών τους.

– Αν έτρωγαν έτσι οι Κινέζοι θα ήτανε πολύ διαφορετικός ο κόσμος, παρατήρησε ο Αλέξανδρος γευόμενος την πεντανόστιμη πάπια με μέλι που άχνιζε τώρα στο πιάτο του.

– Ας μην είμαστε σε όλα αρνητικοί, καλέ μου, τού αντέτεινε η Σόνια. Ας ζήσουμε λίγο το όνειρο που μας σερβίρουν έστω και αν αυτό δεν είναι παρά ένα ψέμα, μία χίμαιρα.

Ο Αλέξανδρος ένοιωσε ένα ξεχείλισμα στοργής για το νέο κορίτσι που έβλεπε τόσο χαρούμενο απέναντί του. Τής έπιασε το χέρι και το φίλησε τρυφερά

– Καλή σου όρεξη, κούκλα μου, να είσαι πάντοτε ευτυχισμένη, ψιθύρισε.

– Είμαι πολύ ευτυχισμένη απόψε και αυτό το οφείλω σε εσένα, ανταπάντησε.

Στο δρόμο για το ξενοδοχείο την περιέργειά τους τράβηξε ένα συμπαθητικό μπαράκι που ξεχείλιζε από κόσμο. Μπήκανε μέσα χωρίς να συνεννοηθούν καν. Ίσως να τους τράβηξε και το περίεργο όνομά του. Bulldog, έγραφε η επιγραφή στην πόρτα του. Δεν ήτανε από τα γνωστά μπαράκια που συναντά κανείς σε όλα τα μέρη του κόσμου. Πνιγμένο στο μυρωδάτο καπνό, γεμάτο με πελάτες που «ταξίδευαν» σε δικούς τους κόσμους με ύφος αποξενωμένο από το περιβάλλον, άλλοι καπνίζοντας με πάθος και εισπνέοντας το καπνό όσο πιο βαθιά μπορούσαν, άλλοι ρουφώντας με ένα καλαμάκι από τη μύτη μία άσπρη σκόνη, κάποιοι με μια σύριγγα στο χέρι. Μερικοί μιλούσαν εύθυμα και ζωηρά, άλλοι τραγουδούσαν και γελούσαν παραληρητικά, ήτανε και κάποιοι που έμοιαζαν να κοιμούνται βυθισμένοι σε ένα βαθύ κώμα. Ο Αλέξανδρος ασυναίσθητα τράβηξε τη μικρή προς την έξοδο. Όμως με έκπληξή του είδε να αντιστέκεται.

– Όχι Αλέξανδρέ μου, σ' αυτό το ταξίδι θέλω να τα δοκιμάσω όλα, θέλω να αποκτήσω όσο πιο πολλές εμπειρίες μπορώ από τη ζωή, είπε, ενώ έστριβε δύο τσιγάρα με τη μαριχουάνα που σε μηδέν χρόνο είχε προμηθευτεί από τον πρόθυμο μπάρμαν.

Για τον Αλέξανδρο δεν ήτανε η πρώτη φορά που δοκίμαζε. Ήξερε καλά το αποτέλεσμα. Κάποιο συναίσθημα ευεξίας, μία προσωρινή «αναχώρηση» από τα καθημερινά άγχη, ίσως κάποια σεξουαλική υπερδιέγερση και, στο τέλος, ένας βαθύς σαν το θάνατο, ύπνος. Δεν τού κακοφάνηκε η ιδέα. Όσο για τη μικρή, μία και τήν έβλεπε αποφασισμένη δεν εύρισκε το λόγο να τήν εμποδίσει. Στο κάτω – κάτω, δεν τον είχε διορίσει κανείς και κηδεμόνα της... Την παρέσυρε έξω από το μπαρ. Καθίσανε σε ένα παγκάκι στην όχθη του καναλιού και τραβήξανε μερικές δυνατές ρουφηξιές από τα τσιγάρα της Σόνιας. Εκείνη παρατηρούσε τώρα τα διάφορα φωτάκια στο κανάλι να τρεμοσβήνουνε, να πολλαπλασιάζονται, να χορεύουνε τρελά μπροστά στα ζαλισμένα μάτια της. Την έπνιξαν διάφορα συναισθήματα, ένας ασυγκράτητος πόθος για τον ώριμο σύντροφό της, μία αγάπη ανάμεικτη με στοργή, μία ακατανίκητη ανάγκη να τον κάνει δικό της, να γίνει δικιά του. Κινήσανε με γρήγορο βήμα προς το ξενοδοχείο. Δεν ζήτησε το κλειδί του δωματίου της, τον ακολούθησε στο δικό του. Δεν τηρήσανε κανένα πρόσχημα. Πετάξανε χωρίς κουβέντα, βιαστικά τα ρούχα από επάνω τους. Είχε έρθει η ώρα.

Ο Αλέξανδρος είχε γνωρίσει όλων των ειδών τους έρωτες. Τον ρουτινιάρικο συζυγικό με την ανούσια σύζυγό του, τον συγκαταβατικό με τις διάφορες βεντετούλες που νομίζανε ότι έτσι θα τον παρακινούσανε να τις προωθήσει στην καριέρα τους, το βίαιο και χωρίς ταμπού έρωτα με κάποιες ξελιγωμένες κυριούλες που κυνηγούσανε απελπισμένα την ηδονή βλέποντας ότι πλησιάζουν στο τέλος της σεξουαλικής τους ζωής. Όλα αυτά τα γνώριζε καλά. Είχε δοκιμάσει τα πάντα. Ή, τουλάχιστον, έτσι νόμιζε. Όμως, εκείνο το βράδυ η μικρή τον απογείωσε σε πρωτόγνωρες εμπειρίες. Είχε το έμφυτο ταλέντο να είναι την ίδια στιγμή τρυφερή και άγρια μαζί του, ένοιωθε το κάθε χάδι της να ξεχειλίσει από απαλότητα και αγάπη και συγχρόνως να του προξενεί έναν απίθανα ερεθιστικό πόνο. Το κάθε φιλί της ήτανε και μία ερωτική εξομολόγηση, ένα μήνυμα αγάπης.

– Ο έρωτας στην αληθινή του μορφή, συλλογίστηκε.

Ο έρωτας που κάνανε ξεπερνούσε τα όρια του απλού σεξ και συνδύαζε την αγάπη, τον πόθο, την εκδήλωση συναισθημάτων, τη βιαιότητα, και, τέλος, το σαδισμό που πηγάζει από την αμοιβαία διάθεση ικανοποίησης του ενστίκτου. Εκείνο το αλησμόνητο βράδυ ο Αλέξανδρος, έστω και αργά, ανακάλυψε τί είναι και πώς εκδηλώνεται ο πραγματικός έρωτας. Τον δίδαξε με το πηγαίο ερωτικό της ένστικτο η μικρή, η καινούργια – ίσως και τελευταία – κατάκτησή του.

Το πρωί, όταν ξύπνησε, ο Αλέξανδρος αισθανότανε να είναι δέκα χρόνια νεώτερος. Η γνωστή πρωινή κούραση, η ακεφιά και το βαρύ κεφάλι, τα «κομμένα» πόδια, όλα αυτά τα γνωστά πρωινά συμπτώματα που τον τυραννούσαν από καιρό είχανε εξαφανιστεί. Δίπλα του, το αγγελούδι, απολάμβανε ακόμα την αγκαλιά του Μορφέως.

Στο πρόσωπό της ήτανε αποτυπωμένη μία απόλυτη ηρεμία. Δεν υπήρχε η παραμικρή ρυτίδα να ταράξει τη θεία αρμονία των χαρακτηριστικών της. Τήν παρατηρούσε αμίλητος και πλημμυρισμένος από ανάμεικτα συναισθήματα πατρικής στοργής και αγάπης. Η έκτη αίσθηση την έφερε στην πραγματικότητα. ένα χαμόγελο χάραξε το πρόσωπό της.

– Καλημέρα, αγάπη μου, άκουσε την κελαριστή της φωνή και φιληθήκανε στοργικά.

Δεν άργησε να επανέλθει στη σκληρή πραγματικότητα. Σήμερα έπρεπε να τελειώνει και με το βραχνά της επίσκεψης στο γιατρό, να πάει να προμηθευτεί το πολύτιμο χάπι. Θα τελείωνε και με αυτή την τελευταία δυσάρεστη εκκρεμότητα της ζωής του και μετά θα άφηνε τον εαυτό του ελεύθερο να απολαύσει ό, τι του υπολειπότανε από τη ζωή. Πήρε μία βαθιά ανάσα, μάζεψε όλο το κουράγιο του και άρχισε να ντύνεται.

– Σήμερα, αγαπούλα, θα λείψω για μια επείγουσα δουλειά. Εσύ έχεις όλη τη μέρα στη διάθεσή σου να ανακαλύψεις αυτή τη μαγική πόλη και με το φως της μέρας. Ύστερα από αυτό, σού υπόσχομαι ότι θα είμαι συνέχεια μαζί σου. Τίποτα πια δεν θα μας χωρίσει τουλάχιστον για όσο καιρό θα θέλεις να είσαι κοντά μου, στο υπόσχομαι.

Τον κοίταξε παραξενεμένη. Κάτι μέσα της έλεγε ότι δεν έπρεπε να τού κάνει ερωτήσεις.

– Θα συναντηθούμε το απογευματάκι, ς είπε αποχαιρετώντας την και εισπράττοντας για άλλη μία φορά το μαγευτικό της χαμόγελο

– Μπορώ να εξετάσω τον ιατρικό σας φάκελο;

Η κυρία που τον είχε υποδεχθεί είχε ένα σοβαρό ύφος, αλλά και ένα ευχάριστο παρουσιαστικό. Τήν παρατηρούσε καθώς εξέταζε με προσοχή τις ακτινογραφίες του, την έκθεση των γιατρών, τις αναλύσεις του, όλα τα σχετικά έγγραφα. Τον κοίταξε σοβαρή.

– Είμαστε μία φιλανθρωπική οργάνωση που θέλουμε να βοηθήσουμε τους πάσχοντες συνανθρώπους μας, άκουσε να του λέει. Δεν εκμεταλλευόμαστε καταστάσεις ούτε θέλουμε να επηρεάσουμε τους συνανθρώπους μας που έχουν πάρει με ψυχραιμία τις αποφάσεις τους. Είστε σίγουρος ότι αυτή είναι η ανεπηρέαστη θέλησή σας, ότι δεν σάς έσπρωξε κάποιος να το αποφασίσετε; Φαίνεστε ώριμος άνθρωπος καταλαβαίνω ότι έχετε πλήρη επίγνωση αυτού που πάτε να κάνετε, πρόσθεσε.

– Και βέβαια έχω πάρει με πλήρη επίγνωση τις αποφάσεις μου. Δεν θέλω η ζωή μου να έχει μια τραγική κατάληξη, ούτε έχω τη διάθεση να γίνω πειραματόζωο. Θέλω να δώσω ένα αξιοπρεπές τέλος στη ζωή μου και για αυτό απευθύνθηκα σε εσάς. Ήρθα εδώ για να με βοηθήσετε και θα σας ευγνωμονώ εάν το κάνετε.

– Εφόσον αυτή είναι η επιθυμία σας, εμείς δεν έχουμε καμία αντίρρηση να σας βοηθήσουμε, είπε η κυρία χαμογελώντας και έβγαλε από το συρτάρι κάποια έγγραφα και τα έδωσε να τα διαβάσει.

– Υπογράψτε αυτά τα χαρτιά, αφού τα διαβάσετε προσεκτικά, είπε.

Ο Οδυσσέας πήρε τα χαρτιά με ελαφρά τρεμάμενο χέρι, τα διάβασε και άρχισε να τα συμπληρώνει.

– Λυπούμαι για τη δοκιμασία που σάς βάζω, αλλά καταλαβαίνετε..., πρόσθεσε.

Τον είχε πιάσει μια ανυπομονησία, ήθελε να τελειώσει μία ώρα αρχύτερα. Υπέγραψε βιαστικά και είδε την κυρία να τού παραδίδει σε ένα κουτάκι δύο χαπάκια.

– Το πράσινο θα το πάρετε, όταν αποφασίσετε ότι ήρθε η ώρα. Μόλις αντιληφθείτε ότι βυθίζεστε σε ύπνο, μπορείτε να καταπιείτε και το δεύτερο. Λυπούμαι που δεν βρίσκω τίποτα να σας ευχηθώ, είπε.

Σηκωθήκανε σχεδόν ταυτόχρονα από τις καρέκλες τους. Ο Αλέξανδρος την αποχαιρέτησε συγκινημένος.

– Θα σάς ευγνωμονώ για το υπόλοιπο της ζωής μου, είπε διαβαίνοντας την έξοδο.

Αισθάνθηκε την ανάγκη να περπατήσει για λίγο μόνος του. Έπαιρνε βαθιές ανάσες, ενώ συχνά πυκνά ψαχούλευε την τσέπη του να ψηλαφίσει τα πολύτιμα χάπια. Σύντομα αντέδρασε. Έστρεψε τη σκέψη του στη μικρή του αγάπη και αμέσως πλημμύρισε από χαρά. Ήθελε τώρα να τρέξει κοντά της, να μην χάσει λεπτό από τη ζωή του που ήξερε ότι τώρα πια είχε αρχίσει να παίρνει αντίστροφη μέτρηση. Κάθε λεπτό από εδώ και πέρα θα τον έφερνε και πιο κοντά στο τέλος. Βιαζότανε να απολαύσει όσο μπορούσε την κάθε στιγμή της ζωής του που θα περνούσε ανεπίστρεπτα. Δεν έμοιαζε να πολυνοιάζεται για το βέβαιο τέλος του. Κοίταζε τον κόσμο που τον προσπερνούσε αδιάφορος.

– Και εσείς θα πεθάνετε, έλεγε από μέσα του. Εγώ τουλάχιστον μπορώ να αποφασίσω μόνος μου για το «πότε», ενώ εσείς θα εξακολουθήσετε να ζείτε με ένα πελώριο ερωτηματικό. Δεν βλέπω γιατί είσαστε σε καλλίτερη μοίρα από εμένα, συλλογιζόταν, στην προσπάθειά του να παρηγορηθεί και να είναι έτοιμος να αντικρίσει την καλή του με καλή διάθεση, να μην προδοθεί!

Ξανασμίξανε χαρούμενοι και ανακουφισμένοι. Νοιώθανε να έχουνε τόση ανάγκη ο ένας για τον άλλον, ώστε και ο κάθε έστω και προσωρινός χωρισμός τους δημιουργούσε κάποιο άγχος, μήπως και το όνειρο που ζούσανε ήτανε μέσα στη φαντασία τους, μήπως και δεν ξαναβρισκόντουσαν πια. Τήν έσφιγγε πάλι τρισευτυχισμένος στην αγκαλιά του, τήν χαϊδολογούσε, της ψιθύριζε ερωτόλογα.

– Αγαπούλα μου, πάμε να φύγουμε από εδώ. Το Άμστερνταμ μάς έδωσε όσα μπορούσε να μας δώσει. Ήρθε η ώρα να σε πάω σε μία από τις ωραιότερες πόλεις του κόσμου, το Παρίσι. Θυμάμαι από τα φοιτητικά μου χρόνια μια συμπαθέστατη πανσιόν. Η ιδιοκτήτριά της, δεν μπορεί θα με θυμάται, θα μας περιποιηθεί και θα φροντίσει να περάσουμε καλά. Τι λες ξεκινάμε;

– Θα έρθω μαζί σου ως το τέλος του κόσμου, είπε αυθόρμητα, ενώ το πρόσωπό της φωτίστηκε για άλλη μία φορά με εκείνο το αφοπλιστικό της χαμόγελο.

***

9

ΠΙΣΩ ΑΠΟ ΤΗΝ ΒΙΤΡΙΝΑ

Ακολούθησε η γοητευτική παρισινή περιπέτεια … Περάσανε ένα ήρεμο πρωινό ξεφυλλίζοντας παλιά βιβλία στα υπαίθρια βιβλιοπωλεία στις όχθες του Σηκουάνα. Χαζέψανε τους διάφορους μποέμ καλλιτέχνες, διανοούμενους και αιώνιους φοιτητές της αριστερής όχθης και κατέληξαν στην «Coupole» για στρείδια και ένα ελαφρύ γεύμα. Η όλη ατμόσφαιρα του κόσμου, που σουλατσάριζε, τα ατέλειωτα γέλια του φοιτηταριού που γευμάτιζε φλυαρώντας αμέριμνα δίπλα τους, ο ανοιξιάτικος ήλιος του Παρισιού, όλα αυτά μαζί άλλαξαν τη διάθεση και επανέκτησαν το παλιό τους κέφι. Τίποτα δεν πρόδιδε το δράμα που παιζότανε στα άθλια γκέτο της προσφυγιάς λίγο πιο έξω από τη λαμπερή βιτρίνα της πόλης. Οι εφημερίδες και οι τηλεοράσεις διαλαλούσαν τα δράματα και τις μάχες που εκτυλίσσονταν στα «προάστια», τις φτωχογειτονιές, όπου οι λαθρομετανάστες είχανε ξεσηκωθεί και πάλευαν με τους εφησυχασμένους πολίτες των «καλών» συνοικιών. Ο Αλέξανδρος ήθελε να δει με τα ίδια του τα μάτια το δράμα που παιζότανε εκεί. Ένας απαραίτητος μεσημβρινός υπνάκος και νάτοι πάλι ξεκούραστοι και πανέτοιμοι για τις πρώτες ανιχνεύσεις στις γειτονιές που έβραζαν. Η Jasmine, η νεαρή Ελληνογαλίδα υπάλληλος της πανσιόν, όπου είχε κρατήσει δωμάτια ο Αλέξανδρος, , υποδέχθηκε χαμογελαστή στο μικρό σαλόνι και προθυμοποιήθηκε να τους ξεναγήσει στα προάστια και να τους γνωρίσει με μερικούς γνωστούς τους που κατοικούσαν εκεί. Ήτανε ντυμένη απλά, κάπως χίπικα σαν ένα κοινό κοριτσόπουλο.

– Πάμε να δούμε την άλλη όψη του φεγγαριού, είπε. Απόψε θα πάρουμε το ταπεινό μου αυτοκινητάκι, δεν θα ήθελα να προκαλέσουμε τον «άλλο» κόσμο με το πολυτελές τζιπ που έχετε, οι άνθρωποι που θα συναντήσουμε τα μετράνε πολύ κάτι τέτοια. Είναι άνθρωποι ταλαιπωρημένοι και αδικημένοι από τη ζωή, αλλά από την άλλη είναι καλοί φίλοι με αγαθή ψυχή οι περισσότεροι. Δεν θα χάσετε τίποτα να τους γνωρίσετε, πρόσθεσε.

Στριμωχθήκανε στο παρδαλά και νεανικά βαμμένο Deu Cheveau αυτοκινητάκι και ξεκινήσανε για τα «προάστια» – ο Θεός να τα κάνει προάστια δηλαδή – έξω από το Παρίσι. Μισοέρημοι δρόμοι, λίγοι διαβάτες στην πλειοψηφία τους έγχρωμοι, κάποια παιδάκια χωρίς χαμόγελο να παίζουνε με τις λάσπες και τις πέτρες, γκρίζα πελώρια κτίρια που θύμιζαν σοβιετικές πόλεις, κατήφεια και αθλιότητα.

– Δεν πιστεύω στα μάτια μου, ψιθύρισε με απογοήτευση η Σόνια. Βρισκόμαστε λίγα μέτρα μακριά από το λαμπερό Παρίσι και όμως αντικρίζουμε τέτοια κατάντια, πρόσθεσε.

– Εδώ κατοικούν οι άνθρωποι ενός κατώτερου θεού, όπως τούς αποκαλούν. Αφού ληστέψανε και απομυζήσανε οι πολιτισμένοι Ευρωπαίοι το φυσικό πλούτο από τις πατρίδες τους, τους ενθαρρύνανε να έρθουν εδώ δίνοντάς τους την ελπίδα κάποιας αξιοπρεπούς ζωής, με μόνο σκοπό να επωφεληθούν από τα φτηνά τους μεροκάματα.

– Και από τότε συνεχίζουνε να τούς εκμεταλλεύονται με κάθε τρόπο, να τούς στέλνουνε να πολεμήσουν και να σκοτωθούν για λογαριασμό τους σε όποιες συρράξεις ανακατευότανε η Γαλλία. Συνήθιζαν να τους αμείβουν για τις χαμαλοδουλειές που τους ανέθεταν με μισθούς πείνας, να τούς αντιμετωπίζουν με περιφρόνηση, να τούς έχουνε αποκλείσει σε αυτά τα άθλια γκέτο και να αδιαφορούνε για την μοίρα τους.»

Προχωρούσανε βαθιά μέσα στις άθλιες γειτονιές. Το αυτοκινητάκι σταμάτησε μπροστά σε ένα ερειπωμένο μισοκαμμένο κτίριο.

– Αυτό το κτίριο κάηκε πρόσφατα από πυρκαγιά παρασύροντας στο θάνατο ανήμπορους γέρους και παιδάκια. Αδιάφορη η πολιτεία το άφησε να καίγεται για ώρα πριν σπεύσει σε βοήθεια. Το αποτέλεσμα το βλέπετε μπροστά σας. Είναι ένα μνημείο της κρατικής αδιαφορίας και της κάθε έλλειψης κοινωνικής φροντίδας. Αυτή είναι η άλλη όψη της λαμπρής μας πόλης, απολαύστε την.

– Έχω κανονίσει να περάσουμε τη βραδιά μας παρέα με κάποιους από αυτούς τους γνωστούς μου τους, ανήγγειλε η Jasmine. Μην ανησυχείτε, είναι ήρεμοι και ευγενέστατοι. Δεν πρόκειται να σάς κάνουν κακό. Αντίθετα, νομίζω ότι έχετε να μάθετε πολλά από αυτούς και ελπίζω να τους κατανοήσετε, είπε.

– Αχμέτ, Κατρίν η γυναίκα του, Marie η κόρη τους, Ζοζέφ ο γαμπρός τους.

Η Jasmine έκανε τις απαραίτητες συστάσεις. Ανταλλάξανε διερευνητικά βλέμματα και αμήχανα χαμόγελα. Η Σόνια παρατηρούσε με κάποια επιφυλακτικότητα το περιβάλλον που δεν ήτανε ό, τι το καλλίτερο.

Το φτωχικό μπιστρό, θολωμένο από τους καπνούς των κάθε είδους και εθνικότητος φτηνών τσιγάρων αντηχούσε από τις θορυβώδεις συζητήσεις. Έτσι που φάνταζε μισοσκότεινο και θλιβερό στην όψη, δημιούργησε από την πρώτη στιγμή μια περίεργη ψυχολογική κατάσταση, μια τάση φυγής, ένα σφίξιμο μέσα της. Ο Αλέξανδρος από τη μεριά του αντιμετώπιζε την όλη κατάσταση συλλογισμένος.

– Παντού τα ίδια χάλια. Τί να κάνεις μια τέτοια νιότη που προδικάζει μία άθλια και ταλαίπωρη ζωή και ένα ακόμα πιο άθλιο τέλος, συλλογιζόταν, παρατηρώντας μερικά εξαθλιωμένα γερόντια, βρόμικα και ξεδοντιασμένα να βρομάνε φτηνό οινόπνευμα καθώς μπεκροπίναναν σιωπηλά – τα περισσότερα ξεροσφύρι – στα διπλανά τραπεζάκια. Πού και πού τσάκιζε και κάποιος από το πιοτό και έγερνε το κεφάλι του στο τραπεζάκι.

Όταν το ροχαλητό τους επέμενε να ενοχλεί τους θαμώνες παρά τις παρατηρήσεις και τα σκουντήματα των γκαρσονιών, κάποιοι όμοιοί τους ανασήκωναν και τους έσερναν έξω από το μαγαζί. Εκεί συνερχόντουσαν προσωρινά χάρις στο σοκ από την παγωμένη βραδιά και τρικλίζοντας κινούσαν για το άθλιο δωμάτιό τους στο γκέτο που κατοικούσαν.

Στρωθήκανε στο τραπέζι. Το αρνάκι που σερβίρισαν, σκαρφαλωμένο πάνω σε ένα βουνό από κουσκούς ήτανε – σε αντίθεση με την εμφάνιση του μπιστρό – νοστιμότατο και άφθονο. Το αλγερινό κρασί που το συνόδευε, δυνατό και ελαφρά γλυκό, ζέστανε την ατμόσφαιρα και έλυσε τις γλώσσες. Δεν άργησε να δημιουργηθεί μία παράξενη οικειότητα ανάμεσα στις τόσο ανόμοιες παρέες καθώς φούντωνε η συζήτηση.

– Ευχαριστούμε για την τιμή που μας κάνατε να είσαστε οι προσκαλεσμένοι μας απόψε, είπε ο γηραλέος αρχηγός της οικογένειας που πήρε πρώτος τον λόγο. Οι φίλοι της Jasmine είναι και δικοί μας φίλοι, πρόσθεσε.

Σήκωσε το ποτήρι του να το τσουγκρίσει με τους ξένους του, να καλωσορίσει. Στο κουρασμένο του πρόσωπο, το πρόωρα ρυτιδιασμένο από τις ταλαιπωρίες μιας ζωής, έβλεπε κανείς να καθρεφτίζεται μια ταπεινότητα και συνάμα μια πραότητα και μια ευγένεια που σπάνια συναντούσε κανείς στην εποχή μας. Η φωνή του ήτανε σιγανή και ήρεμη, το ύφος του πρόδιδε έναν άνθρωπο συμβιβασμένο με τη μοίρα του και αποφασισμένο να συνεχίσει αυτή τη ζωή μέχρι το τέλος της χωρίς εξάρσεις και όρεξη για επαναστάσεις και αγώνες.

– Εμείς τελειώνουμε πια τη ζωή μας και δεν τρέφουμε ούτε ελπίδες ούτε ψευδαισθήσεις να ζήσουμε καλλίτερες μέρες, είπε. Γνωρίσαμε την αθλιότητα από παιδιά, μεγαλώσαμε μέσα στην πείνα και τη λάσπη στις πατρίδες μας, κάποτε ξεκινήσαμε για εδώ με ελπίδες και όνειρα, όμως γρήγορα προσγειωθήκαμε στη νέα πραγματικότητα, συμπλήρωσε. Ζούμε εδώ και χρόνια μέσα σε αυτά τα γκέτο, δουλεύουμε εξοντωτικά για να κερδίζουμε ένα κομμάτι ψωμί, βλέπουμε να περνά η ζωή χωρίς όνειρα και προοπτικές και το μόνο που μένει είναι να περιμένουμε το τέλος μας, ένα τέλος που παρηγοριόμαστε ότι θα μας φέρει πάλι στην ίδια μοίρα με τους υπόλοιπους, τους προνομιούχους, μία και όλοι καταλήγουμε μέσα σε δύο μέτρα χώμα. Τί κι αν οι άλλοι ζήσανε μέσα σε παλάτια, τί και αν εμείς περάσαμε τη ζωή μας στριμωγμένοι όλοι μαζί σε ένα άθλιο δωμάτιο, στο τέλος – και αυτό είναι το μεγαλείο της θεϊκής δικαιοσύνης – στο τέλος οι τάφοι όλων μας θα έχουνε το ίδιο μέγεθος. Άντε να διαφέρει η ποιότητα του κουτιού όπου βάζουνε μέσα, άντε και εκείνο των άλλων να γυαλίζει περισσότερο, ας το λιώσει πιο αργά το χώμα., ας το φάνε πιο αργά τα σκουλήκια. Κάνει κάποια διαφορά;», είπε ο γέροντας με χαμόγελο πικρό... Έτσι αντιμετωπίζουμε εμείς οι γεροντότεροι τη ζωή. Όμως οι νεότεροί μας, τα παιδιά που γεννήθηκαν εδώ τα βλέπουνε τα πράγματα με διαφορετικό μάτι, κατέληξε.

Οι γυναίκες παρακολουθούσαν σιωπηλές και, κατά πως ήτανε οι νόμοι σ' αυτές τις κοινωνίες, το λόγο είχανε μόνον οι άντρες. Μία μικρή σιωπή, δυο γουλιές κρασί και ακούστηκε η θεληματική φωνή του γιου του Ζοζέφ που πήρε το λόγο. Μιλούσε ζωηρά, το ύφος του έδειχνε άνθρωπο έτοιμο να παλέψει, να διεκδικήσει ακόμα και να θυσιαστεί για τα δικαιώματά του.

– Εμείς είμαστε η δεύτερη γενιά, αυτοί που γεννηθήκαμε και μεγαλώσαμε σ' αυτό τον τόπο, πρώτοι σε υποχρεώσεις και τελευταίοι σε δικαιώματα. Δεν ανεχόμαστε πια να είμαστε πολίτες δεύτερης κατηγορίας. Δουλεύουμε σκληρά πληρώνουμε τους φόρους μας, κάνουμε το καθήκον μας απέναντι σ' αυτό που θεωρούμε δεύτερη πατρίδα μας, απαιτούμε να έχουμε τα ίδια δικαιώματα σαν ισότιμοι πολίτες. Είναι φορές που μάς θεοποιούν για τις επιδόσεις μας στο ποδόσφαιρο και στον αθλητισμό, όταν κάποιοι από εμάς κάνουμε τη Γαλλία να θριαμβεύει. Σε αυτές τις περιπτώσει, όπως και σε καιρούς πολέμου, μάς δοξάζουν οι συμπατριώτες μας σαν ήρωες. Όταν, χάρη στους αγώνες μας και τις θυσίες μας η Γαλλία θριαμβεύει, τότε και μόνο μάς θεωρούν Γάλλους και λένε ότι είναι περήφανοι για μας. Κατόπιν, όταν τα φώτα της γιορτής σβήσουν, μάς τρώει η λησμονιά. Ξαναγινόμαστε οι άθλιοι εμιγκρέδες που τους παίρνουμε τις δουλειές, που μας φορτώνουν όλα τα εγκλήματα και τις παρανομίες. Δεν λέω ότι είμαστε άγγελοι. Φτωχοδιάβολοι είμαστε που οι άθλιες συνθήκες μάς σπρώχνουν συχνά στην παρανομία. Αν οι συνθήκες της ζωής μας ήτανε παρόμοιες με αυτές των γηγενών να είστε σίγουροι ότι και η συμπεριφορά μας θα ήτανε εντελώς διαφορετική. Η υπομονή μας όμως έχει τα όριά της. Δεν θα αντέξουμε για πολύ ακόμα την αλαζονική συμπεριφορά των συμπατριωτών μας. Θα έρθει η ώρα να παλέψουμε ενάντια στα φασιστικά κόμματα των ακροδεξιών που βαλθήκανε να μας εξοντώσουν, θα υπερασπιστούμε τη θρησκεία μας, τα ήθη και έθιμά μας, θα απαιτήσουμε το μερίδιό μας σε μία ισάξια ζωή. Η Γαλλία είναι πια και δική μας πατρίδα, δώσαμε πολλά, έχουμε τώρα και εμείς τις απαιτήσεις μας. Αν η κοινωνία δεν συνέλθει έγκαιρα από το εφησυχασμό της θα μάς βρει αντιμέτωπούς της. Θα παλέψουμε με ότι όπλα βρούμε μπροστά μας για να πετύχουμε τους σκοπούς μας. Τι και αν μας βαφτίσουν κομμουνιστές, εγκληματίες, παράνομους. Εμείς θα παλέψουμε. Θα σεβαστούμε τους νόμους, μόνον όταν οι νόμοι μας αναγνωρίσουν τα ίδια δικαιώματα με τους υπόλοιπους πολίτες. Μας περιμένουν σκληροί αγώνες, τιμωρίες, φυλακίσεις, βασανιστήρια. Θα αντιδράσουμε, θα έρθουν μέρες βίας και σκληρού αγώνα, αυτή η όμορφη πόλη που περικυκλώνεται από την ασκήμια και την εξαθλίωση, να με θυμηθείτε, θα μετατραπεί σε κόλαση των προνομιούχων. Θα αγωνιστούμε με όλα τα μέσα και στο τέλος είμαστε σίγουροι ότι θα νικήσουμε, όπως νικούν πάντοτε αυτοί που έχουν το δίκιο με το μέρος τους.

Άστραφτε και βρόνταγε ο Ζοζέφ, ενώ η γυναίκα του με μειλίχιο ύφος προσπαθούσε να τον συγκρατήσει. Η ατμόσφαιρα εξακολουθούσε να βαραίνει. Η Jasmine είχε τώρα σηκωθεί.

– Πάμε Ζοζέφ να γνωρίσουμε λίγο και τις στιγμές της χαλάρωσης, της διασκέδασής σας. Μη νομίσουν οι ξένοι μας ότι τούς έφερα σε κέντρο αιμοβόρων επαναστατών. Πάμε να ακούσουμε την καταπληκτική μουσική σας να γνωρίσουμε λίγο τον πολιτισμό σας.

Ο Ζοζέφ χαμογέλασε και πρόθυμος καβάλησε το μηχανάκι του μαζί με τη Marie και προηγήθηκε. Τους οδήγησε στο στέκι τους, εκεί που διασκεδάζανε τους καημούς τους. Φέρανε, χωρίς να το παραγγείλουνε στα αρσενικά της παρέας, από έναν ναργιλέ και μοσχοβόλησε ο τόπος από το μυρωδάτο καπνό. Η Σόνια, σκασμένη στα γέλια, παρακολουθούσε τον Αλέξανδρο που προσπαθούσε να μιμηθεί τη στάση και τις χειρονομίες των υπολοίπων. Ρουφούσε και φύσαγε στο ναργιλέ του χωρίς αποτέλεσμα. Το πρόσωπό του είχε γίνει κατακόκκινο από την προσπάθεια και είχε μία γκριμάτσα όλο απογοήτευση όσο δεν ένοιωθε τον καπνό να μπαίνει στα πνευμόνια του.

– Μοιάζεις τέλειος μουσουλμάνος, ένα σαρίκι σού λείπει και λίγη μπογιά στο πρόσωπο και δεν θα ξεχωρίζεις καθόλου, αστειεύτηκε η Jasmine.

Η παρέα ξέσπασε στα γέλια. Ξάφνου έπεσε σιωπή διέκοψε τα ενθουσιώδη χειροκροτήματα. Εμφανίστηκαν, σοβαροί οι μουσικοί και άρχισαν να ανεβαίνουν στη σκηνή. Ήρεμοι και με κάποια μεγαλοπρέπεια στις κινήσεις τους πήρανε τις θέσεις τους και η μυσταγωγία άρχισε. Μακρόσυρτες γεμάτες πάθος και παράπονο μουσικές κατέκλυσαν την αίθουσα. Το λαούτο, το τουμπελέκι, ο ζουρνάς ξύπνησαν στο ακροατήριο απωθημένες θύμησες από τις μακρινές του πατρίδες. Οι νεώτεροι ένιωσαν το αίμα τους να βράζει, οι παλιότεροι βυθίστηκαν στις αναμνήσεις τους, άλλοι άρχισαν να κουνιούνται στο ρυθμό της μουσικής να τη συνοδεύουν με παλαμάκια, να σιγοψιθυρίζουν τν σκοπό. Εμφανίστηκε και η τραγουδίστρια με το ντέφι της μέσα σε ενθουσιώδη χειροκροτήματα. Έπιασε να τραγουδάει τον αμανέ. *Τα αισθησιακά τσακίσματα του λυγερού της κορμιού εναρμονίσθηκαν με την παραπονιάρικη φωνή της στα ανεβοκατεβάσματά της, δημιουργώντας ένα μεθυστικό σύνολο που συνέπαιρνε το ακροατήριο. Το μεθυσμένο ντέφι της ξεπεταγόντανε ξέφρενο στριφογυρίζοντας μέχρι το ταβάνι και δεν αργούσε να προσγειωθεί με θαυμαστή ακρίβεια στο παχουλό της χεράκι που άρχιζε να το χτυπάει ρυθμικά. Πανδαισία! Το ρακί ανακατευότανε με τα ξαναμμένα αίματα, δημιουργώντας ένα σύνολο εκρηκτικό στο ακροατήριο. Πολλών παλικαριών τα μάτια γυαλίζανε παράξενα, οι χειρονομίες τους είχανε ζωηρέψει, ο χορός εκείνων που ξεσηκώθηκαν, μη αντέχοντας στην ακινησία, είχε κάτι το άγριο, το πρωτόγονο, το ζωώδες. Λυγίζανε τα πόδα μέχρι το πάτωμα. Το χτύπαγαν με πάθος με τις παλάμες τους και ύστερα σαν ελατήρια εκτινάσσονταν να φτάσουν το ταβάνι, να πλησιάσουνε το θεό τους. Η ατμόσφαιρα είχε τώρα κάτι το άγριο, ηλεκτρικά κύματα τη διαπερνούσαν, οι φυσιογνωμίες προδίνανε τα απωθημένα αισθήματα που ξυπνούσαν, μία σπίθα έλειπε για να ανάψουν τα μπουρλότα. Ο Αλέξανδρος αντάλλαξε ανήσυχες ματιές με την Jasmine. Εκείνη πήρε το μήνυμα. Έγνεψε στην παρέα ότι ήτανε καιρός να φύγουνε. Είχανε πια σηκωθεί και ανταλλάζανε τα ατελείωτα ανατολίτικα φιλιά , όταν ένας εκκωφαντικός θόρυβος τράνταξε συθέμελα την αίθουσα που σχεδόν ταυτόχρονα γέμισε από καπνούς. Πανικός. Δύο αυτοσχέδιες βόμβες μολότοφ είχανε σκάσει στην είσοδο του μαγαζιού. Ο κόσμος άρχισε να ποδοπατιέται προσπαθώντας να διαβεί τη στενή έξοδο του υπογείου προς τον καθαρό αέρα και την σωτηρία. Όμως η έξοδος ήτανε φρακαρισμένη από κορμιά σκορπισμένα στο πάτωμα που άλλα σφαδάζανε και βογκούσανε και άλλα είχανε μείνει ακίνητα* και πλημμυρισμένα από αίματα. Ο Ζοζέφ προσπαθούσε να ανοίξει δρόμο με το ένα του χέρι ενώ με το άλλο κρατούσε το ματωμένο πλευρό του. Ύστερα ήρθαν οι πρώτες φλόγες να αποτελειώσουν το κακό. Ίσως από κάποιο θαύμα η παρέα βρέθηκε ξάφνου στον καθαρό αέρα. Ο δρόμος είχε μετατραπεί σε πεδίο μάχης. Οι φλεγόμενοι σκουπιδοτενεκέδες δημιουργούσαν ένα περίεργο, ένα μακάβριο ντεκόρ. Απέναντι από την έξοδο, σε απόσταση ασφαλείας, πίσω από αυτοσχέδια οδοφράγματα, διακρινόντουσαν «οι εχθροί», κάποια φασιστοειδή βδελυρά υποκείμενα με κουρεμένα κεφάλια, με πέτσινα μπουφάν και μπότες με σκουλαρίκια και χαλκάδες στη μύτη. Αλαλάζανε και πετάγανε τις προσφιλείς τους βόμβες «μολότοφ» στο πανικόβλητο πλήθος. Τα μάτια τους βγάζανε σπίθες από το μίσο. Οι βρισιές και οι βλαστήμιες πέφτανε βροχή.

– Βρωμοξένοι, ξεκουμπιστείτε πίσω στις πατρίδες σας, κραυγάζανε παθιασμένα.

Ο Ζοζέφ όρμησε εναντίον τους. Τον ακολούθησαν και άλλοι πολλοί που πήρανε φαλάγγι τους φασίστες. Κάποια μαχαίρια αστράψανε μέσα στη νύχτα. Κάποια ρόπαλα κάνανε την εμφάνισή τους. Η μάχη ανάμεσα στους γεμάτους μίσος εχθρούς φούντωσε. Καθυστερημένα, ως συνήθως, έφτασε και η αστυνομία. Άρχισε να χτυπά αδιακρίτως «επί δικαίων και αδίκων» προσπαθώντας να επιβάλει την ειρήνη. Ένα γκλομπ βρήκε τον Ζοζέφ στο κεφάλι. Το παλικάρι έπεσε για να μην ξανασηκωθεί πια. Πριν αφήσει την τελευταία του πνοή πάνω στην άσφαλτο, ακούστηκε να σαρκάζει με την ξενική του προφορά

"Liberte, egalite, frat..."

Η φωνή του έσβησε μαζί με τη ζωή του πριν προλάβει να αποτελειώσει τη φράση του. Οι φασίστες εξαφανίστηκαν στο λεπτό. Απέμειναν κάποια λίγα απομεινάρια από τους μετανάστες, που, αφού ξυλοφορτώθηκαν, οδηγήθηκαν στο κρατητήριο για ανακρίσεις και συμπληρωματικό ξύλο.

Κάποια λιγοστά νοσοκομειακά παραλάβανε τους τραυματίες για περίθαλψη. Κάποια οχήματα της πυροσβεστικής σβήσανε τις φωτιές σε αυτοκίνητα και σκουπιδοτενεκέδες, άλλα καθαρίσανε τον έρημο πια δρόμο από τα αίματα και τα καμένα σκουπίδια. Έτσι έληξε το επεισόδιο και αποκαταστάθηκε η τάξη...Οι ρεπόρτερ είχανε μαζέψει εγκαίρως τις κάμερές τους και συνηθισμένοι από τέτοιες καταστάσεις είχανε σπεύσει να εξαφανιστούν. Με φρίκη η Jasmine διάβασε την επομένη στις εφημερίδες την κυβερνητική ανακοίνωση.

– Επεισόδια σημειώθηκαν σε ένα κέντρο διασκεδάσεως μεταναστών στα Προάστια. Μεθυσμένοι μετανάστες παρέα με άλλα κακοποιά στοιχεία προκαλέσανε κάποιους πολίτες που πήγανε να διαμαρτυρηθούν για τα έκτροπα. Ακολούθησαν μικροσυμπλοκές μέχρι που επενέβη η αστυνομία. Ένας αρχηγός των μεταναστών βρέθηκε νεκρός, χτυπημένος στο κεφάλι από έναν σύντροφό του που πιθανόν να τον εξέλαβε για αντίπαλο μέσα στην παραζάλη της συμπλοκής. Μερικοί τραυματίες μεταφέρθηκαν στα νοσοκομεία με επιπόλαια τραύματα. Τα επεισόδια έληξαν αργά το βράδυ με τη σωτήρια παρέμβαση της αστυνομίας...

Έβρεχε το άλλο πρωί. Ήταν η γνωστή παριζιάνικη ψιλή και αθόρυβη βροχή που μούσκευε ως το κόκαλο τους αραιούς διαβάτες. Δεν έβλεπες ουρανό, στη θέση του κυριαρχούσε μία γκρίζα μάζα από σύννεφα που δίνανε τον τόνο τους στην γενική κατήφεια. Τα χτεσινοβραδινά επεισόδια δεν εντυπωσίασαν κανέναν στο κέντρο της λαμπρής πόλης. Μόνο στα προάστια της εξαθλίωσης οι φτωχομετανάστες συγκεντρωμένοι παρέες – παρέες συνωμοτούσαν απειλητικά. Ο σπόρος της διχόνοιας είχε γιγαντωθεί για καλά στις ψυχές τους. Η λέξη μίσος και εκδίκηση ήτανε στα στόματα όλων. Αλλά και οι φασίστες είχανε σύσκεψη και σχεδιάζανε καινούργιες κινητοποιήσεις. Η αστυνομία ήτανε σε επιφυλακή να παρέμβει και πάλι όπου χρειαζόταν. Η κυβέρνηση ανακοίνωσε κάποια χλιαρά μέτρα «ανθρωπιστικού» χαρακτήρα μπας και κατευναστούν κάπως τα πνεύματα. Πλησίαζαν άλλωστε εκλογές και οι μετανάστες είχαν αρχίσει να πληθαίνουν επικίνδυνα. Οι ψήφοι τους είχαν αρχίσει να γίνονται απαραίτητοι για την ισχνή κυβερνητική πλειοψηφία. Όλα αυτά την ώρα που οι εφησυχασμένοι πολίτες σπεύδανε μέσα στο γκρίζο πρωινό να πάνε στις δουλειές τους. Τίποτα δεν είχε αλλάξει, τα επεισόδια είχανε περάσει πια στα ψιλά των εφημερίδων. Οι διάφοροι σεφ σχεδιάζανε τα βραδινά μενού στα πολυτελή τους εστιατόρια. Περισσεύανε πάντα οι προνομιούχοι να επιδειχθούν με την παρουσία τους, να απολαύσουν τις εξεζητημένες γεύσεις στα χορτασμένα στομάχια τους. Οι disco εξαερίζονταν από τη βραδινή κάπνα και μπόχα, ενώ κάποιες κατσουφιασμένες έγχρωμες καθαρίστριες καθαρίζανε από τις βρομιές της χθεσινοβραδινής κραιπάλης. Η ζωή στο Παρίσι συνεχιζότανε...

– Πάμε να φύγουμε, αγαπούλα. Είπα. Ανυπομονώ να γνωρίσεις την πατρίδα μου την Ελλάδα. Ελπίζω εκεί τα πράγματα να είναι καλλίτερα, πιο ειρηνικά.

Και μόνο με αυτή την προοπτική, το κέφι τους έφτιαξε απότομα.

✳✳✳

10

ΑΝΑΠΟΛΩΝΤΑΣ ΤΟΝ ΜΑΪΚ

– Ωστόσο παρ όλη την ευτυχία που μου χάριζε η φυγή μου και η συ-ντροφικότητα του Αλέξανδρου, δεν έπαυα να έχω τις μεταπτώσεις μου, σκεφτόταν η Σόνια. Δεν ήτανε μπορετό να ξεγράψω τον Μάικ από το μυαλό μου, ιδίως τώρα που έχοντας φθάσει στην Ελλάδα είχα την προαίσθηση ότι βρισκόμασταν πολύ κοντά. Η σκέψη του έφερνε μελαγχολία. Ήτανε οι ώρες που με κυριαρχούσε μια βαθιά κατάθλιψη, συνέχισε. Κατάθλιψη! Τα είχα μελετήσει τα συμπτώ-ματα και τα αναγνώριζα κάθε μέρα στον εαυτό μου. Πολλές φορές κυριαρχούσε μέσα μου μια διαπίστωση ανικανότητας για κάθε τι, ένα πάθος συχνά έντονο μια απελπισία που τη συνόδευε η βαθιά θλίψη. Κάτι τέτοιες ώρες δεν με ενδιέφερε τίποτα το δημιουργικό. Έπεφτα σε μία κατάσταση ολοκληρωτικής αδράνειας. Και οι στιγ-μές της κατάθλιψης κατέληγαν στην ανάμνηση της αναπάντεχης περιπέτειας που σε παρέσυρα καλέ μου Μάικ. Με κατακλύζουν οι τύψεις που σε εγκατέλειψα αμέσως μετά το κοινό μας «έγκλημα», σα να σε παρέσυρα στον πάτο ενός πηγαδιού και το σκέπασα με ένα καπάκι να μην ακούω τις κραυγές σου. Θύμωσες, το ένοιωσα αμέσως όταν σού πρότεινα να διακόψουμε. Κυριάρχησε μέσα σου το τρομαχτικό συναίσθημα της προδοσίας. Απαρνήθηκα ένα κοινό μέλλον μαζί σου. Ήτανε σε σένα ακατανόητο ότι δεν θα ήμουνα πια κοντά σου, όταν θα μελετούσες τον κόσμο, έναν κόσμο όπως τον ονειρεύτηκες με τις εξάρσεις της χαράς και της δυστυχίας του. Είναι αλήθεια ότι φαινομενικά είμαστε ένα ταιριαστό ζευγάρι που είχε τα ίδια γούστα, τις ίδιες αντιδράσεις γέλιου και συγκίνησης, τις ίδιες επιθυμίες. Πόσο όμως απατούν τα φαινόμενα... Καλέ μου Μάικ, ομολογώ ότι αποφάσισα να χωρίσουμε εκείνη τη νύχτα του πανικού, όχι τόσο λόγω της αποτρόπαιης πράξης που νομίζω ότι σε παρέσυρα – άλλωστε εγώ βρισκόμουνα εκείνες τις ώρες σε μία φάση πλήρους αναισθησίας – όσο γιατί ένοιωσα κοντά σου ένα είδος κορεσμού. Ξάφνου ένοιωσα να πλήττω δίπλα σου, να πνίγομαι από την επιπόλαιη αισιοδοξία σου που σε έκανε να βλέπεις τη ζωή μόνο από την καλή την εύθυμη πλευρά της. Δεν άντεχα πια τον τόσο ρομαντισμό σου και τις χίμαιρες ότι εμείς οι δύο θα διορθώσουμε όλα τα κακά του κόσμου. Ήμουν σίγουρη ότι δεν θα ένιωθες την ανάγκη μου για πολύ, ότι θα εύρισκες παρηγοριά στο διάβασμα, στην ποίηση που λάτρευες, στη συγγραφή βιβλίων που ήτανε ανέκαθεν το απωθημένο σου. Ύστερα, σιγά σιγά θα υποχωρούσες στις διάφορες προτάσεις που θα σου έκαναν τα θηλυκά του κόσμου, έτσι καλοστεκούμενος και φαινομενικά καλλιεργημένος που έδειχνες ότι είσαι. Χάρηκα που έμαθα ότι εδώ στον τόπο που σε παρέσυρα αφιερώθηκες στα νιάτα. Ήθελες, λέει, να τους διδάξεις λογοτεχνία και ποίηση, ψυχολογία και ανθρωπιά, ό,τι ευγενέστερο έβγαζες από μέσα σου.. Η ιδέα σε είχε ενθουσιάσει, την ημέρα δίδασκες και τη νύχτα προετοιμαζόσουνα μελετώντας το μάθημα της επομένης. Ξέχασες τον τεμπέλη εαυτό σου, ονειρεύτηκες ανώτερες σπουδές, πτυχία και διδακτορικά, έκανες καινούργια όνειρα. Αγαπούσες τους μαθητές σου και πολλοί σε αγάπησαν με τη σειρά τους. Τους συνόδευες συχνά στις καφετέριες και τα στέκια τους νοιώθοντας συνομήλικος τους. Τους ξάφνιαζες με τις ιστορίες σου προσπαθώντας να ψυχολογήσεις τις αντιδράσεις τους. *Είχες πολλές κατακτήσεις και προτάσεις αρχικά από τις πρόωρα μεγαλωμένες μαθήτριές σου, αργότερα από πολλές από τις μητέρες τους που εύρισκαν πρόφαση την έννοια για τα παιδιά τους για να καταλήξουν να τραβήξουν το ενδιαφέρον σου για εκείνες. Όμως αυτά σε άφηναν αδιάφορο εσένα. Το ενδιαφέρον σου είχε στραφεί αποκλειστικά στην αφοσίωσή σου για τα παιδιά. Όχι ότι το λίμπιντό σου σε άφηνε αδιάφορο. Το ικανοποιούσες και με το παραπάνω χωρίς να καταβάλλεις καμία προσπάθεια. Βεβαίως, ήσουνα ανίκανος να δημιουργήσεις έναν πραγματικό δεσμό. Η κάθε σου κατάκτηση είχε αξία μόνο για όσο διάστημα σού προσέφερε κάποια σεξουαλική ικανοποίηση, μετά σε έπιανε ένα συναίσθημα φυγής, το οποίο συνόδευε η ανάγκη μιας καινούργιας κατάκτησης. Παρ όλα αυτά, όχι χωρίς κάποια τύψη, μάθαινα ότι εγώ σού είχα παραμείνει αναντικατάστατη. Στενοχωριόμουνα που δεν ένιωθα την ίδια ανάγκη με εσένα, παρόλο που αυτή η σκέψη συχνά με κολάκευε. Ανυπομονούσα να ξανασυναντηθούμε, να σε γνωρίσω στον Αλέξανδρο. Ίσως αυτός να μπορούσε να σε βοηθήσει κάπως. Σε κάποια φάση της σεξουαλικής σου ζωής ένιωσες μια βαθιά μεταστροφή. Αποφάσισες ότι δεν ήθελες πια να προσφέρεις ηδονή στην όποια ευκαιριακή ερωτική σου σύντροφο. Σου αρκούσε να νιώθεις μόνον εσύ την ευχαρίστηση. Ήθελες μόνο να παίρνεις χωρίς να προσπαθείς να δώσεις. Καλέ μου εγωιστή, ρομαντικέ, αιθεροβάμονα Μαϊκ, δεν σου κρύβω ότι απόψε σέ έχω πολύ επιθυμήσει. Ελπίζω σύντομα να ξανασμίξουν οι δρόμοι μας,* είπε η Σόνια, τελειώνοντας αυτό το μακρόσυρτο μονόλογο.

***

ΜΕΡΟΣ ΔΕΥΤΕΡΟ

ΛΑΟΥΡΑ

11

ΚΟΥΤΣΟΜΟΥΡΑ BLUES

Ητανε μια παραξενιά της κυρά Μυρσινούλας, ένα «χούι», όπως το λένε στην πατρίδα της. Αναλογιζότανε ότι αυτό το δημιούργησε η έλλειψη ανθρώπινης επαφής από την οποία συχνά υπέφερε.

Όχι ότι έπασχε από μοναξιά. Διευθύντρια, μαγείρισσα, σερβιτόρα, λαντζιέρισα και λογίστρια ήτανε στο μικρό παραθαλάσσιο ταβερνάκι της. Μόνο που ο κόσμος που πήγαινε και ερχότανε και αποτελούσε την πελατεία της συνήθως θεωρούσε αρκετό να περιοριστεί σε ένα «Καλησπέρα σας» και ένα «καληνύχτα σας» πριν ρωτήσει τα στερεότυπα: «Τι καλά έχουμε απόψε» και πριν ζητήσει, τέλος, το λογαριασμό.

Άντε, και οι πιο συχνοί πελάτες, θέλοντας να δείξουν κάποια οικειότητα με την αφεντικίνα – πράγμα που νομίζανε ότι ανυψώνει κάπως το κύρος τους, κυρίως όταν «συνοδευόντουσαν» από κάποια τρυφερή ύπαρξη–, άντε να επεκτείνανε την κουβέντα τους και με καμιά ρητορική ερώτηση του τύπου «πώς πάνε οι δουλειές» ή «από υγεία καλά» πριν αρχίσουν να διαλέγουν τραπέζι και, φυσικά, χωρίς να περιμένουν κάποια απάντηση.

Έτσι η κυρά Μυρσινούλα υποδεχότανε και καληνύχτιζε τους πελάτες της χρόνια τώρα, ζώντας σε ένα περιβάλλον με αρκετό κόσμο χωρίς αυτό να περιορίζει το συναίσθημα της απόλυτης μοναξιάς και έλλειψης κάθε ανθρώπινης επαφής. Απέκτησε, λοιπόν, και εκείνη το χούι να ονομάζει τα πιστά της ζωάκια με ανθρώπινα ονόματα και να εξομολογείται σ' αυτά τους καημούς της, πιάνοντας μαζί τους κουβέντα, όταν αργά τα βράδια απέμενε ολομόναχη αυτή και ο γιος της ο «Αχμάκης», αυτή και το βουνό τα βρόμικα πιάτα, το βουνό τα αποφάγια και η γεμάτη υπολείμματα ψαριών αυλή της. Ο γιος της, δυστυχώς, γεννήθηκε «Αχμάκης», δηλαδή με ελαττωματικό το γεμάτο καλοσύνη μυαλό του, όταν ένα βράδυ μεθυσιού και απελπισίας τον φύτεψε στα σπλάχνα της ο μακαρίτης ο καπετάνιος άντρας της.

Ήτανε τότε που διαλύθηκε η κουρασμένη μηχανή του καΐκιού του, όταν διαπίστωσε ότι το φτωχικό του κομπόδεμα δεν έφτανε για την αγορά καινούργιου μοτοριού καταδικάζοντας τον πια σε μόνιμη αργία.

Να πάει παραγιός σε άλλο καΐκι, δεν το καταδεχότανε αυτός, καπετάνιος πράγμα. Τα γεράματα και τα αρθριτικά δεν άφηναν περιθώριο για καινούργια ξεκινήματα. Έτσι αφέθηκε έρμαιο του κισμέτ του, της κακής του μοίρας και ανέθεσε στην «κυρά» όλες τις ευθύνες του νοικοκυριού και του μαγαζιού.

Θα το θυμάται για πάντα εκείνο το βράδυ της απελπισίας η Μυρσινούλα, όταν εκείνος μεθυσμένος και απαρηγόρητος, έψαξε να βρει προσωρινή ανακούφιση στην αγκαλιά της, όταν φύτεψε μέσα της το μεθυσμένο και γεμάτο απογοήτευση, το αδυνατισμένο από την ηλικία σπέρμα του, όταν μέσα της συνέλαβε την ανήμπορη ύπαρξη του «Αχμάκη» της.

Λένε, και είναι συνήθως αλήθεια, ότι κάτι τέτοια παιδιά γεννάνε μέσα μας μια μεγάλη στοργή, ότι τα αγαπάμε περισσότερο και από τα «καλά» παιδιά μας, κι ας φέρνουν μαζί τους την απογοήτευση και την καταστροφή.

Ο καημένος ο Αχμάκης, παιδί καλοσυνάτο και εργατικό, με ένα μόνιμο αμφιλεγόμενο χαμόγελο αποτυπωμένο στο χαζό του πρόσωπο, προσπαθούσε όσο μπορούσε να παίξει ένα ρόλο στη ζωή της κι ας μην μιλούσε, ας έβγαζε ένα μικρό γρύλισμα για απάντηση, ένα γρύλισμα που η κυρά Μυρσινούλα είχε μάθει να το ερμηνεύει, να τού απαντά, να συνομιλεί κατά ένα τρόπο μαζί του.

Βοηθούσε την κατάσταση, όπως μπορούσε ο Αχμάκης. Σερβίριζε τους πελάτες, αδιαφορούσε για τα πρόστυχα πειράγματά τους, δεν έδιδε σημασία στις αθώα αδιάντροπες απορίες των μικρών παιδιών. Με άλλα λόγια ήτανε σιωπηλός και χαμογελαστός και με τις ίδιες πάντα, σαν καλοκουρδισμένου ρομπότ κινήσεις του, «έβλεπε τη δλιά του».

Ξυπνούσε αχάραγα κάθε αυγή και μπαρκάριζε παραγιός στον Καπτάν Στρατή. Η Ανατολή τον εύρισκε να σηκώνει με τα στιβαρά του μπράτσα τα δίχτυα αδιαφορώντας για τα κρύα και τις τρικυμίες, «πάντα γελαστός ...και γελασμένος» όπως έλεγε και το αγαπημένο του τραγούδι.

Και θριάμβευε ο Αχμάκης, όταν αργά τα πρωινά γύριζε στη μάνα του με τις σακούλες γεμάτες σπαρταριστή κουτσομούρα, πληρωμή σε είδος για τους νυχτερινούς του κόπους. Αυτή η κουτσομούρα σε λίγες ώρες θα τσιτσίριζε στο τηγάνι ή στα κάρβουνα της Μυρσινούλας και θα εξασφάλιζε το φτωχικό μεροκάματο της οικογένειας γεμίζοντας τις κοιλιές των θαμώνων και αναγκάζοντάς τους να βάλουν το χέρι στην τσέπη.

Τέλος, ο Αχμάκης, παρ όλο που δεν μπορούσε να το εκδηλώσει, είχε ένα πλούσιο εσωτερικό κόσμο, μια ψυχούλα γεμάτη καλοσύνη και αγάπη, αγάπη για τους ανθρώπους, για τη φύση, για τα τραγούδια και τα πανηγύρια. Βέβαια, η κυρά Μυρσινούλα δεν τον πολυάφηνε να τρέχει σε πανηγύρια, μια και εκεί κάποιοι υπάνθρωποι δεν αργούσαν να τον μεθύσουν «για πλάκα» και να γελάνε με τα τρελά καμώματά του. Πίστευε ο καημένος ότι τα γέλια των διαφόρων, ήτανε γέλια θαυμασμού για τα αστεία καμώματα του μεθυσιού του και δώσ' του και γρύλιζε και έκανε αστείες χορευτικές φιγούρες.

Τέτοιες στιγμές η δόλια η μάνα του έσπευδε να τον συμμαζέψει και σχεδόν με το ζόρι να τον κλείσει στο δωμάτιό του.

Ήτανε μικρό αλλά συμπαθητικό το ταβερνάκι τους. Την αυλή του την έγλυφε το κύμα, τα καΐκια δένανε σχεδόν κολλητά στα τραπέζια, να χαζεύουνε οι θαμώνες τους ψαράδες που ξεψαρίζανε τα δίχτυα, να ξερογλείφεται και να διαμαρτύρεται το γατομάνι, όταν οι ψαράδες έδειχναν αδιαφορία στις επίμονες εκκλήσεις του, να σκοτώνονται οι γλάροι στα μακροβούτια μόλις κάποιο ψαράκι πεταγόντανε στο πέλαγος.

Μοναδικό στολίδι του η ταμπέλα που φιγουράριζε κρεμασμένη κάθετα στο δρόμο να αναγγέλλει στους πελάτες ότι εδώ είναι, φτάσανε. Την ταμπέλα είχε φιλοτεχνήσει ο ντόπιος ζωγράφος. Στη μία πλευρά είχε ζωγραφίσει τον Αλέκο στην πιο νωχελική του πόζα, στη μέση υπήρχε η επιγραφή «Οικογενειακό κέντρο η Κουτσομούρα», ενώ στην άλλη άκρη έβλεπε κανείς ζωγραφισμένη μια λαχταριστή κουτσομούρα σε επιβεβαίωση του τίτλου του μαγαζιού. Χάρη σε αυτή την ταμπέλα, αλλά και χάρη στο πορτραίτο του μακαρίτη καπετάνιου, τον οποίο επίσης είχε φιλοτεχνήσει και φάνταζε στο καλίτερο σημείο του μαγαζιού, ο ζωγράφος είχε εξασφαλίσει την επ' αόριστον δωρεάν διατροφή του στο ταβερνείο.

Μάλιστα το πορτραίτο του καπετάνιου ήτανε τόσο πετυχημένο,

ώστε – παρ όλα τα μυγοχέσματα και τα τηγανόλαδα που αιωρούνταν στην ατμόσφαιρα και είχανε δημιουργήσει μία πατίνα απάνω του,– φάνταζε σαν αντίκα και να τράβαγε τα βλέμματα κάποιων νεόπλουτων πρωτευουσιάνων.

Η Κυρά Μυρσινούλα βαρέθηκε στο τέλος να αρνείται τις συνεχείς εκκλήσεις για πώληση του μαγαζιού και, φοβούμενη και το «βάσκανο οφθαλμό», μετέφερε τον «καπετάνιο της» στο μικρό τους υπνοδωμάτιο να τού διηγείται τους καημούς της, όταν πεθαμένη από την κούραση έπεφτε επιτέλους να κοιμηθεί.

Τα ζωάκια με τα ανθρώπινα ονόματα, ήτανε, λοιπόν, η μόνη συντροφιά της Μυρσινούλας. Πρώτος και καλλίτερος ο πελώριος άσπρος γάτος της, ο Αλέκος, Γάτος με σχεδόν ανθρώπινο σε μέγεθος κεφάλι, με σχεδόν ανθρώπινη αντίληψη και προσωπικότητα. Άσπρος, κάτασπρος τις σπάνιες φορές που το τρίχωμά του δεν ήτανε λεκιασμένο από τηγανόλαδα, με μάτια παράταιρα – ένα πράσινο και ένα γαλάζιο – καταπώς ήτανε το γνώρισμα της μακρινής καταγωγής του από την Άγκυρα, βασίλευε και πρόσταζε όλο το μικρό ζωικό βασίλειο της ταβέρνας.

Όταν ο ήλιος έπιανε να δύει και να αποχαιρετά με εκείνα τα απίθανα χρώματα τη διέλευσή του από το νησί, όταν οι φωτιές στην ταβέρνα ανάβανε και οι πρώτες κουτσομούρες άρχιζαν να αποχαιρετάνε σιγοτραγουδώντας στο τηγάνι το μάταιο τούτο κόσμο, η Μυρσινούλα ένιωθε το πρώτο βελούδινο γαργάλισμα στα πρησμένα από την ορθοστασία και τα γεράματα πόδια της. Είχε έρθει η στιγμή να απαιτήσει και ο Αλέκος το μερδικό του από τη νυχτερινή ευωχία. Όταν τα χάδια του δεν εύρισκαν ανταπόκριση, όταν η κυρά του προσπαθούσε να τον διώξει με μικρές κλωτσιές να φύγει από την κουζίνα – μην πουν κάποιες μίζερες πελάτισσες ότι το μαγαζί ήτανε ακάθαρτο – το βελούδινο γαργάλημα εξελισσότανε σε απαιτητικό νιαούρισμα μέχρι που η Μυρσινούλα απαυδισμένη πέταγε προς την αυλή την πρώτη κουτσομούρα που εύρισκε μπροστά της να πείσει το απαιτητικό ζώο να απομακρυνθεί.

Κανένα από τα υπόλοιπα ζωάκια, η Μάρω η κολοβή, για άγνωστη αιτία αγριόγατα ,σύντροφος ερωτική και περιστασιακή του Αλέκου, ο Μανόλης, ο ψωραλέος από την ψαροφαγία κοπρόσκυλος, ο Παύλος, ο μοναχικός πελεκάνος, το Λενιώ, η Όλγα, η Κατίνγκω, οι αλανιάρες κότες που παχαίνανε το καλοκαίρι για να νοστιμίσουνε τη σούπα και το μερακλίδικο φθινοπωρινό πιλάφι, κανείς τους δεν τολμούσε να αγγίξει την πρώτη κουτσομούρα της βραδιάς, μια και δικαιωματικά ανήκε στον Αλέκο. Εκείνος πήγαινε να καταβροχθίσει την κουτσομούρα με αργά νωχελικά βήματα, σαν αριστοκράτης πελάτης που δεν καταδέχεται να δείξει λιμασμένος πέφτοντας με τα μούτρα στο φαΐ.

Ήξεραν τα ζωάκια ότι κάποτε ο Αλέκος θα χόρταινε και τότε θα ερχότανε η σειρά τους να γευθούνε τα αποφάγια που έριχναν από φιλοζωία τα παιδάκια των θαμώνων την ώρα που εκείνος ανέβαινε χορτάτος και μεγαλοπρεπής στα κεραμίδια να αρχίσει να ξερογλείφεται γουργουρίζοντας ηδονικά σαν να εξυμνούσε την αμέριμνη ζωή των γάτων, σα να ειρωνευότανε τη γεμάτη άγχη ζωή των ανθρώπων.

Υπαρχηγός στο βασίλειο των ζωντανών ήτανε ο Παύλος, ο πελεκάνος. Βρέθηκε μια μέρα να κροταλίζει στο μόλο, αυτός και η σύντροφός του, σα να είχαν έρθει από το πουθενά. Κάποιο γείτονες διηγήθηκαν, για να τους δώσουν κάποιο κύρος, ότι ήρθαν πετώντας από τη Μύκονο, ότι ήτανε νόθοι απόγονοι του φημισμένου Πέτρου.

Αλλά αυτά τα μυστήρια των πουλιών, κανείς δεν μπορεί να τα ξέρει. Εγκαταστάθηκε, χωρίς να ρωτήσει κανέναν, το ζεύγος των πελεκάνων εκεί στο μόλο, σένα καλυβάκι όπου έβαζαν οι ψαράδες τα δίχτυα τους, και όλη μέρη βαδίζανε με το κουτσό τους βήμα — σαν ξεγοφιασμένες κυράτσες — πάνω κάτω στη μικρή προκυμαία κροταλίζοντας τα πελώρια στόματά τους και σκοτώνοντας την ώρα τους – συχνά με κανένα συζυγικό καβγαδάκι– μέχρι να ακουστεί το μοτόρι από το καΐκι του καπτάν Στρατή που γύριζε από το ψάρεμα. Τρέχανε τότε στις δέστρες του καϊκιού και περιμένανε με χαρούμενη ανυπομονησία να πετάξει ο καπετάνιος κάβους.

Μόλις ο παραγιός, ο Αχμάκης, σιγουράριζε το καΐκι, πηδούσανε, πρώτος ο Παύλος, η σύντροφος του στη συνέχεια, να γευτούνε ένα μικρό μέρος από τα κόπια των ψαράδων. Άλλοτε πάλι, όταν την κυρία του έτρωγε η ρουτίνα της καθημερινότητας και άρχιζε τη γκρίνια, ο Παύλος την έπαιρνε και κάνανε μερικές μέρες διακοπών σε κάποιο διπλανό λιμανάκι να αλλάξουνε τον αέρα τους.

Ώσπου κάποια μέρα ο Παύλος γύρισε μόνος. Μερικοί παρεξηγήσανε στην αρχή το σοβαρό του ύφος, άλλοι τον εύρισκαν μελαγχολικό έτσι που ατένιζε με τις ώρες σιωπηλός τα πέλαγα και τους ουρανούς. Φοβήθηκαν ότι τον πείραξε η μοναξιά, φοβόντουσαν μήπως μαραζώσει από μελαγχολία.

Όμως τίποτα από αυτά δεν συνέβη. Μάλλον ο Παύλος απολάμβανε τις στιγμές της μοναξιάς του μακριά από πελαργίσιες μουρμούρες, γρίνιες και καβγάδες. Συνέχισε, λοιπόν, την αμέριμνη ζωή του ασυντρόφευτος και εφησυχασμένος και αυτός, κάνοντας παρέα με τα άλλα γεροντοπαλίκαρα, τον Αχμάκη, τον Αλέκο και τον Μανόλη.

Τρίτος στη ιεραρχία ο Μανόλης, ο σκύλος. Μυστήριο βέβαια τί μπορούσε να γύρευε ένας σκύλος στην ψαροταβέρνα. Το πολύ κάποιο κοψίδι κάθε Πάσχα και Χριστούγεννα, κάποιο υπόλειμμα από λαδωτήρι σαγανάκι, το χωνευτικό των θαμώνων, όταν αυτό δεν χώραγε άλλο στις πρησμένες από τα καλαμαράκια, τα χταποδάκια και ,κυρίως, τις κουτσομούρες κοιλιές τους.

Είχε ψωριάσει ο Μανόλης – φυσική συνέπεια της ψαροφαγίας των σκύλων – μια και η λαιμαργία του δεν τον άφηνε να αδιαφορήσει και για τα αποφάγια των ψαριών, αυτά που ο φίλος του ο Αλέκος τού παραχωρούσε με τη χουβαρδοσύνη του χορτασμένου. Το τρίχωμά του, τούφες– τούφες, δεν ήτανε βέβαια το μοναδικό στολίδι στο αδικημένο από τη φύση παρουσιαστικό του.

Το χοντρό του σώμα, που με το ζόρι στηριζότανε σε κάτι αδύναμα κοντά και λυμφατικά ποδαράκια, η τεράστια σε μήκος ουρά του, που αντίθετα σε κάθε φυσικό νόμο κατάφερνε και κουνιότανε ζωηρά και ρυθμικά μόλις το παράταιρο κεφάλι του με τα πεσμένα αφτιά αντιλαμβανότανε την ύπαρξη κάποιας τροφής που προοριζότανε για εκείνον, όλα θαρρείς και τα είχε διαλέξει η πλάση για να συμβολίσουν αυτό που λέμε «το τελευταίο καλούπι του θεού». Ευτυχώς ή δυστυχώς δεν υπήρχε εκεί κοντά καμία σκυλίτσα να γίνει αφορμή να φροντίσει ο Μανόλης την εμφάνισή του. Έτσι κι αυτός είχε περιορίσει τα ιδανικά της ζωής του στην καλοφαγία και – όταν δεν βρισκότανε εις άγραν τροφής – στον χωρίς τέλος ύπνο.

Όπως δεν υπήρχαν σκυλίτσες στην περιοχή, άλλο τόσο δεν υπήρχαν και νεαρά κορίτσια. Οι λίγες κοπέλες του χωριού, όπως και τα αγόρια, μόλις άνοιγαν τα φτερά τους, έτρεχαν στις πολιτείες να σπουδάσουν και να βρουν μια καλλίτερη τύχη. Έτσι και ο Αχμάκης, σαν τον Μανόλη κι αυτός, ζούσε ασυντρόφευτος προς μεγάλο καημό και στενοχώρια της μανούλας του. Σκεφτότανε η έρμη τί θα απογίνει ο Αχμάκης της όταν εκείνη έκλεινε μια μέρα τα μάτια.

Αποφάσισε, λοιπόν, πάνω στην απελπισία της να φροντίσει την υγεία της, να γιάνει τα ποδάρια της που όλο και πρηζόντουσαν, να κοιτάξει την πίεσή της που συχνά «ανέβαζε» και έφερνε ζαλάδα και βουητό στο κεφάλι της.

Πήγε σένα πελάτη της γιατρό να δώσει φάρμακα, να πει πόσα χρόνια απέμεναν ακόμα να περάσει πάνω στα τηγάνια της. Και, φυσικά, απάντηση στο ερώτημά της δεν πήρε. Μόνο συστάσεις έκανε ο γιατρός. Είπε να αδυνατίσει, να μην κουράζεται, να μην στενοχωριέται για τίποτα.

– Σάλια μπάλια δέκα τσβάλια, απεφάνθη η κυρά Μυρσινούλα, δεί-χνοντας ότι δεν καλάρεσαν οι συστάσεις του γιατρού. Αδιαφόρετα σπουδάζειν και δαύτοι μόνο η θιός ξέρ, συνεπέρανε και συνέχισε τη ζωή της όπως και πρώτα.

***

12

ΤΟ ΔΩΡΟ ΤΗΣ ΘΑΛΑΣΣΑΣ

Κάπως έτσι περνούσαν τα χρόνια στην ξεχασμένη– γι' αυτό και ειρηνική και αμέριμνη– αυτή γωνιά της γης με αποτέλεσμα να μεστώνουν οι μικρότεροι και να γερνούν όλοι οι μεγαλύτεροι, – άνθρωποι και ζωντανά – οι κάτοικοι της ψαροταβέρνας. Η υγεία της κυρά Μυρσινούλας πήγαινε προς το χειρότερο μια και τώρα στα παλιά συμπτώματα είχανε προστεθεί και οι γνωστοί γεροντόπονοι.

Ο Αχμάκης είχε πια μεστώσει και λύγιζε σίδερα, όταν τον βασάνιζαν τα βράδια οι ανεκπλήρωτες ερωτικές επιθυμίες του, ο Αλέκος παρατηρούσε πολύ ενοχλημένος το τρίχωμά του να χάνει τη γυαλάδα του και να αρχίζει να μαδάει, ο Παύλος είχε πάψει τα ατελείωτα σουλάτσα του και μόνο η θέα του καϊκιού του Καπτάν Στρατή τον έκανε να αποφασίσει να κάνει κάποια βήματα. Όσο για τον Μανόλη, τον ξεδοντιασμένο και με ξασπρισμένη μουσούδα Μανόλη, ας αφήσουμε καλλίτερα τις περιγραφές.

Κυρίως όμως το πρόβλημα της αποκατάστασης του Αχμάκη παρέμενε πρόβλημα και για εκείνον, αλλά φυσικά και για τη Μυρσινούλα. Μπορεί να το εξομολογιότανε κάθε βράδυ στο πορτραίτο του μακαρίτη, μπορεί και να παρακαλούσε όλο της το εικονοστάσι, όμως μάταια, λύση δεν φαινότανε πουθενά ώσπου...Εκείνη την αυγή ο μαΐστρος λυσσομανούσε και η Μυρσινούλα είχε τις αντιρρήσεις της για την ψαρευτική εξόρμηση του καϊκιού. Ο καπετάν Στρατής ξύπνησε μέσα στην νύχτα, βλαστημώντας όταν ένοιωσε την άγκυρα να ξεσέρνει, και αφού μάζεψε τα μπόσικα κοιτούσε μελαγχολικά τα στοιχειά της φύσης να παλεύουνε.

– Δεν είναι για να βγούμε απόψε, μονολογούσε. Φοβάμαι μην πάθουμε καμιά ζημιά. Ας περιμένουν οι κουτσομούρες. Μέχρι αύριο δεν θα αδειάσει δα η θάλασσα, σιγοψιθύριζε.

Ο Αχμάκης, πιστός στο καθήκον, καθότανε δίπλα του με την αμεριμνησία του ανθρώπου που δεν είχε καμιά ευθύνη για αποφάσεις. Καθότανε απλώς εκεί να φυσολογιέται από το μαΐστρο, έτοιμος να εκτελέσει κάθε εντολή του καπετάνιου.

Λύσσαγε ο μαΐστρος «καρεκλάτος», που λένε. Σήκωσε κάποιες καρέκλες του μαγαζιού και τις έστειλε να χορεύουν στο διπλανό χωράφι. Προσπαθούσε – και έμοιαζε να μπορεί να το πετύχει – να ξεκολλήσει τον τσίγκο που σκέπαζε την αποθηκούλα του ταβερνείου.

Κυριαρχούσε παντού με τη μανία του και αυτή η κυριαρχία του έμοιαζε να τον μεθά, να τού δίνει κουράγιο να φυσά όλο και δυνατότερα. Ξάφνου από μακριά φάνηκε το καταδιωκτικό του λιμεναρχείου. Είχε αναμμένα όλα του τα φώτα και με τον προβολέα του έμοιαζε να στέλνει κάποιο σήμα στο καΐκι. Πλησίασε αρκετά και ακούστηκε ο τηλεβόας του να απευθύνεται στον καπετάν Στρατή, νικώντας ακόμα και το ουρλιαχτό του μαΐστρου.

– Καληώρα καπετάν Στρατή. Έλα να βοηθήσεις, πήραμε σήμα SOS από ένα δουλεμπορικό που έμεινε ακυβέρνητο εδώ στο έμπα του κόλπου. Κινδυνεύουν άνθρωποι να πνιγούν, έλα να βοηθήσεις, καπετάνιο.

– Σήμα ελήφθη, δεν δίστασε να απαντήσει ο καπετάνιος. Σαλπάρω και σάς ακολουθώ. Αυτό άκουσαν με ανακούφιση οι λιμενικοί.

Ο Αχμάκης δεν περίμενε διαταγές. Είχε ήδη πηδήξει στο μόλο να λύσει τους κάβους και αμέσως μετά, σε μηδέν χρόνο, βρέθηκε στην πλώρη του καϊκιού να σηκώσει την άγκυρα. Το μοτόρι ξέρασε μια τούφα μαύρου καπνού και ύστερα ο καπετάνιος το κομπλάρισε και έβαλε τη μανέτα στο «Πρόσω ολοταχώς». Το καΐκι άρχισε να χορεύει άγρια με τα κύματα, ο Αχμάκης δέθηκε πρόχειρα στο άλμπουρο μην τον παρασύρουνε τα κύματα, και με απόλαυση άρχισε να φυσολογιέται εισπνέοντας όσο πιο βαθιά και απολαυστικά μπορούσε το μαΐστρο. Βάλανε πορεία προς το «έμπα» του κόλπου, εκεί όπου ένα νησάκι το χωρίζει στα δύο και κάνει δύσκολη την είσοδο στους καπεταναίους που δεν γνωρίζουνε το πέρασμα.

Το καταδιωκτικό είχε ήδη φτάσει και έκανε γύρους φωτίζοντας με τον προβολέα του την φουρτουνιασμένη θάλασσα. Ήτανε η στιγμή που διακρίνανε από το καΐκι το μισοβυθισμένο δουλεμπορικό και την εξαθλιωμένη ανθρώπινη πραμάτεια του να χαροπαλεύει με τα φουρτουνιασμένα κύματα.

Ανάκατα με τα ουρλιαχτά του μαΐστρου και στους αχούς των κυμάτων που σκάγανε με μανία στα βράχια, ακουγόντουσαν, που και που, οι άναρθρες κραυγές των ναυαγών που ζήταγαν απελπισμένοι βοήθεια.

Προσπάθησε ο καπετάν Στρατής να τους πλησιάσει, αλλά «αδιαφόρετα». Κάποιους παρέσυρε το κύμα και τους χτύπησε με δύναμη στην πλώρη, κάποιοι άλλοι κατόρθωσαν και γαντζώθηκαν από τα λίγα σωσίβια που τους πετάξανε, αλλά ο μαΐστρος άρχισε να τους παρασέρνει προς το βράχια. Έμοιαζε να μην υπάρχει ελπίδα σωτηρίας. Ο Αχμάκης παρακολουθούσε απελπισμένος τις μάταιες προσπάθειες, άλλοτε γρυλίζοντας κρέμαγε το χέρι του από την κουπαστή μπας και «ψαρέψει» κανέναν απελπισμένο, άλλοτε, γρυλίζοντας πάντα, προσπαθούσε να δώσει οδηγίες που κανείς δεν καταλάβαινε, αλλά και κανείς δεν μπορούσε να ακολουθήσει.

Και τότε ήτανε που το αποφάσισε. Πήρε μια βαθιά ανάσα, έβγαλε μια μεγάλη κραυγή να πάρει θάρρος και βούτηξε μέσα στην αντάρα. Άρχισε να παλεύει με τα κύματα. Κάποια χέρια πιαστήκανε απάνω του και κινδυνεύανε να παρασύρουνε κι αυτόν στο βυθό. Ο Αχμάκης ούτε φοβήθηκε ούτε πανικοβλήθηκε. Ο φόβος και ο πανικός είναι για τους λογικούς, οι αχμάκηδες λειτουργούνε με το ένστικτο και με τη μεγάλη τους καρδιά.

Φώναξε στον καπετάν Στρατή να τού πετάξει έναν κάβο και, αφού τον έδεσε στη μέση του, έγνεψε στους κοντινούς ναυαγούς να πιαστούν από τον κάβο που αμόλησε πίσω του. Ύστερα με δυνατές απλωτές άρχισε να τους ρυμουλκεί με χίλια βάσανα προς την απάγκια μεριά του ξερονησιού. Φτάσανε κάποτε εκεί και τους άφησε στη μικρή αμμουδιά, ενώ εκείνος ξεκίνησε πάλι να επαναλάβει το εγχείρημά του. Την τρίτη φορά ένοιωσε τις δυνάμεις του να τον εγκαταλείπουν. Δεν άντεχε πια να σέρνει τον κάβο. Έτσι έπιασε μια τελευταία ύπαρξη από τα μακριά της μαλλιά και προσπάθησε να την ανυψώσει στην κουπαστή του καϊκιού. Με μεγάλη προσπάθεια ο Στρατής έπιασε το χέρι της και την ανέβασε στην κουβέρτα, όπου σε λίγο κατόρθωσε να σκαρφαλώσει και ο Αχμάκης. Εξαντλημένος αλλά και ευτυχισμένος για ό, τι είχε καταφέρει, ξάπλωσε μισολιπόθυμος στο καΐκι δίπλα στην τελευταία ανθρώπινη ύπαρξη που είχε κατορθώσει να σώσει.

Καλά που εν τω μεταξύ είχαν έρθει και άλλα ψαράδικα που κατόρθωσαν να σώσουν αρκετούς ναυαγούς. Ο μαΐστρος φυσολογούσε και ούρλιαζε πάντα σα να διαμαρτυρόταν για τους ναυαγούς που είχαν σωθεί από τη μανία του.

Στο μόλο, μπροστά στο ταβερνείο, είχανε σπεύσει διάφορα περιπολικά και νοσοκομειακά να μαζέψουνε τους ναυαγούς, να τους περιθάλψουνε και να τους οδηγήσουνε στο γκέτο της ομηρίας που είχε φτιαχτεί στο νησί να υποδέχεται τους συχνούς λαθρομετανάστες μέχρι να καθοριστεί η τύχη τους. Η Κυρά Μυρσινούλα πήδηξε στο καΐκι μόλις πέταξε κάβους. Αγκάλιασε τον Αχμάκη της τρελή από ανησυχία μέχρι που εκείνος της χαμογέλασε να την βεβαιώσει ότι είναι καλά. Έπειτα, ξεσκέπασε τη ναυαγό που βρισκότανε στην κουβέρτα σκεπασμένη από μια μουσαμαδιά. Αντίκρισε ένα μελαψό αγγελικής ομορφιάς πρόσωπο να χαμογελά.

Ήτανε η στιγμή που άστραψε μέσα της μια ελπίδα. Την ξανασκέπασε προσεκτικά, αφού έκανε με το δάχτυλο στο στόμα το σημείο της σιωπής. Περιμένανε έτσι οι τέσσερίς τους στην κουβέρτα μέχρις ότου οι λιμενικοί και τα νοσοκομειακά, φορτωμένα από την ανθρώπινη πραμάτεια τους, εξαφανίστηκαν τρέχοντας και ουρλιάζοντας μέσα στο σκοτάδι.

Τότε η Μυρσινούλα, ο Στρατής και ο Αχμάκης σηκώσανε με προσοχή το πολύτιμο φορτίο τους και το απόθεσαν μαλακά στο δωματιάκι τους, στο κρεβάτι του Αχμάκη. Η Μυρσινούλα έφτιαξε ένα ζεστό, την τάισε με το ζόρι κάποιες κουτσομούρες που είχανε περισσέψει, τη φίλησε στοργικά και τη σκέπασε με κουβέρτες. Έτσι πρωτογεύθηκε η Λάουρα τις πρώτες κουτσομούρες της ζωής της, τις κουτσομούρες που της έμελλε να γνωρίσει καλά στο επόμενο διάστημα.

Από τα πέλαγα αντηχούσε ο αχός των κυμάτων, ο μαΐστρος εξακολουθούσε να σφυροκοπά τα αυτιά τους με το λυσσασμένο σφύριγμά του.

Η αυγή βρήκε τον Αχμάκη ξαπλωμένο και τυλιγμένο σε μια κουβέρτα έξω από το μικρό υπνοδωμάτιο να φυλάει φρουρός ακοίμητος από κάθε κακό την πολύτιμη πραμάτειά του. Ξημέρωσε και εμφανίστηκαν όλο περιέργεια ο Αλέκος με το Μανόλη. Το ένστικτό τους τούς είχε ειδοποιήσει ότι κάτι το πρωτόγνωρο συνέβαινε στο ταπεινό δωμάτιο και γι' αυτό και είχαν σπεύσει να ικανοποιήσουν την περιέργειά τους.

Μια ηλιαχτίδα, που τρύπωσε μέσα από τη χαραμάδα του σκεβρωμένου από τα χρόνια παντζουριού, φώτισε τα κλειστά βλέφαρα της Λάουρας και της έφερε το μήνυμα της καινούργιας μέρας που ξημέρωνε.

Μετακινήθηκε ελαφρά να διώξει την ηλιαχτίδα, να αποφύγει να ανοίξει τα μάτια, να μην αντικρίσει ακόμα τον άγνωστο κόσμο που την περιέβαλλε. Όμως, ούτε και τον εφιάλτη που την τυράννησε ολόκληρο το βράδυ ήθελε να συνεχίσει. Γι' αυτό και τελικά το αποφάσισε. Άνοιξε τα μάτια της και αντίκρισε το μισοσκότεινο, αλλά πεντακάθαρο και νοικοκυρεμένο δωματιάκι. Άρχισε να παρατηρεί το δωματιάκι στις λεπτομέρειές του και ένα χαμόγελο γαλήνης φώτισε το ταλαιπωρημένο της πρόσωπο. Ένα βαζάκι με λίγα λουλουδάκια του αγρού που ήτανε δίπλα της ήτανε αρκετό για να φέρει ένα καθησυχαστικό μήνυμα ανθρωπιάς.

Ξανάκλεισε τα μάτια και ευθύς ήρθαν στο νου της οι εφιαλτικές στιγμές της μέχρι σήμερα ζωής της. Ο νους της ξαναγύρισε στο ταπεινό χωριό της, στις μέρες της ατέλειωτης δυστυχίας, της μιζέριας και της καταπίεσης που ήτανε και οι μόνες αναμνήσεις που έσερνε μέσα της.

Εμφανίστηκαν πάλι μπροστά στα μάτια της εκείνα τα χιλιάδες ανέκφραστα ανδρικά πρόσωπα με το απλανές βλέμμα, με το αδιάφορο ύφος, πρόσωπα απελπισμένων που δεν περίμεναν τίποτα από τη ζωή, ανθρώπων που η ανεργία είχε βυθίσει σε μία αθλιότητα, με κατάληξη την πλήρη αδιαφορία και την παραίτηση από κάθε προσπάθεια να αλλάξουν κάτι στη ζωή τους.

Σα να έβλεπε τις γυναίκες που, μπροστά στην απειλή της πείνας και της ασιτίας των παιδιών τους, είχαν αναλάβει τα πάντα, από τις δουλειές του σπιτιού μέχρι την καλλιέργεια της άγονης γης, από το μεγάλωμα των παιδιών μέχρι την προσπάθεια να μάθουν πέντε πράγματα να προετοιμαστούν για τους αγώνες που τούς περίμεναν.

Σκέφτηκε ότι η μόνη ανάμνηση που θα κουβαλούσε μαζί της από τα παιδικά της χρόνια θα ήτανε η ανάμνηση μίας ατέλειωτης λάσπης.

Λασποχώρι το χωριό της, λασπόσπιτο το σπίτι, στη λάσπη τα πρώτα της παιχνίδια, στη λάσπη και η μέχρι σήμερα ζωή της. Δεν αισθανότανε σχεδόν την καταπίεση, τη φτώχια και τη δυστυχία. Πώς μπορεί να τα νιώσει κανείς όλα αυτά, αν δεν έχει ποτέ του βιώσει άλλες καλλίτερες καταστάσεις; Συνηθίζει και νομίζει ότι αυτές είναι οι φυσικές συνθήκες της ζωής.

Μόνο το φόβο δεν μπορούσε να τον αντέξει. Μεγάλωσε μέσα σε ένα διαρκή φόβο από τις συνεχείς επιθέσεις των άγριων αντιπάλων της φυλής, τις οποίες ακολούθησαν επιθέσεις ξένων δυνάμεων, γειτόνων στην αρχή, Ρώσων λίγο αργότερα, Αμερικάνων που θα τους «απελευθέρωναν» από τους Ρώσους στη συνέχεια, όλων των αρπακτικών που τους μέθυσε η μυρωδιά του πετρελαίου, έτσι όπως την οσμίστηκαν οι δορυφόροι τους. Έτσι το μοναδικό αγαθό που έκρυβε η άγονη και φαλακρή γη της πατρίδας της, έγινε το μήλον της έριδος των κατακτητών, η αιτία του συνεχούς φόβου και δυστυχίας του λαού της.

Αναλογίσθηκε πώς τόσκασαν μια νύχτα, αυτή και κάποιοι άλλοι νέοι που δεν άντεχαν πια τη ζωή στον καταραμένο τόπο. Φύγανε έτσι χωρίς πρόγραμμα σε μια πορεία χωρίς προορισμό ψάχνοντας να βρουν τους χαμένους παραδείσους για τους οποίους τόσα είχαν ακούσει, αλλά δεν γνώρισαν ποτέ. Στην τραγική τους πορεία προς την «πράσινη γη» γνώρισε την ανθρώπινη εκμετάλλευση σε όλο της το μεγαλείο.

Πολλές φορές αυτή και οι σύντροφοί της πουλήσανε το κορμί τους και το αίμα τους, άλλοι κατάντησαν να πουλήσουν και ζωτικά τους όργανα στους δουλεμπόρους, ώστε να παρατείνουνε με αυτά τη ζωή τους οι προνομιούχοι σε βάρος της ύπαρξης των κατατρεγμένων. Δούλεψε σκληρά και αμείφθηκε πενιχρά όσο κράτησε η πορεία της. Τελικά, κατάφερε να εξοικονομήσει κάποια χρήματα, αυτά που πήραν οι δουλέμποροι να την περάσουν με τους θαλασσοπνίχτες τους τη θάλασσα που διαχώριζε την κόλαση από τον «παράδεισο» που είχαν υποσχεθεί.

Παστωθήκανε η Λάουρα και οι όμοιοί της εκείνο το δειλινό μέσα στο αμπάρι ενός ψαροκάικου της συμφοράς και αμίλητοι πήρανε το δρόμο της μοίρας τους. Ο μαΐστρος είχε αρχίσει να φουσκώνει τη θάλασσα με αποτέλεσμα οι αμάθητοι επιβάτες να πνίγονται στους εμετούς και να βογκάνε σα ζώα που τα πηγαίνανε στο σφαγείο.

Η Λάουρα κατόρθωσε να ξεγλιστρήσει και να ανέβει στο κατάστρωμα. Ένα κύμα την κατάβρεξε και την έκανε να συνέλθει από τη ζαλάδα.

Τώρα χάζευε ένα φωτισμένο κότερο που εκείνη τη στιγμή τους προσπερνούσε. Στο ντέκ κάποιοι καλοντυμένοι επιβάτες, συνοδευόμενοι από όμορφες κοπέλες, έδειχναν να απολαμβάνουνε τα ποτά τους. Άκουσε τα γέλια τους και τις δυνατές φωνές τους να διαλαλούν την ευτυχία τους και κάτι σα φίδι δάγκωσε τα σωθικά της.

– Άμποτε να γίνω και εγώ κάτι σαν κι αυτούς, συλλογίστηκε και ένιωσε το πείσμα να ατσαλώνει τη θέλησή της. Τα κορίτσια από το κότερο τη χαιρετήσανε χαρούμενα την ώρα που προσπερνούσανε το άθλιο πλεούμενο. Αντιχαιρέτησε απρόθυμα, ενώ ένα συναίσθημα αντιπάθειας και μίσους άρχισε να την πνίγει.

– Άμποτε να γίνω κι εγώ μια μέρα σαν κι αυτούς, επανέλαβε, ενώ σε λίγο τους έχανε από τα μάτια της.

Το ταξίδι συνεχίστηκε μέσα στα βουητά του ανέμου και τους αναστεναγμούς του καϊκιού και των επιβατών του. Ξάφνου ακούστηκαν κάτι σαν πυροβολισμοί. Δεν άργησε να τους προλάβει ένα περιπολικό του λιμενικού που τους έκοψε το δρόμο. Η Λάουρα ανατρίχιασε από το φόβο της.

Ο καπετάνιος του καϊκιού βλαστήμησε μέσα στα δόντια του.

– Πλακώσανε οι συνεταίροι, πάει το μισό μεροκάματο, τον άκουσε να λέει.

Ανεβήκανε στο σκάφος δύο αγριωποί ναύτες οπλισμένοι σαν αστακοί.

– Άνοιξε το αμπάρι, διατάξανε τον καπετάνιο με ύφος που δεν σήκωνε αντίρρηση.

Εκείνος, αντί για το αμπάρι άνοιξε το ντουλάπι που φύλαγε το λεφτά του. Κάτι μέτρησε μπροστά τους, κάτι έδωσε απρόθυμα, ενώ εκείνοι με αλλαγμένο ύφος τον χαιρετήσανε στρατιωτικά και ευχηθήκανε «καλό ταξίδι». Ο καπετάνιος έκανε ότι τους αντιχαιρετά και με ανακούφιση είδε να επιστρέφουν στο σκάφος τους.

– Στα τσακίδια, είπε μέσα από τα δόντια του, αποχαιρετώντας τους.

Πάλι καλά που οι δουλέμποροι πάνω στον πανικό τους δεν άδειασαν το εμπόρευμά τους μεσοπέλαγα. Θα έβρισκαν το μπελά τους, αν την άλλη μέρα οι ακτές θα γέμιζαν από πνιγμένους, μία και οι λιμενικοί ήξεραν τώρα ποιο ήτανε το καΐκι και ποιος ο καπετάνιος του. Όλα κιόλα, άλλο η μοιρασιά των λύτρων και άλλο «η ασφάλεια των άμοιρων ψυχών». Πλησιάζανε σε μία θεοσκότεινη ακτή.

– Χαλάλι και το πάστωμα στο σαπιοκάραβο, χαλάλι και η ταλαιπωρία και οι κίνδυνοι του ταξιδιού, φτάσαμε επιτέλους, σκέφτηκε η Λάουρα την ώρα που με μία δυνατή σπρωξιά βρέθηκε μέσα στα παγωμένα νερά, ενώ λίγο αργότερα αφέθηκε στα δυνατά μπράτσα του Αχμάκη που την οδήγησαν στη σωτηρία.

Ένα ελαφρό χτύπημα στην πόρτα την επανέφερε στην πραγματικότητα. Σηκώθηκε, όχι χωρίς κάποιο χτυποκάρδι, και άνοιξε. Πετάχτηκε τρομαγμένη καθώς ένοιωσε να μπλέκουν μέσα στα πόδια της ο Μανόλης με τον Αλέκο.

Έκανε ένα βήμα πίσω για να αντικρίσει το καλοσυνάτο χαμόγελο της Μυρσινούλας, που μπήκε στο δωμάτιο φορτωμένη με ένα δίσκο γεμάτο καλούδια. Ένα ποτήρι αχνιστό γάλα, ένα μεγάλο κομμάτι μυτζήθρα, ψωμί, βούτυρο μαρμελάδα, όλα τα καλά του κόσμου.

– Φάε να καρδαμώσεις κόρη μου, την άκουσε να λέει σε μίαν άγνωστη γι' αυτήν γλώσσα, που όμως δεν χρειάστηκε να μεταφράσει κανείς το νόημα των λόγων. Η έκπληξή της ήτανε μεγάλη μία και για πρώτη φορά στη ζωή της ένιωσε να νοιάζεται και να την περιποιείται κάποιος.

Ο Αλέκος είχε κάνει κάποια βήματα οπισθοχώρησης μπροστά στην καινουργιοφερμένη, ενώ η μυτζήθρα που ευωδίαζε στο δίσκο έστελνε μυρωδιές που τον διαόλιζαν. Ο Μανόλης – πιο τολμηρός ή λιγότερο φιλύποπτος, όπως το πάρει κανείς– είχε ήδη εισβάλει στο δωμάτιο και η Λάουρα ένιωσε την ουρά του να δίνει ελαφρά χτυπηματάκια στα πόδια. Εκείνη έσκυψε και χωρίς ίχνος σιχασιάς, χάιδεψε τρυφερά την ψωριασμένη πλάτη του. Έπειτα σηκώθηκε και με επίσημο ύφος ένωσε τις παλάμες της μπροστά στο στήθος, ενώ με ένα γλυκό χαμόγελο υποκλίθηκε ελαφρά μπροστά στη Μυρσινούλα. Κάτι πρόφερε στη γλώσσα της και η Μυρσινούλα κατάλαβε ότι ήτανε ένα μεγάλο ευχαριστώ.

Δειλά δειλά, μισοκρυμμένος πίσω από τη μητέρα του, πρόβαλε και ο Αχμάκης φορώντας το πιο καλοσυνάτο του χαμόγελο. Το συνήθως απλανές βλέμμα του έλαμπε σήμερα με ύφος θριάμβου για το χτεσινοβραδινό του κατόρθωμα.

Από νωρίς είχε βάλει η μάνα του τον Αχμάκη να πλυθεί στη σκάφη, να φύγει από πάνω του η αιώνια αλμύρα και τα...λέπια που είχε αρχίσει να βγάζει στα ποδάρια του, να ξυριστεί και να κόψει κάπως τα μαλλιά του, ώστε να πάψει να μοιάζει σαν αγριάνθρωπος, να κάνει καλή φιγούρα στη ...νύφη που ξέβρασε το κύμα (έτσι το είχε φανταστεί και έτσι το είχε σχεδιάσει η καημένη η Μυρσινούλα μένοντας ξάγρυπνη όλη την υπόλοιπη χτεσινή νύχτα).

Έπλαθε σενάρια μεταξύ ύπνου και ξύπνου η καημένη η Μυρσινούλα και παρακαλούσε την Παναγιά να βγουν αληθινά. Έβλεπε το γιο της επιτέλους αποκατεστημένο στα καλά χέρια της κοπέλας με το αγγελικό πρόσωπο που έφερε στην αγκαλιά του ο Αχμάκης της γλιτώνοντάς την από τη μανία της θάλασσας. Άμποτε να αναλάμβανε αυτό το αγαθό κορίτσι τον αδικημένο από τη φύση γιο της, το μαγαζί και τα μπακούρια τα ζωάκια της, άμποτε η ζωή να συνεχιζότανε ήρεμη και γαλήνια στην ήσυχη αυτή γωνιά της γης. Και τότε θα μπορούσε πια και εκείνη να ησυχάσει, να αποτραβηχτεί και να ξεκουραστεί στο χωριό της, να αφήσει το «ζευγάρι» να φτιάξει ανενόχλητο τη ζωή του, να σταυρώσει και εκείνη τα τσακισμένα από το τηγάνι και την καθημερινή λάτρα χέρια της μέχρις ότου ο Κύριος ευδοκήσει να την καλέσει κοντά του. Όνειρα!

Πήγε να παρατηρήσει το κορίτσι με επίμονο βλέμμα ο Αχμάκης, έτσι όπως παρατηρούν οι Αχμάκηδες όλου του κόσμου, χωρίς να συνειδητοποιούν αν γίνονται αδιάκριτοι ή ενοχλητικοί. Εξέταζε επίμονα το αγγελικό της πρόσωπο, το πάντα χαμογελαστό να φιγουράρει πάνω σε ένα καλλίγραμμο κορμάκι, αδυνατούλικο, με αρμονικές γραμμές και ακόμα πιο αρμονικές κινήσεις και πλημμύρισε από μία ανείπωτη χαρά, όταν είδε να τού χαμογελά ευχαριστώντας τον με τον ευγενικό τρόπο της πατρίδας της.

Γέλασε ο Αχμάκης, γέλασε και η Λάουρα, τα νεανικά γέλια παρασύρανε και τη Μυρσινούλα, έσπασε ο πάγος, ταιριάξανε τα «χημικά» τους που λένε. Η μικρή έμοιαζε να έχει συνέλθει εντελώς – σωματικά τουλάχιστον – από τις πρόσφατες κακουχίες.

Την πήρε από το χέρι η Μυρσινούλα και, ξεχνώντας το γλωσσικό τους χάσμα, άρχισε να φλυαρεί, να ξεναγεί το κορίτσι στο μικρό τους βασίλειο, να εξηγεί τα διάφορα, να συστήνει τα ζωντανά της που είχαν παραταχθεί να ικανοποιήσουν και αυτά την περιέργειά τους.

Ύστερα άρχισε τις ερωτήσεις με αφέλεια, προσπαθώντας να δώσει απαντήσεις στις χιλιάδες απορίες της σχετικά με τη μέχρι τώρα ζωή της Λάουρας.

Εκείνη αντιμετώπιζε όλο αυτό το χείμαρρο της γλωσσοδιάρροιας με το μόνιμο στωικό της χαμόγελο χαραγμένο στο γλυκό της προσωπάκι και με το γεμάτο καλοσύνη βελούδινο βλέμμα της.

Ίσως να εύρισκε πιο βολετή την προσπάθεια συνεννόησης με τον Αχμάκη, όποτε εκείνος σκούνταγε τη Λάουρα ελαφρά και έλεγε

«Για δε» πριν αμολήσει κάποιο μουγκρητό και συνεχίσει με χειρονομίες και νεύματα να μιλά στη γλώσσα των απανταχού Αχμάκηδων.

Σ' αυτά απαντούσε με μεγαλύτερη ευκολία κάνοντας και εκείνη χειρονομίες και δείχνοντας ότι διασκεδάζει αφάνταστα. Μέχρι που η Μυρσινούλα κατάλαβε και εγκατέλειψε τη δική της φλυαρία, είπε ένα «Εγώ πάγω να δω τη δλιά μου» και άφησε διακριτικά τους δύο νέους να συνεχίζουν γελώντας την παντομίμα τους.

Δεν πήρε σχεδόν καθόλου χρόνο στη Λάουρα να προσαρμοστεί στις συνθήκες της καινούργιας της ζωής, να αναλάβει ενεργό ρόλο στον καθημερινό αγώνα για το μεροκάματο και συγχρόνως να αρχίσει την προσπάθεια να μάθει τα βασικά από τη γλώσσα του τόπου, ώστε να συνεννοείται με τον κόσμο. Τα μυστικά της κουζίνας τα έμαθε σε χρόνο μηδέν. Ήξερε τώρα πώς καθαρίζονται οι σαρδέλες και οι κουτσομούρες να βγουν τα έντερα αλλά να παραμείνουν τα συκώτια, πώς τηγανίζονται τα καλαμαράκια χωρίς να τα ξεράνει η φωτιά και να χάσουν τους χυμούς τους, πόση ώρα χρειάζεται ψήσιμο το μελίχλωρο χταποδάκι, πώς ξεροτηγανίζονται τα κολοκυθάκια και οι μελιτζάνες, από τί αποτελείται η περίφημη χωριάτικη σαλάτα.

Ανέλαβε το καθημερινό μαγείρεμα με τόση επιτυχία, ώστε όλοι δίνανε συγχαρητήρια. Οι πελάτες είχαν μαγευτεί από τη χαρούμενη υποδοχή που έκανε. Τα παιδάκια γελούσανε και ανταποδίδανε τον παράξενο χαιρετισμό της προσπαθώντας να μιμηθούνε και ύστερα επαναλαμβάνανε μεταξύ τους μια και φαινότανε σ' αυτά σαν παιχνίδι.

Οι απογευματινοί θαμώνες, οι ψαράδες, που ερχόντουσαν νωρίς – νωρίς να ξαποστάσουν και να πιούνε τα ούζα τους, δεν χρειαζότανε να δώσουν παραγγελία. Η Λάουρα έμαθε τις προτιμήσεις του καθενός, το μεζεδάκι που συνηθίζανε, τη μάρκα του ούζου που κάνανε κέφι. Συμπαθούσανε όλοι τη μικρή προσφυγοπούλα, που είχε κλέψει τις καρδιές τους.

Δεν άργησε η κυρά Μυρσινούλα να καταλάβει ότι βρέθηκε η αντικαταστάτρια της. Έτσι, κάποια μέρα που οι πόνοι στο σώμα της γίνανε αφόρητοι το πήρε απόφαση. Έφυγε για το χωριό της να ξεκουραστεί καταπώς το ονειρευότανε και άφησε το μαγαζί «στα παιδιά» μια και ήτανε σίγουρη ότι το άφηνε σε καλά χέρια.

Λίγο πριν αποχωρήσει η Μυρσινούλα, επισκέφθηκε το μαγαζί ένας υπάλληλος της Νομαρχίας. Έφερνε μήνυμα του νομάρχη ότι βγήκε απόφαση από τις αρχές να παρασημοφορηθεί ο Αχμάκης για την ηρωική του πράξη να σώσει με αυτοθυσία τόσους ναυαγούς. Οι ταπεινοί ιδιοκτήτες του ταβερνείου τα χάσανε όταν είδανε την ημέρα που είχε οριστεί να καταφθάνουνε όλοι οι επίσημοι του τόπου και να δίνουνε το χέρι στον Αχμάκη.

Ο δήμαρχος είπε δυο λόγια συγκινητικά, κάτι για ηρωισμό, είπε κάτι για αυτοθυσία, για αλληλεγγύη των ανθρώπων, για την «ανθρωπιά» των νησιωτών και κάτι άλλα λόγια που δεν τα πολυκαταλάβανε οι παραλήπτες τους.

– Είναι γραμματκοί αυτοί, μλούν αλλιώς, απεφάνθη η Μυρσινούλα.

Και εκεί θα έκλεινε το θέμα, αν δεν ξεφύτρωναν από το πουθενά τα όργανα. Ο ζουρνάς, το σαντούρι, η τραγουδίστρια με το ντέφι. Ακολούθησε ένα γλέντι πρωτόγνωρο. Όσο τα όργανα ανέβαζαν το ρυθμό, όσο η τραγουδίστρια έβγαζε τις κορώνες της, τόσο ανέβαινε το κέφι.

Ώσπου ο Αχμάκης ξέσπασε. Θυμήθηκε τα απαγορευμένα γι' αυτόν πανηγύρια, έβγαλε από μέσα του όλα του τα απωθημένα και χωρίς να ζητήσει την έγκριση της Μυρσινούλας, σηκώθηκε και άρχισε έναν έξαλλο χορό. Μια λύγιζε τα πόδια και χτύπαγε με μανία το πάτωμα της αυλής, μια τιναζότανε στα ύψη το παλικάρι, μια στριφογύριζε τρελά.

Ο Αλέκος, αδιάφορος, παρακολουθούσε το θέαμα από το στέκι του, ο Μανόλης έντρομος με την πελώρια ουρά του κάτω από τα σκέλια είχε βρει καταφύγιο κάτω από ένα τραπέζι, η Μυρσινούλα κρυφοκαμάρωνε το θρίαμβο του γιου της. Ώσπου τα όργανα κοπάσανε κάποια στιγμή.

Η Λάουρα δεν είχε χάσει καιρό. Πότε λιβανιζότανε πάνω στα τηγάνια, πότε κρυφοκοίταζε τον κόσμο που πανηγύριζε, πότε χαμογελούσε στους θαμώνες. Πρόλαβε και ετοίμασε μεζεδάκια και τις απαραίτητες κουτσομούρες για όλους. Άρχισε το σερβίρισμα και το φαγοπότι. Ύστερα οι θαμώνες χορτάτοι και ικανοποιημένοι ότι είχανε κάνει το καθήκον τους, άρχισαν με πρώτους τους επισήμους να αποχαιρετάνε το μαγαζί.

Φεύγοντας ο νομάρχης, φώναξε τη Λάουρα να πει δυο λόγια στα γαλλικά που εκείνη μιλούσε άνετα.

– Κοίταξε Λάουρα, είπε. Ξέρεις ότι εδώ σε αγαπήσαμε όλοι. Θέλω να φροντίσω να φτιάξεις τα χαρτιά σου, να μην είσαι παράνομη, όπως είσαι τώρα. Έλα μια μέρα από τη Νομαρχία να ψάξουμε να βρούμε κάποια λύση για το πρόβλημά σου, πρόσθεσε.

Δεν καλαρέσανε αυτά τα λόγια στη Λάουρα. Άρχισαν να τυλίγουν τα φίδια το κορίτσι. Μελαγχόλησε, Η αγωνία έτρωγε τη Λάουρα. Δεν άντεχε – για την ώρα – άλλες περιπέτειες στη ζωή της. Όχι ότι είχε αποφασίσει να περάσει την υπόλοιπη ζωή της τηγανίζοντας κουτσομούρες. Είχε άλλα σχέδια, άλλους κρυφούς πόθους για το μέλλον της. Εκείνη η εικόνα των πλουσιοκόριτσων που την χαιρετούσαν αμέριμνα από το κότερό τους, ενώ εκείνη θαλασσοπνιγότανε, εκείνη η ευημερία και ο πλούτος που πρόλαβε να μαντέψει ατενίζοντας τους προνομιούχους της ζωής, εκείνη η υπόσχεση που είχε δώσει τότε στον εαυτό της να γίνει κάποτε μία από αυτούς δεν την είχαν αφήσει να εφησυχάσει.

Όμως έκρινε ότι ήτανε ακόμα πολύ νωρίς για άλματα. Ήθελε να αφήσει να περάσει λίγος καιρός, να ανακτήσει δυνάμεις, να προγραμματίσει τις επόμενες κινήσεις της. Βέβαια, είχε συμπαθήσει τη Μυρσινούλα. Ένιωθε απέραντη ευγνωμοσύνη μαζί με κάποια λύπηση για τον Αχμάκη. Όμως, η σκληρή ζωή που είχε αντιμετωπίσει μέχρι σήμερα δεν άφηνε και πολλά περιθώρια για συναισθηματισμούς. Ωστόσο, δεν άργησε ένα πρωινό να ντυθεί τα καλά της και να στολιστεί και παρέα με τον αχώριστο Αχμάκη πήρανε το λεωφορείο για τη χώρα.

Στη Νομαρχία γινότανε χαμός από κόσμο. Η γραμματέας του νομάρχη, της οποίας δεν γεμίσανε το μάτι οι ταπεινοί και αμήχανοι επισκέπτες, άφησε να περιμένουνε με τις ώρες εκεί στον προθάλαμο. Ευτυχώς που κάποια στιγμή ξεπρόβαλε ο νομάρχης και τούς πήρε το μάτι του.

Χαιρέτησε εγκάρδια και τούς πήρε στο γραφείο του. Είχε ύφος σοβαρό ο νομάρχης, όσο προσπαθούσε να εξηγήσει στη Λάουρα το λαβύρινθο της ελληνικής γραφειοκρατίας.

– Πρόσεξε, Λάουρα, κατέληξε. Υπάρχει η λύση αν θέλεις να μείνεις για πάντα στο νησί. Μόνο αν παντρευτείς έναν Έλληνα θα μπορέσω να σε κρατήσω εδώ. Αλλιώς είμαι υποχρεωμένος από το νόμο να σε κλείσω μαζί με τους άλλους λαθραίους πρόσφυγες στο στρατόπεδο που ιδρύθηκε γι' αυτό το σκοπό. Όμως, από εκεί και πέρα δεν θα αποφασίζω εγώ για την τύχη σου. Δεν μπορώ να εγγυηθώ ότι οι αρμόδιοι δεν τα σε στείλουν πίσω στην πατρίδα σου. Γι' αυτό πάρε γρήγορα τις αποφάσεις σου και έλα να κανονίσουμε τις διαδικασίες. Κουμπάρος εγώ, αν το αποφασίσεις, είπε χαμογελώντας. Η Λάουρα είχε κιτρινίσει. Ο Αχμάκης που καταλάβαινε ότι κάτι σπουδαίο είχε ανακοινώσει ο νομάρχης, κοίταζε αμήχανα πότε το πάτωμα, πότε το ταβάνι.

– Κύριε νομάρχη, ζητάς το αδύνατο. Για να παντρευτώ Έλληνα πρέπει να απαρνηθώ τη θρησκεία μου, πρέπει να βαφτιστώ Χριστιανή. Είναι κάτι που με ξεπερνάει. Άλλωστε, – σκέφθηκε ένα επιχείρημα – ας το εξομολογηθώ μόνο σε σένα γιατί είσαι καλός άνθρωπος, είμαι παντρεμένη στη χώρα μου, έχω και ένα παιδάκι από το γάμο μου. Ήρθα εδώ για να κάνω ένα κομπόδεμα να το βοηθήσω να ξεφύγει από τη δυστυχία. Όχι, δεν το μπορώ, δεν είναι δυνατό να κάνω αυτό που μου ζητάς.

Ο νομάρχης σκοτείνιασε, δεν έκρυβε την στενοχώριά του.

– Λυπάμαι Λάουρα, είπε. Λυπάμαι ειλικρινά που δεν μπορώ να κάνω τίποτα άλλο για σένα. Έχεις κάποιες μέρες περιθώριο να το σκεφτείς. Σκέψου το καλά και έλα να μού πεις τις οριστικές σου αποφάσεις.

Πήρανε με το κεφάλι κάτω το δρόμο της επιστροφής, αφού ο νομάρχης εξήγησε και στον Αχμάκη το πρόβλημα.

Ο καημένος ο Αχμάκης. Όταν άκουσε τα περί γάμου έλαμψε ολόκληρος. Ύστερα, ακούγοντας την απάντηση της Λάουρας ένιωσε ένα κενό μέσα του, ένα κενό, όπου μέσα του γκρεμίστηκαν για πάντα τα όνειρά του. Περάσανε κάμποσες μέρες άγχους και σιωπής. Η Λάουρα απέφευγε να αντικρίσει το γεμάτο αγωνία, παρακλήσεις και ερωτηματικά βλέμμα του Αχμάκη. Ένιωθε και εκείνη μιαν απέραντη στενοχώρια, μια λύπηση ανάμεικτη με αβεβαιότητες, αλλά και ελπίδες για το άγνωστο μέλλον της, μιαν απέραντη θλίψη για τον αγαθό κόσμο της ταβέρνας που θα ήτανε υποχρεωμένη να αποχωριστεί.

Ωστόσο, ούτε ένα λεπτό δεν αντιμετώπισε κάποιο δίλημμα η Λάουρα. Ζυμωμένη στη ζωή που είχε γνωρίσει με την πιο άγρια μορφή της, μεγαλωμένη με τα ταμπού της θρησκείας της και με την απόφαση να ρισκάρει για μία καλλίτερη ζωή, όπως την είχε εκείνη ονειρευτεί, ούτε στιγμή δεν σκέφθηκε τη λύση που πρότεινε ο νομάρχης. Σκέψεις για εικονικούς γάμους και άλλες τέτοιες κομπίνες ούτε που περνούσανε από το μυαλό της.

Πέρασε το καλοκαίρι, μπήκε το φθινόπωρο για τα καλά, μίκρυνε η μέρα, πιάσανε τα πρωτοβρόχια να ποτίζουνε τη διψασμένη γη, αραίωσε και ο κόσμος στο ταβερνάκι, ήρθε η πλήξη μαζί με τη μελαγχολία να προϊδεάσουνε για τον χειμώνα που όλο και πλησίαζε.

Ήτανε ένα βράδυ που και πάλι ούρλιαζε ο μαΐστρο, όταν ξεκίνησε ξανά για την πεισματωμένη πορεία της αυτή η μικρούλα λαθρομετανάστης έτοιμη να αντιμετωπίσει το χάος της πρωτεύουσας. Εκεί θα συνέχιζε τον απελπισμένο αγώνα της να παλέψει ζώντας μέσα στην παρανομία, να παλέψει να εξασφαλίσει κάποιο μέλλον κάπως πιο κοντινό στα όνειρά της.

Αποχαιρετιστήκανε κλαίγοντας οι δύο αγνοί άνθρωποι. Όσο ο Αχμάκης έβλεπε το καράβι να απομακρύνεται, έκανε κουράγιο και στεκότανε όρθιος να αγναντεύει το φουρτουνιασμένο πέλαγο και να γνέφει με το χέρι του στο πουθενά. Ύστερα το καράβι χάθηκε από τα μάτια του και έμεινε μόνος, αυτός και ο μαΐστρος να φυσολογά στο μόλο.. Κάποια στιγμή δεν άντεξε, έπεσε κάτω κλαίγοντας και βλαστημώντας με γρυλίσματα τον άδικο τούτο κόσμο. Εκεί τον βρήκε σχεδόν ξυλιασμένο το πρωί ένας πελάτης του μαγαζιού που φρόντισε να τον μεταφέρει στη βάση του.

Η κυρά Μυρσινούλα επέστρεψε άρον άρον στα παλιά της καθήκοντα, αλλά δεν άντεξε για πολύ. Ο χάρος λυπήθηκε και την πήρε την ώρα που γερμένη πάνω στα τηγάνια της προσπαθούσε με μαύρη καρδιά να τηγανίσει τις τελευταίες κουτσομούρες της βασανισμένης ζωής της.

Το ταβερνείο ρήμαξε. Τα μπακούρια μείνανε για πάντα ορφανά. Τον Αχμάκη συμμάζεψε ένας φιλεύσπλαχνος γιατρός να βοηθάει τους ανήμπορους σ' έναν οίκο ευγηρίας μέχρι που ανήμπορος και αυτός έπεσε για πάντα σε ένα στρώμα.

Ο Αλέκος το φιλοσόφησε αρκετά πριν πάρει το δρόμο για κάποιο γειτονικό ταβερνείο. Δεν άργησε να προσαρμοστεί και εκεί μια και οι γάτοι δεν πολυφημίζονται για τα αισθήματά τους.

Ο Μανόλης είδε και απόειδε και ξεκίνησε κι αυτός παίρνοντας ένα δρόμο χωρίς προορισμό. Αμάθητος, όπως ήτανε να περπατά στους δρόμους, χτυπήθηκε από ένα μηχανάκι και απαλλάχθηκε από τα βάσανα του άδικου τούτου κόσμου.

Ο Παύλος, άνοιξε τα φτερά του και εξαφανίστηκε ένα πρωινό, κανείς δεν έμαθε τί απέγινε. Μυστήριο πώς σκέφτονται και πώς αντιδρούν οι πελεκάνοι.

Μόνο η πινακίδα ξεχάστηκε κρεμασμένη στη θέση της, να ξεθωριάζει η βροχή και να ταρακουνάει ο μαΐστρος. Κάποια στιγμή, ένα παιδάκι από την Αυστράλια, παιδί μεταναστών που ήρθανε να προσκυνήσουνε την πατρίδα, σκαρφάλωσε και έφτασε την πινακίδα. Δίπλα στη λέξη κουτσομούρα, έγραψε με το πικρό χιούμορ των παιδιών τη λέξη "Blues".

Και ο ανίδεος διαβάτης αντίκριζε παραξενεμένος πάνω από το ρημαγμένο ταβερνάκι την ανεμοδαρμένη και ξεθωριασμένη από τον καιρό πινακίδα με την παράξενη επιγραφή «Κουτσομούρα.... Blues».

***

13

Η ΜΥΗΣΗ ΤΗΣ ΛΑΟΥΡΑΣ

Μία απαστράπτουσα κατακόκκινη Cabrio Mercedes περίμενε στην ατελείωτη ουρά να αποβιβαστεί στο καράβι, ενώ δίπλα της στριμωγμένη στην ουρά των πληβείων η Λάουρα παρέα με το Αχμάκη που κρατούσε την φτηνοβαλιτσούλα που είχε αγοράσει για το ταξίδι περίμενε και εκείνη με υπομονή τη σειρά της.

Ο οδηγός του *πολυτελούς αυτοκινήτου, ένας κομψευάμενος μεσήλικας με κάπως εξεζητημένο σπορ ντύσιμο, με το απαραίτητο Jockey καπελάκι του και φορτωμένος με τις χρυσές αλυσιδίτσες του καταπώς επιτάσσει η μόδα στους οδηγούς των Cabrio, έμοιαζε να δείχνει ιδιαίτερο ενδιαφέρον στην παρουσία της Λάουρας παρατηρώντας την συνέχεια με επίμονο βλέμμα και προσπαθώντας να αποσπάσει την προσοχή της, ώστε να την φιλοδωρήσει με το χαμόγελό του. Όμως τα υγρά από τη συγκίνηση του αποχωρισμού μάτια της Λάουρας κοιτάζανε με αμηχανία το βαπόρι που πλησίαζε και ο σκοτισμένος νους της ταξίδευε ήδη μακριά.*

Ο Αχμάκης, καταρρακωμένος, ταξίδευε και αυτός με το νου του σε ένα άγνωστο προορισμό χωρίς να ξέρει πού θα καταλήξει. Η ουρά έφτασε στη σκάλα και έτσι ήρθε και η μοιραία ώρα του αποχωρισμού.

Αγκαλιαστήκανε –ίσως για πρώτη, αλλά σίγουρα για τελευταία φορά – φιληθήκανε ελαφρά στα μάγουλα και τελικά με μία σπρωξιά των επιβατών που αδημονούσαν να ανέβουν στο πλοίο, βρέθηκε η Λάουρα στο κατάστρωμα να χαιρετάει με νεύματα και με γεμάτα τύψεις κλάματα τον Αχμάκη της. Κάπως έτσι αποχωρίστηκε το ζευγαράκι και κάπως έτσι μπήκε η ζωή της Λάουρας στην καινούργια της φάση.

Όσο το βαπόρι απομακρυνότανε από το νησί, η Λάουρα ένοιωθε να ξαλαφρώνει από τη συναισθηματική της φόρτιση. Προσπάθησε να βάλει τις σκέψεις της σε μία τάξη, να προγραμματίσει τις επόμενες ενέργειές της.

Είχε τώρα ένα μικρό κομπόδεμα, το ντύσιμό της δεν πρόδιδε καμιά λαθρομετανάστρια, το ύφος της δεν είχε πια αποτυπωμένη την απελπισία και την αμηχανία του ανθρώπου χωρίς προορισμό. Ένα συναίσθημα αισιοδοξίας τη Λάουρα. Καθισμένη στο κατάστρωμα και χαζεύοντας το νησί που έφευγε σιγά σιγά από μπροστά της πήρε να ψιθυρίζει έναν σκοπό της πατρίδας της.

– Το ξέρεις ότι έχεις μία τέλεια φωνή, άκουσε το διπλανό της να μιλάει. Είχε ύφος θαρρετό, δεν κόμπιαζε καθόλου, έμοιαζε να γνωρίζει καλά την τέχνη πώς να πιάνει κουβέντα και να ξεθαρρεύει με τις κοπέλες που του γυάλιζαν. Η Λάουρα γύρισε αναγκαστικά προς το μέρος του για να αντικρίσει τον γοήζοντα κύριο της Mercedes που την αντιμετώπιζε με το πιο γλυκό του χαμόγελο. Σκέφθηκε να τον ξεφορτωθεί με τον πιο απλό τρόπο.

– Δεν σας καταλαβαίνω, δεν μιλάω ελληνικά, είπε ευγενικά στα γαλλικά.

Όμως ο ξένος δεν τάχασε.

– Μα βέβαια, έπρεπε να μαντέψω από το ευγενικό παρουσιαστικό σας ότι είσαστε γαλλικής καταγωγής», απάντησε και αυτός σε τέλεια γαλλικά.

– "Merci", ψιθύρισε η Λάουρα με ένα ύφος που έδειχνε καθαρά ότι δεν είχε όρεξη για ψιλοκουβέντα.

Εκείνη τη στιγμή ακούστηκε η αναγγελία για το δείπνο. Η Λάουρα θυμήθηκε ότι με τούτα και μ' εκείνα ήτανε νηστικιά από το πρωί. Περίμενε με ελπίδα τον ξένο να φύγει για το εστιατόριο, ώστε να ανοίξει και εκείνη το πεσκίρι με τα καλούδια (γιαπρακάκια, σφουγγάτο, και λίγα συκαλάκια), που είχε ετοιμάσει ο Αχμάκης.

Όμως εκείνος με πρωτόφαντο θάρρος τής έπιασε το χέρι

– Επιτρέπετε, είπε. Έχω κλείσει τραπέζι να κάνουμε λίγη παρέα στο δείπνο. Μην μουύτο αρνηθείς (ξαφνικός ενικός). Η μοναξιά με κάνει δυστυχισμένο.

Η Λάουρα δεν είχε βέβαια αντιμετωπίσει στη μέχρι σήμερα ζωή της τέτοιες τσιριμόνιες. Ίσως να κολακεύτηκε ο γυναικείος της εγωισμός, ίσως να σκέφθηκε ότι ο συνοδός της είχε κάτι το συμπαθητικό επάνω του, ίσως πάλι να θέλησε να γνωρίσει επιτέλους την πολυτέλεια να σε σερβίρουν – αντί να σερβίρεις – και μάλιστα σε τραπεζαρία πρώτης θέσεως. Έτσι αφέθηκε να τον ακολουθήσει στην τραπεζαρία. Το φτωχικό κολατσιό που είχε ετοιμάσει με τόση στοργή ο Αχμάκης βρόμισε και πετάχτηκε την άλλη μέρα να το φάνε τα ψάρια...

– "C'est la vie", μονολόγησε η Λάουρα.

Η μία κουβέντα έφερνε την άλλη και ξενυχτήσανε συζητώντας, ενώ η σαμπάνια έλυσε την αμάθητη σ' αυτά γλώσσα της Λάουρας. Για κάποιο ανεξήγητο λόγο είχε αρχίσει να νιώθει άνετα με την παρέα αυτού του γοητευτικού κυρίου, με την πολυτέλεια του δείπνου σε περιβάλλον προνομιούχων. Αισθάνθηκε σα να ανήκε και εκείνη από πάντα σε αυτή την κατηγορία των θνητώ,ν πράγμα που δεν ήτανε σ' αυτήν καθόλου δυσάρεστο.

– Μιλάμε τόση ώρα και δεν έχουμε καν συστηθεί. Με λένε Φραγκίσκο και κατάγομαι από το Μαρόκο, είπε ο κύριος.

– Και μένα Λάουρα. Γεννήθηκα και μεγάλωσα στην αθλιότητα της Νέας Γουινέας και βρέθηκα εδώ ελπίζοντας σε μια καλλίτερη ζωή.

– Όφειλα να μαντέψω ότι ένα τόσο γλυκό πλάσμα θα έχει και ένα ανάλογο όνομα. Διηγήσου μου, καλή μου, τη ζωή σου, πες μου τα σχέδιά σου, ίσως μπορέσω να κάνω κάτι για σένα.

Άρχισε να κερδίζει την εμπιστοσύνη και , παρόλο που είχε γνωρίσει τη ζωή από τη χειρότερη πλευρά της, δεν έπαυε να έχει την αφέλεια να εμπιστεύεται τους ανθρώπους που έδειχναν κάποιο φιλικό ενδιαφέρον για το άτομό της. Τα διηγήθηκε όλα με λεπτομέρειες. Για το μεγάλωμά της μέσα στη λάσπη και τα πρόσωπα με το απελπισμένο βλέμμα. Για τη γενναία απόφασή της να πάρει το δρόμο της σωτηρίας, για τις απίστευτες περιπέτειές της μέχρι να φτάσει στο νησί, για τους αγαθούς ανθρώπους που γνώρισε εκεί και, τέλος, για τη δεύτερη μεγάλη απόφασή της να μη συμβιβαστεί με μία ειρηνική, αλλά χωρίς προοπτικές ζωή και να ξεκινήσει πάλι για το άγνωστο.

– Σε θαυμάζω Λάουρα, πρέπει να έχεις ένα πολύ δυνατό χαρακτήρα, Είσαι ένα θαρραλέο άτομο, είμαι σίγουρος ότι τελικά θα καταφέρεις να γίνεις αυτό που προσπαθείς.

Τον άκουγε και είχε κοκκινίσει με τα τόσα κομπλιμέντα στα οποία δεν ήτανε καθόλου συνηθισμένη. Με μεγάλη μαεστρία ο Φραγκίσκος έφερε την κουβέντα και στο σεξ.

– Κοίταξε, Λάουρα, οι καταγωγές μας δεν απέχουν πολύ. Γνωρίζω καλά τις σεξουαλικές συνήθειες στα μέρη μας, όπου η γυναίκα κάνει σεξ με τον αρσενικό χωρίς να δίνει και πολύ σημασία στο θέμα. Είμαστε κατά κάποιο τρόπο πιο κοντά στη φύση, πιο κοντά στο ζώο που κάνει σεξ ακολουθώντας το ένστικτό του. Μπορώ να πω ότι σε αυτόν τον τομέα, με το να ακολουθούμε τις προσταγές της φύσης, μπορούμε να θεωρηθούμε πιο πολιτισμένοι από τους εδώ πολιτισμένους. Στα μέρη που διάλεξες τώρα να ζήσεις τα πράγματα είναι διαφορετικά και οι άνθρωποι υπακούουν σε άλλες θεότητες. Πρώτη και καλλίτερη το χρήμα. Το κλειδί που ανοίγει όλες τις πόρτες και δίνει ασύδοτη ελευθερία σε αυτούς που το έχουν. Με αυτό αγοράζονται και πουλιούνται τα πάντα στον πολιτισμένο κόσμο μας, με αυτό ικανοποιούνται όλα τα απωθημένα των πλουσίων, με πρώτο σε προτεραιότητα το σεξ. Οι περισσότερες γυναίκες εδώ δεν κάνουν έρωτα, όπως στις δικές μας κοινωνίες. Εδώ πουλάνε – ή μάλλον νοικιάζουνε – το κορμί τους για λίγες στιγμές ηδονής του παρτενέρ τους με συνήθως πλουσιοπάροχες αμοιβές. Το θέμα είναι τί συμβαίνει μετά. Αυτός που εύκολα αγοράζει την ηδονή, καταλήγει πάλι μόνος και έρημος με ένα μεγάλο κενό μέσα του και έχοντας ακόμα πιο έντονο το απέραντο συναίσθημα της μοναξιάς του. Αργά ή γρήγορα θα καταλήξει να παντρευτεί κάποια ύπαρξη που θα τον κυνηγήσει από υστεροβουλία, με την προτροπή κάποιας πονηρής υποψήφιας πεθεράς που έχει σχεδιάσει να αποκαταστήσει την κόρη της. Ο γάμος πραγματοποιείται και μετά το γάμο αρχίζουν τα όργανα: «Τους φίλους σου να τους ξεχάσεις γιατί δεν είναι του γούστου μου, τέρμα και τα ταξιδάκια μόνος σου τάχα για δουλειές, τα βράδια – όταν έχω κέφι να βγούμε – θα βγαίνουμε μαζί και θα πηγαίνουμε στα μέρη που μου αρέσουν κλπ, κλπ». Οι περισσότεροι τέτοιοι γάμοι καταλήγουν συνήθως σε επανάσταση και το χρήμα του θύματος ρέει άφθονο για να αποκαταστήσει τη χαμένη ελευθερία του. Ακολουθεί και πάλι η μοναξιά, ο πληρωμένος έρωτας, το κενό, ο φαύλος κύκλος.

– Σ' ευχαριστώ που με ενημερώνεις για την κοινωνία όπου θα ζήσω. Δεν φαντάζομαι, πάντως, να προσπαθείς να προχωρήσεις σε τίποτα πονηρές προτάσεις. Πολύ σωστά είπες ότι στην πατρίδα μας αντιμετωπίζουμε το σεξ σαν κάτι το φυσικό, σαν μία ενστικτώδη σωματική εκδήλωση. Πάντως, αν στο μυαλό σου πέρασε η ιδέα ότι θα βγάλω το κορμί μου στο ξεπούλημα, μάθε φιλαράκο ότι χτύπησες λάθος πόρτα. Ας μη συνεχίσουμε αυτή την κουβέντα. Δεν με ενδιαφέρουν οι προνομιούχοι σας και τα προβλήματά τους, ας τα λύσουν μόνοι τους, όπως θα παλέψω και εγώ να βρω λύσεις στα δικά μου.

Η Λάουρα φουριόζα ετοιμάστηκε να αποχαιρετήσει την καινούργια της γνωριμία.

– Με παρεξήγησες, καλή μου. Ήτανε φυσικό, δικό μου το φταίξιμο. Δεν είμαι από αυτούς που παρασύρουν τα κορίτσια στο βούρκο. Θέλησα απλώς να σε προφυλάξω με τα λεγόμενά μου, με την ελπίδα ότι θα σε βοηθούσα να δώσεις μία κατεύθυνση στη μελλοντική σου ζωή. Θα ήτανε έγκλημα να βρεθείς να ξεπουλάς το κορμί σου σε φτηνιάρικα ξενοδοχεία. Ποτέ δεν σκέφτηκα για εσένα κάτι τέτοιο. Δεν είμαι κανένας ρουφιάνος. Λυπάμαι αν σού έδωσα μία τέτοια εντύπωση. Άσε με να σού εξηγήσω τί κάνω και αν θέλεις να συνεργαστούμε έχει καλώς, αλλιώτικα το μόνο που σού ζητώ είναι να παραμείνουμε καλοί φίλοι. Και τώρα άκουσέ με προσεχτικά. Στην εποχή που ζούμε το χρήμα δεν αποκτάται μόνο από τις αγοροπωλησίες. Οι άνθρωποι έχουν εφεύρει και έναν άλλο τρόπο που τον ονομάζουνε «παροχή υπηρεσιών». Εφευρίσκουνε τρόπους να εξυπηρετούν κάποιες ανάγκες ο ένας του άλλου είτε εκμεταλλευόμενοι τις ιδιαίτερες γνώσεις τους, όπως οι δάσκαλοι, οι γιατροί και οι δικηγόροι, είτε λόγω της σωματικής υπεροχής τους, όπως οι διάφοροι σωματοφύλακες, είτε τέλος με την προσωπικότητά τους που χρησιμοποιούν για να κάνουν ευχάριστες τις ώρες της πλήξης και της μοναξιάς που αισθάνονται οι διάφοροι κύριοι που τυχαίνει να βρεθούν μόνοι τους για λίγες βραδιές σε ένα ξένο τόπο και που θα ήθελαν να απολαύσουν τις ομορφιές αυτού του τόπου με μία ευχάριστη και όμορφη συντροφιά. Βέβαια, οι απαιτήσεις αυτών των κυρίων μπορεί να είναι μεγαλύτερες από μία απλή συντροφιά. Εδώ παίζει το ρόλο της η προσωπικότητα της συνοδού, να μην υποχωρήσει – εάν δεν θέλει – ή να κάνει το επόμενο βήμα εάν έχει και εκείνη όρεξη. Πάντως, κανείς δεν την υποχρεώνει να δώσει συνέχεια ή να περιορισθεί στα καθήκοντα της απλής συνοδού. Αυτή τη δουλειά κάνει το πρακτορείο μου και αυτό ήτανε που ήθελα να σού προτεί-νω. Θα έχεις καλές προοπτικές, οι γνωριμίες αυτές μπορεί να έχουν ευτυχισμένη κατάληξη, τα πάντα θα εξαρτώνται από τη δική σου προσωπικότητα. Θέλεις να δοκιμάσεις, εγώ θα σταθώ δίπλα σου να σε βοηθήσω αν σού τύχει κάποια κακοτοπιά. Σκέψου το καλά απόψε και αύριο τα ξαναλέμε.

Καληνυχτίστηκαν. Με έκπληξή της η Λάουρα είδε τον καμαρότο να την οδηγεί σε μία πολυτελή καμπίνα του πλοίου. Στο σαλονάκι της υπήρχε ένα βάζο με λουλούδια και ένα σημείωμα: «Στη Λάουρα για να ταξιδέψει όπως της ταιριάζει». Δεν έμοιασε να δυσαρεστήθηκε!

– Αρκεί να μην έχω τίποτα νυχτερινές επισκέψεις, μονολόγησε.

Ευτυχώς ή δυστυχώς δεν είχε ... Δεν την πήρε εύκολα ο ύπνος. Έπρεπε να καταλήξει σε μία απόφαση. Η πρόταση του Φραγκίσκου από πρώτη άποψη είχε, βέβαια, πολλούς κινδύνους. Από την άλλη είχε και τα καλά της. Έμοιαζε να είναι μία ευκαιρία. Είχε κάποιες προοπτικές. Την πρόταση έβλεπε σα μία μάλλον εύκολη λύση. Και η Λάουρα είχε μάθει καλά το μάθημά της. Οι ευκαιρίες στη ζωή δεν παρουσιάζονται συχνά, εμείς οι κατατρεγμένοι δεν έχουμε την πολυτέλεια να τις κλωτσάμε.

– Πόρνη πολυτελείας θα γίνω, αναλογιζότανε.

Όμως τα λόγια του Φραγκίσκου προσφέρανε κάποια παρηγοριά: «Η συνέχεια θα εξαρτάται αποκλειστικά από τη θέλησή σου, κανείς δεν θα σε υποχρεώσει...».

– Τράβηξα τόσα βάσανα και περιπέτειες για να καταλήξω πουτάνα πολυτελείας στην Αθήνα, κυριαρχούσε μέσα της το ερώτημα. Από την άλλη τί μού απομένει να κάνω μέχρι να βρω τον πρίγκιπα του παραμυθιού. Μήπως έχει δίκιο ο Φραγκίσκος; Όμως, ας το παλέψω πρώτα, ας μην παραδοθώ με την πρώτη. Φραγκίσκους θα βρω πολλούς. Δεν χάνω δα καμιά ευκαιρία.

Με αυτές τις σκέψεις αποχαιρέτισε το πρωί τον Φραγκίσκο, αφού πήρε καλού κακού την κάρτα με τα τηλέφωνά του και υποσχέθηκε να επικοινωνήσει σύντομα μαζί του.

∗∗∗

14

ΣΤΗΝ ΑΘΗΝΑ ΤΩΝ «ΑΠΑΝΩ» ΚΑΙ ΤΩΝ «ΚΑΤΩ»

Η Λάουρα βρέθηκε να περιφέρεται άσκοπα στην Ομόνοια. Με μεγάλη της έκπληξη διαπίστωσε ότι βρισκότανε ανάμεσα σε ξένους όλων των φυλών και αποχρώσεων, οι οποίοι καθισμένοι στα σκαλάκια της πλατείας κοιτάζανε τριγύρω τους με απλανές βλέμμα γεμάτο απογοήτευση και παραίτηση.

Άλλοι πάλι μαζεμένοι σε ομάδες συζητούσανε στη γλώσσα τους με φωνές και χειρονομίες. Στις διασταυρώσεις των δρόμων τα παιδιά των φαναριών εκλιπαρούσανε για μερικές δεκάρες τους οδηγούς των πληθωρικών τζιπ που συνήθως δεν καταδέχονταν να ρίξουν ούτε ένα βλέμμα. Παγεροί και αδιάφοροι πίσω από τα κλειστά τζάμια των αυτοκινήτων τους, μαρσάρανε ανυπόμονα μέχρι το φανάρι να γίνει πράσινο και να εξαφανιστούν σπινάροντας με ταχύτητα.

Δεν ήτανε όλοι αυτοί οι μετανάστες αργόσχολοι. Μερικοί, οι πιότερο προκομμένοι στεκόντουσαν στις γωνίες κρατώντας όρθια μια ταβανόβουρτσα, σημάδι ότι ψάχνανε δουλειά σε κάποια οικοδομή.

Αυτούς κάποια στιγμή σταμάταγε ένα εργολαβικό φορτηγάκι και, ύστερα από μία σύντομη διαπραγμάτευση για ένα μεροκάματο πείνας, μαζεύανε στην καρότσα για να τους αδειάσουνε σε ένα γιαπί.

Λίγο πιο απόμερα, μέσα στα στενά, «κορίτσια» κάθε ράτσας και φυλής κάνανε πιάτσα να πουλήσουνε τα θέλγητρά τους σε όποιον ήθελε να τα αγοράσει, κάτω από το άγρυπνο βλέμμα των διαφόρων νταβατζήδων που καιροφυλακτούσαν να εισπράξουν τη μερίδα του λέοντος από το ταπεινό τίμημα.

Η Λάουρα παρακολουθούσε με απέχθεια τη φρικώδη συναλλαγή. Την είχανε κατακλύσει μαύρες σκέψεις.

– Δεν θα ξεπέσω ποτέ σ' αυτήν την κατάντια, αποφάσισε. Θα κάνω το πάν για να την αποφύγω.

Αγόρασε από το περίπτερο μια εφημερίδα να ψάξει στις αγγελίες για μια πιο αξιοπρεπή δουλειά. Το είχε πάρει απόφαση. Θα δούλευε σαν λαντζέρισα, σαν γκαρσόνα, σαν οτιδήποτε θα μπορούσε να εξασφαλίσει ένα κομμάτι ψωμί χωρίς να ξεπέσει τόσο χαμηλά. Μάταια έψαχνε να βρει κάτι που θα μπορούσε να κάνει. Η ανεργία και η κρίση είχανε κάνει εμφανή τα σημάδια τους στην πιάτσα των λαθρομεταναστών.

Ξάφνου ενώ περιφερότανε άσκοπα, πήρε είδηση ότι όλοι τους έτρεχαν με πανικό να ξεφύγουν. Η αστυνομία είχε αρχίσει ανθρωποκυνηγητό να συλλάβει όσους λαθρομετανάστες μπορούσε, να τους χώσει σε κλούβες και να τους στείλει στα γκέτο «φιλοξενίας» των κατατρεγμένων. Χώθηκε βιαστικά στην πόρτα ενός φτηνοξενοδοχείου να γλιτώσει την καταδίωξη. Ο πορτιέρης την εξέτασε με ψυχρό βλέμμα, ζήτησε να πληρωθεί προκαταβολικά και την ξαπόστειλε σ' ένα βρόμικο δωμάτιο να βλέπει σε ένα φωταγωγό, ίδιο με κελί φυλακής. Έπεσε σε ένα βαθύ ύπνο γεμάτο εφιάλτες.

Στον ύπνο της έβλεπε συνέχεια τον Φραγκίσκο να γελάει ειρωνικά και να επαναλαμβάνει μειλίχια την πρότασή του. – Δεν ήρθε η ώρα σου, Φραγκίσκο, επαναλάμβανε συνέχεια μέσα της.Εγώ πουτάνα πολυτελείας δεν γίνομαι, θα το παλέψω όπως μπορώ.

Το πρωί συνέχισε να ξεφυλλίζει την εφημερίδα. Κάποια στιγμή το μάτι της έπεσε σε μιαν αγγελία που φαντάστηκε ότι θα μπορούσε να της ταιριάζει: «Ζητείται παιδαγωγός να προσέχει παιδάκια και να κάνει μερικές ελαφρές δουλειές σπιτιού».

Σήκωσε αμέσως το τηλέφωνο και κανόνισε να επισκεφθεί το ίδιο απόγευμα μια βίλα στην Εκάλη. Ξεκίνησε ώρες πριν το ραντεβού να φτάσει εγκαίρως, να μην την προλάβει κάποια άλλη. Περίμενε μια δύο ώρες έξω από μία πολυτελή βίλα, ένα σπίτι σαν αυτά που είχε πολλές φορές ονειρευτεί διστάζοντας να χτυπήσει το κουδούνι. Όταν πλησίαζε η ώρα που είχε ορισθεί για τη συνάντηση χτύπησε διστακτικά το κουδούνι και περίμενε γεμάτη αγωνία. Τα σκυλιά μέσα στον κήπο άρχισαν να γαβγίζουν εξαγριωμένα κοντεύοντας να σπάσουν τις αλυσίδες τους για να σπαράξουν την παρείσακτη επισκέπτρια. Κάποια στιγμή εμφανίστηκε ένας κηπουρός να τα καθησυχάσει, να την αφήσει να μπει μέσα στον κήπο.

– Έχετε συστάσεις, δεσποινίς;

Η παγωμένη ύπαρξη που το έπαιζε κυρία του σπιτιού τη μέτραγε με το βλέμμα της, λες και μπορούσε να μαντέψει τίμερος του λόγου ήτανε.

– Δυστυχώς, κυρία, δεν έχω κανένα γνωστό στην Ελλάδα. Μόλις, πριν από λίγες μέρες, έχω φτάσει από τη Νέα Γουινέα, απάντησε..

Το μάτι της υποψήφιας αφεντικίνας γυάλισε παράξενα.

– Δηλαδή, μιλάς γαλλικά, κοπέλα μου.Μπορείς να κάνεις εξάσκηση στα παιδιά στη γλώσσα σου, ρώτησε μιλώντας της τώρα στον ενικό, σημείο ότι το έπαιζε τώρα αφεντικίνα, πράγμα που έκανε τις ελπίδες της Λάουρας να αναπτερωθούν.

– Βεβαίως κυρία, αυτή είναι σα μητρική μου γλώσσα», έσπευσε να απαντήσει.

– Από δουλειές του σπιτιού τί ξέρεις, μπορείς να μαγειρέψεις κανένα φαγητό, ρώτησε η κυρία.

Η Λάουρα απαντούσε σε όλα θετικά δείχνοντας προθυμία και αυτοπεποίθηση. Στο σαλόνι εμφανίστηκε τώρα και ένας μεσήλικας κύριος. Πολλά βαρύς, ντυμένος με ακριβά σπορ ρούχα που δεν κατόρθωναν να κρύβουν ούτε την ηλικία του ούτε τα γεροντόπαχά του, με τη φαλακρίτσα του προσεκτικά καμουφλαρισμένη με «πλαγιοδάνειο» από τις ελάχιστες τρίχες που του είχαν απομείνει, εξέτασε προσεκτικά από την κορφή μέχρι τα νύχια τη Λάουρα. Εκείνη, ένιωσε αυτή τη διαπεραστική ματιά να διαπερνά τα ρούχα μέχρι που την έγδυσε κυριολεκτικά και μελετούσε τώρα τις αναλογίες του κορμιού της.

– Νομίζω, Κάθρην, ότι μπορούμε να την προσλάβουμε δοκιμαστικά, να δούμε τί καπνό φουμάρει, είπε απευθυνόμενος στη γυναίκα του σα να μην υπήρχε η Λάουρα μπροστά.

– Αντώνη, σε παρακαλώ, ασχολήσου με τη δουλειά σου, απάντησε. Εγώ αποφασίζω για το προσωπικό, πρόσθεσε αυστηρά.

Ο Αντώνης, σα βρεγμένη γάτα, έκανε μεταβολή και εξαφανίστηκε από το σαλόνι. Οι δύο γυναίκες έμειναν για λίγο σιωπηλές. Ύστερα, σαν να ήρθε κάποια έμπνευση, η κυρία του σπιτιού ψιθύρισε.

– Εντάξει, θα σε δοκιμάσω και ελπίζω να μην με απογοητεύσεις. Έλα τώρα να σού δείξω το σπίτι και το δωμάτιό σου.

Θαμπώθηκε η κοπέλα από την πολυτέλεια της βίλας. Σαλόνια γεμάτα ακριβούς πίνακε,ς υπνοδωμάτια – χωριστά για τον κύριο και την κυρία – κουζίνα με την τελευταία λέξη των ηλεκτρονικών συσκευών, κήπος με μια τεράστια πισίνα, μπάνια με υδρομασάζ, γυμναστήριο με όλα τα όργανα γυμναστικής και, τέλος, στο υπόγειο δίπλα στο απαραίτητο Play room ένα ταπεινό δωματιάκι προορισμένο να φιλοξενήσει τη Λάουρα. Βράδιαζε πια όταν η κυρία φώναξε στην κουζίνα. Έμοιαζε αναστατωμένη σχεδόν ανατριχιασμένη.

– Λάουρα, είπε, σώσε με κοπέλα μου. Μάς έστειλαν από το νησί κάποιοι γνωστοί μας αυτές τις κουτσομούρες (τις έδειξε με περιφρόνηση σχεδόν με αηδία) πεσκέσι για τον άνδρα μου και δεν μπορώ ούτε να τις αγγίξω, σιχαίνομαι την ψαρίλα. Προσπάθησε να κάνεις κάτι, εγώ φεύγω από την κουζίνα.

Η Λάουρα σχεδόν που δεν δάκρυσε. Έπιασε να καθαρίζει τις κουτσομούρες συγκινημένη, καθάριζε προσεχτικά, σχεδόν τις χάιδευε. Στο νου της ήρθαν οι εικόνες από το ταπεινό μαγαζάκι της Μυτιλήνης, το καλοκάγαθο γελάκι της κυρά Μυρσινούλας, η αθώα μορφή του Αχμάκη, οι γάτες, ο σκύλος, ο πελεκάνος, η αγνή ζωή που απαρνήθηκε. κυνηγώντας τους ανέμους.

Κάποια στιγμή σκέφτηκε να τα παρατήσει όλα και να πάρει το πρώτο πλοίο της επιστροφής. Όμως δεν ήτανε παρά μια αδυναμία της στιγμής. Το όραμα της ζωής των προνομιούχων, όπως το ζούσε τώρα από κοντά, ήξερε ότι δεν θα την άφηνε ποτέ σε ησυχία.

– Γιατί αυτοί και όχι εγώ, θα άκουγε τις δεύτερες σκέψεις της να της τριβελίζουν το μυαλό.

Το αφεντικό έγλυφε τα δάχτυλά του. Είχε πέσει με τα μούτρα στις καλοψημένες κουτσομούρες και μούγκριζε με ικανοποίηση κάτω από το περιφρονητικό βλέμμα της κυρίας. Κάποια στιγμή έστειλε την καμαριέρα στην κουζίνα να φωνάξει τη σπουδαία μαγείρισσα. Πάλι εκείνο το επίμονο βλέμμα!

– Μπράβο σου κοπέλα μου. Πού έμαθες τέτοια τέχνη, είπε.

Η κυρία ντύθηκε και στολίστηκε και φουριόζα ξεκίνησε για τη βραδινή της μπιρίμπα. Η Λάουρα τακτοποίησε την κουζίνα και αποσύρθηκε στο δωματιάκι της. Δεν πρόλαβε να την πάρει ο ύπνος και κάτι σα σκιά διέκρινε να μπαίνει στο δωμάτιο. Πετάχτηκε από το κρεβάτι πανικόβλητη. Ο «κύριος» προχώρησε αδίστακτος και έκατσε δίπλα της.

– Μη φοβάσαι, μικρή μου. Έλα να κάνουμε μια συμφωνία. Θα είσαι καλή μαζί μου και δεν θα βγεις χαμένη. Θα δεις πόσο γενναιόδωρος είμαι.

Συγχρόνως ένοιωσε τα χέρια του να χαϊδεύουν όλο της το σώμα. Αηδιασμένη του άστραψε δύο χαστούκια και αρπάζοντας τη βαλίτσα της πετάχτηκε έξω από το σπίτι.

✳✳✳

15

ΠΟΡΝΗ ΠΟΛΥΤΕΛΕΙΑΣ;

Πήρε φουριόζα τους δρόμους το ίδιο βράδυ η Λάουρα και άρχισε να περιφέρεται μέσα στο σκοτάδι. Κάθε λίγο την υποδεχόντουσαν άγρια γαυγίσματα, τα σκυλιά φρουρούσαν ευσυνείδητα τις βίλες των πλουσίων αντάμα με τους καλοπληρωμένους μπράβους που ξενυχτούσανε στις εισόδους των κήπων. Βάδιζε με γρήγορο βήμα με το φόβο να φωλιάζει μέσα της. Κάποτε έφτασε σε μία φωτισμένη πλατεία. Αντίκρισε κόσμο να συνωστίζεται έξω από ένα φωτισμένο Σούπερ Μάρκετ. Σταμάτησε απορημένη να δει τί συμβαίνει.

Στο Σούπερ Μάρκετ μπαινόβγαιναν από τη σπασμένη βιτρίνα κάποια άτομα φορώντας κουκούλες και σέρνοντας καροτσάκια γεμάτα με του κόσμου τα καλούδια. Έκανε να πλησιάσει, όταν ένα παλικάρι χωρίς κουκούλα που έμοιαζε να έχει το πρόσταγμα, έδωσε στη Λάουρα ένα ξέχειλο από τρόφιμα καροτσάκι.

– Κάνε γρήγορα, κοπέλα μου. Μοίρασε τα τρόφιμα στον κόσμο και έλα πίσω να στο ξαναγεμίσουμε. Γρήγορα πριν πλακώσουνε οι μπάτσοι.

Η Λάουρα υπάκουσε μηχανικά. Έσυρε το καροτσάκι μέχρι την πλατεία και άρχισε να μοιράζει το περιεχόμενό του. Γριούλες ανήμπορες κρατώντας εγγονάκια από το χέρι γεμίζανε τις τσάντες με ό,τι τους παρέδιδε και τις το ανταποδίδανε με ευχές και ευλογίες. Οι γέροι είχανε ορμήσει στα γάλατα και τα γιαουρτάκια, τα παιδάκια γεμίζανε τις τσέπες τους με καραμέλες και γλειφιτζούρια. Νοικοκυρές γεμίζανε τσάντες με διάφορες κονσέρβες, με ρύζια, μακαρόνια, ζάχαρες. Ο κόσμος πανηγύριζε. Μερικοί φιλούσαν το χέρι με λόγια ευγνωμοσύνης.

– Να' σαι καλά κοπέλα μου, από το θεό να το' βρεις, έλεγαν.

Το καροτσάκι άδειασε αστραπιαία και η Λάουρα έσπευσε μέσα στο μαγαζί να το ξαναγεμίσει. Εκεί επικρατούσε χάος. Οι κουκουλοφόροι κατεβάζανε από τα ράφια ό,τι βρίσκανε μπροστά τους, γεμίζανε τα καροτσάκια με βιαστικές κινήσεις και τα σπρώχνανε προς την έξοδο. Άρχισε να μπαινοβγαίνει τρέχοντας να προλάβει να ταΐσει τους πεινασμένους. Δυστυχώς, σε λίγο ακούστηκαν σειρήνες. Το πλήθος εξαφανίστηκε, οι μπάτσοι ορμήσανε.

Η Λάουρα δεν πρόλαβε να το σκάσει, ένιωσε το χέρι του νόμου να πέφτει βαρύ απάνω της. Αισθάνθηκε τις κρύες χειροπέδες να κλειδώνουν γύρω από τα χέρια της. Σπρωχτή βρέθηκε μέσα στην κλούβα και σε λίγο ένιωσε τη σιδερένια πόρτα να σφραγίζει μέσα σε ένα παγωμένο κελί.

Αυτόφωρο νωρίς το επόμενο πρωί! Ο δικαστής άκουγε τον ειρωνικό εισαγγελέα να αγορεύει στερεότυπα και να ζητάει την καταδίκη των συλληφθέντων. Στραβοκοίταξε τη Λάουρα.

– Πλακώσανε και οι λαθρομετανάστες να αποδώσουν κοινωνική δικαιοσύνη, ειρωνεύτηκε. Να πας στην πατρίδα σου, κοπέλα μου, να τα κάνεις αυτά, εδώ είναι κράτος δικαίου.

Ο δικαστής απεφάνθη: «Ένοχος». Η καταδίκη έπεσε βαριά. «Εξάμηνος φυλάκιση».

Ξανά μέσα στο κελί μέτρησε τις φτωχικές οικονομίες της. Δεν έφταναν να εξαγοράσει την ελευθερία της. Με πανικό σκέφθηκε ότι θα έπρεπε να μείνει σ' αυτόν το σκοτεινό τάφο για τόσο διάστημα. Προσπάθησε να ηρεμήσει, να βρει κάποια λύση. Σε κάποια στιγμή αναλαμπής έβγαλε από την τσέπη της την κάρτα του Φραγκίσμου. Στριμώχτηκε στον τηλεφωνικό θάλαμο και με αγωνία κάλεσε το νούμερό του.

– Φραγκίσκο, είμαι η Τζένη, σώσε με!

Η απαστράπτουσα Μερσέντες σταμάτησε σε λίγο έξω από τη φυλακή. Ο Φραγκίσκος είχε εξαγοράσει την ποινή και τώρα την περίμενε να βγει από το κρατητήριο. Σε λίγο η Λάουρα άνοιξε λαχανιασμένη την πόρτα και μπήκε στο αυτοκίνητο που ξεκίνησε αμέσως χωρίς πολλές κουβέντες. Τρέχανε τώρα προς την Αθήνα σιωπηλοί, ενώ στο πρόσωπο του Φραγκίσκου είχε αποτυπωθεί ένα θριαμβευτικό ύφος. Είχε καταλάβει ότι η παρτίδα ήτανε κερδισμένη.

Η κοπέλα κατάλαβε ότι έπρεπε να δώσει εξηγήσεις για το νυχτερινό της τηλεφώνημα και την παράκλησή της να έρθει γρήγορα να την μαζέψει από το κρατητήριο.

– Με φόβισε η πρότασή σου, Φραγκίσκο, και σκέφτηκα να πιάσω κάποια δουλειά αντί να σε ακούσω. Πήγα μαγείρισσα σε ένα πλουσιόσπιτο μέχρι να αποφασίσω οριστικά. Από την πρώτη βραδιά, είχα παρατηρήσει τα λαίμαργα βλέμματα του «κυρίου» και την ολοφάνερη αντιπάθεια της «κυρίας». Όταν τέλειωσα τη δουλειά μου και έπεσα να κοιμηθώ ένοιωσα, μόλις με έπαιρνε ο ύπνος, να ανοίγει η πόρτα του δωματίου μου και να εμφανίζεται ο «κύριος» φορώντας τις πιτζάμες του. Κάθισε στο κρεβάτι δίπλα μου και μού ψιθύρισε με λιγωμένο τόνο φωνής: «Ήρθα να μου δείξεις και τα άλλα ταλέντα σου, εκτός από τη μαγειρική. Μη φοβάσαι, αν περάσουμε καλά μαζί δεν θα βγεις καθόλου ζημιωμένη», τον άκουσα να λέει. Συγχρόνως άφησε στο κομοδίνο μου δύο κατοστάρικα λέγοντάς μου: «Αυτό είναι ένα μικρό δωράκι, μια προκαταβολή για σένα να διαπιστώσεις πόσο γενναιόδωρος θα είμαι μαζί σου. Αν είσαι καλή μαζί μου να ξέρεις ότι θα ανοίξει η τύχη σου». Συγχρόνως έβγαλε την πιτζάμα του και ξάπλωσε δίπλα μου προσπαθώντας να με αγκαλιάσει. Αισθάνθηκα μία απέραντη αηδία. Πετάχτηκα απάνω, άστραψα δύο χαστούκια, έσκισα με μίσος το «δωράκι του», ντύθηκα και πήρα τους δρόμους.

Δεν άργησα να πέσω πάνω στη «ληστεία», να μοιράζω και εγώ τρόφιμα στους στερημένους. Είχα ενθουσιαστεί με την ιδέα. Όμως το καλό δεν κράτησε πολύ. Τη συνέχεια την ξέρεις... Το συμπέρασμα είναι ότι δεν υπάρχει στον ήλιο μοίρα για μας τους λαθρομετανάστες. Θα ζούμε συνέχεια από την ανοχή και την εκμετάλλευση των ντόπιων και θα πρέπει να ικανοποιούμε τις όποιες ανάγκες τους για να εξασφαλίζουμε κάποια ψίχουλα. Μα πες μου, βρε Φραγκίσκο, είναι ζωή αυτή, δεν έχουμε καμία άλλη ελπίδα.

– Μην τα παίρνεις όλα τόσο στραβά, καλή μου Λάουρα. ;Εχει ο καιρός γυρίσματα που λένε. Μην ξεχνάς ότι οι ντόπιοι έχουν περιπέσει στο λήθαργο του εφησυχασμένου. Οι νέοι αρνούνται να κάνουν τις βαριές δουλειές προτιμώντας να ξημεροβραδιάζονται στις καφετέριες, οι μεγαλύτεροι επωφελούνται από την αθλιότητά μας και μάς εκμεταλλεύονται με κάθε τρόπο. Τα νεαρά ζευγάρια αποφεύγουν το γάμο και όσοι την «πατάνε» αρνιούνται να κάνουν παιδιά μη χάσουν την προσωρινή βολή τους. Εμείς στο μεταξύ δουλεύουμε σκληρά σκύβοντας το κεφάλι, προκόβουμε σε βάρος τους, κάνουμε οικογένειες και γεννοβολάμε παιδιά. Δεν σπαταλάμε τα λεφτά μας, έχουμε μάθει να τα σεβόμαστε και να τα αποταμιεύουμε δεκάρα δεκάρα. Θα έρθει κάποτε η ώρα που θα είμαστε η πλειοψηφία. Θα αποκτήσουμε φωνή στη Βουλή τους, ίσως κάποια μέρα να μπορέσουμε να αναλάβουμε εμείς την κυβέρνηση. Και τότε θα γίνει κοσμογονία. Θα έρθουν όλα τα πάνω κάτω. Δεν θα γίνει βέβαια αυτό σήμερα, αύριο. Ως τότε μάς περιμένει σκληρή δουλειά, όμως κάποτε τα πράγματα θα γίνουνε όπως στα περιγράφω. Ας κάνουμε, λοιπόν, υπομονή. Είμαστε επίμονοι και εργατικοί δεν θα χαθούμε.

Ο Φραγκίσκος εξακολουθούσε να χαμογελά θριαμβευτικά. Η Λάουρα είχε μάθει πια καλά το μάθημά της.

– Οι ευκαιρίες στη ζωή δεν παρουσιάζονται συχνά, εμείς οι απόκληροι δεν έχουμε την πολυτέλεια να τις κλωτσάμε, σκέφθηκε. Όσο βρισκόμαστε «από κάτω» δεν έχουνε πολλά περιθώρια να παλέψουνε την αδικία.

Θα έπρεπε να προσαρμοστεί παλεύοντας σε μία αδίστακτη κοινωνία κάνοντας και ορισμένες υποχωρήσεις, αν ήθελε να έχει στον ήλιο μοίρα. Αποφάσισε να «συνεργαστεί» με τον Φραγκίσκο ακροβατώντας μεταξύ της δίψας για σεξ που κυριαρχούσε στον κόσμο και στο ταλέντο της να αποφεύγει τις κακοτοπιές.

– Πόρνη πολυτελείας θα γίνω, διερωτάτο για άλλη μία φορά.. Ας είναι, μια και δεν γίνεται αλλιώς θα το παλέψω και όπου με βγάλει. Άλλωστε τα λόγια του Φραγκίσκου προσφέρανε κάποια παρηγοριά.

– Η συνέχεια θα εξαρτάται αποκλειστικά από τη θέλησή σου, κανείς δεν θα σε υποχρεώσει…, θυμότανε που είχε πει.

Κάτω από αυτές τις συνθήκες δεν δίστασε άλλο να πάρει τη μεγάλη απόφαση. Θα το τολμούσε! Έτσι κάπως ξεκίνησε την «καριέρα» της. Η προσωπικότητά της, το ευχάριστο παρουσιαστικό της, η ευκολία της να ελίσσεται την έκαναν γνωστή και περιζήτητη στην πιάτσα. Οι «πελάτες» τη ζητούσανε επανειλημμένα, τη συστήνανε στους φίλους τους. Οι ταξιτζήδες, τα γκαρσόνια, οι άνθρωποι της νύχτας τη συμπαθήσανε όλοι μια και εκείνη φρόντιζε πάντα να έχουν ένα γενναίο φιλοδώρημα για τις υπηρεσίες τους. Όσο για τον εξαναγκασμό σε σεξ, τα κουρασμένα παλικάρια που συνήθως συνόδευε, εξουθενωμένα από την ακατάσχετη φλυαρία της και ευτυχισμένα από την ευχάριστη παρέα της, από τα αστεία της, τις ατελείωτες διηγήσεις της, έφταναν στο σημείο να ξεχάσουν τις όποιες άλλες απαιτήσεις τους. Είχε βέβαια και κάποιες σεξουαλικές περιπέτειες, συνήθως όχι παρά τη θέλησή της.

∗∗∗

16

Η ΛΑΟΥΡΑ «ΖΕΙ ΤΗ ΖΩΗ ΤΗΣ»

Δεν θα ξεχνούσε ποτέ τη γλυκόπικρη ανάμνηση που είχε αφήσει ένα ταξίδι στη Μύκονο, όταν, απηυδισμένη από το καλοκαιρινό καμίνι της Αθήνας, αποφάσισε να ακολουθήσει τον Κοσμά, ένα συμπαθητικό νεόπλουτο παλληκαράκι που επέμενε να τη συνοδεύσει για ένα διάλειμμα στο κοσμικό νησί της μόδας. Δεν δίσταζε πια μπροστά σε καμία πρόταση, αρκεί να κέρδιζε το χαρτζιλίκι της και να περνούσε καλά σε ένα όμορφο περιβάλλον.

Το χλιδάτο Beach Hotel & Spa, όπου εγκαταστάθηκε το ζευγαράκι, προετοιμαζότανε για μια βραδινή πανδαισία. Από μέρες τώρα είχε κατακλύσει τις βιτρίνες των μπαρ και των μπουτίκ με αφίσες που προαναγγέλλανε τη λαμπρή βραδιά. «Βραδιά του «αστακού» και της ομορφιάς. Το δείπνο θα είχε αποκλειστικά αστακούς που θα τους διάλεγαν οι πελάτες ζωντανούς, ψαρεύοντάς τους από ένα ενυδρείο, όπου στοιβαγμένοι θα περίμεναν το μοιραίο τέλος τους. Θα ακολουθούσε χορευτικό διάλειμμα και η βραδιά θα έληγε με την εκλογή της «Μις Καλοκαίρι Μύκονος», που θα την παρουσίαζε γνωστός κονφερανσιέ, και θα κατέληγε με τη βράβευση της ομορφότερης από τις υποψήφιες. Την εκλογή θα έκανε μία επιτροπή αποτελούμενη από τους βιπς του νησιού, έναν σχεδιαστή μόδας του τρίτου φύλου, ένα διακεκριμένο κομμωτή, δύο διάσημους επιχειρηματίες – ο ένας ήτανε μάλιστα και ιδιοκτήτης ποδοσφαιρικής ομάδας, ο άλλος μεγαλοβιομήχανος τέως γαλατάς – ένα ζευγάρι μοδάτων ηθοποιών του Χόλυγουντ και έναν δημοσιογράφο, ειδικευμένο στις κοσμικές στήλες των περιοδικών.

«Table d hote αποκλειστικά με χαβιάρι και αστακό», έγραφε η αφίσσα. Σαμπάνια προσφορά του ξενοδοχείου. Τιμή Ε. 150. Ρεζερβέ τηλ. 28919.»

Δύο μέρες πριν από την εκδήλωση όλα τα τραπέζια είχανε συμπληρωθεί! Το θέαμα ήτανε μοναδικό με τις υπέροχες βεράντες, τα στολισμένα με πανάκριβα σερβίτσια τραπέζια, το φωτισμένο με κεριά και πυρσούς χώρο, τα άψογα ντυμένα γκαρσόνια, τον μετρ, τους σεφ, την ορχήστρα, όλους τους συντελεστές της βραδιάς. Πάνω σε μια πολυτελή θαλαμηγ,ό απόμερα αραγμένη, η συζήτηση είχε ανάψει.

– Σαν πολύ φτηνό μού φαίνεται το μενού, έλεγε ο ιδιοκτήτης της που ψιλοβαριότανε τις κοσμικότητες. Φοβάμαι μην είναι κανένα φιάσκο. Καλλίτερα να φάμε πάνω στο σκάφος, θα μάς στοιχίσει κάτι παραπάνω, αλλά θα ξέρουμε τί τρώμε βρε αδελφέ», είπε.

Η κυρία όμως καθώς και η κόρη είχανε αντιρρήσεις.

– Πάμε, βρε Μηνά, να δούμε και λίγο καλό κόσμο. Όλη η Μύκονος θα είναι εκεί. Άσε να διασκεδάσει και λίγο το κορίτσι, μάς έχει φάει η μονόχνοτη γεροντίλα εδώ απάνω, πρόσθεσε.

Η κορούλα του Μηνά σιγοντάριζε τη μαμά της. Χάιδεψε το παχύ σβέρκο του μπαμπά και του ψιθύρισε στο αυτί.

– Κάνε μας τη χάρη, πατερούλη. Θα μαζευτούν εκεί όλα τα «παιδιά».

Ο Μηνάς δε μπορούσε να χαλάσει το χατίρι της κόρης.

– Εντάξει, Κατίνκο, πες στη γραμματέα σου να μας κλείσει ένα τραπέζι. Μόνο να μην είναι πάνω στα μεγάφωνα και μάς πάρουνε τα αυτιά.

Την ίδια ώρα ο σεφ έδινε οδηγίες στους υποτακτικούς του να προσλάβουνε έκτακτο προσωπικό για τη βραδιά.

– Μόνο προσέξτε μη μου κουβαλήσετε τίποτα σκυλομούρηδες μαύρους ή Αλβανούς. Να βρείτε μπάνικα αγόρια να μερακλώσουν οι πελάτισσες και προπαντός όμορφες Ρωσίδες ή μιγάδες να τις χαζεύουν τα παλληκάρια όσο αυτές θα τούς σερβίρουν, ώστε να κάνουν κατανάλωση. Το μεροκάματο θα είναι τριάντα ευρώ συν τα μισά φιλοδωρήματα που θα μείνουν στα τραπέζια. Φέρτε μου καμιά εικοσαριά από δαύτους να κάνω εγώ την τελική επιλογή μου, τόνισε.

Δεν δυσκολεύτηκαν να βρούνε αυτούς που ψάχνανε. Η τουριστική σεζόν δεν πήγαινε καλά και οι λογής μετανάστες και μετανάστριες που είχανε έρθει στο νησί να χαρτζιλικωθούν ήτανε έτοιμοι και έτοιμες να πουλήσουνε μέχρι και το κορμί τους για κάποια ευρώ. Τα τραπέζια άργησαν να συμπληρωθούν. Οι διάφορες κοσμικές νεόπλουτες, άλλες σχεδόν ξεβράκωτες και άλλες στολισμένες με πανάκριβα μοντελάκια σαν φρεγάτες, δεν βιάζονταν να κάνουνε την εμφάνισή τους μπας και τραβήξουν την προσοχή την ώρα που θα παρελαύνανε με ύφος νωχελικό ανάμεσα στα τραπέζια μέχρι να προσγειωθούνε στο δικό τους. Οι εργαζόμενοι στην κουζίνα και στο σερβίρισμα περίμεναν μελαγχολικοί.

– Θα τον ξενυχτήσουμε, γαμώτο, και απόψε για τα γαμημένα τα ψίχουλα που θα βγάλουμε. Σκυλίσια ζωή που να πάρει ο διάολος.

Επιτέλους άρχισε το σερβίρισμα. Οι διάφορες Κατίνες με φωνούλες άλλες γεμάτες ενθουσιασμό και άλλες με ύφος τάχατες ανατριχιασμένο διαλέγανε από το ενυδρείο τους μελλοθάνατους αστακούς που ο πρόθυμος «σου σεφ» έβγαζε με μία απόχη από το ενυδρείο και πέταγε στο καζάνι με το βραστό νερό να μαγειρευτούνε και να γίνουνε βορά στις τεντωμένες από το λίπος κοιλιές. Στο διπλανό καζάνι βράζανε οι αστακομακαρονάδες, πιο δίπλα ήτανε η ψησταριά με τα αναμμένα κάρβουνα για όσους τους προτιμούσαν ψητούς.

Οι βοηθοί, σφιγμένοι στα στενά τους κολάρα και τα παπιγιόν, ιδροκοπούσαν από την αφόρητη ζέστη, ενώ οι πελάτες απομακρύνονταν γρήγορα από τα καζάνια ψάχνοντας για λίγη δροσιά στις πιο δροσερές μεριές της βεράντας. Καμάρωναν οι νεόπλουτες χαζοπαρέες, φιλούσαν σταυρωτά τον αέρα χωρίς να αγγίζουνε τα μάγουλα η μια της άλλης και έγνεφαν «φιλικά» στα διπλανά τραπέζια να κάνουν αισθητή την παρουσία τους. Όσες φορές βλέπανε τις κάμερες να στρέφονται καταπάνω τους μορφάζανε με κάποια ψευτοχαμόγελα με την ελπίδα να δουν τον εαυτό τους την επομένη στο γυαλί.

Οι κάμεραμαν χουφτώνανε γενναία φιλοδωρήματα να αφήσουν για κάποια δευτερόλεπτα τις κάμερες στραμμένες στις διάφορες παρέες. Σκαρφαλωμένοι στη μάντρα του ξενοδοχείου, κρατημένοι κάπως μακριά από τους μισθωμένους μπράβους, χαζολογούσαν μητέρες και παιδάκια των μεταναστών παίζοντας και γελώντας δυνατά. Περιμένανε να τελειώσει η ατελείωτη βραδιά, να σχολάσουν οι πατεράδες τους που δούλευαν στο ξενοδοχείο, να φέρουνε μέσα σε σακούλες τα περισσεύματα από τους μπουφέδες μπας και χορτάσουν και αυτά την πείνα τους. Ξάφνου, ένα παιδάκι ξέφυγε και άρχισε να τρέχει προς το ξενοδοχείο. Είχε ξεχωρίσει τον πατέρα του ανάμεσα στους σερβιτόρους και πήγαινε όλο καμάρι να τον αγκαλιάσει. Οι μπράβοι δεν έχασαν καιρό. Το άρπαξαν βάρβαρα και με κλωτσιές και σπρωξίματα το απομάκρυναν. Κάποιοι – πιο ευσυνείδητοι αυτοί – άρχισαν να το φορτώνουν ξύλο. Το παιδάκι έσκουζε φωνάζοντας το μπαμπά του. Η μάνα του άρχισε να σκληρίζει «Γιοβάν, γιοβάν το παιδί». Ο πατέρας του, ο Γιοβάν, άκουσε τις φωνές ενώ ψάρευε με την απόχη τους αστακούς. Πανικόβλητος πετάχτηκε να τρέξει να το γλιτώσει από τα χέρια των βαρβάρων, αλλά μέσα στον πανικό του αναποδογύρισε το ενυδρείο με αποτέλεσμα το πάτωμα της βεράντας να γεμίσει από σπαρταριστούς αστακούς.

Έτρεχε ο πατέρας να σώσει το παιδάκι, από πίσω του και οι πανταχού παρούσες κάμερες αποτύπωσαν το επεισόδιο, αφού προηγουμένως έκαναν ένα «γκρό πλάν» απαθανατίζοντας το κοινό της «δευτέρας κατηγορίας ανθρώπων» που παρακολουθούσε τα τεκταινόμενα. Ο πατέρας έπεσε με φόρα πάνω στους μπράβους, άρχισε να πέφτει το ξύλο της αρκούδας μέχρι που χτυπημένος αλύπητα στο κεφάλι άφησε την τελευταία του πνοή στο πεζοδρόμιο. Αστυνομία, νοσοκομειακά, όλες οι αρχές πλακώσανε, ενώ οι μετανάστες ξεσηκώθηκαν με άγριες διαθέσεις. Εν τω μεταξύ, στο ξενοδοχείο άρχισε να παίζει εκκωφαντικά η ορχήστρα για να σκεπάσει τον ορυμαγδό, να μη χαλάσει η βραδιά. Και ενώ οι δόλιοι αστακοί σπαρταρούσανε τώρα μέσα στους σκουπιδοτενεκέδες, αντί να αναπαύονται ανακατεμένοι με μακαρόνια στα στομάχια των ευγενών, σηκώθηκαν τα «τρελά νιάτα» και σα να μην έτρεχε τίποτα άρχισαν να στροβιλίζονται στην πίστα. Σύντομα η ίδια πίστα γέμισε με τα παντός είδους και προέλευσης αρσενικά και θηλυκά πορνίδια που εκθέτανε τα κάλλη τους ελπίζοντας να πιάσουν καμία ευκαιρία.

– Ντροπή, ψιθύριζε μια κοπελίτσα, που διατηρούσε ακόμα κάποια τσίπα μέσα της. Εδώ σκοτώθηκε ένας άνθρωπος και εμείς το ρίχνουμε στον χορό.!

«– Έλα, μωρέ Νταίζη, αναλώσιμοι είναι αυτοί, πρέπει να τούς δεις πώς φέρονται σα μούτσοι στα καράβια μου. Ένας περισσότερο ένας λιγότερο δεν κάνει διαφορά. Στο κάτω – κάτω δεν τούς κάλεσε κανείς να έρθουν να μας ζητιανεύουν δουλειά, ας καθόντουσαν στην πατρίδα τους.

Ο πατέρας της Νταίζης προσπαθούσε να τη συνεφέρει. Και ο χορός συνεχιζότανε με άφθονο κέφι μέχρι που χάραξε η αυγή. Ο κάμεραμαν που κατά τύχη βρέθηκε να ακούει το διάλογο ανατρίχιασε ολόκληρος.

– Κάπου τον έχω ξανακούσει αυτό το χαρακτηρισμό «αναλώσιμοι» γι' αυτούς τους φουκαράδες. Ντροπή!, αναλογίσθηκε.

Νωρίς το πρωί, και ενώ το πεζοδρόμιο είχε καθαριστεί από τα αίματα του μακαρίτη, άρχισαν να αποχωρούν και οι πελάτες, ενώ η εκλεγείσα Μις Μύκονος βρισκότανε ήδη μέσα στην πολυτελή σουίτα του ξενοδοχείου και έσπευδε να απαλλαχτεί από το σχεδόν ανύπαρκτο μπικίνι της, έτοιμη να πέσει στις αγκάλες του προέδρου των καλλιστείων, ώστε να ξεπληρώσει με ευγνωμοσύνη την εκλογή της. Οι κάμερες είχαν παρακολουθήσει αυτούς μέχρι την είσοδο της σουίτας. Τα περαιτέρω αφέθηκαν στη φαντασία των τηλεθεατών της γκλαμουριάς.

Παρά τα τραγικά γεγονότα της βραδιάς, ο Κοσμάς ξύπνησε το πρωί μελαγχολικός. Η Λάουρα, που είχε συνηθίσει να ζει τις κοινωνικές αδικίες, προσπάθησε να τον παρηγορήσει.

– Τι να σου πω, βρε Κοσμά, είπε. Νομίζω ότι είσαι μεγάλος μαζόχας. Δεν ωφελεί σε τίποτα να σε τρώνε οι τύψεις για τις αδικίες της κοινωνίας. Υπήρχαν ανέκαθεν και θα υπάρχουν εσαεί. Τί μπορείς να κάνεις εσύ για να τις διορθώσεις. Νισάφι πια. Δες τί όμορφα που τη βρίσκουμε οι δύο μας συνδυάζοντας δουλειά και καλοπέραση. Τί άλλο, επιτέλους, θέλεις από τη ζωή; Ως πότε θα μαλλιοτραβιέσαι ανάμεσα στους λαθρομετανάστες, τους μπάτσους και τους φασίστες ψάχνοντας να βρεις ποιος έχει δίκιο και ποιός άδικο;

Είχανε και οι δύο ξαπλώσει στην αμμουδιά του Αγίου Στεφάνου και απολαμβάνανε την αίσθηση του ήλιου που άναβε τα κορμιά τους, ενώ ευωδίαζε ο τόπος από τα αντιηλιακά που με προθυμία αλείβανε ο ένας στην πλάτη του άλλου. Ωστόσο, ο Κοσμάς ήτανε παιδί με ανησυχίες. Άρεσε, βέβαια, η καλοπέραση, τη οποία είχαν εξασφαλίσει τα λεφτά του «μπαμπά», όμως τον βόλευε να αγοράζει στιγμές γεμάτες λαγνεία και χωρίς συνέπειες, αλλά και δεν σήκωνε τις μεγάλες αδικίες της ζωής.

– Σου έχω πει εκατό φορές, Λαουράκι. Μην το ψάχνεις, έχω κάποιες αρχές στη ζωή μου, αγωνίζομαι για κάποια ιδανικά. Καμιά καλοπέραση δεν θα με κάνει να παρατήσω τον αγώνα μου. Μόλις λίγο αισθανθώ ότι καλοπερνάω αμέσως θαρρείς και με κυνηγάνε τα διάφορα φαντάσματα. Παιδιά στα φανάρια, γυναίκες ανήμπορες στις ατελείωτες ουρές για ένα κωλόχαρτο, άλλες γυναίκες με σπουδές και διπλώματα να ξεσκατώνουν γέρους, ενώ εκείνοι προσπαθούν με τρεμάμενα χέρια να χουφτώσουν ό,τι μπορούν, μεροκαματιάρηδες να δουλεύουν είκοσι ώρες τη μέρα και να μη μπορούν να χορτάσουν ένα κομμάτι ψωμί. Πάρτο απόφαση. Δεν θα ησυχάσω μέχρι να βρεθεί κάποια λύση στο πρόβλημα αυτών των ανθρώπων.. Τώρα αναφορικά με τη δική μας σχέση. Νομίζω ότι είμαστε πολύ καλά έτσι όπως είμαστε. Βλεπόμαστε όποτε νιώθουμε ότι έχει ανάγκη ο ένας τον άλλο και έτσι ο δεσμός μας δεν φτάνει ποτέ στον κορεσμό. Αυτό που καταστρέφει τις σχέσεις δύο ανθρώπων και τις μετατρέπει σε σχέσεις ρουτίνας και κορεσμού, είναι το υποχρεωτικό στοιχείο. Για όσο καιρό θα το αποφεύγουμε, η αγάπη μας θα φουντώνει. Αν τη διατηρήσουμε έτσι δεν θα βγούμε χαμένοι, είπε ο Κοσμάς.

– Καλό παιδί αυτός ο Κοσμάς, αναλογιζότανε η Λάουρα.

Δεν θα τον ξεχνούσε εύκολα μια και ξεχώριζε ανάμεσα στους πολλούς που συνάντησε στην «καριέρα» της... Και η ζωή της συνεχίστηκε έτσι. Τα έδινε όλα όταν οσφριζότανε κάποια ευκαιρία, όταν ενέδιδε στις απαιτήσεις κάποιων αρσενικών γιατί τής έκανε και εκείνης όρεξη, όταν έβλεπε προοπτικές σε κάποιο δεσμό. Πόρνη πολυτελείας; όχι δεν ένοιωθε καθόλου έτσι. Περάσανε έτσι δύο τρία χρόνια χωρίς αυτά να αφήσουνε και τόσο δυσάρεστες αναμνήσεις.

Απόλαυσε την πολυτέλεια των ακριβών ξενοδοχείων και των πολυτελών Club και εστιατορίων, την ομορφιά των τόπων που ταξίδεψε, απόλαυσε και την ηδονή να βλέπει το κομπόδεμά της στην τράπεζα να φουσκώνει. Ώσπου ο αχόρταγος χαρακτήρας της άρχισε πάλι να επαναστατεί.

– Φτάνει πια, είπε μία μέρα στην παρέα της. Το είδαμε το έργο... Εδώ ήρθαμε, λέω να το κόψω πια. Νιώθω ότι ήρθε η ώρα να αλλάξω πάλι ζωή. Ψιλοβαρέθηκα τους διάφορους γαμπρούς με τις χαζές εξομολογήσεις τους για τον τάχα άτυχο γάμο τους και με εμένα να παίζω τη γάτα και το ποντίκι προσπαθώντας να τους αποφύγω στον απελπισμένο αγώνα τους να με ρίξουν στο κρεβάτι. Καλά τα κατάφερα ως τώρα. Τους παραμύθιαζα, τους έκανα και γελούσανε με τα καλαμπούρια μου, περνούσανε καλά κοντά μου τα κουρασμένα παλληκάρια. Τους ξενυχτούσα και τους εξαντλούσα με τις φανταστικές μου ιστορίες, έτσι που οι περισσότεροι φτάνανε στο σημείο να προτιμήσουνε την.. αγκαλιά του Μορφέα από τη δική μου αγκαλίτσα. Δεν έχω παράπονο, δεν πέρασα άσκημα. Όμως κάπου κουράστηκα πια. Θα φύγω να αλλάξω τόπο, να πάω κάπου που δεν με γνωρίζει κανείς (παλιό το κόλπο αλλά δοκιμασμένο), μια και νομίζω ότι ήρθε η ώρα να προσπαθήσω να «αποκατασταθώ». Θέλω κι εγώ να δημιουργήσω μια οικογένεια – με τα καλά της και τα κακά της – να ζήσω μία άνετη οικογενειακή ζωή. Τους άντρες γνωρίζω απέξω και ανακατωτά, ξέρω τις αδυναμίες τους και τις αντιδράσεις τους. Μπορώ να κάνω να νοιώθουν ευτυχισμένοι, ίσως καταφέρω να νιώσω και εγώ κάποια ευτυχία κοντά τους. Άν όχι εδώ είμαστε πάλι, τί είχα, τί έχασα, την τέχνη την ξέρω πια καλά.

17

Η ΚΑΙΝΟΥΡΓΙΑ ΓΝΩΡΙΜΙΑ ΤΟΥ ΜΑΪΚ

– Θα βρω μια πόρνη, αποφάσισε ο Μάικ. Το πρόβλημά μου θα το λύσω με τη συντροφιά μιας πόρνης. Καιρός είναι να το δοκιμάσω και αυτό στην ζωή μου. Μακριά από υποχρεώσεις, από κουτοπονηριές, να κάνω σέξ όποτε νιώθω εγώ την ανάγκη και ύστερα... αντίο, «που σε είδα που σε ξέρω, δεν είναι κακή ιδέα!»; Οχι, βέβαια, ότι θα συμβιβαζόμουνα με μιαν οποιαδήποτε πόρνη. Φιλοδοξούσα να εξασφαλίσω για τον εαυτό μου την καλλίτερη που κυκλοφορούσε στην πιάτσα. Είχα όλον τον καιρό μπροστά μου να ψάξω και να διαλέξω. Άλλωστε και αυτή η περίοδος του ψαξίματος με γέμιζε με μια ηδονική αναμονή και ταυτόχρονα γεννούσε όλων των ειδών τις φαντασιώσεις. Θυμάμαι ότι δεν είχα κανένα δισταγμό να πραγματοποιήσω τα σχέδιά μου μια και είχα ξεπεράσει την αντίληψη ότι θα υποτιμούσα τον εαυτό μου δημιουργώντας μια σχέση με μια γυναίκα, την οποία, λόγω του επαγγέλματός της, αναγκαστικά θα την μοιραζόμουνα με όποιον πρόσφερε την αμοιβή που του ζητούσε. Είχα ξεπεράσει μέσα μου τα διάφορα ταμπού, μια και ήξερα ότι όλες οι γυναίκες που γνώριζα κάτι ζητούσαν να επωφεληθούν προσφέροντας τα κάλλη τους – είτε αυτό ήτανε το χρήμα ή η ηδονή ή ακόμα η ματαιοδοξία τους – στους επίδοξους εραστές τους. Η πορνεία έχει πολλές μορφές. Τη λέγανε Λάουρα. Αυτό ήτανε τουλάχιστον το «καλλιτεχνικό» της όνομα, ένα όνομα που ηχούσε κελαριστό στα αυτιά μου, ένα όνομα όχι από τα συνηθισμένα, ένα όνομα που έδινε τροφή στην φαντασία μου. Ίσως γι' αυτό ποτέ δε θέλησα να μάθω το πραγματικό της όνομα. Θα με γέμιζε απογοήτευση να μάθαινα ότι στην πραγματικότητα την είχανε βαφτίσει Σούλα ή Ρούλα ή Τούλα ή, τελος πάντων, κάτι με κατάληξη...ούλα.

– Η ιστορία μου δεν έχει καμία πρωτοτυπία». Θυμάμαι που μού έλεγες, αποφεύγοντας να μπεις σε λεπτομέρειες, όταν στην πρώτη μας εκείνη συνάντηση «αγόρασα» το χρόνο σου από τη μαντάμα σου και με μεγάλη σου έκπληξη με ακολούθησες σε ένα ακριβό εστιατόριο και όχι σε ένα φτηνό ξενοδοχείο, όπως σού συνέβαινε πάντα.

– Τι μέρος του λόγου είναι και δαύτος, απορούσα την ώρα που τον παρατηρούσα να συζητάει με το σερβιτόρο για το πιο κρασί ήτανε το πιο κατάλληλο να συνοδέψει το δείπνο μας. Παρόλο που είχα μάθει πια καλά τους άντρες, παρόλο που ήξερα ότι αυτοί που δείχνανε ευγενικοί και πολιτισμένοι το κάνανε για να καμουφλάρουνε την έμφυτη δειλία τους, μια δειλία που έχει τα εντελώς αντίθετα αποτελέσματα μόλις σβήσει το φώς και βρεθούμε στο κρεβάτι. Είναι τότε που προβάλλουν τις πιο έκφυλες απαιτήσεις, που απαιτούν ό, τι πιο βρώμικο μπορεί να φανταστούν. Εμείς βέβαια υποχωρούμε λόγω επαγγέλματος σε ό,τι μας ζητήσουν, φροντίζοντας να αυξάνουμε την αμοιβή μας με κάθε νέα τους απαίτηση. Με έκπληξή μου διαπίστωσα ότι δεν είχε καμία όρεξη να με υποβάλει στη συνηθισμένη ανάκριση για το «πώς έφτασα να γίνω πόρνη» ή γιατί δεν προσπαθώ να «βρω ένα πιο αξιοπρεπές επάγγελμα», θέματα που συνήθως καταλήγουν σε προτάσεις του στυλ «έχω μια καλή ιδέα τί μπορούμε να κάνουμε μαζί για να γλυτώσεις από τον βούρκο», προτάσεις όλο πονηριά, μπας και επωφεληθούν και οι ίδιοι αναλαμβάνοντας τη «συνεκμετάλλευση» του κορμιού μου.

– Διαβάζεις τίποτα βιβλία, σού αρέσει η ποίηση», ρώτησα ξαφνικά και διασκέδασα βλέποντας την απορία στο πρόσωπό της.

– Με ρωτούσε ασχετοσύνες και δεν ήξερα τί να απαντήσω. Κατάλαβα ότι ο τύπος το έπαιζε ψιλοκουλτουριάρης και προσπαθούσε να μού πουλήσει φιγούρα. Όμως εγώ τον ξενέρωσα. Κάποιους στίχους ποιητών γνώριζα από μελοποιημένα ποιήματα που ήτανε η μόδα να τα κάνουνε μπουζουκοτράγουδα, κάποια βιογραφικά συγγραφέων είχα επισημάνει σε ένα περιοδικό στο κομμωτήριο, κάτι τέλος πάντων, κάτι μπορούσα να πω και εγώ να μην φανώ ντιπ ζωντανό.

– Ήτανε χαρούμενη η έκπληξή μου, όταν την άκουσα να μου απαγγέλλει στίχους και να μου μιλάει για συγγραφείς. Η φαντασία μου είχε αρχίσει να κάνει φτερά! Μπας και ήτανε ο άνθρωπος που έψαχνα, μήπως το να έχεις καταντήσει πόρνη δεν σημαίνει ότι έχεις πάψει να έχεις και άλλου είδους ενδιαφέροντα, διερωτώμουνα. Μιλούσαμε συχνά για ταξίδια και εξωτικά μέρη. Ήξερε και από αυτά το παλιοθήλυκο, κάποτε είχε μπλέξει με ένα διεθνές κύκλωμα που την «ταξίδευε» συχνά είτε σε πετρελαιάδες εμίρηδες, είτε σε διάφορες πρεσβείες του εξωτερικού να κάνει «δημόσιες σχέσεις» – όπως κάγχασε – σε υψηλά πρόσωπα.

– Τί υψηλά δηλαδή, νάνοι και θρασύδειλοι ο περισσότεροι, μού εξομολογήθηκε.

Περάσαμε – τουλάχιστον εγώ είχα περάσει – μια ευχάριστη βραδιά και είδα την έκπληξή της, όταν πήγα να την καληνυχτίσω βγάζοντας συγχρόνως το πορτοφόλι μου.

– Δεν ζήτησε να με γαμήσει, αναλογίστηκε η Λάουρα. Υποψιάστηκα μπας και ήτανε καμιά αδελφή ή κανένας κομπλεξικός! Δεν ξέρω. Ντράπηκα να πάρω λεφτά. Άλλωστε δεν μού φάνηκε ότι περίσσευαν. Χάρηκα που με αντιμετώπισε σαν άνθρωπο και όχι σαν όργανο ηδονής. Δεν μου είχε ξανασυμβεί κάτι τέτοιο. Δέχτηκα την πρότασή του «να τα πούμε και αύριο». Είχα μεγάλη περιέργεια, αλλά και ένοιωσα συγχρόνως μια κάποια συμπάθεια για το άτομο. Δεν θέλησα να «μολυνθώ» ψάχνοντας για άλλον πελάτη τουλάχιστον για απόψε. Έπεσα στο κρεβάτι μου αγκαλιά με τη γατούλα μου, κυριευμένη από ένα συναίσθημα ευτυχίας. Στη δεύτερη συνάντησή μας ένιωσα πολύ πιο άνετη κοντά του. Με είχε καλέσει στο συμπαθητικό του διαμερισματάκι, όπου και με ξενάγησε δείχνοντάς μου τα βιβλία του και τους πίνακές του. Ύστερα έβαλε να ακούσω μουσική, άναψε κάτι αρωματικά κεριά χαμηλώνοντας τα φώτα «για να κάνουμε ατμόσφαιρα», όπως είπε, και ασχολήθηκε με τη μαγειρική του, «να σου δείξω την τέχνη μου», όπως τόνισε. Με άφησε να φροντίσω να βάλω τραπέζι και να ανοίξω το κρασί λέγοντάς μου στοργικά: «Θέλω να νιώθεις εδώ σαν στο σπίτι σου». Μού άρεσε αυτό, κολακεύτηκα. Φάγαμε τις νοστιμιές του και ύστερα καθίσαμε αγκαλιά στον καναπέ κρατώντας από ένα ποτήρι κονιάκ.

– Μην σκεφτείς ότι μπορείς να με μεθύσεις, κάτι ξέρω εγώ από ποτά, αστειευόμενη, ξαναγεμίζοντας το ποτήρι της.

Γελάσαμε, είχαμε πιεί αρκετά. Το ποτό είχε φέρει κάποια ευθυμία. Συνεχίσαμε να πίνουμε μέχρις ότου πρότεινα: «Αύριο λέω να πάμε σε κανένα μπαράκι μια και βλέπω ότι το σηκώνεις το ποτό.»

– Αύριο λέω να γυρίσω και λίγο στη δουλειά, νομίζω ότι έχουμε ανάγκη και οι δυό μας από κάποια λεφτά, απάντησε.

Δεν μου καλοήρθε που μου θύμισε τον τρόπο που έβγαζε λεφτά, ούτε βέβαια που είχε μαντέψει και τη δικιά μου αφραγκιά. Προσγειώθηκα λίγο απότομα παρόλο που είχα αποφασίσει ότι αυτό το θέμα δεν θα με απασχολούσε...

– Υποφέρεις και εσύ από την αρρώστια της εποχής, το κυνήγι των χρημάτων, είπε και έριξε μια παραξενεμένη ματιά σα να είχα πει τη μεγαλύτερη παραδοξολογία.

– Δηλαδή, για πες μου, εσύ κύριε εξυπνάκια, πώς τη βγάζεις χωρίς λεφτά.

– Εγώ; Μα εγώ έχω κλείσει τα αυτιά μου στο τραγούδι των σειρήνων σαν άλλος Οδυσσέας. Τί σού προσφέρουν άραγε τα λεφτά. Ακριβά σπίτια και αυτοκίνητα, όλων των ειδών τις ασημαντότητες που σε βομβαρδίζουν οι τηλεοράσεις και τα μεγάφωνα να αποκτήσεις. Με ποιο αντάλλαγμα όμως. Τη στέρηση της ελευθερίας, την πλεονεξία που σε οδηγεί σε πονηρά μονοπάτια, το μίσος και το φθόνο του διπλανού σου, τα, βέβαια, ότι η έλλειψή τους μπορεί να σε κάνει να νιώθεις περιθωριακός. Όμως δεν παύω να το μισώ το κυνήγι του χρήματος. Με κάνει να νιώθω ότι ευτελίζω τη ζωή μου.

Σκέφτηκα να τον συνεφέρω από τις ψευδαισθήσεις του, να τού τονίσω τη δική μου πραγματικότητα.

– Εγώ δεν είμαι περιθωριακή, τουλάχιστον με αυτή την έννοια. Εγώ θα βγάλω λεφτά γιατί με κάνουν να αισθάνομαι άνετα. Όταν ο λογαριασμός μου στην τράπεζα φουσκώνει νιώθω ότι όλος ο κόσμος μού ανήκει. Βλέπω τους ζήτουλες με περιφρόνηση, εγώ δεν ζητάω από κανέναν τίποτα. Δίνω και μού δίνουν.

Περίεργος άνθρωπος αυτός ο Μάικ. Εγωιστής και ταπεινός συγχρόνως, παθιασμένος με τις κοσμοθεωρίες του. Ένας διανοούμενος απόλυτα ειλικρινής και αυστηρός με τον εαυτό του. Δεν είχε περάσει από το μυαλό του να προσαρμόσει τις ιδέες του στο δικό μου επίπεδο, δεν έδειχνε καμία συγκατάβαση απέναντί μου, παρόλο που δεν χωρούσε καμία σύγκριση μεταξύ μας. Ήξερε τόσα πολλά, είχε διαβάσει πολύ περισσότερο από εμένα και είχε προβληματιστεί και είχε καταλήξει να είναι τόσο ταπεινός.

Ξάφνου έπιασα τον εαυτό μου να ευγνωμονεί το θεό – αν υπάρχει θεός – που τον είχε σπρώξει να έρθει κοντά μου να μού διηγηθεί και να με ακούσει, να με περιβάλει με αγάπη χωρίς να περιμένει ανταπόδοση. Δεν μετάνιωνα που δεν το είχα παίξει ποτέ παρθένα – ένας ρόλος που συνήθιζα και με διασκέδαζε αφάνταστα βλέποντας να γυαλίζει το μάτι της συνήθως αφελούς πελατείας μου – και δεν θα ανεχόμουνα να νιώσω να παρεμβαίνει στην ζωή μου. Συνέχισα πεισματικά να τονίζω ποιά είμαι, παρόλο που φοβόμουνα ότι έπαιρνα ένα σημαντικό ρίσκο. Όμως από την άλλη ένιωθα και μια μητρική στοργή γι' αυτό το απροσγείωτο πλάσμα. Κάτι σα να ήθελα να τον πάρω υπό την προστασία μου.

– Έλα μωρέ, μην κάνεις έτσι. Τα λεφτά είναι χρειαζούμενα, όταν μάλιστα σού λείπουν και για μένα δεν είναι δύσκολο να τα βγάζω τώρα που συνήθισα πια το «επάγγελμα», είπα με ύφος αδιάφορο. Άλλωστε, για αύριο έχω ραντεβού με κάτι Γιαπωνέζους, η καλλίτερη μου. Συνήθως αυτοί είναι ευγενικοί μέχρι δειλίας, ζητάνε παράξενα πράγματα αλλά δεν προλαβαίνουνε να τα πραγματοποιήσουν, και κυρίως πληρώνουνε καλά. Τις περισσότερες φορές με πηδάει ένας τους και η υπόλοιπη παρέα αρκείται στο μπανιστήρι. Άσε που κι' αυτός που πηδάει δεν με κάνει να νιώθω κανένα ζόρι, ούτε που τον νιώθω μέσα μου έτσι μικρό που τον έχει. Στο τέλος, πληρώνουνε όλοι – πηδήξανε δεν πηδήξανε – και αρχίζουν τις υποκλίσεις και τις καληνύχτες. Ούτε γάτα ούτε ζημιά φιλαράκο. Φοβόμουνα ότι το παράκανα με αυτά που είπα. Μην ήτανε πράγματα που θα δημιουργούσαν απέχθεια για μένα.

 Η απότομη προσγείωσή μου, που είχε σαν αποτέλεσμα η διήγησή της αντί να με απωθήσει, όπως θα ήτανε το φυσιολογικό, αντίθετα φούντωσε μέσα μου την ερωτική επιθυμία. Χωρίς πολλές κουβέντες άρχισα να γδύνομαι και πήγα να την γδύσω και εκείνη.

– Άσε εμένα. Θα σου κάνω στριπ τιζ να ανοίξει η όρεξη. Ήτανε η πόρνη που είχε ξυπνήσει πάλι μέσα της.

Άρχισε να μου αποκαλύπτει με αργό και λικνιστικό ρυθμό τα κάλλη της. Μέσα στο ημίφως μόλις που διέκρινα το αγαλμάτινο κορμί της, το ολοστρόγγυλο και στητό στήθος της, τις ατελείωτες γάμπες της. Έπεσα απάνω της με βουλιμία και η αυγή μάς βρήκε να επαναλαμβάνουμε αχόρταγοι την ερωτική μας πανδαισία. Κάποια στιγμή άρχισε να γελάει ασταμάτητα.

– Είχα καιρό να νιώσω έναν πραγματικό άντρα μέσα μου. Με έκανες να αισθανθώ και λίγο γυναίκα, γαμώτο. Όχι τίποτα άλλο, είχα αρχίσει να υποψιάζομαι μήπως είσαι καμιά ψιλοαδελφή, έτσι που άργησες να μπεις στο ψητό.

Σκάσαμε και οι δύο στα γέλια πριν βυθιστούμε σε έναν γλυκό ύπνο.... Κι όμως, φοβήθηκα όταν με φίλησε αποχαιρετώντας με. Υποψιάστηκα ότι θα ξαναγινόμουνα στα μάτια του μια πόρνη που γνώρισε ευκαιριακά.

– Ήρεμα, μωρή καργιόλα, άκουσα κάποιον να φωνάζει, όταν βγήκαμε στο δρόμο.

– Ωστόσο, εγώ ήμουνα βέβαιη ότι η φωνή του αγνώστου δεν απευθυνότανε σε εμένα. Εγώ δεν ήμουνα πια η πόρνη που βρέθηκε ξαφνικά με ένα περίεργο πελάτη. Ο Μάικμε είχε κάνει να νιώθω πολύ διαφορετικά.

18

Η ΜΟΝΑΞΙΑ ΤΟΥ ΑΛΕΞΑΝΔΡΟΥ

– Διασχίσαμε σχεδόν όλη την Ευρώπη μέχρι να φτάσουμε στη «γη της επαγγελίας» του Αλέξανδρου, συλλογιζότανε η Σόνια. Δεν μπορώ να πω ότι ενθουσιάστηκα με την πρώτη μου γνωριμία με τον τόπο. Τον είχα φανταστεί εντελώς διαφορετικό ακούγοντας τις διηγήσεις του. Βρώμικες πολιτείες, ανάκατα σπίτια, κακόγουστες και νεόπλουτες βίλες και άθλιες παράγκες εναλλάσσονταν συνέχεια κατά τη διαδρομή. Οδηγοί καβγατζήδες και απείθαρχοι, έτοιμοι να ορμήσουνε ,όταν δεν άφηνες να κάνουν το κέφι τους, με την παλάμη συνήθως ανοιχτή να σημαδεύει το πρόσωπό σου (αργότερα έμαθα ότι είναι εθνική χειρονομία των οδηγών και όσων αισθάνονται ότι έχεις αδικήσει κατά κάποιον τρόπο. Είναι, λέει, η κλασσική χειρονομία όταν ξεσπάνε δείχνοντας τη δυσαρέσκειά τους). Στους διαφόρους σταθμούς που κάναμε παρατηρούσα τα αγέλαστα γκαρσόνια να σερβίρουν τον κόσμο νωχελικά και απρόθυμα.

– Αριστούχοι της τουριστικής σχολής της Γενεύης, ειρωνεύτηκα.

Ο Αλέξανδρος οδηγούσε τον περισσότερο καιρό σιωπηλός και προβληματισμένος, προφασιζόμενος άλλοτε αδιαθεσία και άλλοτε ακεφιά. Μια ακεφιά που δεν άργησε να γίνει μεταδοτική... Εγκατασταθήκαμε σε μία συμπαθητική βιλίτσα σε ένα προάστιο της Αθήνας που θα χρησίμευε για κατοικία μας και ιατρείο του Αλέξανδρου. Δεν τον είδα με καλό μάτι το συνδυασμό, καθόλου δεν μού άρεσε η ιδέα να υποδέχομαι μελαγχολικούς αρρώστους όλη τη μέρα και να νιώθω έναν Αλέξανδρο κλεισμένο μονίμως στο ιατρείο του και εμένα να υποδέχομαι τους ασθενείς. Έπληττα θανάσιμα με την ιδέα, όπως και είχα αρχίσει να πλήττω και με τη μελαγχολική παρέα του Αλέξανδρου. Τη λύση την έδωσε ο ίδιος που μάντεψε τη διάθεσή μου. Κάποια μέρα τον άκουσα με ανακούφιση να μου αναγγέλλει ότι είχε την ανάγκη να πάει μόνος του σ' ένα νησί για να «ανανεωθεί και να διαλογισθεί», όπως το δικαιολόγησε. Κατάλαβα ότι το έκανε πιο πολύ για μένα παρά για εκείνον και πολύ το εκτίμησα...

– Έφτασα εκείνο το μελαγχολικό δειλινό στο νησί που μοιάζει με ανοιχτό πλατανόφυλλο, όπως το διακρίνεις από ψηλά. Τώρα περπατάω άσκοπα κόντρα σε ένα ανελέητο άνεμο που ξεσηκώνει τα κύματα και κάνει τη θάλασσα να αφρίζει από το κακό της, αδιαφορώντας για τις χοντρές ψιχάλες που μαστιγώνουν το πρόσωπό μου.

Θυμάμαι τα λόγια του. Εδώ ζω το χειμώνα που έρχεται στη φύση, αλλά και μέσα μου, παρακολουθώ τη θάλασσα να καβαλάει λυσσασμένη τα βράχια και τον αέρα να τραντάζει συθέμελα τα γιγαντιαία κυπαρίσσια, να ουρλιάζει σε μία δική του διάλεχτο άγρια και απρόσμενη, ενώ παρασέρνει τα φύλλα σε ένα τρελό χορό μέχρι να τα τσακίσει καρφώνοντάς τα στην ξηρά. Μέσα μου κυριαρχεί μία ποιητική διάθεση. Φέρνω στο μυαλό μου τα λόγια ενός παλιού φίλου μου και αγαπημένου μου συγγραφέα: «Για το συγγραφέα κάποτε εξαντλούνται τα πρόσωπα που μέχρι τώρα τα αντιμετώπιζε κάτω από το πρίσμα της ψυχολογίας. Η σύγχρονη ψυχή έχει σκάσει σα φούσκα μέσα από τις αποκαλύψεις της μυσταγωγίας. Τί να απομένει άραγε πια για το συγγραφέα να διηγηθεί;»

Λόγια ίσως ακατάληπτα που αντηχούν μέσα μου παράξενα, αλλά όμως με γεμίζουν με προβληματισμό προσπαθώντας να τα ερμηνεύσω. Περιφέρομαι βυθισμένος στους συλλογισμούς μου συντροφευμένος από τις αναμνήσεις ενός παρελθόντος που κανείς δεν μπορεί να μοιραστεί μαζί μου, που ούτε ο χρόνος που περνά καταφέρνει να με ανακουφίσει από αυτές. Βυθισμένα στην εγκατάλειψη τα βιβλία που κάποτε με είχανε συναρπάσει, παρελθόν οι φίλοι που άλλοτε επιζητούσα την παρέα τους, οι ατελείωτες συζητήσεις μας, το πνεύμα του πολιτισμού που μας διακατείχε. Ανατρίχιασα με την είδηση ότι με είχανε προτείνει υποψήφιο για εκείνο το περίφημο βραβείο πάνω στο σύγγραμμά μου σχετικά με την ψυχολογία και τη μελέτη της αβυσσαλέας ανθρώπινης ψυχής. Εάν βραβευόμουνα, θα ήμουνα αναγκασμένος να αντιμετωπίζω κατά πρόσωπο την ανυπόφορη συμμετοχή μου στα σαλόνια της υποκριτικής και της σάπιας διανόησης.

Έφερα στον νου μου όλες εκείνες τις γοητευτικές υπάρξεις που συνάντησα στη ζωή μου και που τώρα θα ήτανε πρόθυμες να επιδειχθούν δίπλα μου. Στις ιδιωτικές μας στιγμές τις φανταζόμουνα να παίρνουν τον αέρα μιας διαταραγμένης μούσας, διστακτικής και δυσκοίλιας. Όμως μπροστά στο πλήθος θα ένιωθαν κολακευμένες να παρατείνουν έστω στιγμιαία, έστω για κάποια δευτερόλεπτα περισσότερο από ό,τι απαιτεί η κοινωνική συμβατικότητα, μια γαντοφορεμένη χειραψία.

Κάποτε ίσως αυτά να κολάκευαν τον εγωισμό μου, τώρα απλά θα ενίσχυαν το αίσθημα ανασφάλειας που με διακατέχει. Θα αισθανόμουνα αηδία να βλέπω το όνομά μου τυπωμένο με όλο και πιο χοντρά γράμματα στα περιοδικά και τις εφημερίδες, τις συνεντεύξεις μου, ανάγνωσμα στα κοσμικά κομμωτήρια, γνωρίζοντας ότι αυτό δεν αποτελεί το αληθινό μεγαλείο. Αυτοί και αυτές που θα κολακεύονταν, όταν με συνόδευαν στο δρόμο, δεν θα νιώθανε κατά βάθος ότι συνοδεύουν έναν αληθινό άνθρωπο, αλλά μία προσωρινή διασημότητα.

– Έζησα, μελέτησα και κατέγραψα στην πολυετή καριέρα μου τις περιπτώσεις δεκάδων «ασθενών» που είχανε μέσα τους καταλήξει στην αυτοκτονία σαν τη μόνη λύση στα αδιέξοδά τους. Είχα βάλει στοίχημα με τον εαυτό μου να καταφέρω να τους κάνω να αλλάξουν γνώμη. Τώρα το μετανιώνω για όσους το κατάφερα. Τους παρακολούθησα να παρατείνουν μια ζωή βυθισμένη στο άγχος, τη μελαγχολία και την εγκατάλειψη, να υποφέρουν μια ζωή χωρίς νόημα.

Κατέληξα ότι ο άνθρωπος πρέπει να είναι ελεύθερος, να κρίνει ο ίδιος πότε η ζωή είναι δυσβάστακτη γι' αυτόν και να αποφασίζει ανεπηρέαστος, εάν και εφόσον θέλει να την παρατείνει. Εμείς, είναι αδιανόητο να προσπαθούμε να κάνουμε να δει την καλή μορφή της ζωής όταν γι' αυτόν δεν έχει κανένα νόημα να ζει. Τώρα μετανιώνω για τον ασυλλόγιστο εγωισμό μου. Η μοίρα το έφερε να βρεθώ και εγώ στην ίδια κατάσταση. Χαίρομαι που πήρα τις αποφάσεις μου μόνος, ανεπηρέαστος και ελεύθερος. Μόνο ντρέπομαι που σέρνω κοντά μου αυτό το διψασμένο για ζωή κορίτσι, που δανείζομαι αδιάντροπα τα νιάτα του. Πρέπει να βρω το θάρρος να απαλλάξω το κορίτσι αυτό από την παρουσία μου. Τί να κάνουμε; Η ζωή παίζει μαζί μας μακάβρια παιχνίδια, δείχνει την καλή πλευρά της την ώρα που εμείς βαδίζουμε προς την έξοδο από το μάταιο κόσμο.

Όταν ο Αλέξανδρος γύρισε από το ταξίδι της περισυλλογής και της αυτογνωσίας του βρήκε το σπίτι του έρημο και το τρυφερό αποχαιρετιστήριο γράμμα της Σόνιας προσεχτικά διπλωμένο στο γραφείο του: «Οι εραστές δεν είναι ποτέ του ιδίου εκτοπίσματος!», έγραφε. Εσύ με σκεπάζεις με τον ίσκιο σου εμποδίζοντάς με να αναπτυχθώ, με αποτέλεσμα να ψάχνω απελπισμένα έναν τρόπο να ξεφύγω για να απελευθερωθώ και να μπορέσω να εξελιχθώ. Εγώ πάλι αισθάνομαι να είμαι δίπλα σου σαν άνθρωπος χωρίς σκιά, ένα όν με δύο διαστάσεις στερημένο από την τρίτη, την πυκνότητα, την υλική υπόσταση, το σώμα, αυτόν το γεμάτο μυστήριο αμφίβολο φίλο που περιέχει πολλά αδιευκρίνιστα πράγματα. Εκεί εντοπίζω το δράμα της αγάπης μας. Αποφάσισα να φύγω από κοντά σου, να απαλλαγώ από τη σκιά σου μήπως και αποκτήσω τη δικά μου οντότητα, τη δική μου σκιά.».

Πέρασε αρκετός καιρός και το συναίσθημα της μοναξιάς του είχε γίνει βίωμα στον Αλέξανδρο. Το άρρωστο σώμα του πονούσε όλο και πιο συχνά να θυμίζει ότι οι μέρες του όλο και λιγόστευαν. Κάτι τέτοιες ώρες έστρεφε με ανακούφιση το βλέμμα του στα χαπάκια του, το διαβατήριό του για τον άλλο κόσμο. Ευτυχώς που η Σόνια δεν είχε εξαφανιστεί εντελώς. Νοιαζότανε γι΄ αυτόν και τον φρόντιζε. Κάπου κάπου τη συνόδευε σε μια βραδινή έξοδο, πράγμα που τις προκαλούσε συχνά ευχαρίστηση, μια και οι κουβέντες τους είχανε πάντα μια ξεχωριστή γοητεία. Ο Αλέξανδρος φρόντιζε να παρουσιάζει τον καλό του εαυτό και να μην τη σκοτίζει με τα προβλήματά του. Εκείνη πάλι προσπαθούσε να υποκριθεί την ξένοιαστη χωρίς να το πολυκαταφέρνει. Έτσι μέσα στα μπαράκια και στα εστιατόρια πολυτελείας ο Αλέξανδρος συνέχιζε την ψυχοθεραπεία της.

– Η φήμη μου ως καλού ψυχιάτρου εξαπλώθηκε γρήγορα. Είχα αρχίσει να αποκτώ μια αρκετά σημαντική πελατεία πράγμα που με ικανοποιούσε και εγωιστικά αλλά και οικονομικά. Άνθρωποι καταθλιπτικοί, αγχωμένοι από τη ζωή, άνθρωποι αυτοκτονικοί ή και απλά προβληματισμένοι προσέτρεχαν στα φώτα μου. Βοηθούσα όσο καλλίτερα μπορούσα.

***

19

ΚΑΤΑΦΕΥΓΟΝΤΑΣ ΣΤΗ ΛΑΟΥΡΑ

Ένα πρωινό χτύπησε την πόρτα μια αγαλματένια καλλονή. Αμέσως χτύπησαν τα καμπανάκια μέσα μου. Το πρόσταγμα του επιστήμονος που δεν «πρέπει» να δημιουργεί σχέσεις με τους ασθενείς του ήρθε και πάλι σε αντίθεση με την σεξουαλική μου επιθυμία. Ευτυχώς γρήγορα με απήλλαξε από το υποθετικό μου δίλημμα.

– Γιατρέ ας ξεκαθαρίσουμε από την αρχή τα πράγματα. Είμαι επαγγελματίας πόρνη και βγάζω το ψωμί μου από αυτό το επάγγελμα, είπε.

– Όλες πόρνες είναι, σκέφτηκα από μέσα μου, μόνο που άλλες πληρώνονται πρίν και άλλες επενδύουν στο σεξουαλικό παιχνίδι αποβλέποντας σε πιο φιλόδοξα οφέλη, συμπλήρωσα το συλλογισμό μου.

Δεν είπα τίποτα για να μην προσφέρω κάποια δικαιολογία για το δρόμο που είχε διαλέξει. Αναθάρρησα.

– Γέρο ξεκούτη, είπα πάλι από μέσα μου, ιδού η ευκαιρία!

Κοίταξα την καλλονή με ένα βλέμμα όλο συμπάθεια, άναψα τελετουργικά την πίπα μου και έδωσα χρόνο να μού ανοίξει την καρδιά της. Εκείνη είχε χαμηλώσει το βλέμμα της και κουνούσε νευρικά την τορνευτή γάμπα της παρατηρώντας με ικανοποίηση το βλέμμα μου που δεν εννοούσε να ξεφύγει από το επίμαχο σημείο.

– Που είναι το πρόβλημα, είπα σπάζοντας τη σιωπή που είχε αρχίσει να βαραίνει ανάμεσά μας.

– Ουδέν πρόβλημα με το επάγγελμα, γιατρέ. Μόνο που ξάφνου ερωτεύτηκα, πράγμα που είναι απαγορευτικό στο επάγγελμά μας. Η σωστή πόρνη δεν πρέπει να ερωτεύεται, όπως και δεν πρέπει να αφήνει το κορμί της να ολοκληρώσει την ερωτική πράξη. Φαντάσου, γιατρέ μου, να συνέβαινε το αντίθετο, αλλοίμονο μας.

Χασκογέλασε και παρέσυρε και εμένα να χαμογελάσω. Τώρα είχε σπάσει ο πάγος και άρχισε να μού μιλάει, σκέτος χείμαρρος.

– Δεν τους μισώ τους άντρες, γιατρέ. Νιώθω αυτούς σαν παιδιά που έρχονται σε εμένα, είτε για να απαλλαγούν από το άγχος τους, είτε για να αποκτήσουν την ψευδαίσθηση ότι είναι αρεστοί και γοητευτικοί. Πολλές φορές σκέφτομαι ότι είμαι κάτι σα ναρκωτικό για αυτούς. Διερωτώμαι μήπως η ηδονή της εκσπερμάτωσης έχει τα ίδια αποτελέσματα με την προσωρινή απόλαυση που δίνει κάποια ναρκωτική ουσία. Νιώθω να «ταξιδεύουν» όσο βρίσκονται μέσα μου, με ρωτάνε συνέχεια αν νοιώθω και εγώ ικανοποιημένη. Όχι ότι πολυενδιαφέρονται για τη δική μου ικανοποίηση, απλά ρωτάνε για να ικανοποιήσουν τον εγωισμό τους και να απαλλαγούν από το άγχος τους σε περίπτωση που θα απαντήσω θετικά. Και εγώ συνέχεια προσποιούμε για να μην απογοητεύσω, να μην αρνηθώ την ικανοποίηση που ψάχνουν κοντά μου. Πολλές φορές το πάθος οδηγεί σε επικίνδυνα μονοπάτια, γίνονται βίαιοι και ζητάνε όλου του κόσμου τις διαστροφές. Δεν αρνούμαι τίποτα. Είμαι καλή επαγγελματίας και θέλω να έχω πιστή πελατεία. Ομολογώ ότι ποτέ μου δεν φοβήθηκα. Ξέρω καλά ότι μόλις τελειώσουν θα γείρουν αδύναμοι στην αγκαλιά μου και άλλοι θα βυθιστούν σε βαθύ ύπνο, ενώ άλλοι θα ντυθούν να φύγουν βιαστικά να επιστρέψουν γεμάτοι τύψεις στο σπιτικό τους. Κατά βάθος είναι όλοι τους ίδιοι, νέοι, γέροι, έφηβοι, παντρεμένοι. Ξέρω παντρεμένους που έρχονται σε μένα ρισκάροντας την οικογενειακή τους γαλήνη και αντιμετωπίζοντας το ρεζίλεμα στα παιδιά τους. Ξέρω ελεύθερους που μόνο κοντά μου βρίσκουν ικανοποίηση. Πίστεψέ με, έρχεται η ώρα που νιώθω μια τρυφεράδα γι' αυτούς. Ξέρω ότι έχω προσφέρει κάποιες λυτρωτικές στιγμές, όμως συχνά διερωτώμαι γιατί να έχουν τόσο πολύ ανάγκη για – έστω ψεύτικους – παραδείσους οι άνθρωποι.. Και να που τώρα, παραβαίνοντας τους κανόνες του επαγγέλματος, ξάφνου βρέθηκα να είμαι ερωτευμένη και να νιώθω σιγά σιγά απέχθεια για τους άλλους άντρες. Τί λες να κάνω, γιατρέ;

Το έβλεπα ότι η κοπελιά είχε απόλυτη ανάγκη να λύσει τα διλήμματά της. Ήθελε κατά βάθος να δικαιολογηθεί στον εαυτό της για τον «κακό δρόμο» που διάλεξε στη ζωή της, να διασκεδάσει τις όποιες ενοχές της τώρα που είχε να αντιμετωπίσει τον έρωτα στη ζωή της.

– Λάουρα – έτσι είχε συστηθεί – μη νοιώθεις ούτε ντροπές ούτε τύψεις για το δρόμο που είχες διαλέξει στη ζωή σου. Δεν θα υπερβάλω άμα σου πω ότι δεν εξασκείς μόνο επάγγελμα, εξασκείς και λειτούργημα. Άλλωστε δεν είναι περίεργο ότι το επάγγελμά σου είναι το αρχαιότερο. Από τότε που ο άνθρωπος κατέβηκε από τα δέντρα αισθάνθηκε την ανάγκη μιας ελεύθερης, χωρίς δεσμεύσεις και τύψεις σχέσης που μόνο υπάρξεις σαν εσένα μπορέσατε να προσφέρετε. Ας μην ξεχνάμε το παράδειγμα του Αδάμ και της Εύας που χάσανε τον παράδεισο για μια στάλα ηδονής. Σε σάς καταφεύγουν οι αγχωτικοί, οι καταπιεσμένοι, οι κομπλεξικοί, οι στερημένοι από την ανθρώπινη ζεστασιά.. Χαίρομαι που, όπως μου είπες, δεν έκρυψες τίποτα από τον αγαπημένο σου. Έτσι η σχέση σας θα είναι ειλικρινής χωρίς μυστικά που θα μπορούσαν να έχουν ολέθριες συνέπειες, όταν αποκαλύπτονταν. Συνεχίστε τη ζωή σας ελεύθεροι και ευτυχισμένοι και άφησέ του την πρωτοβουλία να καθορίσει αυτός τη μελλοντική σου πορεία. Ξέρεις, στους άντρες αρέσει να νιώθουν ότι καθορίζουν το μέλλον των συντρόφων τους.

Η ώρα είχε περάσει. Κατάλαβε ότι έπρεπε να φύγει. Σηκώθηκε και άνοιξε την τσάντα της να με πληρώσει. Το αρνήθηκα με μια δεύτερη σκέψη, «Γιατί όχι», αναλογίσθηκα.

— Άσε, Λάουρα, δεν χρειάζεται να με πληρώσεις.

 Χαμογέλασα αμήχανα και τελικά το τόλμησα.

— Ίσως κάποτε δοθεί η ευκαιρία να με ...ξοφλήσεις αλλιώς...

— Γιατρέ, είσαι κάθαρμα όπως όλοι οι άντρες, είπε χαμογελώντας και έδωσε την κάρτα της.

— Θα περιμένω τηλεφώνημά σου να σού ανταποδώσω τη θεραπεία, είπε κλείνοντάς μου το μάτι.

Έτσι άρχισε ο δεσμός μου με τη Λάουρα, δεσμός που στην αρχή περιοριζότανε σε τακτικές νυχτερινές της επισκέψεις στο σπίτι μου, αλλά που δεν άργησε εξελιχθεί για μένα σε διαρκή ανάγκη ανθρώπινης επαφής. Οι σεξουαλικές μας επαφές είχανε αρχίσει να περιορίζονται σημαντικά. Προτιμούσαμε και οι δύο να περνάμε την ώρα μας αγκαλιασμένοι στον καναπέ κάνοντας ατέρμονες φιλοσοφικές συζητήσεις. Είχαμε πολλά να δώσουμε ο ένας στον άλλον.

Σε μια τέτοια στιγμή ο Αλέξανδρος παρακάλεσε να πάψει να είναι πόρνη.

— Το έχω προγραμματίσει, Αλέξανδρε, μΜόνο που το αναβάλλω μέχρι να ικανοποιήσω κάποιες ανάγκες μου. Θέλω να αποκτήσω ένα σπίτι, να πάρω κάποιο αυτοκίνητο, να έχω κάποιο κεφάλαιο για να κάνω μια δικιά μου δουλειά.

– Δεν θα σταματήσεις ποτέ σου, φοβάμαι. Η καπιταλιστική κοινωνία θα δημιουργεί συνεχώς καινούργιες ανάγκες. Δεν θα σε ξαναπαρακαλέσω. Προτιμώ να το πάρω απόφαση ότι είσαι αυτή που είσαι.

*** *** ***

20

Ο ΑΛΕΞΑΝΔΡΟΣ ΒΑΣΑΝΙΖΕΤΑΙ ΜΕ ΤΑ ΠΑΛΙΑ

Παρόλη τη φαινομενική ευτυχία μου με τη Λάουρα, ο νους μου έτρεχε συχνά στη Σόνια.

– Αλέξανδρε, μη μού κρύβεις την αλήθεια, τη μαντεύω, είπε ένα βράδυ ο Λάουρα. Είσαι πάντα ερωτευμένος με τη Σόνια. Μη φοβάσai, εγώ δε χολοσκάω με κάτι τέτοια. Αρκεί ότι περνάμε υπέροχα όταν είμαστε μαζί. Άλλωστε έχω μάθε να μοιράζομαι τους άντρες. Δεν διεκδικώ καμία αποκλειστικότητα για τον εαυτό μου. Αρκεί ότι προς το παρόν είμαστε κοντά ο ένας στον άλλο, είπε μια νύχτα η Λάουρα όταν ύστερα από ένα μικρό μας όργιο κατάλαβε ότι ήμουν συλλογισμένος.

Προσπάθησα να διαβεβαιώσω για το αντίθετο, παρόλο που και οι δυο μας ξέραμε καλά ότι είχε μαντέψει σωστά. Είναι αλήθεια ότι η εγκατάλειψη της Σόνιας με είχε πληγώσει βαθιά. Και όμως προσπαθούσα να δικαιολογήσω τη Σόνια. Η ανάγκη της δικαίωσης είναι κοινή σε αυτούς που δεν έχουν ήσυχη τη συνείδησή τους, όπως και σε εκείνους που προσπαθούν να καλύψουν τις τύψεις τους μέσα από φιλοσοφικές θεωρίες. Το ότι η σκέψη μου δεν έλεγε να ξεκολλήσει από τη Σόνια δεν ήτανε κάτι το αυθόρμητο, αλλά κάτι που κατά βάθος επιθυμούσα. Στην περίπτωσή της έβλεπα ότι αυτή μου η μανία με έσπρωχνε σε μια πλημμύρα από αναμνήσεις. Ανέτρεχα στις πράξεις της του παρελθόντος, πράξεις που καταπίεζαν την ύπαρξή της, όπως η πίεση του ατμού δημιουργεί ενέργεια στην προσπάθειά του να βρει διέξοδο διαφυγής. Ίσως αυτή η εσωτερική πίεση να οδηγούσε σε μια συνεχή εγρήγορση, στις συνεχείς αλλαγές του χαρακτήρα και των πράξεών της. Συχνά θυμάμαι ότι με ρωτούσε.

– Μήπως ο έρωτας είναι κάτι το παράδοξο, έλεγε, και η φωνή της είχε ένα τόνο απειλητικό και τρυφερό μαζί.

– Ώρες ώρες σκέφτομαι ότι έχω προσκολληθεί σε σένα για να αποφύγω να καταλήξω να σε ερωτευθώ τρελά, συνέχισε. Ζυγίζω συχνά τον έρωτα σε σχέση με την απόλυτη ελευθερία. Και πάντα η ζυγαριά γέρνει προς το δεύτερο, έλεγε.

Άλλοτε πάλι συνέχιζε τους μονολόγους της.

– Υπάρχει ηθική μέσα στον έρωτα; Ο δεσμός μας παρόλο που διατηρήσαμε όλες τις υποσχέσεις που είχαμε δώσει ο ένας στον άλλο, παρόλα αυτά μάς οδήγησε σε ό,τι το χειρότερο, την πλήξη και την τάση φυγής.

Συχνά έβαζα τις φωνές.

– Για όνομα του θεού. Πάψε να βασανίζεσαι με αυτές τις σκέψεις που οδηγούν σε ένα μεγάλο ναυάγιο. Χαραμίζεις τη ζωή μας πριν καλά – καλά τη ζήσουμε.

Ματαιοπονούσα και το ήξερα καλά. Σε πολλούς ανθρώπους κυριαρχεί πάντα το αίσθημα της αυτοκαταστροφής. Η Σόνια ακροβατούσε πάνω σε ένα τεντωμένο σκοινί. Αν έβαζα τις φωνές για να τη συνεφέρω, ήξερα ότι θα ήτανε καταστροφικό. Προτιμούσα να ακολουθώ σιωπηλός με την ψευδαίσθηση ότι θα απομακρύνω σταδιακά τη Σόνια από την άβυσσο.

Κάναμε συχνά έρωτα στη διάρκεια του ταξιδιού μας, όμως αυτό ξέραμε και οι δύο ότι είχε πολύ μικρή σημασία μπροστά στον πνευματικό μας δεσμό, που αναπτυσσόταν και κυριαρχούσε μέσα μας μέρα με τη μέρα. Κρατιόμασταν από το χέρι όχι γιατί νιώθαμε την ανάγκη της σωματικής επαφής, όσο για να νιώσουμε κάποια ανακούφιση από την οδύνη που οδηγούσε αυτή η περιπλάνηση μέσα στο εγώ μας. Το σοκ της αποξένωσης που νιώθει ο καθένας μας μετά την ερωτική πράξη, αυτή η ανάγκη επιστροφής και εγκλεισμού στον εαυτό μας, κυριαρχούσε μέσα μας σαν ένα κομμάτι λάσπης που κάνει ξαφνικά την εμφάνισή του μέσα στη διαύγεια μιας καθαρής λίμνης.

Τώρα τελευταία κάνοντας έρωτα με τη Σόνια πολλές φορές αισθανόμουνα σα να αγκάλιαζα ένα άγαλμα κρύο και άκαμπτο, σα μάρμαρο ανίκανο να ανταποκριθεί στα χάδια και τα φιλιά μου. Το ήξερα και το περίμενα ότι μια μέρα θα με εγκατέλειπε. Θέλησα να διευκολύνω και να μην αφήσω να υποστεί τη δοκιμασία της φυγής, που θα μπορούσε να δημιουργήσει σ' αυτήν τύψεις.

Έφυγα πρώτος για το νησί. Ήμουν βέβαιος ότι δεν θα την εύρισκα εκεί στην επιστροφή μου. Η μοίρα έστειλε τη Λάουρα να πάρει τη θέση της Σόνιας. Καλό και σωστό κορίτσι η Λάουρα. Χάριζε ξενοιασιά και κέφι για ζωή η παρουσία της, με αφόπλιζε η ειλικρίνειά της, με κολάκευε το γεγονός ότι ζητούσε να την ανακουφίσω από τα προβλήματά της, Όμως, δεν έπαυα να έχω μέσα μου ένα μεγάλο κενό, το κενό που είχε αφήσει η απουσία της Σόνιας.

***

ΜΕΡΟΣ ΤΡΙΤΟ

ΤΟ ΣΥΝΔΡΟΜΟ ΤΗΣ ΕΡΕΣΟΥ

21

ΜΙΑ ΓΙΟΡΤΗ ΣΤΗΝ ΕΡΕΣΟ

Δεν το φανταζόμουνα πόσο είχα καλομάθει να έχω δίπλα μου μία σύντροφο. Ίσως, γι' αυτό να μού κακοφάνηκε, όταν η Λάουρα ανακοίνωσε μια μέρα.

– Αγόρι μου, θα χωρίσουμε για λίγο καιρό. Με ειδοποίησαν από το πρακτορείο να πάω σε ένα συνέδριο για την προστασία του περιβάλλοντος στο Παρίσι. Θα μαζευτούν δεκάδες αργόμισθοι να φλυαρήσουν πάνω στο θέμα και το βραδάκι πολλοί από αυτούς θα θελήσουν να ξεδώσουν με μια καλή συντροφιά. Μη σού κακοφαίνεται. Τα λεφτά θα είναι πολλά και η χλίδα περισσή. Θα γυρίσω ανανεωμένη, ματσωμένη και με καινούργια διάθεση για πραγματικό σεξ.

– Άλλα μού υποσχέθηκες Λάουρα και άλλα κάνει, παρατήρησα.

– Σταμάτα την γρίνια, καλέ μου. Υποσχέθηκα να τα παρατήσω, όταν εκπληρώσω τα όνειρά μου, απάντησε.

Έτσι, χωρίς δεύτερη κουβέντα, η Λάουρα έφυγε από κοντά μου εκείνο το πρωινό. Δεν δίστασα τότε και εγώ να καταφύγω στη Σόνια. Αποφάσισα να φύγω για κάμποσο με την ελπίδα να με ακολουθήσει. Ευτυχώς δεν με απογοήτευσε.

– Θα πάμε, Σόνια μου, στο αγαπημένο μου νησί, αυτό που ο ποιητής έχει ονομάσει «Πλατανόφυλλο». Είμαι σίγουρος ότι θα σού αρέσει πολύ. Έχω να σού δείξω πολλά πρωτόγνωρα πράγματα εκεί. Ανθρώπινες υπάρξεις που ακολουθούν εντελώς διαφορετική πορεία στη ζωή τους, «δασκάλους» που διδάσκουνε απίθανες θεωρίες, ανθρώπους που ακολουθούν και ανακαλύπτουν ένα καινούργιο εαυτό.

– Αλέξανδρε, εξάπτεις την περιέργειά μου. Ξεκινάμε όποτε θέλεις. Άλλωστε ποτέ δεν βγήκα ζημιωμένη, όποτε και αν σε ακολούθησα.

– Φύγαμε για Ερεσό, είπα με ενθουσιασμό.

– Ερεσός! Τί παράξενο όνομα. Ανυπομονώ να γνωρίσω τον τόπο και τους ανθρώπους του...

Σταματήσαμε σε ένα λοφάκι να απολαύσουμε τη θέα. Μια πανέμορφη ακρογιαλιά που κατέληγε σε ένα τεράστιο βράχο, ένα ταπεινό ψαροχώρι να γλύφει το πέλαγος, ένας κάμπος πνιγμένος στη βλάστηση και για φόντο η απεραντοσύνη του Αιγαίου.

Ο Αλέξανδρος, γεμάτος ποιητική έξαρση ανέλαβε την ξενάγηση.

– Τα βουνά ταξιδεύουνε με έναν δικό τους ρυθμό σ' αυτά τα μέρη. Αργά, πολύ αργά για να γίνουν αντιληπτά από τους θνητούς. Ανακάλυψαν τη μετακίνησή τους μόνο με τη βοήθεια της επιστήμης που διαπίστωσε το αργό διάβα τους (κάποιους πόντους κάθε αιώνα). Εδώ, στην Ερεσό, η γη χωρίστηκε πριν από χιλιάδες χρόνια από την Ασία και τότε τα βουνά μπορεί και να σταμάτησαν την αιώνια μετακίνησή τους. Σχηματίστηκε τότε ένα νησί – ίδιο πλατανόφυλλο – και εκεί παραμένουν από τότε οι άνθρωποι που έφθασαν εδώ μαζί με τα βουνά από την Ασία. Άνθρωποι ανατολίτες στ νοοτροπία, ρομαντικοί και ερωτύλοι, άνθρωποι που πιο πολύ χρόνο αφιέρωναν στο στοχασμό παρά στην εργασία. Μαζί τους, πολύτιμη ιέρεια και καθοδηγήτρια, η Θεά τους, η Σαπφώ. Εκείνη δίδαξε πώς να ανακαλύπτουν τις χαρές της ζωής, το χορό, τη μουσική, την ποίηση και τις καλές τέχνες, αλλά, κυρίως, τον ελεύθερο, χωρίς προκαταλήψεις, έρωτα. Εγκλωβισμένοι πια από τη θάλασσα, η οποία χώρισε τον τόπο από τη μεγάλη Ήπειρο της καταγωγής τους, αφιερωθήκανε στη λατρεία της Θεάς τους και, παρ όλα τα χιλιάδες χρόνια που πέρασαν από πάνω τους, εξακολουθούν να τιμούν τη Σαπφώ και να γιορτάζουν κάθε χρόνο, φθάνοντας στον τόπο της λατρείας πολλοί από τα απέραντα μέρη της υφηλίου. Κάποτε, η φωτιά που καίει άσβεστη στα έγκατα της γης ξεπετάχτηκε μέσα από τις βουνοκορφές να μετατρέψει τον παράδεισο του νησιού σε κόλαση. Φωτιά, λάβα και όλεθρος εξαφάνισαν τα προϊστορικά θηρία που είχανε κουβαλήσει τα βουνά, καρβουνιάσανε τα δέντρα που καλυμμένα από τη λάβα πετρώσανε και διατηρούνται ακόμα μάρτυρες της αιωνιότητάς τους και δώσανε στο νησί αυτό το πανέμορφο σχήμα του πλατανόφυλλου. «Χρυσοπράσινο φύλλο χαμένο στο πέλαγος», ύμνησε ο σύγχρονος ποιητής, ο συνεχιστής της σαπφικής ποίησης.

Περάσανε αιώνες μετά την κοσμογονία. Η Σαπφώ εξακολουθεί διατηρεί τη σφραγίδα της στον ευλογημένο τόπο. Και οι χιλιάδες οπαδοί της συνεχίζουν την παράδοση με ετήσιες συγκεντρώσεις και γιορτές. Σόνια είμαστε τυχεροί. Θα παρακολουθήσουμε τις φετινές γιορτές που αρχίζουν σε λίγο. Είμαι σίγουρος ότι θα νιώσεις και εσύ την κατάνυξη και την ψυχική έξαρση που σκορπίζει η αιώνια παρουσία της Σαπφώς, είπε ο Αλέξανδρος. Και συνέχισε.

Η ποιήτρια – Θεά έχει διδάξει τον ελεύθερο έρωτα σαν την ιερότερη εκδήλωση της ζωής, σε αντίθεση με τα κηρύγματα των περισσοτέρων θρησκειών που προσπαθούν να απαγορεύσουν τον έρωτα, βαφτίζοντάς τον αμαρτία, ώστε να δημιουργήσουν φόβους και τύψεις σε όσους προσπαθούν να τον χαρούν. Αυτή την υπέρτατη προσφορά του ανθρώπου στον άνθρωπο προσπαθούν οι κοινωνίες των θρησκόληπτων να απαγορεύσουν, με αποτέλεσμα να καταντά ένα ποταπό εμπόρευμα, ένα εκφυλισμένο μέσον συναλλαγής.

– Σου χρωστάω ευγνωμοσύνη, Αλέξανδρε, που με έφερες σ' αυτόν το θεϊκό τόπο. Με την ξενάγησή σου με έβαλες μέσα στην ατμόσφαιρα, ώστε να νιώσω και εγώ σα μια ταπεινή μαθήτρια της Σαπφώς. Ανυπομονώ να παρακολουθήσω τη γιορτή για να αντιληφθώ και εγώ το μήνυμα που εκπέμπει η παρουσία της Θεάς.

Η γιορτή δεν άργησε να αρχίσει. Ήτανε η ώρα που ο ήλιος χανότανε στη δύση του και έβαφε τον ουρανό με τα πιο απίθανα χρώματα. Καθισμένοι στην παραλία ακούγανε την Τρίτη συμφωνία του Μάλερ. Η θεϊκή φωνή της Κάλλας στο σολιστικό μέρος σκόρπιζε ουράνια ανατριχίλα στο ακροατήριο. Στη συνέχεια, ακούστηκε η φωνή της γαλλιδούλας, της Muriel, που άρχισε να απαγγέλλει μελωδικά τους στίχους της ποιήτριας. Η Δανάη, η προεξάρχουσα ιέρεια, ακολουθούσε απαγγέλλοντας τους ίδιους στίχους στα νεοελληνικά, όπως τους έχει αποδώσει ο Ελύτης, «πρωτοξάδελφος» της Σαπφώς, όπως άρεσε να αυτοαποκαλείται.

Την απαγγελία άρχισε η Μυριέλ. Δυο τρεις κιθάρες συνόδευαν διακριτικά. Είχε πια σουρουπώσει για τα καλά. Ήρθανε οι ίσκιοι να τυλίξουν τα σώματα με μυστήριο. Την ώρα εκείνη κάποιες λυγερές κορμοστασιές με κορμιά τυλιγμένα σε αέρινα τούλια άρχισαν να λικνίζονται στους ρυθμούς της μουσικής.

– Η Γογγύλα, η Ατθίδα, η Ανακτορία, η Γυρίνω, ανήγγειλε η Δανάη με τα σαπφικά τους ονόματα.

Παρίσταναν τις αρχαίες μαθήτριες της Σαπφώς, εκείνες που είχανε διδαχθεί τί είναι η ευγένεια, τί είναι η αρετή και τί η ευαισθησία, πώς συνδυάζεται η εσωτερική ομορφιά με την κομψότητα και την εξωτερική εμφάνιση. Σύντομα σταμάτησε ο χορός για να συνεχίσει η Μυριέλ την απαγγελία: «Εγώ το κάλλος επιτ μέζον θι γαρ ηνεμ ι με τιμίαν επόησαν έργα τα σφα δοίσαι, μνάσεσθαι τινά φαμί και ύστερον αμμέων».

Η τρανταχτή φωνή της Δανάης μετέφρασε στη γλώσσα μας: «Την ομορφιά διακόνησα, τί πιο μεγάλο θα μπορούσα που μ' αξίωσαν οι μούσες τη δική τους δύναμη δίνοντας να λέω αλήθεια σε μελλούμενους καιρούς κάποιος θα βρίσκεται να θυμάται εμένα».

Ήτανε όλα τόσο ανάλαφρα, τόσο ποιητικά εκείνη τη βραδιά. Ξάφνου ένα φως ξεπήδησε από τα βουνά της Ανατολής. Ξεπρόβαλε μια ολόλαμπρη Σελήνη, η Σελλάνα κατά τη σαπφική διάλεχτο, να δώσει και αυτή τη ρομαντική νότα της στη γιορτή.

Η Γυρίνω σηκώθηκε με τη σειρά της να απαγγείλει την ώρα που οι υπόλοιπες μαθήτριες έδιναν με τις αρμονικές τους κινήσεις πνοή ζωής στη σκηνή: «Πλήρης μεν εφαίνετ α σελάννα οι δως περί βώμον εστάθησαν Κρήσσαί νύ ποτ΄ ώδ έμμελέως πόδεσσιν ώρχ ώντ απάλοις Άνφ΄έρεντα βώμον πόας τε ρε άνθος μάλακον μάτεισαι».

Ακολούθησε πάλι η Δανάη με τα λόγια του ποιητή: Ανέβαινε ψηλά η πανσέληνος και στου βωμού το χώρο συναγμένες καθώς σ' άλλους καιρούς της Κρήτης οι κοπέλες έσερναν το χορό τριγύρω στον ωραίο βωμό και με ρυθμό τα λυγερά τα πόδια τους χτυπώντας πατούσανε στα τρυφερά των χόρτων ανθουλάκια.

Η Γογγύλα με τη σειρά της πήρε τον λόγο: «Κέλομαί σε Γογγύλα πέφανθι λάβοισα μα γλακτίναν σε δη΄θτε πόθος τεαυτός αμφιπόταται. Τάν κάλαν α΄γαρ καταγώγις αύτα έπτόαις΄ίδοισαν, εγώ δε χαίρω και γαρ αύτα δη τόδε μ'Εμφεται σοι Κυπρογένηα τάς άραμαι τουτο δω βόλομαι. Γογγύλα κατθάνην δ΄ίμερος τις έχει με και λωτίνοις δροσόεντα όχθοις ίδην Αχερ.»

Αγκαλιασμένη με τη Γογγύλα η Δανάη έμοιαζε να της ψιθυρίζει παθιασμένα στ' αυτί: «Γύρνα πάλι κοντά μου σ εξορκίζω Γογγύλα, το χιτώνα φορώντας το λευκό σαν γάλα πάλι φανερώσου όμορφη, νάξερες τι πόθους μου γεννάς έτσι ντυμένη! Και πως νοιώθω χαρούμενη που όχι εγώ μα η θεά μας η ίδια σου το λέει σα να σε μαλώνει, που τόσα χρόνια την παρακαλώ και την παρακαλώ. Γογγύλα, λες κι ένας πόθος με πιάνει να πεθάνω και τις όχθες όπου ανθεί ο λωτός μέσα στην δρόσο ν αντικρίσω του Αχέροντα».

Η Δανάη φίλησε με πάθος τη Γογγύλα στο στόμα, ενώ η παραλία

τρανταζότανε από τα χειροκροτήματα. Πολλοί από τους θεατές – ανάμεσά τους και ο Αλέξανδρος με τη Σόνια – έσπευσαν να μιμηθούν τα δύο κορίτσια.

Η τελετή πλησίαζε στο τέλος της. Η Δανάη είχε διαλέξει για φινάλε έναν ύμνο στον έρωτα της ποιήτριας: «Έρωτος ήλπις τι ον εισίδως Ερμιόνα τε αυρα ξάνθαι δ Ελέναι σ είσκην κε ις θνάταις το δε δίσθι τάι σάι παίσαν κέ με τάν μερίμναν λαιςΆντιδ ανθοις δε. Έρος δηυτέ μ ό λυσιμελής δόνει γλυκύπικρον αμάχανον ερπετόν.»

Το ακροατήριο παρασυρμένο από την ποιητική διάθεση άκουγε συγκλονισμένο τους στίχους, παρόλο που δεν καταλάβαινε το νόημά τους. Ξέσπασε και πάλι σε χειροκροτήματα, όταν άκουσε την ποιητική μετάφραση: «Ελπίδα του έρωτα! Τώρα καθώς αντίκρυ σε κοιτάζω λέω πως δεν ήταν ποτέ της έτσι ωραία η Ερμιόνη, και πως αν έκανα με την ξανθή Ελένη να σε παρομοιάσω, ανάρμοστο δε θάταν, αν κάτι τέτοιο γίνεται ποτέ με τις θνητές. Μα σού λέω και τούτο να το ξέρεις, μπροστά στην ομορφιά σου οι έγνοιες όλες μου χάνονται και σκορπούν σαν πούπουλα. Πάλι και πάλι ο έρωτας με παιδεύει και πώς να τον παλέψω, Ατθίδα μου, που αυτός με τα φαρμάκια και τις γλύκες του μού κόβει τα ύπατα το τέρας»[1].

Σιγά σιγά ο κόσμος έπιασε να διαλύεται. Οι περισσότεροι χωρισμένοι σε ζευγαράκια βαδίζανε χέρι – χέρι και κατέληγαν να ξαπλώσουν πάνω στην αμμουδιά. Ο Αλέξανδρος κοίταζε αμήχανα τη Σόνια, όταν εκείνη τού χαμογέλασε.

– Πάμε για καφέ, Αλέξανδρε. Έμαθα για ένα σπουδαίο ζαχαροπλαστείο που κάνει θαυμάσια γλυκά. Έχει και εξέδρα πάνω στη θάλασσα να θαυμάζουμε το φεγγάρι.

Δεν καλοφάνηκε αυτό του Αλέξανδρου. Τελευταία η Σόνια σα να απέφευγε τις ερωτικές αγκαλιές.

– Όπως θες, καλή μου. Πάμε για γλυκό και καφέ, είπε με κάποια απογοήτευση στη φωνή του.

Σε λίγο η παραλία είχε γεμίσει από τα ζευγαράκια. Το μονότονο τραγούδι του γρύλλου και ο παφλασμός της θάλασσας συνόδευαν τους ερωτικούς τους αναστεναγμούς. Η σκιά της θεάς ποιήτριας περιφερότανε τρισευτυχισμένη. Απόψε είχε επιστρέψει στην πατρίδα της, την Ερεσό, και με απέραντη αγαλλίαση έβλεπε να ξαναζωντανεύει ύστερα από τόσους αιώνες λησμονιάς για να παραμείνει για πάντα ο τόπος της ποίησης, της μουσικής και του έρωτα, όπως τον είχε οραματιστεί...

---

1 Οδυσσέας Ελύτης, Σαπφώ

***

22

Η ΠΑΡΕΞΗΓΗΜΕΝΗ ΣΑΠΦΩ

Ο Αλέξανδρος έσπασε πρώτος την αμήχανη σιωπή. Ένιωσε την ανάγκη να εξηγήσει ορισμένα πράγματα στη Σόνια σχετικά με τη Σαπφώ και την εποχή της, προσπαθώντας να τή βάλει σε σκέψεις σχετικά με τους μύθους που επικρατούσαν για τη ζωή της ποιήτριας.

– Τί μυστήριο κρύβει και αυτή η Σαπφώ που άραξε σε αυτόν τον Παράδεισο. Δοκίμασε όλων των ειδών τις ερωτικές εμπειρίες. Παντρεύτηκε και έζησε ένα θυελλώδη δεσμό. Αργότερα, απογοητευμένη από αυτό το γάμο και τις εμπειρίες που απέκτησε από τη σχέση της με το αντίθετο φύλο, εγκατέλειψε τον έγγαμο βίο και απέδρασε στη Ερεσό όπου και ίδρυσε την περίφημη σχολή της. Εδώ αφιερώθηκε στη λατρεία των μαθητριών της, δίδαξε τη μουσική και το χορό, ενώ καλλιέργησε, κατά του θρύλους, δεσμούς ομοφυλοφιλίας, αποκτώντας με την πάροδο των αιώνων χιλιάδες οπαδούς. Πολλοί υποστηρίζουν ότι τα κίνητρά της ήτανε αγνά, τα μαθήματα που δίδασκε αφορούσαν τις καλές τέχνες, την ευπρέπεια και τον πολιτισμό, τη μουσική και την ποίηση, οι έρωτές της ήτανε πλατωνικοί, δεν είχανε σεξουαλικά κίνητρα, είπε ο Αλέξανδρος και συνέχισε.

Από ότι έχω μελετήσει, οι λεσβιακές σχέσεις εκείνης της εποχής δεν ήτανε κανένα αμάρτημα, όπως παρουσιάζονται στην εποχή μας. Η ομοφυλοφιλία, είτε μεταξύ ανδρών είτε μεταξύ γυναικών, δεν αντιμετωπιζόταν σαν περιθωριακή ιδιοτροπία της φύσης κατά την αρχαία εποχή. Αυτή διέδωσαν κυρίως οι Δωριείς. Αν μελετήσεις Αριστοτέλη θα δεις ότι εκείνος την αντιμετώπιζε σαν μία πράξη ζωής για τον περιορισμό του υπερπληθυσμού που ήτανε και τότε η κατάρα των αναπτυσσομένων πολιτισμών. Η τότε θρησκεία δεν έφερνε αντιρρήσεις. Στην πεζή εποχή μας το πρόβλημα προσπαθούν να αντιμετωπίσουν με απαγορευτικούς νόμους για την απόκτηση δεύτερου παιδιού, όπως γίνεται στην Κίνα, ή χαρίζοντας δώρα στους άτεκνους, όπως είχανε τη συνήθεια να κάνουν σε άλλα κράτη. Ο Λεσβιασμός είχε γίνει θεσμός έρωτα στη Λέσβο και λατρευότανε μέχρι και μέσα στους ναούς που ήτανε αφιερωμένοι στην Αφροδίτη.

Ακόμα και ο Αλκαίος, αν και αγαπημένος εραστής της Σαπφώς, δεν έκρυβε ότι λάτρευε να κάνει έρωτα με νέους. Ήτανε η εποχή που η ομοφυλοφιλία εξελίχθηκε σε προνόμιο για τους ελεύθερους πολίτες, ενώ απαγορευότανε στους δούλους. Μόνο που και στον έρωτα υπήρχανε κοινωνικές διακρίσεις.

Στη Σπάρτη, στην Κρήτη και τη Θήβα η αρετή στις άρχουσες τάξεις βασιζότανε στην παιδεραστία σε τέτοιο σημείο ώστε στην Κρήτη ήτανε ντροπή για έναν νέο να μην έχει εραστή, έναν ιππότη. Μέσα σε μια τέτοια ατμόσφαιρα, η Σαπφώ ανέπτυξε και διέδωσε άνετα την ποίησή της για τον Λεσβιασμό γράφοντας αριστουργήματα που δυστυχώς η πουριτανική προπαγάνδα των Αλεξανδρινών κατάφερε να εξαφανίσει τα περισσότερα. Φτάνουμε και στην εποχή μας, όπου και πάλι επικρατεί ο ψευτοπουριτανισμός και η υποκρισία. Οι μόδες στον έρωτα και τις ανθρώπινες σχέσεις αλλάξανε μέσα στους αιώνες.

Οι θρησκείες πρωτοστάτησαν πάλι στον πουριτανισμό. Προσπάθησαν να επιβάλουν την ερωτική πράξη μόνο σαν όργανο αναπαραγωγής του ανθρώπινου γένους και όχι σαν εκδήλωση αγάπης και τρυφερότητας. Απέτυχαν μια και οι θεωρίες τους είναι αντίθετες προς τη φύση του ανθρώπου. Το αποτέλεσμα ήτανε εντελώς το αντίθετο.

Η ερωτική πράξη εξελίχθηκε σε μια ξέφρενη ασυδοσία καλυμμένη πίσω από τονμανδύα του ελεύθερου έρωτα. Ο έρωτας έγινε αντικείμενο συναλλαγής και αιτία εγκλημάτων, όπως συμβαίνει πάντοτε με κάθε τι το απαγορευμένο από τις κοινωνίες και κυρίως από τις θρησκείες. Η ασυδοσία εξελίχθηκε σε κορεσμό, οι άνδρες κυρίως έπαψαν να είναι οι κυνηγοί του αντίθετου φύλου. Αφήσανε στις γυναίκες αυτόν το ρόλο. Πολλές επωφελήθηκαν από τα προστάγματα της εποχής, κατορθώνοντας ενάντια στη φύση τους να γίνουν άντρες στη θέση των αντρών. Μέχρι που επήλθε και σε αυτές ο κορεσμός. Τότε θυμήθηκαν τη Σαπφώ και τη σχολή της στην Ερεσό. Πολλές από τις θεωρίες της παραποίησαν κατά τη συνήθεια της εποχής μας εγγίζοντας τα όρια του χυδαίου. Άλλοι από τις οπαδούς της προστρέχουν στα πρότυπα των Δωριέων για να δικαιολογήσουν τις ιδιομορφίες τους, ενώ οι κοινωνίες, που στην αρχή αντιμετώπιζαν αυτές ως διαστροφές, τώρα ανέχονται με κατανόηση αν όχι με συμπάθεια.

– Για μένα είναι θέμα καθαρά ορμονών, δηλαδή ιδιοτροπίας της φύσης. Δεν με απασχολεί πώς αντιμετώπιζαν το θέμα οι αρχαίοι. Άλλοι άνθρωποι, άλλες νοοτροπίες, άλλες καταστάσεις, άλλες εποχές. Διαπιστώνω ότι και πάλι οι κοινωνίες άρχισαν να προσαρμόζονται στην ιδέα της ομοφυλοφιλίας. Οι κάθε είδους ομοφυλόφιλοι έχουν τώρα τα δικά τους στέκια, εργάζονται χωρίς διακρίσεις, πολλοί αποκτούν και διάφορα αξιώματα, μέχρι και παντρεύονται μεταξύ τους. Ίσως να πρόκειται για μια ακραία, μια παρεξηγημένη άποψη περί ελευθερίας του ατόμου. Εμένα, πάντως, μούπροκαλεί απέχθεια, είπε παρεμβαίνοντας η Σόνια.

– Εγώ πάλι το εισπράττω σα θέμα ελεύθερης έκφρασης του ανθρώπου, αν όχι και κοινωνικής, αλλά και σωματικής ανάγκης, συνέχισε ο Αλέξανδρος. Στην εποχή μας δεν είναι εύκολη ούτε η απόκτηση οικογένειας, ούτε και το μεγάλωμα παιδιών. Ίσως πολλοί να βρίσκουν μία καταφυγή στην ομοφυλοφιλία. Κάτι σαν αυτό που επικρατούσε στον καιρό της Σαπφώς, όταν οι άντρες απουσιάζανε συχνά σε πολέμους, αφήνοντας τις γυναίκες τους μόνες. Η ερωτική ατμόσφαιρα του νησιού και ο άκρατος ερωτισμός, που ήτανε και εξακολουθεί να είναι ακόμα διάχυτος εδώ, αυτά έσπρωχναν ένα μέρος των γυναικών που εμπνέονταν από τη φλογερή ποίηση της θεάς να προσχωρήσουν και σε άλλου είδους «λατρείες».

Η Σόνια, επηρεασμένη από αυτήν τη συζήτηση έπεσε για ύπνο. Εκείνο το βράδυ ήρθε η Σαπφώ να κυριαρχήσει με την παρουσία της στο όνειρο της, ένα όνειρο γεμάτο τραγούδι που κυριαρχούσε στο θηλυκό νησί της Λέσβου συνοδευμένο από την αρσενική βουή της θάλασσας. Ήτανε το τραγούδι του Ορφέα που το κομμένο κεφάλι του τραγουδούσε ακόμα και όταν το ξέβρασε στις ακτές της η μανιασμένη θάλασσα. Τί κι αν οι μαινάδες είχανε διαμελίσει το σώμα του, η δύναμη του τραγουδιού τον έκανε ακόμα και νεκρό να συνεχίζει να τραγουδάει. Είχε φτάσει το μεσοκαλόκαιρο, δηλαδή η εποχή που οι τωρινοί γιορτάζουνε την Παναγία. Εκείνη την εποχή του ονείρου γιορτάζανε τα Αδώνια και όλες οι τραγουδίστριες κάνανε αγώνες τραγουδιού να τιμήσουνε τον Άδωνη, τον αγαπημένο της Αφροδίτης. Αρωματικά φυτά σκορπίζανε παντού τις ευωδιές τους, φυτρώνοντας γρήγορα , αλλά και πεθαίνοντας εξίσου γρήγορα ώστε να συμβολίζουν τη ζωή των θνητών.

Η Αφροδίτη, φάνηκε να περπατάει ξυπόλητη πάνω στη γη που ξαναγεννιότανε στους ρυθμούς της άνοιξης και με ένα ατέλειωτο μοιρολόι πάλευε να ξαναφέρει στη ζωή τον αγαπημένο της. Παρηγοριότανε μόνο με τη σκέψη ότι χωρίς θάνατο δεν υπάρχει ζωή.

– Σε κάποιες τέτοιες στιγμές συντάραξε την ύπαρξή μου ο κεραυνός της ποίησης, άκουσε να τής εξομολογείται η Σαπφώ. Η αγάπη μου για την Αφροδίτη γέννησε μέσα μου τους πρώτους μου στίχους και με έκανε να θρηνώ χωρίς να ξέρω αν οι θρήνοι μου ήτανε για τον Άδωνη ή μήπως για εμένα. Η θεά που λάτρεψα δεν μπορεί παρά να μάς ήρθε από την Ανατολή, εκεί που γεννιούνται και εμπνέονται οι ποιητές, γεννημένη μέσα στη θάλασσα από τους όρχεις του Ουρανού, όπου τούς είχε πετάξει ο γιός του ο Κρόνος. Γι' αυτό λένε ότι γεννήθηκε από τον αφρό, που συμβολίζει το σπέρμα των θεών. Τη λάτρεψα και πάντα θα τη λατρεύω τη θεά μου μια και εκείνη με δίδαξε, αλλά και γέμισε το δρόμο μου με παγίδες, όταν από κορίτσι ένοιωσα ότι μεταμορφωνόμουνα σε γυναίκα.. Εκείνη στοιχημάτισε με το Δία ότι θα γίνω μούσα ισάξια με τους άντρες παρόλο που ο Δίας ήξερε ότι θα εξευτελιστώ για την αγάπη κάποιου ανάξιου άντρα.. Τότε ήτανε που γνώρισα τον Αλκαίο, τον ποιητή της Λέσβου. Γνώρισα κοντά του έναν θυελλώδη έρωτα παρόλο που μου εξομολογήθηκε από την αρχή ότι εκείνος προτιμούσε το σεξ με τα αγόρια και απέφευγε τα κορίτσια. Αυτό με γέμισε με πείσμα και, τελικά, ύστερα από πολλές δυσκολίες, κατόρθωσα να τον καταφέρω να γίνει δικός μου. Αλλά αυτά θα στα διηγηθώ με μία άλλη ευκαιρία. Ο πόλεμος που ξέσπασε μάς ανάγκασε να φύγουμε από τη Μυτιλήνη και να βρούμε καταφύγιο στην Ερεσό, την οποία από τότε θεώρησα σαν την πραγματική μου πατρίδα.. Χαίρομαι αφάνταστα, καλή μου Σόνια, που τελικά καταφεύγεις και εσύ σε αυτόν τον Παράδεισο. Θα μείνω κοντά σου να τα ξαναλέμε συχνά μια και σε αγαπώ σαν αδελφή μου.

– Σε ζηλεύω, Σαπφώ. Ζηλεύω την εποχή που έζησες κυριαρχημένη από μύθους και πίστη σε θεούς. Εμείς τώρα πια δεν πιστεύουμε σε τίποτα και σε κανέναν. Πελαγοδρομούμε σε ένα κόσμο γεμάτο ψυχικά ναυάγια. Δε λατρεύουμε πια ούτε θεούς ούτε και δαίμονες. Δεν καλλιεργούμε την ποίηση και τη μουσική. Ο σύγχρονός μας θεός είναι το χρήμα και η δύναμη που εξασφαλίζει. Οι πόλεμοι, που γίνονται κατά καιρούς, δεν έχουν στόχο κάποια ιδανικά. Δεν υπάρχουν πια όρια ανάμεσα στο καλό και το κακό ή μάλλον δεν υπάρχει πια το καλό. Ελπίζω να βρω εδώ στην πατρίδα σου τα χαμένα ιδανικά και να παρασυρθώ και εγώ μέσα στο πέλαγος της μουσικής και του χορού, όπως δίδαξες εσύ. Αισθάνομαι τυχερή που θα σε έχω συντρόφισσα μου και ίνδαλμά μου.

Τότε, η Σόνια ξύπνησε συνταραγμένη από το όνειρο. Η Σαπφώ εξαφανίστηκε από τα μάτια της σαν οπτασία που πήρανε τα σύννεφα. Αποφάσισε ότι θα τη λάτρευε σαν Θεά της. Αυτή η ονειρική της επαφή έδωσε μια γεύση από την ελληνική μυθολογία και έκανε να αρχίσει να καταλαβαίνει τί ήτανε η αγαπημένη της Θεά.

Ο Αλέξανδρος άρχισε να νιώθει για άλλη μία φορά τη Σόνια να κλείνεται στον εαυτό της, πράγμα που προξένησε ένα συναίσθημα μοναξιάς. Σκέφτηκε να προσθέσει στην παρέα τη συντροφιά της Λάουρας. Είχε επιθυμήσει τον ανοιχτόκαρδο χαρακτήρα και την ευχάριστη παρουσία της.

Κάθισε να γράψει σ' αυτή, με την ελπίδα να παρασύρει και αυτήν στην Ερεσό.

*** *** ***

23

ΑΛΛΗΛΟΓΡΑΦΙΑ

Λάουρα Μαρκούζου

Κηφισίας 123

Αθήνα Ερεσός Τέλη Σεπτέμβρη

Πολυαγαπημένη μου Λάουρα,

Η αναχώρησή σου για το Παρίσι, σε συνδυασμό με την αναπόφευκτη μοναξιά που επακολούθησε, ξανάφερε μέσα μου εκείνο το επίμονο αίσθημα φυγής που με διακατέχει τέτοιες ώρες. Ξεκίνησα να πάω στην Ερεσό, ένα μέρος μαγευτικό για το οποίο μού μιλούσε επί ώρες μία ασθενής μου. Αυτή τη φορά κατάλαβα ότι δεν θα άντεχα ένα μοναχικό ταξίδι. Κατέφυγα στη συντροφιά της Σόνιας, η οποία , ευτυχώς, δεν είχε καμία αντίρρηση να με συνοδεύσει. Δεν στο γράφω αυτό για να σε κάνω να ζηλέψεις. Άλλωστε, έχεις ομολογήσει αρκετές φορές ότι εσένα δε σε νοιάζει να μοιράζεσαι τους άντρες με άλλες γυναί-

κες – αυτό το έχεις πάρει απόφαση από το «επάγγελμά» σου – όπως προσπάθησες να με κάνεις να πιστέψω. Γυναικείες υποκρισίες ίσως. Πάντως, η άποψή σου ομολογώ ότι με βόλευε αρκετά. Όπως και να έχει το πράγμα, εγώ θα σού εξομολογηθώ ότι σε έχω επιθυμήσει αφάνταστα. Γι' αυτό – μια και, όπως ξέρεις, σιχαίνομαι τις κονσερβαρισμένες συνομιλίες με τα κινητά τηλέφωνα «σύμπτωμα της ηλικίας μου– όπως θυμάμαι ότι με πείραζες– θα σε παρακαλέσω να υποστείς τη φλυαρία μου μια και εγώ ο αργόσχολος της Ερεσού νιώθω την ανάγκη να σού περιγράψω την εδώ ζωή μου με κάθε λεπτομέρεια. Το ξέρω, μάς χωρίζει μια ηλικιακή άβυσσος, εσένα δεν σού πηγαίνουν οι φλύαρες περιγραφές, ούτε για τη φύση και τα τοπία, ούτε για τις ψυχικές καταστάσεις. Στην ηλικία σου έχει επικρατήσει η λακωνική γλώσσα του στυλ «είμαι καλά, ζω σε ένα ευχάριστο περιβάλλον, νοσταλγώ να σε έχω κοντά μου. Ακόμα και τις λέξεις έχετε πετσοκόψει χρησιμοποιώντας συχνά μόνο τις αρχικές συλλαβές για να συνεννοείστε στα μηνύματα που ανταλλάσσετε. Όμως τώρα βρίσκομαι μακριά σου και σκοπεύω να επωφεληθώ από την απόσταση που μάς χωρίζει και μια και δεν μπορώ να διακρίνω την πλήξη στο πρόσωπό και την ανυπομονησία σου να «φτάσω στο ψητό». Θα καταχραστώ την υπομονή σου και θα αρχίσω περιγράφοντας τον τόπο και τους ανθρώπους του γράφοντάς σου ελεύθερα, με γεροντική φλυαρία, όπως θα μού έλεγες, έτσι όπως σκέφτομαι συχνά ατενίζοντας το άπειρο.

Φτάσαμε στην Ερεσό. Η Σόνια και εγώ, ένα απογευματάκι φθινοπωρινό και γεμάτο ρομαντισμό αποφασίσαμε να μείνουμε σε ένα θαλασσόβρεχτο σπιτάκι που μού είχε παραχωρήσει με τη διαθήκη του ένας αληθινός φίλος που έφυγε «πρόωρα» από τη ζωή. «Να το χαρείς τουλάχιστον εσύ το σπιτάκι που έφτιαξα με πολύ μεράκι και πολλά όνειρα και που δεν ήτανε γραφτό να το ζήσω εγώ», έγραφε στη διαθήκη του ο φίλος και με πολύ συγκίνηση παρέλαβα το κλειδί του από το συμβολαιογράφο.

Η σκεβρωμένη πόρτα του μας υποδέχτηκε τρίζοντας παραπονιάρικα καθώς την έσπρωξα να ανοίξει. Συνοδεύοντας τη γυναίκα που έμοια-

ζε με παιδί ή μάλλον το παιδί που παρίστανε τη γυναίκα, σκέφτηκα προς στιγμήν ότι κοντά της θα άρχιζε και θα τελείωνε η τελευταία φάση της ζωής μου. Όμως, δεν άργησα να συνειδητοποιήσω ότι εσύ και μόνο εσύ θα μπορούσες να παίζεις αυτό το ρόλο. Από τότε φέρομαι στη Σόνια σα να βρισκόσουνα εσύ στη θέση της, πράγμα που φοβάμαι ότι η γυναικεία της διαίσθηση έχει κάνει το κορίτσι να το καταλάβει καλά. Όχι ότι τη νοιάζει, ευτυχώς. Εκείνη με χρησιμοποιεί σαν αποκούμπι να διασκεδάζει τις τύψεις και τις φοβίες της και στις στιγμές που απαλλάσσεται από αυτές – χάρις και στη δική μου συμβολή – να συνεχίζει να ψάχνει και να ψάχνεται. Όμως, αρκετά για το «τρίο» μας τη Σόνια εμένα και εσένα. Πάμε τώρα έναν περίπατο οι δυο μας να σού αποκαλύψω τον καινούργιο μου παράδεισο.

Σεπτέμβρης και η Θάλασσα στην Ερεσό καθρεφτίζει αρυτίδωτη τα γραφικά καφενεδάκια και το βράχο εκεί στο τέλος της παραλίας, το βράχο απ' όπου, κατά το μύθο, αυτοκτόνησε η Σαπφώ. Η γη έχει στολιστεί από τα διοχταράκια, τα γλυκά κίτρινα λουλουδάκια που σηματοδοτούν το τέλος του καλοκαιριού. Η ατμόσφαιρα έχει αποκτήσει μια καταπληκτική διαύγεια επιτρέποντας να διακρίνει κανείς και την παραμικρή λεπτομέρεια εκατοντάδες μέτρα μακριά. Ο ήλιος εξακολουθεί να καίει και να καψαλιάζει τα γυμνά κορμιά που ξαπλωμένα στην άμμο ρουφάνε με απληστία τις τελευταίες αναλαμπές του. Καθώς πλησιάζει ο χειμώνας, οι καλοκαιρινοί τουρίστες έχουν αρχίσει να αραιώνουν σαν αποδημητικά πουλιά.

Οι «ιέρειες» της Σαπφώς, αφού κάνανε τις καινούργιες τους γνωριμίες, αφού τιμήσανε τη Θεά τους με χορούς και απαγγελίες, αφού οργιάσανε με εκδηλώσεις κατάνυξης, φεύγουνε και αυτές με την υπόσχεση να ξαναβρεθούν του χρόνου εδώ. Τη θέση τους παίρνουν τώρα οι χειμωνιάτικοι φανατικοί του τόπου. Μποέμ, ποιητές και στοχαστές, ζωγράφοι και συγγραφείς ετοιμάζονται να αφιερωθούν στις χειμωνιάτικες δημιουργίες τους. Αντλούν έμπνευση από τους μύθους και θρύλους του τόπου, από το χειμωνιάτικο τοπίο, το πλημμυρισμένο από τη γαλήνη και τημελαγχολία της μοναξιάς.

Σε όλους αυτούς ο ευλογημένος τόπος έχει κάτι να πει και να κεντρίσει τη φαντασία τους και με την ιστορία του να συμβάλει στη δημιουργία τους.

Αυτούς βλέπουμε τα βραδάκια να συγκεντρώνονται στα παραλιακά μαγαζιά, να κατεβάζουν τα ούζα τους και να φλυαρούν ακατάπαυστα. Άλλοτε ανταλλάσσοντας φιλοσοφίες για το πώς θα πρέπει να είναι μία ιδανική κοινωνία, είτε να ακούν τις ατελείωτες διηγήσεις των ντόπιων ψαράδων για ναυτικές ιστορίες με γοργόνες και νεράιδες, με ναυάγια και καταιγίδες, με θαύματα και τάματα.

Μέσα από τέτοιες διηγήσεις, όπου το φανταστικό μπερδεύεται με το αληθινό, περνάνε μέρες και νύχτες να συντροφέψουν τον άπραγο κόσμο μέχρι να τελειώσει ο χειμώνας και να δώσει τη θέση του στην άνοιξη. Σε αυτή την ταπεινή γωνιά της γης, το παλιό ταυτίζεται με το σύγχρονο, το καινούργιο δανείζεται κάτι από τη γοητεία του παλιού, γίνονται όλα ένα να ζήσουν για πάντα, να μην πεθάνουν ποτέ.

Συχνά πρωταγωνιστεί στις διηγήσεις η Σαπφώ, η Θεά του τόπου, που η λαϊκή φαντασία τη «βλέπει» τα βράδια άλλοτε να χορεύει μοναχική στην παραλία, άλλοτε να απαγγέλλει τα ποιήματά της σκαρφαλωμένη εκεί στον απόμακρο βράχο της πριν την καταπιεί η θάλασσα και άλλοτε να περπατά πάνω στα κύματα κάπου στο βάθος του ορίζοντα.

Μαζί με τα κρύα του χειμώνα έρχεται και η νοτιά να ταλαιπωρεί και να μαστιγώνει τα πλεούμενα στο λιμανάκι, να κουβαλάει μαζί της θύελλες και καταιγίδες, να σηκώνει κύματα πελώρια που ξεβράζουνε λογής – λογής ναυάγια στις ακτές. Με τέτοιους καιρούς οι ψαράδες σπάνια τρυγάνε τη θάλασσα, μια και οι καιροί δεν επιτρέπουν πολλά θάρρητα. Μόνο σε κάποιες μπουνάτσες ορμάνε μερικοί τολμηροί να φέρουν καμία καλή ψαριά να κεράσουνε τον κόσμο και να συνεχίσουνε τις τερατολογίες τους. Τότε τα καφενεία γνωρίζουνε μεγάλες πιένες. Τα πούλια του ταβλιού χαλάνε κόσμο, καθώς χτυπιούνται με πάθος από τα ροζιασμένα χέρια των δουλευτάδων της θάλασσας.

Φλυάρισα μια και δεν μπορούσες να με διακόψεις και το ευχαριστήθηκα. Σε βλέπω θαρρώ να γελάς μισοειρωνικά με την ποιητική μου έξαρση, όμως ελπίζω – αχ αυτό το γεροντικό μου πείσμα – ελπίζω να σού γεννιέται κάποια επιθυμία να γνωρίσεις από κοντά τον τόπο. Άλλωστε – πονηρή γυναίκα – έχεις μαντέψει πολύ σωστά γιατί στα γράφω όλα αυτά... Είναι ένα είδος φλύαρης πρόσκλησης να έρθεις κοντά μου. Ελπίζω η Ερεσός να γίνει ένα φωτεινό διάλειμμα και στη δική σου ζωή. Έλα να δεις πως ζει και κάποιος κόσμος εντελώς διαφορετικός από το δικό μας, ένας «άλλος» κόσμος. Το σεξ επικρατεί και εδώ, αλλά σε μια άλλη εντελώς διαφορετική του διάσταση. Έχει μία επίφαση αγνότητας καθώς δεν έχει καμία σχέση με το εμπόριο της σάρκας, τους νταβατζήδες και τους εκβιαστές, την άγρια εκμετάλλευση του ανθρώπου που δυστυχώς γνωρίζεις καλά. Όχι ότι θα ήθελα να σε δω να μετατρέπεσαι σε λεσβία, αυτό δεν θα το ήθελα ποτέ μου. Φαντάζομαι ότι θα το έχεις και αυτό δοκιμάσει στην πολύπαθη καριέρα σου και αν ήτανε του γούστου σου δεν θα δίσταζες να κάνεις και εσύ θυσίες στη Σαπφώ. Αν θες, φέρε μαζί σου και τον καημένο τον Μάικ. Το ιατρικό απόρρητο με είχε αποτρέψει να σού φανερώσω ότι τον έβλεπα συχνά σαν άνθρωπο που επιζητά τν βοήθειά μου. Ξέρω, παραβαίνω το ιατρικό απόρρητο, αλλά ο δεσμός μας δικαιολογεί αυτή μου την παράβαση. Θα είναι για το καλό και των τεσσάρων μας να σμίξουμε και να διαλογιστούμε εδώ. Ίσως η Σαπφώ μάς καθοδηγήσει σε μια μεγάλη αλλαγή της ζωής μας. Περιμένω νέα σου με ανυπομονησία. Μετράω τις μέρες να σε σφίξω στη γεροντική αγκαλιά μου.

Ο πάντα δικός σου,

Αλέξανδρος

Η απάντηση δεν άργησε να έρθει. Το χέρι του Αλέξανδρου έσκισε με ένα ελαφρό τρέμουλο το φάκελο και άρχισε να το διαβάζει.

Κον Αλέξανδρο Βέρτη

Ερεσός Λέσβου

Αγαπημένε μου ψευτοποιητή, καθυστερημένε μου ψευτοφιλόσοφε, γεροπαλαραλημένο μου αγοράκι. Στην αρχή το γράμμα σου με γέμισε θυμό. Ένιωσα ότι ψιλοσνομπάρισες εμένα και την αμαρτωλή μου ζωή, ότι προσπαθείς για άλλη μια φορά να μου παραστήσεις το δάσκαλο που θέλει να με οδηγήσει στον «ίσιο δρόμο». Επιτέλους, πάρτο απόφαση ότι ο καθένας μας έχει το δικαίωμα να ακολουθεί το δρόμο που τού ταιριάζει και ότι οι δάσκαλοι περισσεύουν (και περιττεύουν) στην εποχή που ζούμε. Αυτά για εισαγωγή, να ξεσπάσω λίγο πριν σού πω πόσο συγκινήθηκα από τις περιγραφές σου και πόσο «μίλησαν» μέσα μου τα γραφόμενά σου.

Είναι πια καιρός να πάρεις απόφαση ότι έχουν και οι «πόρνες» τις ευαισθησίες τους, ότι κάνουν ένα επάγγελμα χωρίς αυτό να εμποδίζει να έχουνε τα μάτια τους ανοιχτά στην ομορφιά – όπου αυτή υπάρχει – και χωρίς να εμποδίζει να ονειρεύονται τη φυγή σε μέρη μακρινά και ονειρεμένα σαν την Ερεσό που μου περιγράφεις. Μού έχεις αναφέρει πολύ συχνά τη Σόνια. Εξηγούμαι και πάλι ότι δεν έχω ζηλέψει ούτε το δικό σου δεσμό μαζί της, ούτε τον παλιό της έρωτα με τον Μάικ.

Ξέρω από περιγραφές ότι και όμορφη είναι, έχει εκείνη τη σκανδιναβική ομορφιά που ξετρελαίνει τους σεξουαλικά πεινασμένους Μεσογειακούς, άσχετα αν στη συνέχεια απογοητεύονται από την έμφυτή τους ψυχρότητα (όχι κατ' ανάγκην την σεξουαλική, πάντως σίγουρα τησυναισθηματική.)

Συχνά συγκρίνω αυτή τη Σόνια με εμένα, όπως μού την παρουσίαζες με τις περιγραφές σου. Πρέπει να είναι μια κοπέλα καλλιεργημένη, ίσως να μην είναι πολύ διαβασμένη, αλλά, παρόλο που δεν έχει καμία ιδιαίτερη επιστημονική κατάρτιση, δεν παύει να είναι εκλεπτυσμένη και μορφωμένη τουλάχιστον ακαδημαϊκά. Αντίθετα, εγώ μοιάζω, σε σχέση με εκείνη, να είμαι χαζή – αν όχι βλάξ πάντως χαζή και ακαλλιέργητη.

Και όμως, ο υποτίθεται ερωτευμένος με τη σπουδαία Σόνια, ο Μάικ, κατέληξε να καταφύγει – όπως και εσύ άλλωστε – στα δικά μου κάλ-

λη. Όχι μόνον τα σωματικά. Κολακεύομαι να ελπίζω ότι και η παρέα μου γεμίζει κάποια κενά σας. Δε νομίζω ότι ήτανε συμπτωματικό που ψάχνετε και οι δυο σας να εξερευνήσετε και την ανθρώπινη πλευρά μου.. Μπορεί πολλοί από όσους κατέφευγαν σε εμένα να μου φέρθηκαν προσβλητικά, όπως το συνηθίζουν οι μεγαλύτεροι σε ηλικία «εραστές» όταν προσπαθούν να με φλερτάρουν πουλώντας μου φιγούρα και μεγαλείο, μπορεί πολλοί από αυτούς να αισθανθήκανε μια μανία εκδίκησης ζηλεύοντας τα νιάτα μου και την ομορφιά μου. Ξέρω ότι είμαι μια νεαρή και ελκυστική γυναίκα και οι πελάτες ξέρουν καλά ότι το μόνο που τους διαθέτω είναι μια ολιγόλεπτη επαφή με το κορμί μου, ενώ εκείνοι πολύ θα το θέλανε να τούς έχω ερωτευθεί. Αφελείς που είναι οι άντρες, όταν προσπαθούν να πιστεύουν αυτό που θέλουν και όχι αυτό που πράγματι συμβαίνει.

Είναι, λοιπόν, να μη μου κρατάνε κατά βάθος κακία; Κάτι τέτοιο, σε βεβαιώ, δεν συμβαίνει ούτε με εσένα ούτε με τον Μάικ. Εσείς με έχετε αντιμετωπίσει και σαν άνθρωπο και όχι μόνο σαν όργανο ηδονής. Ο Μάικ πολλές φορές είτε δεν επιζητά τη σεξουαλική επαφή στις συναντήσεις μας, είτε, τέλος πάντων, δεν βυθίζεται στον ύπνο, ούτε βρίσκει προφάσεις να την κοπανίσει από κοντά μου αμέσως μετά. Αντίθετα, συνήθως αρκεί να συζητά μαζί μου και να προσπαθεί να με μυήσει στη γοητεία της μουσικής, να διεγείρει το συναισθηματικό μου κόσμο διαβάζοντάς μου ποίηση, να με προτρέπει να διαβάζω τα βιβλία που μού συστήνει.

Εσύ πάλι βλέπω ότι παλεύεις να εξερευνήσεις τα εσώψυχά μου, να κατανοήσεις τον τρόπο της σκέψης μου ακόμα και να επηρεάσεις τον τρόπο που αντιμετωπίζω τη ζωή. Γι' αυτό σάς αγαπώ και τους δύο, για διαφορετικούς ίσως λόγους, πάντως σάς αγαπώ. Όχι, δεν τν ζηλεύω, ούτε αισθάνομαι κανενός είδους αντιζηλία για τη Σόνια. Μόνο φοβάμαι την αντίδρασή της, όταν κάποτε καταλάβει ότι δεν καταφεύγετε σε εμένα μόνο για σεξουαλική ικανοποίηση, ότι βρίσκετε κοντά μου αυτό «το κάτι άλλο» που φυσικό είναι να μην το δει με καθόλου καλό μάτι. Με προσκάλεσες να έρθω. Θα το κάνω για πολλούς λό-

γους. Μη φοβάσαι. Δεν πρόκειται να αποπειραθώ να γίνω λεσβία. Αρκετά με τις σωματικές επαφές κάθε είδους. Μπούχτισα αυτές χωρίς να λέω ότι σιχάθηκα. Αυτό μην το ελπίζεις.

Εγώ, «νοικοκυρούλα χαρωπή, να ξεσκατώνω μυξιάρικα, να ξημερο-βραδιάζομαι στα πάρκα παρέα με Κατινούλες, να μετράω τρεις το λάδι τρεις το ξύδι και να περιμένω το σύζυγο να με χαρτζιλικώσει και να με κουτουπώσει (όποτε δεν περισσεύουν λεφτά για πουτάνες), όχι δεν πρόκειται ποτέ μου να γίνω. Και, βέβαια, θα έρθω. Προηγουμέ-νως όμως θα πάω στο Ντουμπάι καλεσμένη ενός πρίγκιπα που «γνώ-ρισα» στο Παρίσι στο «περιθώριο» του συνεδρίου για το περιβάλλον. Νέος και ζωηρός Άραβας ο φιλαράκος, με πλούσια προσόντα – ένα από τα οποία ήτανε και οι πετρελαιοπηγές του – μού χάρισε ωραιότα-τες αναμνήσεις, με γέμισε με κοσμήματα και πανάκριβα ρούχα, έκανε και το λογαριασμό μου στην Τράπεζα να λουλουδίσει.

Βέβαια, μέ έχεις διδάξει ότι τα ωραία πράγματα δεν πρέπει να προ-σπαθούμε στη ζωή να τα επαναλάβουμε. Όμως, εγώ, όπως έχεις δι-απιστώσει, είμαι κακή μαθήτρια. Σέ ακούω, σέβομαι τη γνώμη σου, νιώθω κάποια ηδονή, όταν παραβαίνω αυτή και...είμαι πρόθυμη να πληρώσω τις συνέπειες της ανυπακοής μου.

Αγοράκι μου (τρόπος του λέγειν αγοράκι) πώς μ' αρέσει να σε πειρά-ζω!

Άφησα για το τέλος το πιο ενδιαφέρον. Στο Παρίσι γνώρισα και έναν...γκουρού, τον shalila. Μη φανταστείς κανέναν κουρελή, άπλυ-το και βρωμαλέο, κανέναν κοκκαλιάρη φαλακρό και ονειροπαρμένο. Όχι, τίποτα από όλα αυτά. Ο τύπος ήτανε ένας μοντέρνος γκουρού. «Θεός» – τι επάγγελμα και αυτό – και ιδιοκτήτης μιας «πολυεθνι-κής» κάστας με παραρτήματα σε πολλά μέρη του κόσμου. Μοιάζει να είναι μεγάλη κομπίνα, αδελφ. Ωστόσο, δεν χάνουμε τίποτα να επισκεφτούμε το κέντρο διαλογισμού που έχει ιδρύσει στην ...Ερεσό!

Ίσως και να είναι κάποια κομπίνα, ίσως να είναι μια επιχείρηση απάτης, όπως τόσες και τόσες. Πάντως, εμένα μού έχει εξάψει την περιέργεια να γνωρίσω από κοντά. Αυτός ο γκουρού είναι που μού πρωτομίλησε για τη γοητεία της Ερεσού. Σε πρόλαβε! Βλέπεις πόσο μικρός είναι ο κόσμος.

Μού «εδίδαξε» κάτι παράξενα πράγματα. Έχει μέσα στα άλλα επινοήσει ένα παράξενο μασάζ, όπου με κατάλληλους «χειρισμούς» ανεβάζει τη λίμπιτο σταδιακά μέχρι να φτάσεις σε ένα ανώτατο επίπεδο πόθου. Σύμφωνα με τη θεωρία του – την οποία δοκίμασα, όπως σωστά μαντεύεις – σε κάνει να φτάσεις σε ένα ανώτατο σημείο σεξουαλικής έξαρσης χωρίς να επιτρέπει την ολοκλήρωση. Αυτή έρχεται μόνη της ύστερα από πολλούς πειραματισμούς. Είναι μια συγκλονιστική εμπειρία αρκεί, να μην αντιμετωπίσεις όλα αυτά με αρνητισμό.

Δοκίμασα αυτά, όπως σού είπα, και δεν σού κρύβω ότι μού καλοάρεσαν. Με κάλεσε να επισκεφτώ το «Κέντρο διαλογισμού» στην Ερεσό. Θα πάμε και οι τέσσερες. Ανυπομονώ να δω τις αντιδράσεις σας.

Δια ταύτα, αμέσως μετά το Ντουμπάι, αν δεν βρεθώ φυλακισμένη σε κανένα χαρέμι, θα σού έρθω. Ανυπομονώ να σού έρθω.

Με πολλή αγάπη,

Λάουρα, η αμαρτωλή σου σχέση.

***

24

ΣΤΗ ΧΕΙΜΩΝΙΑΤΙΚΗ ΕΡΕΣΟ

Ο χειμώνας ήρθε ακάθεκτος και μάς βρήκε μόνους, εμένα και τη Σόνια, να κάνουμε ατέλειωτους περιπάτους στην παραλία, άλλοτε σιωπηλοί και βυθισμένοι ο καθένας στον κόσμο του, και άλλοτε να φλυαρούμε περί ανέμων και υδάτων.

Συνέχιζα με επιμονή την προσπάθεια να απαλλάξω τη Σόνια από τα άγχη της και τις ενοχές για το «έγκλημά» της. Προσπαθούσα να εξιχνιάσω τί την έσπρωξε να παρασύρει, χρησιμοποιώντας τα θέλγητρα της, τον καημένο τον Μάικ, έναν αδύναμο και άβουλο χαρακτήρα, να συμπράξει μαζί της στο άθλιο παιχνίδι.

Παραμένω προβληματισμένος με τη Σόνια. Τί είναι, κατά βάθος, ένας σατανικός και εκδικητικός χαρακτήρας ή μήπως μία παρορμητική και επιπόλαιη ύπαρξη που οι περιστάσεις έθεσαν εκτός εαυτού.; Μέσα της επικρατεί η σκιά του κακού που εμποδίζει να εκδηλωθεί η καλοσύνη του χαρακτήρα της. Πάντως, πιστεύω ότι κατά βάθος είναι ένα ανώριμο παιδί γεμάτο καλοσύνη... Πολλά ερωτηματικά που δεν κατάφερνα ακόμα να εξιχνιάσω και ίσως γι' αυτό δεν μπορούσα να προχωρήσω σε καμία θεραπεία.

Από τη Λάουρα δεν είχα κανένα νέο ύστερα από το γράμμα της.. Ο καιρός περνούσε και είχα αρχίσει να ανησυχώ μην έμπλεξε σε τίποτα περιπέτειες. Όμως, κατά βάθος είχα τις ελπίδες μου, άνθρωποι σαν τη Λάουρα δεν χάνονται έτσι εύκολα. Ίσως γ' ι αυτό διατηρούσα μέσα μου μια γλυκιά προσμονή.

Ο ρόλος που είχα αναλάβει ανάμεσα στις δύο αυτές υπάρξεις με τις οποίες με ανακάτεψε η μοίρα, μού έδινε έναν καινούργιο σκοπό ύπαρξης σε σημείο που τα «χάπια της λύτρωσής μου» να βαραίνουν αφάνταστα μέσα στην τσέπη μου. Όμως, παρόλο που εγώ προσπαθούσα να ξεχάσω την αρρώστιά μου, εκείνη δεν παρέλειπε συχνά να υπενθυμίζει την κακιά μου μοίρα. Ήτανε φορές που ένιωθα τη Σόνια να αποκτά μεγάλη εξάρτηση από εμένα και κάθε τόσο τόνιζα το χάσμα της ηλικίας που επικρατούσε ανάμεσά μας και την προσωρινότητα που είχε μοιραία ο δεσμός μας.

Με εγωιστική ικανοποίηση, που με γέμιζε τύψεις, αλλά και μια περίεργη ευτυχία, άκουγα να με διαβεβαιώνει ότι θα ήμουνα για πάντα ο άνθρωπός της και το καταφύγιό της. Αντιμετωπίζω τα τραγικά παιχνίδια της μοίρας. Από τη μία ο θάνατος που παραμόνευε, από την άλλη η μικρή Σόνια που ακουμπά επάνω μου και στη συνέχεια η δυναμική και απρόβλεπτη Λάουρα να ιντριγκάρει την ύπαρξή μου. Τουλάχιστον έτσι είχα πάψει να είμαι παραιτημένος από τη ζωή. Είχα βρει ένα καινούργιο λόγο να θέλω να ζήσω.

Το μικρό μας σπιτάκι είχε αρχίσει σχεδόν να κολυμπά έτσι που το κατάβρεχαν τα μανιασμένα κύματα. Τρανταζότανε συθέμελα από τους ανέμους – είτε βοριάδες φυσάγανε, είτε νοτιάδες – που προσπαθούσαν να το απαγάγουν στο πέλαγος, να το δώσουν βορά στη λυσσασμένη θάλασσα. Πάλευε, όπως πάλευα και εγώ να νικήσω το χρόνο, να περάσει το κακό του χειμώνα Άκουγα εκείνο το βράδυ της αϋπνίας μου να τρίζει και να σειέται, με τα μισοσαπισμένα του παντζούρια να στενάζουν και να χτυπιούνται έτσι που τα έδερνε αλύπητα ο άνεμος, με την ετοιμόρροπη σκεπή του να στάζει νερά της βροχής που τη μαστίγωνε έτοιμη να πετάξει μακριά έρμαιο της καταιγίδας.

Δίπλα ένοιωθα την παιδική αναπνοούλα της Σόνιας, γαλήνια σαν την αναπνοή κάποιου μωρού που έδινε την εντύπωση ότι κοιμάται αμέριμνο και ευτυχισμένο... Ο δεσμός μας είχε εξελιχθεί σε έναν αυστηρά ψυχικό, αν όχι πατρικό ,δεσμό. Οι σωματικές μας επαφές είχανε περιοριστεί σε ένα φιλάκι για καλημέρα, άλλο ένα για καληνύχτα, άντε και καμιά ευκαιριακή αγκαλίτσα μαζί με ένα ελαφρό χαδάκι πιο πολύ πατρικό παρά σεξουαλικό. Ο χειμώνας αντί να μάς φέρνει κοντά, αντίθετα μάς είχε απομακρύνει και ψυχικά και σωματικά.

Η Σόνια ήτανε βυθισμένη στις σκέψεις της...

– Κάνω ατελείωτους μοναχικούς περιπάτους στην έρημη αμμουδιά πλημμυρισμένη από σκέψεις, γκρίζες σκέψεις, αν όχι μαύρες. Τί γυρεύω πλάι σ' αυτόν τον άνθρωπο πέραν από μια συντροφικότητα και ένα συναίσθημα ασφάλειας.; Κουρνιάζω στην αγκαλιά του δίπλα στη χειμωνιάτικη θαλπωρή του τζακιού, συχνά με παίρνει ο ύπνος, ενώ έξω ουρλιάζει ο άνεμος και τα αστραπόβροντα ταράζουν τη νυχτερινή γαλήνη. Και όμως ξέρω βαθιά μέσα μου ότι έχω αρχίσει να παρασέρνομαι σε άλλους κόσμους γεμάτους ανησυχίες, αλλά και προσδοκίες και υποσχέσεις, ψεύτικες ίσως αλλά πάντως υποσχέσεις.

Ένα δίλημμα, νοιώθω ότι έχει αρχίσει να δημιουργείται μέσα μου, ένα δίλημμα που άρχισε να κυριαρχεί στα όνειρά μου, αλλά και στην καθημερινή μου σκέψη, ένα δίλημμα που σιγά σιγά εξελίσσεται σε έμμονη ιδέα. Τί γύρευα εγώ δίπλα σε έναν άνθρωπο που δεν είχε πια απαιτήσεις από τη ζωή, που τα είχε δοκιμάσει και τα είχε χορτάσει όλα.

Εκείνος έψαχνε κοντά μου να πλουτίσει τα λίγα χρόνια που απέμειναν, δανειζόμενος κάποια νεανική ανεμελιά, σεξουαλικές περιπέτειες με ώριμες, αλλά και «άγουρες «υπάρξεις» σαν εμένα, χαρές και λύπες απογοητεύσεις και επιβραβεύσεις. Όλα... Με έκανε να νιώθω ένα τεράστιο βάρος, όταν συνειδητοποιούσα τί περίμενε να του δώσω...

Το δυσάρεστο γεγονός είναι ότι τώρα ο Αλέξανδρος έφτασε σε κάποιο είδος απραξίας και μελαγχολίας, αναλογιζόμενος ότι ίσως ήρθε για εκείνον η ώρα της πληρωμής του λογαριασμού.

– Τί μπορώ να περιμένω πια από τη ζωή μου, έλεγε συχνά. Στερήσεις, απαγορεύσεις, αρρώστιες και πόνους. Ωστόσο, νιώθω γαλήνιος και ελεύθερος. Ελεύθερος μια και ελευθερία σημαίνει έλλειψη φόβου, έλλειψη πόθων, έλλειψη κάθε είδους ονείρων και επιθυμιών.

Κάτι τέτοιες ώρες τον λυπόμουνα, αλλά και τον λάτρευα συγχρόνως. Ιδίως όταν μαντεύοντας και τις δικές μου σκέψεις μού έδινε το ελεύθερο να κανονίσω όπως νομίζω τη ζωή μου.

– Να ζήσεις ελεύθερα τη ζωή σου, να ικανοποιήσεις τις επιθυμίες σου, να κάνεις πράγματα, όπως εσύ τα σχεδίασες και τα πόθησες, μού έλεγε συχνά. Έπεφτα τότε στην αγκαλιά του και δακρυσμένη έδινα όρκους αιώνιας πίστης χωρίς βέβαια να πολυπιστεύω. Υποκρινόμαστε τότε ότι μάς είχε πάρει ο ύπνος για να αποφύγουμε την άχαρη συνέχεια αυτής της συζήτησης. Έτσι που ήμουν ξαπλωμένη δίπλα του στο κρεβάτι, χωρίς καμία ερωτική επιθυμία, παρατηρούσα μέσα στη μελαγχολική σιωπή να αντιφεγγίζουν στο ταβάνι οι σκιές των δέντρων τις οποίες τράνταζε συθέμελα το ξεροβόρι.

Άκουγα τα σύννεφα να συγκρούονται μεταξύ τους απειλώντας τα βουνά, εκείνα τα βουνά, που ξεπαγιασμένα από τη βροχή και μαστιγωμένα από τον παγωμένο αέρα, επέμεναν στην ακινησία τους μην και οι αιώνες τα απομακρύνουν από την αγαπημένη τους Ερεσό.

Ένα τέτοιο βράδυ ήρθε στο μυαλό μου ο Μάικ. Τον είδα μπροστά μου να μού χαμογελάει με εκείνο το διφορούμενο, το γοητευτικά μελαγχολικό του χαμόγελο, και άναψε μέσα μου η επιθυμία να βρεθούμε ξανά.

– Αν ερχότανε στην Ερεσό, σκέφτηκα και κάθισα αμέσως να τού-
γράψω.

***

25

ΑΛΛΗΛΟΓΡΑΦΙΑ 2

Αγαπημένε μου Μάικ,

Μού έχεις λείψει αφάνταστα. Εεπιθύμησα να σε δω. Είμαι σίγουρη ότι και εσύ με έχεις επιθυμήσει, μια και ξέρω ότι εμείς οι δύο έχουμε μια νοερή επικοινωνία, ας την πούμε τηλεπάθεια.

Θα έμαθες από τη Λάουρα – δεν είναι μυστικό ότι έχεις καταφύγει και εσύ στην ευρύχωρη αγκαλιά της – τα νέα μας, μια και ο Αλέξανδρος διατηρεί μαζί της στενή επαφή. Η μοίρα το 'θελε έτσι, να καταλήξουμε να γίνουμε ένα «κουαρτέτο» ψάχνοντας καταφύγιο ο ένας στην αγκαλιά του άλλου.

Δεν είναι η στιγμή ούτε για ζήλειες ούτε για παράπονα. Είμαστε αυτοί που είμαστε και αφού έτσι μάς αρέσει καλά κάνουμε και βρισκόμαστε. Αποτελούμε έναν «υπέροχο» συνδυασμό οι τέσσερίς μας. Εσύ ένας τρελογιατρός, κυριευμένος από τον πανικό του θανάτου, ο Μάικ ένας προβληματισμένος σχεδόν μεσήλικας που ακόμα ψάχνεται μη θέλοντας να ενηλικιωθεί, η Λάουρα μια φιλοσοφημένη πόρνη που προσπαθεί να πείσει τον εαυτό της ότι έχει βρει στην έκλυτη ζωή της το μυστικό της ευτυχίας, και, τέλος, εγώ, μια ύπαρξη αμφιταλαντευόμενη ανάμεσα στο καλό και το κακό που ακόμα δεν ξέρει τι ζητάει από τη ζωή.

Μα την πίστη μου, είμαστε ένα ιδεώδες κουαρτέτο, ένας συγγραφέας μάς λείπει να μάς κάνει μυθιστόρημα... Ξέρεις βέβαια ότι οι δυο μας, ο Αλέξανδρος και εγώ, διαλέξαμε για καταφύγιο την Ερεσό. Μαντεύεις ότι για κάποιο ανεξήγητο λόγο νιώσαμε την επιθυμία να ξανασμίξουμε, να ενώσουμε τα... αδιέξοδά μας. Ο τόπος είναι πασίγνωστος για τη λατρεία του στη Θεά Σαπφώ. Σωστά θα έχεις μαντέψει ότι εγώ, αυτή που είμαι, δεν θα αντιστεκόμουνα στον πειρασμό να πλησιάσω τις «ιέρειες» και να ψάξω να βρω κάποιο νόημα στη ρώτα που έχουν χαράξει στη ζωή τους. Το τόλμησα! Όχι τόσο για να αποκτήσω καινούργιες σεξουαλικές εμπειρίες. Αυτό το θέμα το έχω δυστυχώς ξεπεράσει, παρότι θα έπρεπε στην ηλικία που βρίσκομαι να πλημμυρίζω από αμαρτωλούς πόθους.

Θες η τραυματική μου εμπειρία με το δύστυχο Γουστάβο, όταν σε μια στιγμή αλλοφροσύνης προκάλεσα έμμεσα το θάνατό του προσπαθώντας να καταστήσω και εσένα συνένοχο, θες το απαίσιο θέαμα των ομαδικών οργίων των γονιών μου, θες η δική μας σχέση που διακόπηκε κάτω από τέτοιες δραματικές συνθήκες, θες ο χλιαρός μου δεσμός με τον Αλέξανδρο, τον «πατέρα – εραστή», που προσπαθεί χωρίς επιτυχία να τρυγήσει τα νιάτα μου, θες που έμαθα για τις δικές σας επαφές, εσένα και του Αλέξανδρου, που καταφύγατε στα εύκολα θέλγητρα της Λάουρας, όλα αυτά μαζί και το καθένα χωριστά με έχουν οδηγήσει στην ολοκληρωτική σεξουαλική ψυχρότητα.

Αυτή η ψυχρότητα μού δημιουργεί πανικό. Προσπαθώ μάταια να βρω έναν τρόπο να την αποβάλω. Γι' αυτό ίσως και να αποφάσισα να γνωρίσω κάτι καινούργιο. Δεν είχα, πάντως, εγώ την πρωτοβουλία.

Απλώς, ένα βράδυ που περιφερόμουνα άσκοπα ψάχνοντας να αγοράσω τα βραδινά γεροντογιάουρτα του Αλέξανδρου, έτυχα να συναντηθώ με την περιβόητη Δανάη. Να σού εξηγήσω ότι η Δανάη είναι ένα είδος διαδόχου της Σαπφώς, μια «θεά στη θέση της θεάς». Αυτή κανονίζει τα πάντα εδώ και σε αυτήν υπακούουν όλα τα «κορίτσια».

Γνωριστήκαμε και ένιωσα αμέσως κοντά της μια θαλπωρή και μια τρυφερότητα πρωτόγνωρη για μένα. Άρχισα να συχνάζω στο εντευκτήριό τους, να χορεύω και να τραγουδάω μαζί τους, να μαγειρεύω και να ζωγραφίζω, να ξεφεύγω από τα προβλήματα και τα διλήμματά μου. Κρίμα που η συνταγή χάλασε σχετικά σύντομα, όταν κάποια στιγμή οι μάσκες έπεσαν και άρχισα να υφίσταμαι πιέσεις να ζευγαρώσω με τη Δανάη αρχικά και με άλλες κοπέλες σε δεύτερη φάση. Χωρίς να θέλω να παραστήσω την... παρθένα, δεν σού κρύβω ότι με άφησαν εντελώς ουδέτερη οι επαφές που δοκίμασα να έχω μαζί τους, με αποτέλεσμα να με κυριεύσει και κάποια αηδία, όταν παρακολούθησα «εξ επαφής» τα ομαδικά τους όργια. Ξύπνησαν μέσα μου οι παλιές τραυματικές μου αναμνήσεις. Έτσι «χάλασε η συνταγή» και ξαναβρέθηκα να περιφέρομαι ολομόναχη ή να μελαγχολώ παρέα με τον «πατέρα εραστή».

Άσε που είχα και με αυτόν ένα τραγικά δυσάρεστο επεισόδιο. Ένα βράδυ, που επέστρεψα στη «φωλίτσα μας», τον βρήκα μισομεθυσμένο και σε αθλία κατάσταση. Από το μάτι του που γυάλιζε παράξενα κατάλαβα ότι διψούσε για σεξ. Προσπάθησα να τον αποφύγω, ίσως πάνω στα νεύρα μου να τον ειρωνεύτηκα κάπως. Ξέρεις τώρα εσύ πώς αντιδρούν τα αρσενικά όταν τους προσβάλλεις τον ανδρισμό τους, ιδίως... όταν δεν έχουν πια ανδρισμό! Προσπάθησε να με ξαπλώσει στο πάτωμα. Έδωσα μια κλωτσιά εκεί που μαντεύεις. Με χτύπησε και εκείνος. Ύστερα σηκώθηκε τρικλίζοντας, άνοιξε την πόρτα και τον κατάπιε η νύχτα. Γεμάτη κακά προαισθήματα, έτρεξα πανικόβλητη πίσω του. Τον διέκρινα φωτισμένο από τη «Σελάνα» να τρέχει προς τη θάλασσα. Σε λίγο τον έχασα. Τον είχανε καταπιεί τα κύματα.

Μπήκα και εγώ στο νερό και άρχισα να παλεύω να τον βρω. Απελπισμένη έβαλα τις φωνές. Ευτυχώς βρισκόντουσαν στην ακρογιαλιά μερικά «κορίτσια». Χορεύανε οι αφιλότιμες μέσα στην κοσμοχαλασιά έχοντας τυλίξει τα γυμνά κορμιά τους με διάφανα πέπλα. Παρέα με το σφύριγμα του ανέμου, που παρέσυρε τα πέπλα και αποκάλυπτε τα γυμνά τους κορμιά, αντηχούσε μονότονα και μια μουσική. Ήτανε νομίζω αυτό το ατέρμονο Μπολέρο του Ραβέλ.

Τα κορίτσια ακούσανε τις φωνές μου και πέσανε πίσω μου στη θάλασσα. Τώρα τα παρακολουθούσα να τον έχουνε αγκαλιάσει, να τον χαϊδεύουνε απαλά να παίζουνε μαζί του φιλώντας το γυμνό του σώμα. Τον τραβήξανε στην παραλία πάντα γελώντας και χορεύοντας. Τον εγκατέλειψαν εκεί γυμνό. Είχε ερεθιστεί. Τον σκέπασα πρόχειρα με την άμμο να μην ξεπαγιάσει. Το όργανό του είχε ανυψωθεί, φάνταζε σαν κατάρτι ναυαγισμένου πλοίου. Τα «κορίτσια» είχανε κατορθώσει το «θαύμα» με τα χάδια και τα φιλιά τους. Τον άφησα εκεί, ένα ναυάγιο που το ξέβρασε ο βοριάς.

Την άλλη μέρα επανέκαμψε σα βρεγμένη γάτα. Βρισκόντανε σε κακά χάλια Έπεσε αμίλητος στο κρεβάτι του και βυθίστηκε σε έναν αγχωμένο ύπνο. Από τότε ανταλλάζουμε μόνο τυπικές κουβέντες. Όμως, τον λυπάμαι τώρα που κατάλαβα το δράμα του. Τον έχω συγχωρέσει και ίσως γι' αυτό εξακολουθούμε να συνυπάρχουμε.

Ευτυχώς που η προστάτιδά μου η Σαπφώ ήρθε πάλι στο όνειρό μου να με παρηγορήσει με τα λόγια της.

— Μην απελπίζεσαι, μικρή μου Σόνια, και προπαντός μην κλαις. Προσπάθησε να ζήσεις μια ζωή γεμάτη έρωτα και εραστές, γεμάτη έμπνευση και δημιουργία. Οι άντρες δεν αξίζουν τα δάκρυά μας. Τον άντρα χρησιμοποιούμε μόνο και μόνο για να μας μεταφέρει από την παιδική ηλικία στην ωριμότητα της γυναίκας. Μην ψάχνεις τον έρωτα και το πάθος στο γαμήλιο κρεβάτι. Αυτό γρήγορα καταντάει να χρησιμεύει μόνο για να κοιμάσαι. Ψάξε να βρεις εραστές, υπάρχουν παντού, σε

παραλίες και παλάτια, σε στέκια της καθημερινής ζωής, στις νύχτες κάτω από το λαμπερό φεγγάρι. Η ζωή είναι για να την απολαμβάνεις, όχι για να τη θυσιάζεις στη λατρεία του πρώτου άντρα που γνώρισες. Κοίταξε τη δική μου ζωή. Παντρεύτηκα και γνώρισα τί θα πει σύζυγος. Παντρεύτηκα – δηλαδή με πάντρεψε με το ζόρι ο παππούς μου με έναν βρομερό μεθύστακα, τον Κερκύλια, για να εξευμενίσουν τον Πιττακό που έψαχνε να με εξευτελίσει επειδή «συνωμοτούσα» με τον αντίπαλό του και μοναδικό έρωτα της ζωής μου, τον ποιητή Αλκαίο, αλλά δεν σκλαβώθηκα, όπως τόσες και τόσες γυναίκες. Τί καλά έκανες που εσύ δεν παντρεύτηκες. Ο γάμος δεν είναι η αρχή της ζωής, είναι το τέλος της.

Εγώ ανακάλυψα το εισιτήριο για την ανεξαρτησία μου από το μοιραίο γάμο μου, στα τραγούδια μου για την Αφροδίτη. Έγινα διάσημη, με καλούσαν στις γιορτές, τους γάμους και τα πανηγύρια. Κοίταξε και εσύ να βρεις μόνη σου την πορεία σου στη ζωή . Μην εξαρτηθείς ποτέ από τους άντρες. Σε μπερδεύω με τη ζωή μου , αλλά, πώς να το κάνουμε, η ελεύθερη ζωή δεν μάς οδηγεί σε ομαλή πορεία. Όμως πίστεψέ με, αυτό είναι ένα μέρος της γοητείας της.

Σε ευχαριστώ που μού δίνεις την ευκαιρία να αναπολήσω και εγώ το παρελθόν μου. Βρίσκω μεγάλη χαρά σε αυτές τις αναπολήσεις, ηδονίζομαι να ξανασκέπτομαι τα σκαμπανευάσματά μου. Δεν με πειράζει να ξαναζώ και τις τραυματικές μου εμπειρίες. Βοηθάνε να αποφύγω καινούργιες κακοτοπιές.

Αγάπησα τις μαθήτριές μου που κατέφευγαν στη σχολή μου από τα πέρατα του κόσμου. Τα βράδια συνήθιζα να παίρνω μια από αυτές τις κοπέλες στο κρεβάτι μου και δίδασκα την ερωτική απόλαυση. Θα μού μείνουν αξέχαστες αυτές οι βραδιές.

Θυμάμαι τη μελαχρινή Αρετή που το δέλτα της γινόταν σαν δαμάσκηνο από την ηδονή. Την ξανθιά Ατθίδα που πίσω από το χρυσό θάμνο της απολάμβανα τα ρόδινα κάτω χείλη, τη Γογγύλα με τη διάστικτη ερωτική ζώνη, με το δέρμα της στο χρώμα του χαλκού, την αγαπημένη μου Ατθίδα, την καλλίτερη μαθήτρια της ηδονής.

Όλες είχαν σκέτα μπουμπούκια για στήθη, μέσα σε όλες κατοικούσε η Αφροδίτη. Δίδαξα όλες να μη φοβούνται την ηδονή, να ξέρουν να ικανοποιούνται χωρίς να έχουν καμία εξάρτηση από τον άντρα...

Όμως ας πάρουμε τα πράγματα από την αρχή. Γεννήθηκα από μια μητέρα πραγματική καλλονή, σε αντίθεση με εμένα το «μαυροτσού- καλο», όπως με αποκαλούσαν. Όταν πέθανε ο πατέρας μου, εκεί- νη για να μη μείνει απροστάτευτη έριξε τα δίχτυα της στον Πιττακό, το νικητή στον πόλεμο με τους Αθηναίους. Όπως όλες οι καλλονές ,έτρεμε στην ιδέα των γερατειών και πάλευε να επωφεληθεί από την ομορφιά της όσο καιρό θα την διατηρούσε. Όταν, λοιπόν, ο Πιττακός οργάνωσε μια μεγάλη γιορτή για να γιορτάσει τη νίκη του, η μητέρα μου έσπευσε να παρευρεθεί. Ξεκίνησα και εγώ με τη δούλη μου την Πραξινόη να πάμε στη γιορτή παρά την αντίθετη επιθυμία της μητέ- ρας μου.

Φτάσαμε στη Μυτιλήνη σκαστές από την Ερεσό, αλλά εκεί οι φρουροί μάς εμπόδιζαν να περάσουμε στο γιορτινό παλάτι. Πρόσεξα τότε έναν ψηλό και ξανθό νεαρό που με παρατηρούσε με τα μάτια του καρφω- μένα στα δικά μου. Ήτανε ο ποιητής Αλκαίος, ο κατοπινός άντρας της ζωής μου. Καθώς τον παρατηρούσα, τον παρομοίαζα με το Θεό Ήλιο, έτσι κατάξανθος και ρωμαλέος που ήτανε.

Έδωσε εντολή στους δούλους του να μάς χρυσοντύσουν και έτσι με- ταμφιεσμένες μπήκαμε στη γιορτή. Μείναμε έκθαμβες από τη χλιδή και την πολυτέλεια της γιορτής έτσι που την παρακολουθούσαμε μι- σομασκαρεμένες.

Σε αυτή τη γιορτή ο Αλκαίος με διέταξε να τραγουδήσω. Το τόλμησα παίρνοντας θάρρος από την απίστευτη τόλμη του. Το κοινό συγκλο- νίστηκε από τους στίχους μου. Εγώ ένιωθα ότι μαγεύτηκα, αλλά και μάγεψα το κοινό. Νόμιζε κανείς ότι με το τραγούδι μου έπαιρνε φωτιά *ο αέρας. Όταν τέλειωσα μέσα στις επευφημίες του πλήθους, με πήρε στην αγκαλιά του. Έτσι πρωτοεκδηλώθηκε η ποιήτρια μέσα μου.*

Ο Αλκαίος προσπάθησε να με προσγειώσει.

– Μη συγκινείσαι από τις επευφημίες. Είναι όλοι τους επιπόλαιοι και αδειανοί τενεκέδες. Το ίδιο και το αφεντικό τους, ο Πιττακός. Εγω ο Αλκαίος χλευάζω αυτούς και τον πόλεμο και τους ηρωισμούς τους. Μάθε ότι το έσκασα στην τελευταία μάχη πετώντας την ασπίδα μου. Προτίμησα τη ζωή από το θάνατο, αψηφώντας τη ντροπή – αν είναι ντροπή να προτιμάς τη ζωή από το θάνατο.– Αφήνω τους ηρωισμούς σ' αυτούς τους ηλίθιους τους Σπαρτιάτες. Τώρα περιμένω πότε ο Πιττακός θα με τιμωρήσει με εξορία. Αδιαφορώ, ένας ηλίθιος δεν είναι άξιος να με τιμωρήσει. Δεν σού κρύβω ότι τον Αλκαίο τον ερωτεύτηκα κεραυνοβόλα, αλλά εκείνος έδειχνε να απαρνείται τον έρωτά μου. Με αντιμετώπισε με κάποια περιφρόνηση.

– Μην περιμένεις να σε ερωτευτώ. Εγώ προτιμάω τα αγόρια. Δεν μπορώ τις γυναίκες. Βρίσκω ότι είναι ανεξιχνίαστες και μπερδεμένες υπάρξεις. Δεν σού κρύβω ότι ζευγάρωσα και με τις πιο όμορφες γυναίκες, αλλά πάντοτε επέστρεφα με ανακούφιση στα προικισμένα αγόρια. Τα αγόρια είναι λιγότερο απαιτητικά στη διάρκεια της πράξης. Ούτε κλαψουρίζουν μετά, ούτε προσκολλώνται επάνω σου και, προπαντός, δεν επιδιώκουν να σε παγιδεύσουν για πάντα.

Αναγκάστηκα, λοιπόν, και εγώ να μεταμφιεστώ σε αγόρι για να τον πείσω να μού κάνει έρωτα. Άργησα να τον καταφέρω, αλλά τελικά τα κατάφερα.

Τη στιγμή που ένιωσα ότι ήτανε έτοιμος να μού κάνει έρωτα, σκέφτηκα να κάνω ένα από τα γνωστά γυναικεία νάζια. Είπα: «Μην με προκαλείς, Αλκαίο. Δεν θα σού δώσω τόσο εύκολα το δώρο της παρθενίας μου.»

– Πες μου αν δεν είσαι έτοιμη και πάψε τα νάζια, είπε κάνοντάς με

να υποχωρήσω άτακτα. Μη φέρεσai σα γυναικούλα, εγώ σε θεωρώ αγόρι!

– Είμαι έτοιμη, είπα πανικόβλητη, έλα.

Τα μπράτσα του και τα πόδια του τυλίχτηκαν γύρω από τη λεπτή μου σιλουέτα. Τα σώματά μας και τα χείλια μας ενώθηκαν σε έναν τρελό χορό. Στην αρχή παίζαμε σα δελφίνια στη θάλασσα και μετά εγώ μετατράπηκα σε άλογο και εκείνος σε καβαλάρη.

Εγώ ήμουνα ένα ζώο, εκείνος ένας ημίθεος. Ένιωσα ότι αποκτήσαμε τέσσερα πόδια και δυο ζευγάρια φτερά. Ένιωσα το μαλακό να γίνεται σκληρό, το σκληρό μαλακό, το έξω μέσα, το μέσα έξω. Τα εσωτερικά μου όργανα πονούσαν, ένα πόνο που ευχόμουνα να τον νιώθω παντοτινά. Δεν υπήρχε για εμάς η έννοια του χρόνου, ούτε του χώρου. Το διάστημα είχε καταρρεύσει. Αυτός ήτανε ο πραγματικός έρωτας που γνώρισα στη ζωή μου, φιλενάδα.

Από τότε όταν κάνω έρωτα με τις μαθήτριές μου προσπαθώ να μεταμφιεστώ σε αγόρι και να φέρνω στο νου μου τον Αλκαίο. Αυτό είναι το μυστικό μου. Η αγάπη είναι φτιαγμένη από αέρα, από νερό, από φωτιά. Είναι χαρούμενη σαν τοκετός και λυπητερή σαν θάνατος. Προσπάθησε να την ανακαλύψεις και για να βρεις την ευτυχία.

– Ευτυχισμένη, Σαπφώ, εσύ που ένιωσες τον πραγματικό έρωτα, απάντησε η Σόνια. Εμένα ο εγωισμός μου δεν με άφησε να απολαύσω τέτοιες στιγμές ούτε με τον Μάικ, ούτε βέβαια και με τον Αλέξανδρο. Ήμουνα άπειρη, δεν ήθελα ούτε να δώσω ούτε και να δοθώ. Τώρα κατάλαβα ότι το μυστικό του πραγματικού έρωτα βρίσκεται στο μακριά από εγωισμούς δόσιμο του κορμιού και της ψυχής σου. Δεν τα κατάφερα ούτε με τις σύγχρονες ιέρειές σου, συνέχισε. Εκείνες μού ζητούσαν τα πάντα γεμάτες απαιτήσεις, ενώ εγώ προσπαθούσα να πάρω χωρίς να δώσω. Εκείνες τις είχες διδάξει εσύ με την σοφία σου, εγώ παρέμεινα ένα εγωιστικό πλάσμα της εποχής μου. Πες μου είναι τώρα πια πολύ αργά για να χαρώ ότι δεν χάρηκα μέχρι σήμερα;

– Για σένα δεν είναι ποτέ αργά. Τώρα ξέρεις. Ακολούθησε τις δικές μου εμπειρίες και δεν θα βγεις χαμένη. Καλή σου νύχτα μικρή μου αγαπημένη.

Συγχώρησε τη φλυαρία μου, Μάικ, αγαπημένε φίλε. Όπως διαπιστώνεις, εδώ στην Ερεσό έχουμε όλο το χρόνο στη διάθεσή μας να ονειρευόμαστε, να.. αμαρτάνουμε, αλλά και να νοσταλγούμε τους δικούς μας ανθρώπους. Έλα σε παρακαλώ κοντά μας να μαζευτούμε πάλι εμείς οι τέσσερις. Ξέρω ότι θα χαρείς και εσύ να ξανασμίξουμε.

Πάντα δική σου,

Σόνια

***

26

ΟΙ ΣΥΝΕΠΕΙΕΣ ΤΗΣ ΝΤΡΟΠΗΣ

Ο Αλέξανδρος, βυθισμένος στην ντροπή, καλούσε νοερά τους συντρόφους τους με την ελπίδα να βρει κάποια ανακούφιση με την παρουσία τους.

– Ντρέπομαι τον ίδιο τον εαυτό μου. Κυκλοφορώ με το βλέμμα χαμηλωμένο. Δεν μπορώ να αντικρίσω στα μάτια τη μικρή μου «προστατευόμενη», τη Σόνια μου. Πώς τα κατάφερα εγώ ο λαμπρός ψυχίατρος, ο Αλέξανδρος, να καταλήξω σε ένα κτήνος. Το ποτό, το άγχος της ηλικίας μου, η αίσθηση της ανικανότητας, με οδήγησαν σε αυτή την τραγική κατάσταση. Ψάχνω για δικαιολογίες, αλλά καμία δεν μου προσφέρει κάποια ανακούφιση. Η Σόνια τώρα απλώς με ανέχεται δίπλα της. Ζούμε σε μία απόλυτα δυσάρεστη ατμόσφαιρα. Λάουρα, Μάικ, ελάτε επιτέλους εδώ μήπως καταφέρουμε όλοι μαζί να αποκαταστήσουμε την ερειπωμένη ζωή μας.

– Κάθομαι κλεισμένη μέσα στο δωμάτιο ζώντας στιγμές αμηχανίας, νιώθοντας την παλιά εκείνη κατάθλιψη να έχει αρχίσει να τυλίγεται ασφυκτικά μέσα μου. Δίπλα μου συνυπάρχει ένας Αλέξανδρος που αμήχανος και ντροπιασμένος προσπαθεί να αποφύγει ακόμα και το βλέμμα μου. Δεν μιλάμε, δεν έχουμε τίποτα να πούμε. Συχνά μού ζητάει συγγνώμη με μάτια δακρυσμένα – «έφταιξε το άγχος της ηλικίας που μάταια προσπάθησα να σου κρύψω, ίσως να φταίει και το ποτό που με κατάντησε εκτός εαυτού», προσπαθεί να μο΄θ δικαιολογηθεί – όμως εγώ τον αντιμετωπίζω με μια περίεργη ουδετερότητα.

Δεν μού προσθέτει τίποτα η παρουσία του, δεν μπορώ να τον δικαιολογήσω μέσα μου, ωστόσο, δεν μπορώ να νιώσω και καμία κακία. Λένε ότι οι τρελογιατροί πολλές φορές καταλήγουν να γίνονται χειρότεροι και από τους ασθενείς τους. Ίσως να είναι και έτσι. Δεν ξέρω... Ώρες ώρες μα πιάνει εκείνο το παλιό συναίσθημα της φυγής. Όμως πού να πάω; Στους amoral γονείς μου που ζουν μέσα στον πάγο, στις λεσβίες που καραδοκούν να με παρασύρουν στην κάστα τους, στο ναυαγισμένο Μάικ να ξαναενώσουμε τις δυστυχίες μας; Αληθινά δεν ξέρω ποιόν δρόμο να διαλέξω. Απλώς υπάρχω και κλαίω τη μοίρα μου. Παρ όλα αυτά, έχω καλέσει κοντά μου τον Μάικ. Διατηρώ κάποιες ελπίδες ότι θα βρω ανακούφιση στη συντροφιά του. Περιμένω ανυπόμονα να απαντήσει στο γράμμα μου.

Ο ταχυδρόμος έφερε το γράμμα του Μάικ την ώρα που η Σόνια είχε αρχίσει να απογοητεύεται ότι θα πάρει απάντηση. Τώρα, γεμάτη από απρόσμενη ανακούφιση το κρατούσε διστάζοντας για λίγο να το ανοίξει. Ο Μάικ έσπευσε να απαντήσει στη Σόνια.

«Σόνια μου, καλή μου αγαπημένη Σόνια», άρχισε να διαβάζει.

«Ευτυχώς που η ζωή μάς επιφυλάσσει και κάποιες ευχάριστες εκπλήξεις να ανακουφίζουν την αφόρητη μελαγχολία μας. Το γράμμα σου μέ έκανε να νιώσω μεγάλη ευτυχία, σα φωτεινή αχτίδα που τρύπησε τη βαριά συννεφιά και φώτισε ξαφνικά τη μονότονη ζωή μου.

Σ' ευχαριστώ για τα καλά σου λόγια, για την κατανόησή σου σχετικά με τη Λάουρα, για τις εξομολογήσεις σου, σε ευγνωμονώ που διάλεξες εμένα να ανοίξεις την καρδιά σου. Ο κόσμος είναι μικρός, τελικά χωρίς να το ξέρουμε βράζουμε όλοι στο ίδιο καζάνι, εσύ, ο Αλέξανδρος, η Λάουρα και η αφεντιά μου. Και το πιο ευχάριστο είναι ότι δεν έχουμε καμία πικρία που καταφύγαμε ο ένας στον άλλο να βρούμε μια στήριξη σε μια δύσκολη φάση της ζωής μας.

Το «ιδεώδες κουαρτέτο» για να ενώσουμε τις συμφορές μας, όπως πολύ επιτυχημένα μου γράφεις. Χαίρομαι που διαπιστώνω ότι δεν υπάρχουν ανάμεσά μας κακίες, ζήλιες, αντιπαλότητες να δηλητηριάζουν τη σχέση μας. Δεν είναι απλό, μη χαμογελάς. Τί είναι πάλι αυτή η ιστορία με τον «Μεγαλέξανδρο». Θαυμάζω την κατανόησή σου, την ανωτερότητα που σε διακρίνει, «ουδέν σχόλιον». Τί άλλο να πω.

Τα δικά μου νέα κάθε άλλο παρά ευχάριστα είναι. Βρέθηκα ξαφνικά χωρίς δουλειά, με «φάγανε» οι γονείς και κηδεμόνες μήπως και καταστρέψω τα παιδιά τους με τις πρωτοποριακές μου διδασκαλίες. Δεν τους καλοπήγε, όταν προσπαθώντας να ψυχολογήσω αυτά τα παιδιά τα έκανα να μου αποκαλύψουν τις πικρίες της ζωής τους και τα άπλυτα των οικογενειών τους. Άσε που μού βγάλανε τα μάτια και οι διάφορες μανούλες, όταν αρνήθηκα τα θέλγητρά τους. (όχι σε όλες!) το ομολογώ, ίσως αυτό να δημιούργησε την έχθρα σε αυτές που απέρριψα. Μεγάλη μου επιπολαιότητα, θα πεις, έπρεπε να ικανοποιήσω ή όλες ή καμία.

Το σχολείο με θεώρησε «επικίνδυνο», ακατάλληλο να εκπαιδεύσω τους μικρούς μου φίλους. Τί παράδειγμα θα μπορούσα να δώσω εγώ που συζούσα με μία πόρνη. Κατανοώ. Πώς θα μπορούσαν άλλωστε να ξεχωρίσουν μία πόρνη στο επάγγελμα από μία πόρνη στην ψυχή.

Έφριξαν οι «τίμιοι οικογενειάρχες», κι ας ήτανε αυτοί οι κυριότεροι πελάτες στα πορνεία, πάθανε υστερία οι διάφορες «κυρίες» που ντρέπονταν να ομολογήσουν ότι κατά βάθος δεν διέφεραν και αυτές από τις πόρνες.

Η διεύθυνση του σχολείου μου υπέδειξε με τρόπο να παραιτηθώ χωρίς να ξεσπάσει κάποιο σκάνδαλο και εγώ έσπευσα να συμμορφωθώ. Τουλάχιστον έτσι κατάφερα να μη μάθει η Λάουρα την πραγματική αιτία του διωγμού μου και πληγωθεί η ευαίσθητη ψυχή της.

Τα «παιδιά μου», γιατί παιδιά μου τα αισθανόμουνα, με αποχαιρέτησαν με συντριβή. Και εγώ έκανα πέτρα την καρδιά μου φιλοσοφώντας το πόσο άδικη είναι η ζωή. Πρέπει να σού εξομολογηθώ ότι ύστερα από αυτό, το έχω ρίξει στο πιοτό μια και είναι το μόνο μου καταφύγιο. Ευτυχώς που κρατήθηκα μακριά από τα ναρκωτικά. Κάτι είναι και αυτό. Στις ατελείωτες ώρες της μοναξιάς μου εύρισκα παρηγοριά στις κοινές μας αναμνήσεις και ας μην ήτανε όλες τόσο ευχάριστες. Παρασυρθήκαμε σε ένα έγκλημα «χωρίς αιτία» και αυτό έχει στιγματίσει την ύπαρξή μας και φυσικά και τη σχέση μας. Μάς ενώνουν οι ίδιες τύψεις, οι ίδιοι φόβοι της τιμωρίας, τα ίδια «γιατί».

Έπειτα πληγώθηκα αφάνταστα που με απέρριψες, που με έδιωξες από κοντά σου χωρίς να μού δώσεις καμία εξήγηση. Όμως η απέραντη αγάπη μου για σένα δεν μού αφήνει περιθώρια για πικρίες. Μόνο που διατηρώ μέσα μου ένα δεύτερο «γιατί». Αυτά είναι πράγματα που δεν μπορώ να τα ξεπεράσω παρόλη την αδυναμία που νιώθω για σένα.

Εντελώς συμπτωματικά γνωρίστηκα με τη Λάουρα και παρηγορήθηκα στην «ευρύχωρη» αγκαλιά της. Μην την κακίζεις για το δρόμο που διάλεξε στη ζωή της. Κανένας μας δεν έχει το δικαίωμα να κρίνει τον άλλο. Δεν είμαστε θεοί. Άλλωστε, η Λάουρα είναι – κατά τα άλλα – ένας αξιόλογος άνθρωπος με ανησυχίες και ενδιαφέροντα, γεμάτη αγάπη για τη ζωή και κατανόηση για τους ανθρώπους. Βέβαια, δεν μού πάει να συμβιβάζομαι με τις θεωρίες της, ούτε, βέβαια, μού αρέσει να είμαι ένας από τους πολλούς με τους οποίους κάνει έρωτα. Όμως, με τον καιρό ομολογώ ότι συμβιβάστηκα με την πραγματικότητα, μια και δεν μπορούσα να κάνω διαφορετικά. Άλλωστε τί είναι η ζωή; Τίποτα περισσότερο από ένα διαρκή συμβιβασμό.. Δικαιολογείται η Λάουρα ότι δεν την ενδιαφέρει που εμείς οι αρσενικοί μοιραζόμαστε το σώμα της. Αυτό, λέει, το έχει ξεπεράσει. Αρκεί που η ψυχή της είναι δοσμένη σε εμένα.

Στα γράφω αυτά γνωρίζοντας ότι έχεις ξεπεράσει και εσύ το στάδιο της ζήλειας. Η διαφορά σας είναι ότι εσύ δεν ζηλεύεις επειδή αδιαφορείς για «τον πλησίον σου», ενώ εκείνη για τον ακριβώς αντίθετο λόγο. Όπως πολύ σωστά μαντεύεις, ανυπομονώ να περάσουμε αντάμα εμείς οι τέσσερεις κάποιες ξένοιαστες μέρες στον τόπο των θαυμάτων, την Ερεσό.

Περιμένω να επιστρέψει η Λάουρα ανανεωμένη και... ματσωμένη από τις πρόσφατες περιπέτειές της, ώστε να έρθουμε μαζί.

Θα έχουμε την ευκαιρία να αποκτήσουμε κοινές εμπειρίες, να δώσουμε καινούργιο νόημα στις σχέσεις μας, να διαλογιστούμε, να λατρέψουμε με τον τρόπο μας τη Θεά Σαπφώ.

Πάντα δικός σου,

Μάικ

∗∗∗

27

ΚΑΠΟΙΟΙ ΟΨΙΜΟΙ ΕΚΔΡΟΜΕΙΣ

Το λιμάνι αντηχούσε από τα γέλια τους. Ανταλλάζανε πειράγματα και αστεία σα σχολιαρόπαιδα στην «πενθήμερη» εκδρομή τους. Τα πρόσωπά τους έλαμπαν από ανακούφιση και χαρά. Ο Αλέξανδρος με τη Σόνια είχανε νοικιάσει ένα τζιπάκι και ξεκινήσανε αχάραγα για το λιμάνι να υποδεχτούνε τους υπόλοιπους. Τούς πήρε περίπου δύο ώρες η διαδρομή από την Ερεσό στο λιμάνι, αλλά η ανυπομονησία τους να σμίξουνε με την υπόλοιπη παρέα δεν τούς άφησε να καταλάβουνε για πότε φτάσανε.

Το βαπόρι έφτασε με την ανατολή του ηλίου. Ξημέρωνε μια θαυμάσια ημέρα. Η Λάουρα με τον Μάικ πηδήξανε πρώτοι από τον καταπέλτη πριν καλά– καλά δέσει το πλοίο και πέσανε στις αγκαλιές τους. Τώρα πίνανε καφέδες και καταβρόχθιζαν με βουλιμία τους πρωινούς λουκουμάδες στην καφετέρια της προκυμαίας.

Δεν πήρε πολλή ώρα.Η ανυπομονησία τους να φτάσουνε στη «γη της επαγγελίας» έκανε να ξεκινήσουν χωρίς καθυστέρηση. Σε λίγο αντίκρισαν τον κόλπο της Γέρας. Μαγευτικό το θέαμα, το τοπίο τους άφησε άφωνους. Όχι για πολύ. Σε λίγο άρχισαν να μιλάνε όλοι μαζί, να αστειεύονται και να ανταλλάζουν εντυπώσεις με πρωταγωνίστρια στις διηγήσεις τη Λάουρα.

Πες μας, μωρέ Λάουρα, πώς τα πέρασες εκεί στην Αραπιά. Δεν φαντάζομαι να χαλάσανε την παρθενία σου οι παλιοαραπάδες, ρώτησε ο Αλέξανδρος.

– Άκουσε, Αλέξανδρε. Εγώ – όπως πολύ καλά ξέρεις– δεν κινδύνεψα καθόλου από κάτι τέτοιο. Άλλωστε σού έχω ξαναπεί ότι στο συνάφι μας κάτω από δέκα χιλιάδες «συνευρέσεις» θεωρείσαι παρθένα.

Σκάσανε και πάλι όλοι στα γέλια από το κυνικό χιούμορ της Λάουρας. Και εκείνη συνέχισε με το χαρακτηριστικό της χιούμορ.

– Παιδιά, έπρεπε να με βλέπατε από μία μεριά να παριστάνω την οδαλίσκη μέσα στα χαρέμια. Με είχανε βαλσαμώσει με μία μαύρη κελεμπία, μού καλύψανε το πρόσωπο με μπούργκα, μόλις με το ζόρι να βλέπω γύρω μου. Εκείνοι καθισμένοι σταυροπόδι ρουφάγανε ηδονικά τους ναργιλέδες, τρώγοντας με τα χέρια και πίνοντας το λαθραίο τους ουίσκι.

Καθίσανε και εμένα να φάω έτσι στολισμένη και κουκουλωμένη. Χαμός. Σήκωνα την κάτω άκρη της μπούργκας, έβαζα στο στόμα μου μια μπουκιά, σκουπιζόμουνα με τη μπούργκα και την ξανακατέβαζα μπροστά στα μούτρα μου. Σε λίγο βρώμαγα ολόκληρη φαγητίλα. Χαμός σας λέω! Ξάφνου αντήχησαν τα όργανα. Τα τούμπανα με τις πίπιζες και τα λαούτα δημιούργησαν μια ατμόσφαιρα γεμάτη λαγνεία. Είχε έρθει η ώρα να παίξω το ρόλο μου. Σηκώθηκα και άρχισα να λικνίζομαι στους ρυθμούς των οργάνων. Φύγανε και τα πέπλα και οι μπούργκες. Αποκαλύφθηκε το γυμνό μου κορμί. Όχι που θα το παινευτώ, αλλά άναψαν τα αίματα του σείχη. Δεν άργησε να με καλέσει με ένα νεύμα στα.. ιδιαίτερα. Δεν συνεχίζω. Η συνέχεια είναι... ακατάλληλη για ανηλίκους. Θα αποκαλύψω, πάντως, ότι δεν έμεινα παραπονεμένη, ούτε ο σείχης βέβαια. Αυτοί οι μελαμψοί είναι άλλο πράγμα, που να σάς τα λέω. Φεύγοντας μού παρέδωσε τους τίτλους μιας φωλίτσας στο Κολονάκι. Χάρισμά μου η φωλίτσα να' ρχεται και ο σείχης να «αναπαύεται», όποτε βρίσκεται στην Αθήνα. Τρόπος του λέγειν δηλαδή να αναπαύεται. Αυτά...

Η παρέα είχε σκάσει στα γέλια.

– Να' σαι καλά, βρε Λάουρα. Δεν έχεις το θεό σου. Μάς άναψες όλους με τις διηγήσεις σου. Ένα βράδυ να κάνουμε αναπαράσταση να μας ζωντανέψεις τις σκηνές.

– Να σού λείψουν τα λούσα, Μάικ. Εκτός και αν έχεις την πρόθεση να μού χαρίσεις και εσύ ...μία φωλίτσα!

Ούτε που τούς φάνηκε η διαδρομή. Δεν άργησε να φανεί από ψιλά το λιμανάκι της Ερεσού. Το αντίκρισαν σιωπηλοί και μαγεμένοι κάνοντας όλοι τους όνειρα να περάσουν εδώ μερικές ξένιαστες μέρες μακριά από την καθημερινότητά τους.

Η Λάουρα ήτανε ανυπόμονη. Βιαζότανε να γνωρίσει από κοντά τις υπηκόους της Σαπφώς και, κυρίως, να περάσουν όλοι τους κάποιες μέρες διαλογισμού στο Κέντρο που είχε υποδείξει ο γκουρού shalila της στο Παρίσι.

Τον Μάικ τον έτρωγε και εκείνον η περιέργεια, ο Αλέξανδρος και η Σόνια το αντιμετώπιζαν με επιφυλακτικότητα, αλλά χωρίς βασικές αντιρρήσεις.

Ο Αλέξανδρος έδειχνε πιο συγκρατημένος.

– Μην είσαστε ανυπόμονοι. Έχουμε όλον τον καιρό μπροστά μας να γνωρίσουμε τα θαύματα και τα μυστήρια της Ερεσού. Θέλω όμως πριν από όλα να συζητήσουμε μεταξύ μας. Έχουμε καιρό να συναναστραφούμε ο ένας τον άλλο και είναι ευκαιρία να ανανεώσουμε την επαφή μας. Ένα ταξίδι αυτογνωσίας στα βάθη του εαυτού μας μόνο καλό μπορεί να μας κάνει. Οι κανόνες είναι απλοί. Ο καθένας θα αναλύσει τον εαυτό του με κάθε δυνατή ειλικρίνεια.

Επιτρέπονται οι διακοπές και ο διάλογος όσο ζωηρός και αν είναι. Στο τέλος, θα εκτονωθούμε ξεσπώντας σε δυνατές κραυγές με όλη μας τη δύναμη. Σχετικά με αυτό το Κέντρο διαλογισμού και με την εκεί διαμονή μας θα αποφασίσουμε όλοι μαζί, αφού κάνουμε πρώτα τη μικρή μας ενδοσκόπηση.

– Αλέξανδρε, το πας φιρί φιρί για Group Therapy, μην ξεχνάμε και την τέχνη μας, είπε η Λάουρα αρχίζοντας να τού μπαίνει.

 Η Λάουρα άρχισε να τού μπαίνει.

– Γιατί όχι, Λάουρα, είπε, παρεμβαίνοντας η Σόνια. Μήπως δεν τό' έχουμε όλοι μας ανάγκη; Και με τέτοιο ψυχίατρο που έχουμε στη διάθεσή μας δεν είναι να χάσουμε την ευκαιρία.

Ο Αλέξανδρος συνέχισε.

– Ακούστε, παιδιά. Έχω διαβάσει αρκετά για αυτά τα κέντρα. Πολλοί τα επισκέπτονται για να ικανοποιήσουν απλώς την περιέργειά τους. Άλλοι πηγαίνουν εκεί σαν απλοί παρατηρητές ελπίζοντας να βρούνε ηρεμία και να απαλλαγούν από τα διάφορα άγχη τους. Η συνεχής κινητικότητα, οι παράξενοι χοροί, τα μαθήματα και οι θεωρίες που διδάσκονται χρησιμεύουν να απαλλάξουν από τις καθημερινές έννοιες και να κάνουν να ταξιδέψουν νοερά σε άλλους κόσμους.

– Και τί το κακό βρίσκεις σε όλα αυτά, διερωτήθηκε η Λάουρα.

– Το μόνο κακό είναι ότι ορισμένοι αδύνατοι και εύπιστοι χαρακτήρες επηρεάζονται και ξεφεύγουν από την πραγματικότητα. Η ζωή εκεί και οι συνήθως ακαταλαβίστικες θεωρίες, οι παράξενες ασκήσεις και η οργιώδης συνεχής μονότονη και εκκωφαντική μουσική δημιουργούν μία περίεργη ατμόσφαιρα και τους μεταφέρουν σε ένα κόσμο εξωπραγματικό. Κάτι σαν να δοκιμάζουν ναρκωτικά – πράγμα που δεν το αποκλείω. Η προσγείωση στην πραγματικότητα είναι συχνά οδυνηρή και τραυματική. Σας προειδοποιώ χρειάζεται προσοχή.

– Εγώ νοιώθω αρκετά δυνατός ώστε να ζήσω την εμπειρία χωρίς να υποστώ τις συνέπειές της, θέλω να δοκιμάσω, τόνισε κατηγορηματικά ο Μάικ.

– Κοιτάξτε ποιός μιλάει. Ο ευάλωτος Μάικ που πρώτος θα κινδυνέψει να μετατραπεί σε... γκουρού», παρενέβη η Σόνια, προκαλώντας τα γέλια στην παρέα.

Ωστόσο ο Μάικ ένοιωσε την ανάγκη να συμβουλεύσει τη Σόνια.

– Σόνια, πρόσεξε καλλίτερα τον εαυτό σου. Εσύ μπορεί να επηρεαστείς πρώτη με τη μανία σου να «τα γνωρίσεις όλα στη ζωή». Νομίζω ότι άτομα σαν κι εσένα που είναι «χύμα» θα κινδυνέψουν πραγματικά να επηρεαστούν από τις εξωπραγματικές θεωρίες και τις συχνά ανεφάρμοστες φιλοσοφίες που έρχονται από μέρη μακρινά και γεμάτα μυστήριο. Μπορεί να βρεθείς σε ένα λαβύρινθο με άγνωστες για σένα συνέπειες. Να πάρεις την άδεια του... ψυχολόγου σου για να έρθεις!

Ο Αλέξανδρος κατάλαβε ότι ήρθε η ώρα του να παρέμβει.

– Ας αρχίσουμε, λοιπόν. Θα κάνω εγώ την έναρξη με τη δική μου ενδοσκόπηση για να καταλάβετε τι εννοώ. Βρίσκομαι σε μια προχωρημένη ηλικία και απ΄ ό, τι λένε οι γιατροί πολύ κοντά στο θάνατο. Κανονικά θα έπρεπε να αισθάνομαι τελειωμένος, να κοιτάζω τον ήλιο στο ...Βαρανάσι στις Ινδίες περιμένοντας το τέλος μου. Να περιμένω να με κάψουνε και να πετάξουνε το κουφάρι μου στο Γάγκη που θα το παρασύρει στην αιωνιότητα. Παρόλα αυτά, βρίσκομαι κοντά σας αντλώντας ζωή από τα νιάτα σας και αναζητώντας νέες εμπειρίες. Είμαι ακόμα αχόρταγος για ζωή, δεν λέω όχι στο σεξ – όπως και όσο το μπορώ– και γενικά δεν το βάζω κάτω. Έχω χορτάσει τη ζωή, έχω ζήσει έντονα, όμως δεν παραιτούμαι, επιμένω. Όσο και να έχει χορτάσει κανείς από ένα πλούσιο γεύμα, όσο και να αισθάνεται ότι δεν θέλει άλλο να φάει, έρχεται μετά τη χώνεψη και πάλι το αίσθημα της πείνας και νιώθει την ανάγκη να αρχίσει πάλι από την αρχή... Η τρίτη ηλικία είναι μια μεγάλη δοκιμασία για τον άνθρωπο. Βιώνει αυτό που λέμε «νύχτα της ψυχής», την απροσδόκητη απώλεια του νοήματος της ζωής, όπου την ημέρα διαδέχεται η νύχτα, ζει ένα χάσμα στη ροή της ζωής. Ενώ κανονικά έπρεπε να μη θέλει και να μη μπορεί, εκείνος πάντα θέλει και νομίζει ότι μπορεί τα πάντα. Είναι η δίψα για ζωή που τον κάνει άπληστο. Αναζητά νέες εμπειρίες – όπως οι γονείς σου, Σόνια – καταφεύγοντας σε ομαδικά όργια, ή κυνηγάει να έχει ψυχικές και σωματικές επαφές με τα νιάτα, όπως εγώ, σε πείσμα της φυσικής του αδυναμίας. Και εδώ συνήθως παρεμβαίνουν άτομα σαν τη Λάουρα, να τονώσουν το ηθικό του και να δώσουν μια πνοή αναζωογόνησης. Πάντα με κάποιο αντάλλαγμα. Δεν δημιουργεί ζήλεια και κακίες. Χρειάζεται – χρειαζόμαστε – κατανόηση εμείς αυτής της ηλικίας. Μην ξεχνάτε ότι όλοι θα βρεθείτε κάποτε σε αυτήν την κατάσταση. Θα αντιμετωπίσετε και εσείς κάποτε την «αντιπαράθεση με τη σκιά», όπως περιγράφουμε αυτήν την κατάσταση στη γλώσσα της ψυχολογίας.

Είναι μία εμπειρία πτώσης, μία κάθετη πτώση από το ανώτερο στο κατώτερο, όπου η συνείδηση αντιτάσσει τον ουρανό στη γη, το πνεύμα στο σώμα, το καλό στο κακό, την τελειότητα στον κολασμό. Τί μπορώ πια να προσδοκώ εγώ. Να αναπολώ το παρελθόν; Είναι ένα πράγμα που πιο πολύ με στενοχωρεί παρά δίνει ικανοποίηση. Έζησα μία ζωή χωρίς επίγνωση, με ένα χωρίς ιδιαίτερη αξία πηγαινέλα αισθημάτων και πράξεων. Όμως, τώρα συνειδητοποίησα ότι δεν μπορεί να συνεχίζω πια έτσι. Αμάρτησα στη ζωή μου, όπως οι περισσότεροι. Αλλά παρηγοριέμαι ότι η αμαρτία μου έφερε την αναζήτηση της λύτρωσης, η εμπειρία της ντροπής και της ενοχής γέννησε μέσα μου τη δίψα για εξαγορά, την ανάγκη να αναζητήσω κάποια σημασία για τον πόνο μου. Αυτό νομίζω ότι είναι που με καθιστά άνθρωπο. Να χαίρομαι «την κάθε στιγμή» στο παρόν με μελαγχολεί, όταν νιώθω αδυναμία να γευθώ τις χαρές του. Να προσβλέπω στο... μέλλον; Ε, αυτό μόνο κάποιος αιθεροβάμων μπορεί να κάνει.

Τί μπορώ πια να περιμένω από τη ζωή. Πόνους, αδυναμία να χαρώ αυτά που χαίρεστε εσείς, αρρώστιες, μελαγχολίες και θάνατο. Μερικοί της ηλικίας μου, μέσα σε αυτούς και εγώ, παραβλέπουν όλα αυτά σα να μην πρόκειται να τους συμβούν. Αναζητούν ένα ρόλο, ένα λόγο συναναστροφής με τους νέους να δώσουν και να πάρουν ότι μπορούν. Η μεγάλη πείρα μου από αυτά που έζησα, η σοφία που απεκόμισα όλα αυτά τα χρόνια, είναι πράγματα πολύτιμα που θα μπορούσαν να δώσουν λύσεις στα δικά σας άγχη και προβλήματα. Παρέχω αυτάμε όλη μου την καρδιά. Γι' αυτό και σάς αντιμετωπίζω σαν ισότιμος, να σάς δώσω πείρα και να αντλήσω από εσάς ζωή. Γι' αυτό τολμάω να σάς συναναστρέφομαι. Ελπίζω να με καταλάβατε!»

Το λόγο πήρε ο Μάικ.

– Δάσκαλε,– έτσι μού ήρθε να σε προσφωνήσω . Δε νομίζω ότι η ηλικία είναι το μεγάλο πρόβλημα της ζωής, ούτε στη δική σου περίπτωση ούτε στη δική μας. Φυσικά και σε κατανόησα, είδα με μεγάλο σεβασμό τα προβλήματά σου, αλλά δε μπορώ να πω ότι μπήκα στη θέση σου. Εγώ την τρίτη ηλικία θα την έβλεπα σα μια φάση της ζωής, όπου επέρχεται η γαλήνη, ο εφησυχασμός, η ώρα να φιλοσοφήσει κανείς ξεπερνώντας το φόβο να περάσει στην άλλη όχθη, μια και εκεί όλοι μας θα περάσουμε κάποια μέρα. Εμείς, τα ενεργά μέλη, αγωνιζόμαστε, πικραινόμαστε, αντιμετωπίζουμε τον ανταγωνισμό και τις ανθρώπινες κακίες έχοντας μπροστά μας ένα τοίχο.

Έχω καταλήξει από τις μέχρι σήμερα εμπειρίες μου ότι βρίσκομαι παραδομένος σε έναν κόσμο άδικο και χαοτικό, δίχως δίκαιους νόμους, τελικά δίχως δικαιοσύνη. Φανταστείτε ότι αντί να απολαμβάνω τη νιότη μου, έχω φτάσει στο σημείο που το μόνο που εύχομαι είναι να γεράσω γαλήνιος και φιλοσοφημένος. Κατάντησα σαν τον άνθρωπο που αγωνίζεται μια ζωή έχοντας σαν ιδανικό του να φτάσει στην ηλικία της σύνταξης, μήπως τότε απολαύσει κάποιες χαρές. Όσο και να θέλω να χαρώ τη ζωή μου, οι περιστάσεις δεν μού το επιτρέπουν. Ξεπέρασα τις «υψηλές» προσδοκίες – χρήμα, δίψα για αναγνώριση, εγωισμούς και φιλοδοξίες. Παρόλα αυτά, δεν είμαι εφησυχασμένος. Ο ανεκπλήρωτος πόθος για έρωτα, ο φόβος της δυστυχίας, το αβέβαιο μέλλον δεν μού επιτρέπουν να χαρώ τίποτα από αυτά που θα μπορούσε να μού προσφέρει μια ζωή, όπως θα ποθούσα.

Ώρες ώρες νοιώθω σαν ένα πλοίο που είναι έτοιμο να ναυαγήσει στο πρώτο του ταξίδι. Προσέφυγα στις εύκολες λύσεις διαφυγής από την πραγματικότητα. Έγινα μέθυσος, έγινα αδιάφορος για ό,τι συμβαίνει γύρω μου. Όμως... αποτέλεσμα μηδέν! Δεν κατάφερα να κατανοήσω την αναγκαιότητα του «κακού». Αντιδρώ με κατάπληξη ακόμα και με θυμό και μελαγχολία σε ό,τι είναι αντίθετο με τις προσδοκίες μου για ευτυχία. Αρρώστιες και θάνατοι, χωρισμοί και ψυχικές στενοχώριες με φέρνουν αντιμέτωπο με τα εμπόδια στα οποία με φέρνει αντιμέτωπο η σκληρή πραγματικότητα.

Συμπέρασμα; Πιο πολλά έχω να ζηλέψω εγώ από σένα παρά εσύ από εμένα. Διατηρώ τις σωματικές μου δυνάμεις, αλλά νοιώθω να μού είναι άχρηστες. Διατηρώ τις χίμαιρες για μια ζωή γεμάτη αγάπη, κατανόηση, ελευθερία, δικαιοσύνη, αλλά αυτές οι χίμαιρες είναι που με πληγώνουν καθημερινά. Μη καλοτυχίζεις εμάς τους νέους, δάσκαλε. Η ζωή μας είναι σκληρή και πικρή.

– Μάικ, δεν έχεις καθόλου δίκιο, απάντησε ο Αλέξανδρος φουριόζος. Είναι ηττοπάθεια να καταδικάζεις το μέλλον που έχεις μπροστά σου. Η ζωήσου επιφυλάξει ακόμα μεγάλες εκπλήξεις. Είτε καλές είτε κακές. Προσπάθησε να υπερνικήσεις τον πόνο που συναντάς συχνά στη ζωή σου. Μην καταφύγεις στη φυγή και την άρνηση, μην παρασύρεσαι από την αυταπάτη και την τάση για ασκητισμό. Μέσα από το κυνήγι των υλικών κατακτήσεων, όπως είναι η εξουσία του πλούτου και της φήμης, μπορείς να αποκτήσεις μία αίσθηση παντοδυναμίας, να σού δώσει φτερά, να σε κάνει να νιώθεις αυτάρκης, ένας μικρός θεός. Φρόντισε να ανασυντάξεις τις δυνάμεις σου, να αποκτήσεις τη διάθεσή σου για πάλη. Παλεύοντας θα αποκτήσεις την χαμένη σου αυτοπεποίθηση και θα νικήσεις τις αντιξοότητες. Και τότε, αν βγεις νικητής. Τότε μόνο θα νιώσεις την εσωτερική ικανοποίηση που σού λείπει. Εμπρός, λοιπόν, μην το βάζεις κάτω. Ποιός θέλει να είναι ο επόμενος;

Η Σόνια σήκωσε δειλά το χέρι της.

– Εμπρό,ς Σόνια, σε ακούμε.

– Ώρες ώρες δεν μπορώ να αντιληφθώ το χαρακτήρα μου. Είμαι απερίσκεπτη, παρορμητική, ανόητη, ανικανοποίητη, παίρνω αποφάσεις σχεδόν χωρίς τη θέλησή μου, έχω απόλυτη ανάγκη από την παρουσία του άλλου, θαρρείς και ψάχνω για συνυπεύθυνους ακόμα και για συνενόχους. Η ζωή μου έχει σημαδευτεί από εκείνο το ανόητο έγκλημα. Το γνωρίζετε όλοι, δεν χρειάζεται να το διηγηθώ. Παρέσυρα και τον Μάικ στον όλεθρο. Εκμεταλλεύτηκα τον έρωτά του για μένα για να μετατρέψω αυτόν σε άβουλο όργανό μου. Στη συνέχεια, τον παρέσυρα σε άτακτη φυγή, ώσπου ένιωσα να μού γίνεται βάρος και τον εγκατέλειψα στην τύχη του. Τώρα σπαράζει η καρδιά μου να τον βλέπω να πελαγοδρομεί. Φοβάμαι για εκείνον, φοβάμαι και για εμένα. Πού θα καταλήξουμε εμείς οι δυο, άραγε.; Με τυραννάνε οι τύψεις ότι συνέβαλα στο θάνατο ενός ανώριμου παιδιού, τυραννιέμαι με την ιδέα ότι έσπρωξα στην καταστροφή ένα νέο άντρα με χίλια ταλέντα και δυνατότητες, τώρα κατάφερα να παρασύρω σε παραλογισμούς και έναν ώριμο επιστήμονα. Συχνά διερωτώμαι: «ποια είμαι άραγε»;

Δε μπόρεσα να αγαπήσω κανέναν. Ο κακός μου χαρακτήρας δεν άφησε να υποστώ τις θυσίες που χρειάζεται μία αγάπη για να βγάλει καρπούς. Το κακό είναι ότι δεν αγάπησα ούτε τον εαυτό μου. Και παρόλο που η τιμωρία μου είναι σκληρή, αποδέχομαι αυτή με μαζοχιστική διάθεση! Άθελά μου δημιούργησα με την παρουσία μου και σε εσένα, αγαπητέ μου Αλέξανδρε, μια αδιέξοδη κατάσταση. Θέλησες να με συνδράμεις ψυχικά και παρασύρθηκες σε ακρότητες. Λυπάμαι, λυπάμαι ειλικρινά και θέλω να επανορθώσω. Είμαι πρόθυμη να δώσω ό,τι θέλετε, αγαπημένοι μου Μάικ και Αλέξανδρε. Το σώμα μου, την ψυχή μου, την ύπαρξή μου την ίδια, αρκεί να σάς ανακουφίσω από το κακό που σάς έκανα, από τις μάταιες ελπίδες που σάς έδωσα, αρκεί να σάς προσφέρω κάποια ανακούφιση. Προσπαθώ να πιαστώ από κάπου, να συνεχίσω την ανώφελη ζωή μου. Ψάχνω και ψάχνομαι συνέχεια. Δοκιμάζω όποια εμπειρία βρεθεί μπροστά μου. Ίσως γι' αυτό ανυπομονώ να επισκεφτούμε το Κέντρο Διαλογισμού μήπως και οι ελπίδες μου δε μετατραπούν σε χίμαιρες.

Ήρθε και πάλι η ώρα του Αλέξανδρου.

– Καλή μου Σόνια. Στενοχωριέμαι αφάνταστα που η ψυχοθεραπεία που σού έκανα έπεσε στο κενό. Ομολογώ την αποτυχία μου να αναλύσω τα εσώψυχά σου, έκανα σφάλματα, παρασύρθηκα νωρίς να μη σε αντιμετωπίζω σαν ασθενή μου και πολύ φοβάμαι ότι αυτό το σφάλμα μου το πληρώνουμε και οι δύο. Τα λόγια σου με πληγώσανε και σαν άνθρωπο και σαν επιστήμονα. Είσαι μια πολύ δύσκολη περίπτωση, τα προβλήματά σου είναι βαθιά ριζωμένα μέσα σου. Φταίει ίσως η παιδική σου ηλικία, το σοκ που σου προξένησαν με τις πράξεις τους οι αταίριαστοι γονείς σου, το παγωμένο περιβάλλον όπου μεγάλωσες, η ατυχία σου να μη συναντήσεις τον άνθρωπο που θα ξύπναγε τον έρωτα μέσα σου. Είσαι μόνη σου, πάρτο απόφαση. Μην περιμένεις από κανέναν βοήθεια. Τη λύση στα προβλήματά σου θα βρεις εσύ η ίδια. Έχεις αντοχές, έχεις δυνατό χαρακτήρα. Τόλμησες να φύγεις, να ψαχτείς σε μέρη άγνωστα και μακρινά. Συνέχισε να τολμάς γιατί τώρα πρέπει να παλέψεις με τον εαυτό σου. Είμαι σίγουρος ότι δε θα χαθείς, έχεις όλο τον καιρό να βρεις το δρόμο σου.

Η Σόνια έκλαιγε με αναφιλητά.

– Κλάψε, καλή μου Σόνια. Βγάλε κραυγές, ξέσπασε. Μη φοβάσαι. Είναι και αυτό μια καλή αρχή. Τράβα μπροστά και μη δειλιάζεις. Και αν ποτέ χρειαστείς βοήθεια, μη διστάσεις να μού τη ζητήσεις. Θα σε στηρίξω όπως μπορώ.

Λάουρα ήρθε η σειρά σου. Σε ακούμε.

– Σε όλη μου τη ζωή έμαθα να υποκρίνομαι. Παριστάνω συνέχεια μια Λάουρα εφησυχασμένη και ικανοποιημένη από τον εαυτό της. Συνήθισα να ζω μέσα στο ψέμα και να παρηγοριέμαι με τις ψευδαισθήσεις μου. Ήτανε και αυτό μια αυτοάμυνα, κρυβόμουνα από τον εαυτό μου προσπαθώντας να μην απελπίζομαι. Διάλεξα ή μάλλον παρασύρθηκα σε έναν φαινομενικά εύκολο δρόμο. Νίκησα τη σιχασιά που μού προξενούσε η σωματική επαφή με κάθε καρυδιάς καρύδι. Γελάστηκα να νομίζω ότι εγώ είμαι η δυνατή, εγώ έχω το επάνω χέρι στη ζωή. Οι πελάτες μου είναι άβουλα πλάσματα στερημένα από την ηδονή.

Νίκησα την αναγούλα που μού έφερναν οι μυρωδιές του ανθρώπινου σώματος, νίκησα το φόβο που μού προξενούσαν οι διάφορες διαστροφές στις οποίες ήμουνα υποχρεωμένη να υποκύπτω. Έχασα την ανθρώπινή μου υπόσταση και κατάντησα ένα όργανο ηδονής. Θυσίασα την αυτοεκτίμησή μου στο βωμό του χρήματος. Σάς πούλησα φιγούρα ότι εγώ μπορώ ανώδυνα να πλουτίζω, ότι είμαι η έξυπνη, η αυτάρκης που έπιανα τους άντρες κορόιδα. Διακωμώδησα καταστάσεις για να καλύψω τις «πομπές» μου. Και να τώρα που ξεγυμνώνομαι μπροστά σας – όχι με την ευκολία που ξεγυμνώνομαι μπροστά στην πελατεία μου – ψάχνοντας να βρω ανακούφιση με την εξομολόγησή μου.

Έζησα μέσα σε έναν κόσμο ψεύτικο και βρώμικο. Το κατάλαβα όταν γνώρισα εσένα, Μάικ, τον άντρα που προσπάθησε να μού δείξει την άλλη, την όμορφη πλευρά της ζωής. Διαβάσαμε μαζί ποίηση, μού δώρισες βιβλία που μελετώντας τα άνοιξα τα μάτια μου στην ευγενική πλευρά της ζωής. Κυρίως εσύ, Μάικ , αλλά και ο Αλέξανδρος μετέπειτα, με ανέβασαν σε ένα ανθρώπινο επίπεδο. Συχνά διερωτώμαι. Μού κάνατε καλό όταν με οδηγήσατε με τον τρόπο σας να ανακαλύψω την τόση ομορφιά που ήτανε κρυμμένη γύρω μου; Μήπως η αποκάλυψη μιας «άλλης» ζωής με έχουν οδηγήσει στην καταστροφή; Δεν ήμουνα καλά αυτή που ήμουνα μέσα στον κόσμο των ψευδαισθήσεών μου; Προσπάθησα να δικαιολογήσω το ρόλο μου αναλαμβάνοντας συχνά τα άθλια οικονομικά του Μάικ. Ψώνιζα τρόφιμα και ρούχα, τον σπίτωσα σε διαμέρισμα που κέρδισα με «τον κόπο μου», έκανα ό,τι μπορούσα για να ανταποδώσω και εγώ το καλό που μού έκανε.

Ίσως είναι αργά να αλλάξω ζωή. Οι δειλές προσπάθειες που κάνατε μέχρι σήμερα εσύ, Αλέξανδρε, αλλά και ο Μάικ, είναι καταδικασμένες να πέσουν στο κενό. Μέχρι τώρα δείξατε κατανόηση, δεχτήκατε αυτή που είμαι. Σας ευγνωμονώ. Κακά τα ψέματα, το εύκολο χρήμα θα μάς διαφεντεύει. Ευτυχώς που έχω την κατανόησή σας, ιδίως τώρα που σάς άνοιξα την καρδιά μου και καταλάβατε καλά πια είμαι. Στο κάτω – κάτω, ας επισκεφτούμε και αυτό το περίφημο κέντρο διαλογισμού. Ίσως η ινδική φιλοσοφία μπορέσει να μας προσθέσει κάτι.

Ο Αλέξανδρος τερμάτισε τη συνεδρία.

– Νομίζω ότι βγήκαμε όλοι κερδισμένοι από αυτή τη συγκέντρωση. Ανοίξαμε τις καρδιές μας με κάθε ειλικρίνεια και καταλήγουμε σε ένα ευχάριστο συμπέρασμα. Είμαστε τώρα μια μικρή ομάδα ανθρώπων που γνωρίζονται καλά και που θα μπορούν να στηρίξουν ο ένας τον άλλο όποτε χρειαστεί. Αυτό είναι ένα πολύτιμο επίτευγμα. Ευχαριστώ για την ειλικρίνειά σας και την συνεργασία σας. Και τώρα είμαστε έτοιμοι να πάρουμε τη δόση μας της ινδικής φιλοσοφίας στο περίφημο αυτό κέντρο διαλογισμού.

***

28

ΣΤΟΝ ΚΟΣΜΟ ΤΩΝ «ΤΣΑΚΡΑ»

Ο Ινδός εκπαιδευτής τούς υποδέχθηκε καθισμένος σε στάση Γιόγκα. Ήταν κοκκαλιάρης και αγέλαστος, αλλά δεν έπαυε να εξασκεί κάποια έλξη με την παρουσία του. Κοίταξε έναν – έναν στα μάτια και παρέμεινε σιωπηλός για κάποιο διάστημα. Η σιωπή του προξένησε κάποια αμηχανία. Ένας ένας αναγκάστηκαν να χαμηλώσουν το βλέμμα, εκτός από τον Αλέξανδρο που τον με-λετούσε με ενδιαφέρον. Σε λίγο ακούστηκε η φωνή του, μια φωνή απόκοσμη που νόμιζες ότι ερχότανε από το πουθενά.

– Η σιωπή είναι ένα σπουδαίο μέρος του διαλογισμού.

Μπήκε κατευθείαν στο θέμα.

– Εδώ θα προσπαθήσουμε να σάς μάθουμε να διαλογίζεστε και με διάφορες ασκήσεις να ανακαλύψετε και να ενεργοποιήσετε τα ενερ-γειακά σας κέντρα, ώστε να ξυπνήσετε μέσα σας όλες τις κρυφές δυνατότητες για δημιουργικότητα και ευτυχία. Έτσι θα απαντήσετε μόνοι σας στο ερώτημα: «Ποιος είμαι, ποιες δυνάμεις κρύβονται μέσα μου και πώς θα τις ανακαλύψω για να επωφεληθώ από αυτές. Η παρουσία του ψυχολόγου που βρίσκεται μαζί σας ίσως σάς βοηθήσει να δείτε και την επιστημονική πλευρά των θεωριών μας. Τα τσάκρα είναι ψυχικά κέντρα ενέργειας που βρίσκονται σε ύπνωση μέσα στο σώμα μας, η ροή της ενέργειας θα σάς δημιουργήσει διάφορες ψυχικές καταστάσεις. Ας μάς εξηγήσει ο γιατρός σύντροφός σας τί συμβαίνει από βιολογικής απόψεως.

Ο Αλέξανδρος πήρε το λόγο.

– Η σύγχρονη επιστήμη της βιολογίας έχει ερμηνεύσει ότι πρόκειται για χημικές μεταβολές που προέρχονται από τους ενδοκρινείς αδένες των οποίων οι εκκρίσεις αναμειγνύονται άμεσα και στιγμιαία με το αίμα. Αυτή είναι η επιστημονική άποψη, δεν πρόκειται για κάποια μαγεία.

Ο γκουρού shalila ένευσε συγκαταβατικά στην άποψη του Αλέξανδρου.

– Κατανοώντας τον τρόπο λειτουργίας των τσάκρα θα αποκτήσετε ενοράσεις για τις δυνάμεις τελειοποίησης που κρύβονται μέσα σας με αποτέλεσμα να αισθανθείτε δέος για το θαύμα της δημιουργίας. Όλοι έχουμε μέσα μας ενέργεια, είναι η δύναμη που δίνει ζωή στο σώμα που το εφοδιάζει με αισθητήριες ικανότητες και μέσα έκφρασης, με συναισθήματα, όπως χαρά, λύπη, φόβος. Τί γίνεται όμως όταν το σώμα πεθάνει; Η ενέργεια είναι άυλη, δεν ακολουθεί το σώμα στην ταφή του. Απλά μετασχηματίζεται. Από αυτή την άποψη μόνο το σώμα πεθαίνει, η ενέργεια του ανθρώπου παραμένει αθάνατη.

Η σιωπή αυτή τη φορά κράτησε αρκετά. Κανείς δεν τόλμησε να την διαταράξει. Ακούστηκε μια παράξενη μουσική, στην αρχή ανεπαίσθητη που σιγά σιγά δυνάμωνε μέχρι να γίνει εκκωφαντική. Οι «μαθητές» νοιώσανε παράξενα, ανακάλυψαν ότι είχανε κλείσει τα μάτια τους και ο νους τους ταξίδευε στο κενό.

Όταν ξαναγύρισαν στην πραγματικότητα ο γκουρού shalila είχε εξαφανιστεί και στη θέση του προβάλλονταν διάφορα ψυχεδελικά χρώματα. Απόμειναν να τα παρατηρούν χωρίς να καταλάβουν ότι είχε περάσει αρκετή ώρα...

Τώρα οι φίλοι μας περπατούσαν στους πανέμορφους κήπους του κέντρου. Βρίσκονταν σε έναν λόφο που δέσποζε λίγο ψηλότερα από την Ερεσό, πνιγμένο στα λουλούδια και τα πανύψηλα δέντρα. Παντού επικρατούσαν οι ήχοι της παράξενης μονότονης μουσικής, μιας μουσικής που θαρρείς ότι υπνώτιζε σκορπώντας παντού τη γαλήνη.

Δεκάδες «συμμαθητές» τους τούς υποδέχονταν με τη γαλήνη αποτυπωμένη στα πρόσωπά τους. Πολλοί είχανε αφιερωθεί σε διάφορες ασχολίες, όπως κηπουρική, ζωγραφική, αγγειοπλαστική, μουσική και χορό και, κυρίως, τραγούδι. Ο καθένας τους ψιθύριζε και από έναν σκοπό που για κάποιο μυστηριώδη τρόπο έμοιαζε να εναρμονίζεται με τον σκοπό του άλλου.

Η Λάουρα δεν έχασε την ευκαιρία να πιάσει τις πρώτες γνωριμίες. Λικνιζόταν και εκείνη και σιγομουρμούραγε όποιον σκοπό της ερχότανε στον νου, ενώ αντάλλαζε χαμόγελα με όσους εύρισκε μπροστά της. Παρατηρούσε πολλούς να είναι καθισμένοι στο χώμα με την πλάτη σε ένα δέντρο, ενώ άλλοι το αγκάλιαζαν όρθιοι έχοντας κολλημένο το σώμα τους στον κορμό τους. Τούς παρατηρούσε με απορία μέχρις ότου ένας νεαρούλης που προσπαθούσε από ώρα να πιάσει κουβέντα μαζί της βρήκε την ευκαιρία.

– Θα είσαι φαίνεται καινούργια στο κέντρο μας. Δεν θα έμαθες ακόμα για την ενεργειακή ακτινοβολία που εκπέμπουν τα φυτά και τα δέντρα. Είναι όμοια με αυτήν που εκπέμπει το ανθρώπινο αιθερικό σώμα. Αυτοί που παρατηρείς έχουν πετύχει τη σύνδεση της σωματικής τους ενέργειας με την ενέργεια των φυτών. Η δύναμη των δέντρων μπαίνει μέσα τους με την επαφή και δίνει ενέργεια. Το ίδιο συμβαίνει και με τα αρωματικά άνθη, όταν οι απαλές δονήσεις τους μάς τυλίγουν και μάς διαποτίζουν. Τα φυτά αντιδρούν στην αγάπη και την ευγνωμοσύνη του ανθρώπου και ακτινοβολούν ακόμα μεγαλύτερη ενέργεια βοηθώντας τον άνθρωπο.

Η Λάουρα ευχαρίστησε το νεαρό και έσπευσε να ξαπλώσει στο ανθισμένο λιβάδι εισπνέοντας το άρωμα των λουλουδιών. Σε λίγο τη συνεπήρε μία γλυκιά νάρκη, ενώ ένιωθε ταυτόχρονα μια ηδονική ζέστη να τυλίγει το κορμί της. Βυθίστηκε σε έναν ύπνο ανάλαφρο και λυτρωτικό, έναν ύπνο που τέτοιον δε θυμότανε να είχε ξανακάνει στη ζωή της.

Στο δεύτερο μάθημα, ύστερα από την απαραίτητη περισυλλογή δια της σιωπής, ο γκουρού shalila έστρεψε την προσοχή του στη Σόνια και τον Μάικ. Τούς κάλεσε κοντά του και παρατηρούσε για ώρα καρφώνοντάς τους με το επίμονο βλέμμα του.

– Βλέπω ότι τα τσάρκα είναι εντελώς μπλοκαρισμένα, είπε. Κατέχεστε από φόβο, ανασφάλεια και άγχος. Συμπεραίνω ότι από την εποχή που ήσασταν έμβρυα οι μητέρες σας ζούσαν σε κατάσταση συνεχούς στρες. Το ενεργειακό σας σύστημα δεν είχε τις απαραίτητες δονήσεις που θα σάς έκαναν να οιώσετε ευεξία και ασφάλεια. Όταν μετά τη γέννησή σας στερηθήκατε τη σωματική ασφάλεια που απολαμβάνατε τους πρώτους εννέα μήνες της ζωής σα,ς σταμάτησε και η ροή αγάπης που θα γέμιζε τη μικρή ψυχή σας με εμπιστοσύνη και χαρά. Οι μητέρες σας ήτανε πολυάσχολες, κουρασμένες και συναισθηματικά εξαντλημένες, μια και ο τοκετός σας έγινε με τη βοήθεια φαρμάκων και όχι με φυσικό τρόπο. Βρεθήκατε ξαφνικά σε έναν άγνωστο και ψυχρό κόσμο εντελώς μόνοι χωρίς την προστατευτική και ζεστή παρουσία της μητέρας σας. Δεν αναπτύχθηκε μέσα σας η αρχέγονη εμπιστοσύνη που είναι το θεμέλιο πάνω στο οποίο αναπτύσσονται άφοβα όλες σας οι δυνατότητες. Γιατρέ, απευθύνθηκε τώρα στον Αλέξανδρο. Συμφωνείς ότι ο πρώτος χρόνος ζωής του παιδιού είναι ο σημαντικότερος;

– Συμφωνώ απόλυτα, φίλε μου, Είναι η εποχή που το παιδί συγκεντρώνει εμπειρίες μέσα από το σώμα του. Γι' αυτό και η σωματική επαφή με τη μητέρα και τον πατέρα παίζει σπουδαίο ρόλο. Αλίμονο στα παιδιά που οι γονείς στερούν τα παιδιά από μια τέτοια επαφή. Ας μην ξεχνάμε ότι είναι η ηλικία που το παιδί δεν έχει αποκτήσει ακόμα την αίσθηση του χρόνου. Αν το αφήσουμε για ώρα πεινασμένο, αν αισθανθεί μοναξιά, μπορεί να απελπίζεται μη γνωρίζοντας πότε θα τελειώσει αυτή η κατάσταση. Στην αντίθετη περίπτωση, η έγκαιρη ικανοποίηση των αναγκών του μικρού ατόμου του γεννάει ένα αίσθημα βεβαιότητας ότι δεν θα στερείται τα απαραίτητα για τη συντήρηση του σώματος και τη γαλήνη της ψυχής.

– Συμπέρασμα πρώτο, ο συνέχισε ο γκουρού shalila. Σε αυτή την τόσο πρώιμη ηλικία στερηθήκατε την αγάπη και τ φροντίδα των γονιών σας. Νομίσανε ότι μετά τη γέννησή σας ο ρόλος τους κατά κάποιο τρόπο τελείωσε και έστρεψαν τα ενδιαφέροντά ή τις έννοιες τους αλλού. Ας παρατηρήσουμε τα παιδιά που εξακολουθούν να ζουν ακόμα κοντά στη φύση, στους «πρωτόγονους ή υποανάπτυκτους» λαούς, όπως αρέσκεστε εσείς οι «πολιτισμένοι» να αποκαλείτε. Παιδιά που δε στερούνται την αγκαλιά της μητέρα τους, που βρίσκουν την τροφή τους στο στήθος, που νιώθουν να είναι πάντα δίπλα τους, παιδιά που δεν μπουσουλάνε παρατημένα στο πάτωμα. Αυτά τα παιδιά σπάνια κλαίνε και μπορούν να αναλάβουν κοινωνικές ευθύνες από πολύ μικρή ηλικία.

Στην αντίθετη περίπτωση – που πολύ φοβάμαι ότι είναι η δική σας περίπτωση– φίλοι μου, μη έχοντας αυτή την αρχέγονη εμπιστοσύνη και ασφάλεια, αρχίσατε να αναζητάτε αυτά τα πράγματα στον εξωτερικό, υλικό κόσμο. Δημιουργήσατε σχέσεις με πράγματα αντί με ανθρώπους. Παιχνίδια, ζωάκια, αρκουδάκια, ακόμα και πραγματικά ζωάκια, αντικατέστησαν μέσα σας το συναίσθημα της ανθρώπινης ζεστασιάς και επαφής. Η βασανιστική αίσθηση του κενού που δημιουργήθηκε μέσα σας δημιούργησε την πλεονεξία. Κατά την ενηλικίωσή σας δημιουργήθηκαν ανάγκες για όλο και περισσότερα φανταχτερά ρούχα, έπιπλα, αυτοκίνητα, και τελικά τον πόθο για μια τρανταχτή επαγγελματική και κοινωνική αναγνώριση. Εσείς, πάντως, γρήγορα μπουχτίσατε από τέτοιου είδους ανάγκες. Ίσως και να τις ικανοποιήσατε γρήγορα και εύκολα στην υλιστική κοινωνία της υπερεπάρκειας που μεγαλώσατε.

Νάτο πάλι, λοιπόν, το κενό. Δεν ήτανε τα υλικά αγαθά που θα σάς έδιναν το συναίσθημα της εσωτερικής πληρότητας και ασφάλειας. Στραφήκατε σε μια εσωτερική αναζήτηση που, χωρίς να έχετε την απαραίτητη εμπειρία και καθοδήγηση, σάς οδήγησε σε πράξεις πέραν κάθε λογικής. Και αυτές σας οι ενέργειες σάς έσπρωξαν να καταλήξετε στη φυγή από την πραγματικότητά σας. Τώρα βρισκόσαστε στην κατάσταση, όπου για να νιώσετε κάτι χρειάζεστε τραχιά ερεθίσματα και έχετε την τάση να βλέπετε τους άλλους σαν αντικείμενα που εξυπηρετούν την προσωπική σας ικανοποίηση. Τελικά, μεγαλώσατε με μια σύγκρουση ισχύος ανάμεσα σε εσάς και τους γονείς σας που μεγαλώνοντας σάς στέρησε την αυτοπεποίθηση και το κουράγιο να χαράξετε την πορεία της ζωής σας σύμφωνα με τη δική σας προσωπικότητα, τις δικές σας ιδέες, αλλά και τις αρνητικές σας εμπειρίες.

Συμπέρασμα, ή γίνατε εντελώς ενδοτικοί και υπακούετε στις εντολές των άλλων, ή – εξίσου ολέθριο – προσπαθείτε εσείς να ελέγξετε τον κόσμο γύρω σας.

Ο Μάικ μόλις που τόλμησε να ψιθυρίσει.

– Δάσκαλε, μπήκες μέσα στην ψυχή μας. Φανέρωσες πράγματα για τον εαυτό μας που δεν μπορούσαμε να διανοηθούμε. Μπορείς άραγε να μάς λυτρώσεις από τα αδιέξοδά μας;

— Θα το προσπαθήσω με τη συνεργασία του γιατρού που έχετε δίπλα σας. Θα χρειαστεί πολύ προσπάθεια εκ μέρους σας και, κυρίως, θα πρέπει να αποβάλετε την αρνητική σας διάθεση. Να ξέρετε ότι η άρνηση έχει σαν αποτέλεσμα τη φυσική αντίδραση που κρατάει τα σάκρα σας σφραγισμένα με εντελώς αρνητικά αποτελέσματα. Αφήστε τον εαυτό σας ελεύθερο, μακριά από προκαταλήψεις και μόνο τότε θα φανερωθούν οι αιώνιες αλήθειες. Δεν παριστάνουμε τους θεούς, ούτε τους μάγους εδώ. Αυτά που διδάσκουμε και εφαρμόζουμε είναι κατάσταλαγμα σοφίας αιώνων που ούτε η δυτική επιστήμη αμφισβητεί πια. Θα κάνουμε ασκήσεις περισυλλογής και ενδοσκόπησης. Θα μάθετε να γυμνάζετε κατάλληλα το σώμα σας και να τιθασεύετε το πνεύμα σας. Θα προσπαθήσουμε, αν έχετε πάρει την απόφαση, να βοηθήσετε πρώτοι εσείς τον εαυτό σας. Ειδοποιήστε με όταν νιώσετε ότι είσαστε έτοιμοι να ξεκινήσουμε. Μη βιαστείτε, μπορεί αυτό να γίνει σε λίγο καιρό, ίσως στον επόμενο χρόνο. Συνειδητοποιήστε καλά το πρόβλημά σας, όπως το έχω αποκαλύψει και ελάτε, όταν θα νιώσετε ότι είσαστε έτοιμοι...

Πέρασαν δύο εβδομάδες γεμάτες ομαδικές ασκήσεις και ώρες περισυλλογής με τα σώματά τους καθηλωμένα σε διάφορες στάσεις. Η ομάδα των τεσσάρων ένιωθε ξαλαφρωμένη και εντελώς απόμακρη από τα παλιά της άγχη. Ταυτόχρονα νιώσανε και μία κούραση, μία γλυκιά εξάντληση.

— Αρκετά ως τώρα, είπε κάποια μέρα ο γκουρού τους. Ό,τι ήτανε να ωφεληθείτε το ωφεληθήκατε για την ώρα. Συνεχίστε πια μόνοι σας στο φυσικό σας περιβάλλον και, όταν ανοίξετε όλα σας τα τσάκρα, ελάτε πίσω σε εμένα να παλέψουμε μαζί να διαγνώσουμε τα μπλοκαρίσματά σας και να προχωρήσουμε σε ανώτερα επίπεδα διαλογισμού. Ως τότε εγώ θα επικοινωνώ νοερά μαζί σα. Δε θα νιώθετε πια μόνοι και αβοήθητοι. Θα σάς παρακολουθώ και θα σάς κατευθύνω. Δεν πρόκειται να σας εγκαταλείψω στην τύχη σας.

– Ώρα να αποχωρήσουμε, παιδιά, είπε ο Αλέξανδρος. Ας δώσου-
με από τώρα ραντεβού για του χρόνου. Δεν χρειάζεται να πιέζουμε
άλλο τον εαυτό μας. Προς το παρόν ας αποχαιρετήσουμε και ας
ευχαριστήσουμε τον γκουρού μας.

***

29

ΠΡΟΒΛΗΜΑΤΙΣΜΟΙ ΚΑΙ ΘΕΩΡΙΕΣ

Άρχισαν όλοι να ετοιμάζονται για αναχώρηση. Φύγανε άλλοι με ένα σφίξιμο στην καρδιά και άλλοι με ένα συναίσθημα λύτρωσης από την ένταση των ημερών. Γυρίσανε στο σπιτάκι του Αλέξανδρου και αποφάσισαν να βολευτούν όλοι εκεί. Νιώθανε την ανάγκη να παραμείνουν κοντά ο ένας στον άλλο. Η ιδέα του αποχωρισμού έφερνε ένα είδος φόβου. Περάσανε μερικά αξέχαστα βράδια στη βεραντούλα του σπιτιού με ατέρμονες συζητήσεις προσπαθώντας να ερμηνεύσουνε τις εμπειρίες τους. Τότε ήτανε που η Λάουρα έθεσε το μεγάλο ζήτημα.

– Αλέξανδρε, τελικά δεν κατάλαβα τις αναφορές του γκουρού shalila στη μεταθανάτια ζωή. Υπάρχει ή δεν υπάρχει; Τελειώνουμε με το θάνατό μας ή είναι που τότε αρχίζουμε να «ζούμε». Μπορείς εσύ να μάς εξηγήσεις τις θεωρίες;

– Θα προσπαθήσω, Λάουρα. Μόνο που όλοι καταλαβαίνετε πόσο περίπλοκο και αμφιλεγόμενο είναι αυτό το θέμα. Η επιστήμη δεν παραδέχεται κανένα γεγονός, αν δεν έχει αποδειχθεί. Και εμείς οι επιστήμονες δεν έχουμε καμία απόδειξη για ζωή ή επικοινωνία με τον άλλο κόσμο. Βέβαια, εκμεταλλευόμενοι την ελπίδα του «μη τέλους» που καλλιεργούν και οι διάφορες θρησκείες, ανέλαβαν διάφοροι, που θεωρούμε τσαρλατάνους, να παραστήσουν ότι επικοινωνούν με τους νεκρούς και πολλοί μάλιστα μεταδίδουν και μηνύματα που παίρνουν. Τώρα, βασιζόμενος στις θεωρίες της ινδικής φιλοσοφίας, όπως τις δίδαξε ο γκουρού shalila, έχω προβληματιστεί μια και εκείνος και οι όμοιοί του βεβαιώνουν ότι επικοινωνούν με τα πνεύματα. Ας δούμε τί προσπαθούν να μας διδάξουν. Η ύπαρξή μας αποτελείται από το σώμα μας που είναι όμως διαιρεμένο σε τέσσερα ενεργειακά σώματα. Τα σώματα αυτά δονούνται σε διαφορετικές συχνότητες. Ανάλογα με τις δονητικές τους συχνότητες τα χωρίζουμε στο αιθερικό σώμα, το αστρικό, το νοητικό και το πνευματικό.

Το αιθερικό σώμα ενεργεί σαν προστατευτική ασπίδα του φυσικού σώματος. Διαλύεται σε τρείς έως πέντε μέρες μετά το φυσικό θάνατο για να ανασχηματιστεί στη συνέχεια και να προστατεύσει το νέο μας σώμα που είναι η μετενσάρκωση του παλιού. Μάς εμπλουτίζει με τις ζωτικές ενέργειες που αντλεί από τον ήλιο και τη γη και εμποδίζει τα μικρόβια και άλλα επιβλαβή υλικά να μπουν στο σώμα μας. Και ενώ το φυσικό σώμα διαλύεται με το θάνατο, το αιθερικό, το αστρικό, το νοητικό και το πνευματικό σώμα συνεχίζουν να υπάρχουν και ενώνονται με το νεοσχηματισμένο με τη μετενσάρκωση φυσικό σώμα, μεταφέροντάς του τα συναισθήματα και το χαρακτήρα μας, τη σκέψη και τη λογική μας, τη σύνδεσή μας με το θεϊκό ον. Με αυτή την έννοια ο άνθρωπος είναι αθάνατος. Το φυσικό σώμα πεθαίνει και το ακολουθεί τον αιθερικό σώμα που ως τώρα το θωράκιζε από τις αρρώστιες. Ο άνθρωπος προστατευτότανε όσο ζούσε από τις αρρώστιες χάρις στην ενέργεια που παρείχε το αιθερικό σώμα. Κανείς δεν αρρωσταίνει από εξωτερικά αίτια. Αιτία των ασθενειών αποτελούν οι αρνητικές σκέψεις, το στρες, οι διάφορες καταχρήσεις, η υπερβολική κατανάλωση οινοπνεύματος και νικοτίνης, τα κάθε είδους φάρμακα και ναρκωτικά, η εισπνοή καυσαερίων και όλες οι άλλες νοσογόνες αιτίες που έχει δημιουργήσει ο άνθρωπος.

Το αστρικό σώμα, έχει σχέση με τα συναισθήματα (φόβος – θυμός – κατάθλιψη – ανησυχία), τις διαθέσεις και το χαρακτήρα μας. Το αστρικό σώμα επιζεί από το φυσικό θάνατο και ενώνεται με το νέο μετά θάνατον φυσικό σώμα κατά την ενσάρκωση, μεταφέροντάς του όλα τα συναισθηματικά μας προβλήματα. Μέσα από το αστρικό σώμα μπορούμε, αν φθάσουμε σε ένα ανώτατο στάδιο διαλογισμού, να αποκτήσουμε τη θαυματουργική δυνατότητα να κάνουμε να συμβούν όποια γεγονότα θέλουμε.

Το νοητικό σώμα σχετίζεται με τη σκέψη μας, τις ιδέες και τις λογικές αντιλήψεις, όπως μεταβιβάζονται από το φυσικό σώμα στο αστρικό, διαμέσου του αιθερικού σώματος. Οι σκέψεις που παράγονται στο νοητικό σώμα έχουν σχέση με εγκόσμια θέματα και στόχο την παροχή λογικών λύσεων στα προβλήματά μας.. Η γνώση που παρέχεται εκφράζεται με τη μορφή διαισθήσεων και ξαφνικών ενοράσεων, όπως εικόνες και ήχοι.

Υπάρχουν άνθρωποι (τα μέντιουμ) που έχουν κατορθώσει να αναπτύξουν την επικοινωνία με το νοητικό σώμα σε βαθμό που «βλέπουν και ακούν» λύσεις στα προβλήματά μας. Το πνευματικό σώμα μάς συνδέει με το «θεϊκό ον», τη βάση της δημιουργίας, ώστε να αποκτούμε πρόσβαση σε όλα όσα υπάρχουν στη Δημιουργία. Μέσα από αυτό μπορούμε να αναγνωρίσουμε την πηγή και τον στόχο της ύπαρξής μας και τον σκοπό της ζωής μας. Αποκτούμε τη δυνατότητα να κατευθύνουμε όλες τις πράξεις μας. Η ζωή μας εκφράζει σοφία, δύναμη, μακαριότητα και, κυρίως, αγάπη. Αυτή είναι, με λίγα λόγια, φίλοι μου, η θεωρία της ινδικής φιλοσοφίας περί αθανασίας. Βασίζεται πάνω σε λογικά συμπεράσματ. Γι' αυτό έχει και χιλιάδες οπαδούς σε όλον τον κόσμο.

Η ύλη που αποτελεί το ανθρώπινο σώμα δεν χάνεται, απλά ανακυκλώνεται. Όμως, όλα τα άλλα «μη φθαρτά» άυλα στοιχεία από τα οποία αποτελείται η ύπαρξή μας, τα συναισθήματα, η λογική μας, οι σκέψεις μας, η διανόησή μας, όλα αυτά «μεταβιβάζονται» με τη μετενσάρκωση.[1] Δεν είναι πράγματα που έχουν αποδειχθεί επιστημονικά. Έχουν, πάντως, μια λογική βάση. Γι' αυτό δε μπορούμε να τα απορρίψουμε. Και εσείς με τη λογική σας μπορείτε να βγάλετε μόνοι σας τα συμπεράσματά σας.

Προβληματισμένη η παρέα παρέμεινε για αρκετά σιωπηλή. Ξενύχτησαν κοιτάζοντας τον ουρανό με τα μυριάδες άστρα να τρεμοσβήνουν. Πού και πού διακρινότανε ένα «πεφταστέρι» να γλιστράει στο σύμπαν και αμέσως να σβήνει αφήνοντας μια ασημένια λάμψη πίσω του.

– Παρακολουθούμε την εξαφάνιση κάποιων μετεωριτών που χάνονται στο άπειρο, συνέχισε να εξηγεί ακούραστος ο Αλέξανδρος. Αυτό που βλέπουμε εμείς να συμβαίνει τώρα έχει συμβεί αιώνες πριν. Αστέρια γεννιούνται και εξαφανίζονται στο σύμπαν με ιλιγγιώδεις ρυθμούς. Το φώς που σηματοδοτούσε την ύπαρξή τους δεν υπάρχει πια. Όμως, παραμένει αποτυπωμένο στο διάστημα μια και η λάμψη του – αυτή που έλαμπε χιλιάδες χρόνια πριν σβήσει – εξακολουθεί να «φαίνεται» στα μάτια μας, αφού το σκοτάδι που το διαδέχθηκε θα καθυστερήσει για πολύ να φτάσει στην αντίληψή μας. Αυτό συμβαίνει, διότι, παρ όλο που το φώς «τρέχει» με τρομερή ταχύτητα, χρειάζεται χιλιάδες χρόνια για να διανύσει τις τεράστιες αποστάσεις που το χωρίζουν από τη γη.

Αν «ανάψει» τώρα ένα καινούργιο αστέρι, το φως του θα γίνει αντιληπτό στη γη ύστερα από χιλιάδες χρόνια. Εμείς παρακολουθούμε τώρα ένα παρελθόν. Το φως και το «μη φως» που βλέπουμε ανήκουν στο παρελθόν. Αυτό το παρελθόν παρακολουθούμε, φίλοι μου, τώρα. Συμπέρασμα: στο σύμπαν δεν υπάρχει η έννοια του χρόνου. Το παρελθόν είναι υπαρκτό, το βλέπουμε μπροστά στα μάτια μας.

Μήπως κάτι τέτοιο συμβαίνει και με το μέλλον; Μήπως το σύμπαν κυριαρχείται από κάποιο μυστήριο που δεν έχουμε ανακαλύψει ακόμα; Μήπως χρειάζεται μεγάλη εξάσκηση και διαλογισμός για να αποκαλυφθεί σε εμάς η κρυφή αλήθεια του σύμπαντος; Ο χρόνος έχει μια κυκλική διάσταση, είναι *ο χρόνος της αιώνιας επιστροφής*, όπου δεν υπάρχει ούτε αρχή ούτε τέλος, όπου δεν υπάρχουν τέρματα για να φθάσεις, ούτε εντάσεις, ούτε απογοητεύσεις. Αυτός είναι ο χρόνος της ανθρώπινης προϊστορίας. Στη συνέχεια, μετατρέπεται σε μια ίσια γραμμή και προχωράει προς το μέλλον αφήνοντας πίσω οτιδήποτε πεθαίνει. Αυτός είναι ο γραμμικός χρόνος της ιστορίας, ο χρόνος της επιλογής, της θυσίας, *της παντοδυναμίας της διάλυσης της αυταπάτης κάτω από τον ήλιο της συνείδησης.*[2]

Άλλωστε αυτό δεν προσπάθησε να διδάξει και ο γκουρού shalila υποστηρίζοντας ότι μπορούμε να «βλέπουμε» το παρελθόν νικώντας το χρόνο; Να, λοιπόν, που όλα τα φαινόμενα μπορούν να αποδειχθούν. Όμως, αρκετά φιλοσοφήσαμε για απόψε, φίλοι μου. Ας πάμε πια για ύπνο. Τα όνειρα που ίσως δούμε μπορεί να μάς μεταφέρουν στο παρελθόν ακόμα και στο μέλλον μια και είναι άυλα.

Ξεκίνησαν όλοι για ύπν. Ξέρανε τώρα πια ότι σιγά σιγά οι διδασκαλίες του γκουρού shalila θα κυριαρχούσαν μέσα τους και θα αποκαλύπτονταν σταδιακά οι αλήθειές του.

---

1 *S. Sharamon – B Baginski, Το βιβλίο των tsakra*

2 *Aldo Carotenuto, Τα δάκρυα του κακού*

***

30

ΑΠΟΧΑΙΡΕΤΙΣΜΟΙ

Ένα τηλεγράφημα με παραλήπτη τον Μάικ που έφθασε την επομένη, ήτανε η αφορμή να διασπαστεί και πάλι η ομάδα. Το διάβασε με χτυποκάρδι και αμέσως το πρόσωπό του φωτίστηκε. Με τρεμάμενη φωνή το διάβασε στους γεμάτους περιέργεια συντρόφους του: «Κατόπιν επιμόνου απαιτήσεως των μαθητών σας και ορισμένων γονέων για επανεξέταση της αποφάσεώς μας περί αντικαταστάσεώς σας από την θέσιν σας του καθηγητού, και στη συνέχεια κατόπιν πολλών συζητήσεων σχετικών με την διδακτική σας τακτικήν, το συμβούλιο γονέων και κυρίως το μαθητικόν συμβούλιον μάς έπεισαν να ανακαλέσουμε την προγενεστέραν απόφασίν μας περί αντικαταστάσεώς σας. Σάς καλούμε όθεν – εφ όσον το επιθυμείτε – να επανέλθετε εις την θέσιν σας και να αναλάβετε εκ νέου τα καθηγητικά σας καθήκοντα. Παρακαλούμε απαντήσατε σύντομα. Η Διεύθυνσις του Σχολείου».

Ο Μάικ πετούσε από τη χαρά του. Έπιασε αμέσως να φτιάχνει τη βαλίτσα του. Αλλά και η Λάουρα δε δίστασε να ακολουθήσει.

– Θα' ρθω μαζί σου Μάικ. Με χρειάζεσαι και σε χρειάζομαι. Είμαστε σύντροφοι στις χαρές και τις λύπες. Θα μείνω μαζί σου να σε στηρίζω όποτε το χρειάζεσαι. Μη μου το αρνηθείς, καλέ μου Μάικ. Οι εμπειρίες και οι εξομολογήσεις μας εδώ στην Ερεσό θα μας ενώνουν για πάντα.

Ο Μάικ την αγκάλιασε συγκινημένος. Μόνο που την ώρα που την έσφιγγε στην αγκαλιά του διέκρινε ένα περίεργο βλέμμα της Σόνιας. Δεν έδωσε και μεγάλη σημασία. Εκείνη τη στιγμή έλαμπε από χαρά και για το τηλεγράφημα του σχολείου, αλλά και για τη στάση της Λάουρας.

Ο Αλέξανδρος κοιτούσε λάμποντας και αυτός από χαρά.

– Πηγαίνετε, καλοί μου φίλο, ι εκεί που σάς καλεί η μοίρα σας. Θα σάς συνοδεύουν οι ευχές μου για ένα καλό μέλλον. Και μην ξεχάσετε ποτέ τις μέρες που περάσαμε αντάμα εδώ στην Ερεσό. Μάθαμε πολλά και χρήσιμα πράγματα. Ελπίζω μια μέρα να επιστρέψουμε και να ξανανταμώσουμε. Είμαστε δεμένοι εμείς οι τέσσερις. Ελπίζω να χωρίσουμε προσωρινά. Η Ερεσός θα παραμείνει για όλους σα μια ευχάριστη ανάμνηση, σαν ένα φωτεινό διάλειμμα στη ζωή μας. Ας υποσχεθούμε ότι θα γυρίσουμε εδώ μια μέρα. Η Ερεσός έχει πολλά ακόμα να μας δώσει...

– Αλέξανδρε, σε παρακαλώ να παραμείνουμε εμείς για κάμποσο εδώ, είπε η Σόνια που μόλις που ακουγότανε.

– Ας μην εγκαταλείψουμε ακόμα το αγαπημένο μας «πλατανόφυλλο». Έχουμε πολλά και θαυμαστά να ανακαλύψουμε. Θέλω να αντλήσουμε ενέργεια αγκαλιάζοντας τα απολιθωμένα δέντρα που περιμένουν αιώνες τώρα εδώ δίπλα, να επισκεφθούμε το συμπαθέστατο γειτονικό μας Σίγρι με το ονομαστό μουσείο του, αυτό το θαύμα υπομονής και επιμονής των λιγοστών ανθρώπων που αγαπάνε τον τόπο τους, να αγναντέψουμε τα πέλαγα από το «Υψηλό μοναστήρι», να συναντήσουμε το θεό και το διάβολο που δημιούργησαν τα τόσα θαύματα που μας περιτριγυρίζουν.

Ο Αλέξανδρος συγκινημένος την έπιασε από το χέρι.

– Σόνια μου, θα είμαι κοντά σου για όσο νομίζεις ότι με χρειάζεσαι. Με συγκινείς που αναζητάς τη συντροφιά μου. Έχεις τώρα πια ανοίξει τον εαυτό σου και ελπίζω να μπορέσω να σε βοηθήσω αποφασιστικά. Πάμε να περιπλανηθούμε στο νησί. Πάμε να ψάξουμε να βρούμε τον εαυτό μας. Σε ευγνωμονώ που μίλησες μέσα μου.

Το μεσημεριανό λεωφορείο ξεκίνησε αγκομαχώντας για τη «Χώρα». Ανάμεσα στους λιγοστούς του επιβάτες, η Λάουρα και ο Μάικ κρατημένοι από το χέρι αποχαιρετούσαν την υπόλοιπη παρέα. Χαιρετιστήκανε όλοι με μεγάλη συγκίνηση. Σε λίγο το λεωφορείο εξαφανίστηκε πίσω από τους λόφους αφήνοντας πίσω του σύννεφα σκόνης.

Το «αταίριαστο» ζευγαράκι που απέμεινε στην Ερεσό, έκανε για μια ακόμα φορά τη βόλτα του στην παραλία.

– Αύριο ξεκινάμε και εμείς, έλεγε στον Αλέξανδρο χαρούμενη η Σόνια. Δεν φαντάζεσαι πόσο ανυπομονώ να έρθω σε επαφή με το απολιθωμένο δάσος, αυτό το μοναδικό θαύμα της φύσης.

∗∗∗

31

ΠΡΟΒΛΗΜΑΤΙΣΜΟΙ ΚΑΙ ΚΑΤΑΝΥΞΗ ΣΤΟ «ΥΨΗΛΟ ΜΟΝΑΣΤΗΡΙ»

Ξεκίνησαν αχάραγα σκαρφαλώνοντας στο «Βράχο της Σαπφώς». Η Σόνια βιαζότανε να φτάσει στην κορφή, να ατενίσει τον ήλιο που θα ανέτειλε μέσα από τη θάλασσα, «όπως συνήθιζε η Σαπφώ», καθώς έλεγε ενθουσιασμένη. Όσο σκαρφαλώνανε στον άγριο βράχο συχνά αγριευότανε από τις σκιές και τα ουρλιαχτά από τα τσακάλια και το απόκοσμο σφύριγμα των φιδιών που τρέχανε να κρυφτούν μέσα στην άγρια νύχτα. Τοπίο νεκρό χωρίς ίχνος βλάστησης, άγριο και αφιλόξενο, τρομαχτικό μέσα στην ερημιά του. Ωστόσο, τώρα που ξημέρωνε η καινούργια μέρα και το σκοτάδι έδινε τη θέση του στα μαγικά χρώματα της ανατολή,ς την αγριάδα διαδέχτηκε ένα αίσθημα λύτρωσης και χαράς.

– Δεν άργησε να μας τυφλώσει ένας λαμπερός ήλιος. Τις ψυχές μας κατέλαβε ένα δέος, ένας ίλιγγος σα να πετούσαμε μεταξύ ουρανού και γης, χωρίς φτερά χωρίς μηχανές. Τη μία κορυφή διαδεχότανε μια άλλη σχεδόν απαράλλαχτη μέχρι που αντικρίσαμε μπροστά μας την πιο ψιλή να δεσπόζει στο τοπίο. Στην κορυφή της, που δέσποζε φάνταζε σαν κορώνα το ψηλό μοναστήρι. Γύρω μας και αποκάτω μας είχαν εξαπλωθεί τώρα σύννεφα που έκαναν το μοναστήρι να μοιάζει ότι αιωρείται στο άπειρο. Καμιά φορά ο αγέρας παρέσυρε για λίγο τα σύννεφα και άφηνε να φανερωθούν οι ατελείωτες βουνοκορφές, δημιουργήματα του αρχαίου θυμού των Ηφαιστείων, οι ατελείωτες βαθιές και σιωπηλές χαράδρες, μέχρι και τη θάλασσα που σκούρα και ανταριασμένη απλωνότανε στο βάθος του ορίζοντα. Ήτανε τέτοια η ησυχία που μάς τύλιγε, ώστε δεν τολμούσαμε να τήν ταράξουμε με λόγια περιττά.

 Φτάσαμε λαχανιασμένοι στην κορφή όπου δέσποζε η μονή. Ο καλόγερος και το καλογεροπαίδι μάς υποδέχτηκαν με ένα καλοσυνάτο χαμόγελο και ύστερα σιώπησαν και εκείνοι συνηθισμένοι στη σιωπή της μοναξιάς τους, που κανείς δεν τολμούσε να ταράξει. Τους καλημερίσαμε διαβαίνοντας το τελευταίο σκαλί και μπαίνοντας στο προαύλιο της μονής. Το καλογεροπαίδι, αμούστακο, με ένα ελαφρό χνούδι στο πρόσωπό του, με μακριά μαύρα μαλλιά τυλιγμένα σε κότσο, ντυμένο με ένα απλό ράσο, ανέλαβε να μάς ξεναγήσει.

– Εδώ είναι η βιβλιοθήκη μας με τα ευαγγέλια – κειμήλια αιώνων – που αξίζει να μελετήσετε. Εδώ το μικρό μας μουσείο, εδώ το σαλονάκι για την υποδοχή των επισκεπτών, το μικρό μας μαγαζάκι με ενθύμια του μοναστηριού, και στη συνέχεια τα δωμάτια του ξενώνα μας.

– Γιατί δεν διανυκτερεύετε εδώ απόψε, ρώτησε ο καλόγερος. Αν είναι θέληση του θεού θα φύγουν τα σύννεφα και θα σάς αποκαλύψουν τον πιο λαμπερό ουρανό που έχετε αντικρίσει ποτέ, συνέχισε. Θα νομίσετε ότι σηκώνοντας τα χέρια σας θα αγγίξετε τα άστρα, θα νιώσετε τί είναι πνευματική ανάταση. Αν, πάλι, είναι άλλο το θέλημά του, τότε θα αισθανθείτε το δέος της καταιγίδας να σάς τυλίγει, τις βροντές και τους κεραυνούς να συνταράζουν την ύπαρξή σας, τις αστραπές να δημιουργούν απόκοσμες σκιές με τη φευγαλέα λάμψη τους. Όποια και να είναι η πίστη σας, εδώ θα ανακαλύψετε πόσο κοντά βρίσκεστε στο θεό. Και πριν χαράξει η μέρα, θα σάς καλέσουμε να ψάλουμε μαζί τον Όρθρο, να Τον ευχαριστήσουμε που μάς αξιώνει να δούμε να ξημερώνει άλλη μία μέρα.

Ανταλλάξανε αμήχανες ματιές οι δύο σύντροφοι, ύστερα από την αναπάντεχη πρόσκληση. Ο καλόγερος μάντεψε την απόφασή τους πριν ακόμα την ανακοινώσουν και έγνεψε στο καλογεροπαίδι να ετοιμάσει τους ξενώνες. Κίνησε πρόθυμα και ο ίδιος για το μαγειρείο να βάλει τις φακές να βράσουνε για το βραδινό, να βγάλει από το βαρέλι τα παστά, να γεμίσει το μπουκάλι με το σπιτικό ρακί, δώρο των πιστών, να ευχαριστήσει τους ξένους. Όλοι τους, οικοδεσπότες και φιλοξενούμενοι νιώθανε ότι θα ήτανε μια ξεχωριστή βραδιά η αποψινή, καμία σχέση με τις άλλες.

– *Ευλόγησον, κύριε, την βρώσιν και την πόσιν ημών*, συνόδευε το δείπνο ο καλόγερος σιγοψιθυρίζοντας προσευχές.

Εγώ αφουγκραζόμουνα τις ψαλμωδίες του πλημμυρισμένος από δέος.

– *Μακάριοι οι πτωχοί τω πνεύματι...*, συνέχισε ο καλόγερος σα να είχε μαντέψει την απορία μου.

Με κοίταζε με αυστηρότητα μαντεύοντας ότι δε συμμετείχα στην κατάνυξή του. Είχε μαντέψει σωστά. Παρόλο που τα λεγόμενα – και τα μη λεγόμενά του – η διάχυτη ατμόσφαιρα, τα αρώματα των νυχτολούλουδων ανακατεμένα με τη δυνατή μυρωδιά του λιβανιού, είχαν αρχίσει να δημιουργούν μια αίσθηση ειρήνης μέσα μου, παρόλο ότι είχα αρχίσει να νιώθω τη μυστηριακή παρουσία κάποιου θεού τριγύρω μας, δεν έπαυα να διατηρώ μέσα μου τον έμφυτό μου αρνητισμό. Ήτανε φυσικό. Δεν αλλάζει κανείς πεποιθήσεις και κοσμοθεωρίες επειδή έζησε μερικές στιγμές κατάνυξης σε ένα μοναστήρι. Μέσα μου ανακαλούσα τις απόψεις μου περί μη υπάρξεως θεού, τις διδασκαλίες του γκουρού shalila περί αθανασίας των σωμάτων και της μετεμψύχωσης, την ανυπαρξία της έννοιας του χρόνου και του χώρου που αντικατοπτριζότανε στο άπειρο, ότι, τέλος, πάντων είχα πιστέψει και διδαχθεί στη μέχρι τώρα ζωή μου, σε αντιπαράθεση με την αγνή και άδολη πίστη ενός καλογέρου που είχε απαρνηθεί τα εγκόσμια.

– Ο πανταχού παρών και τα πάντα πληρών, συνέχιζε ο καλόγερος σα να έφερνε αντιρρήσεις στις αρνητικές σκέψεις μου.

Μια σιωπηλή ασήμαντη ψιχάλα, πιο σιωπηλή και από αυτήν ακόμα τη σιωπή άρχισε να υγραίνει την αυλή. Τη νιώθω την υγρασία στο σώμα μου. Αρχίζουν να πονάνε όλες μου οι κλειδώσεις. Ο καλόγερος μονολογούσε στην προσπάθειά του – σαν καλός οικοδεσπότης – να μην αντιδικήσει με τους μουσαφιρέους του. Είχε ξανακάνει τέτοιες συζητήσεις με διάφορους «άπιστους» και γνώριζε πόσο μάταιες είναι αυτές οι κουβέντες.

– Δεν τους πείθεις με τίποτα όσους δεν πιστεύουν. Οχυρώνονται πίσω από διάφορα τάχατες επιστημονικά επιχειρήματα και κρατάνε με πείσμα κλειστά τα μάτια τους, μήπως και αντικρίσουν την αλήθεια του Θεού., σχολίαζε καλόγερος τώρα στο καλογεροπαίδι, αποφεύγοντας να εμπλακεί σε φιλοσοφικές συζητήσεις, μην και φανεί «ολίγος» στα μάτια του. Και συνέχισε:

– Όσον αφορά τώρα τον αποψινό ξένο μας, τον αφήνω στα χέρια του Υψίστου. Αν δε μπορεί ή δε θέλει να πιστέψει στην ύπαρξη του Πανάγαθου αυτό είναι δικό του θέμα. Ας ψάξει να βάλει μόνος του το χέρι «επί τον τύπον των ήλων». Και αν δεν τα καταφέρει να ανακαλύψει την αλήθεια, έ τότε είναι άξιος της τύχης του να ζήσει την υπόλοιπη ζωή του ανάμεσα στο φόβο του αγνώστου, τον πανικό του θανάτου και τη γεμάτη αμφιβολίες αναζήτηση του νοήματος της ζωής, συμπλήρωσε.

Η καταιγίδα δεν άργησε να ξεσπάσει. Η Σόνια αποτραβηγμένη στο κελί της προσπαθούσε να κοιμηθεί, αλλά οι βροντές και οι κεραυνοί δεν την άφηναν σε ησυχία. Ξαγρύπνησε με τις αμφιβολίες της. Τα λόγια του καλόγερου την είχανε επηρεάσει.

Ξημέρωσε την επομένη μια λαμπρή μέρα που τούς βρήκε να περιφέρονται στο βουνό. Εκείνη άνοιξε πρώτη τη συζήτηση με τον Αλέξανδρο.

– Μη μού πεις, Αλέξανδρε. Απόψε κάποιος άγνωστος σ' εμάς θεός αποκάλυψε όλο το μεγαλείο του. Μίλησε μέσα μου με τη γαλήνια σιωπή του μοναστηριού, με τη διακριτική ψιχάλα, με τα αστραπόβροντα και, τέλος, με τον εφησυχασμό της φύσης και την καινούργια μέρα που όλο μεγαλείο ξημέρωσε γύρω μας και μέσα μας. Για μένα όλα αυτά ήτανε θεός, μια ανώτερη δύναμη που δημιούργησε και κουμαντάρει όλα αυτά τα θαυμαστά.

– Δεν θέλω να χαλάσω την κατανυκτική σου διάθεση, καλή μου Σόνια. Αντίθετα, μάθε ότι και εγώ επηρεάστηκα από την αδιάκοπη εναλλαγή των εικόνων που πρόσφερε η φύση. Σε καταλαβαίνω που επηρεάστηκες, έτσι ευαίσθητη και ευσυγκίνητη που είσαι. Η ψυχολογία διδάσκει ότι ο συναισθηματικός μας κόσμος δεν μένει αμέτοχος ούτε με τη γλυκιά γαλήνη της ψιχάλα, ούτε με το φόβο της καταιγίδας και το σφύριγμα του βοριά που φυσολογάει και επηρεάζει τα συναισθήματά μας, ούτε βέβαια και με την αποκάλυψη της έννοιας του απείρου που αντικρίζουμε στην αστροφεγγιά. Ξέρω από τους ασθενείς μου πόσο αλλάζουν διάθεση ανάλογα με τα φυσικά φαινόμενα. Ο αέρας φέρνει νευρικότητα, η καταιγίδα γεννά φοβίες, η ανακάλυψη της έννοιας του απείρου κατακερματίζει τις εύθραυστες ισορροπίες, δημιουργώντας ψυχικές αναταραχές. Το περιβάλλον παίζει σπουδαίο ρόλο στον αδύναμο ψυχολογικά άνθρωπο. Σκέψου πώς αντιδρούσες εσύ στην παγωμένη σου πατρίδα και πώς αντιδρά η Λάουρα, το παιδί του ήλιου και της ζέστης. Όλα έχουν την εξήγησή τους. Από αυτό όμως το σημείο μέχρι του σημείου να ονομάζουμε όλα «θεό», είναι τουλάχιστον αφέλεια. Τα μυστήρια της φύσης έχουν πάψει να είναι πια μυστήρια. Τώρα πια η επιστήμη έχει αποκαλύψει την αλήθεια. Δεν υπάρχει θεός της φωτιάς, ούτε θεός του κεραυνού ή θεός του σεισμού. Θα επισκεφτούμε το υπέροχο μουσείο στο Σίγρι και εκεί θα διαπιστώσεις τα θαυμαστά έργα του ανθρώπου – όχι του θεού – που ανακάλυψε τί είναι φωτιά και τί ηφαίστειο, πως σε κάτι το εφήμερο, όπως με ένα απλό φυλλαράκι ή ένα δέντρο μπορεί η φύση να χαρίσει την αιωνιότητα. Μπορείς να αρχίσεις να πιστεύεις σε κάποιο αόριστο θεό, αν αυτό σε ανακουφίζει, εγώ, πάντως, θα εξακολουθήσω να πιστεύω σε κάτι εντελώς συγκεκριμένο, στις δυνατότητες του ανθρώπου και στο δημιούργημά του, την επιστήμη.

Γυρίσανε στο μοναστήρι να ευχαριστήσουνε τους καλόγερους για τη φιλοξενία τους.

– «Φωνή βοώντος εν τη ερήμω», έψελνε ακόμα ο καλόγερος. Τούς αποχαιρέτησε εγκάρδια.

– «Αγαπάτε αλλήλους», φώναξε, ενώ παρακολουθούσε να απομακρύνονται μέχρις ότου τους κατάπιε η πρωινή ομίχλη.

Ο Αλέξανδρος ακολουθούσε ασθμαίνοντας τη Σόνια που ανυπόμονη έτρεχε πάνω στα κατσάβραχα χωρίς να κοιτάζει πίσω της.

– Τί παράξενη κοπέλα που είσαι, Σόνια, μιλούσε νοερά. Δεν θα εκπλαγώ να ανακαλύψω μια μέρα ότι κατέληξες να αντλείς έμπνευση από το τοπίο της Ερεσού και τη Σαπφώ και να γράφεις στίχους προς τιμήν της. Μήπως είσαι η μετενσάρκωσή της; Γιατί όχι! Γνωρίζω καλά πόσο πολύ ταλαιπωρήθηκες στη μέχρι σήμερα ζωή σου. Ακόμα αμφιταλαντεύεσαι και προβληματίζεσαι για το δρόμο που θα πάρεις από εδώ και εμπρός. Μεγάλωσες σε ένα άθεο περιβάλλον και να που τώρα κοντεύεις να γίνεις θρησκευόμενη. Θέλησες να δοκιμάσεις όλες τις εμπειρίες της ζωής, όπως είχες αποφασίσει, αλλά τελικά δεν διάλεξες καμία. Αρνείσαι την οικογενειακή ζωή, αλλά δε θέλεις και τον έρωτα, όπως τον δίδαξε η Σαπφώ. Γνώρισες την κακία και την προστυχιά του κόσμου, αλλά, ευτυχώς, τελικά επικράτησε μέσα σου η αγάπη και η καλοσύνη. Δανείστηκες από τη Σαπφώ ό,τι καλό είχε να σού δώσει και τώρα διακατέχεσαι από ένα σύνδρομο που, ας το ονομάσουμε, «Το σύνδρομο της Ερεσού». Διερωτώμαι πού θα καταλήξεις στη ζωή σου και απάντηση δε βρίσκω... Όσο για μένα, συνέχισε ο Αλέξανδρος, αισθάνομαι ευτυχισμένος και καταλαγιασμένος με τις γυναίκες που γνώρισα κοντά στα τέλη της ζωής μου. Τη Λάουρα, τη Σόνια και το πνεύμα της Σαπφώς. Γυναίκες ξεχωριστές στο είδος τους η κάθε μία, δυνατές και ελεύθερες με πίστη και ποιότητα και – παρά τα φαινόμενα – εντελώς αγνές. Δε θέλω, δε νιώθω καμία ανάγκη να ζήσω δίπλα σε άλλες γυναίκες. Δε με ενδιαφέρει η κακία και η πονηράδα τους, ούτε η μικρότητα και η μοχθηρία των περισσοτέρων. Αισθάνομαι πλήρης και εφησυχασμένος, έτοιμος να ζήσω πια στη μοναξιά μου. Εύχομαι να καταλήξω εδώ στο Σίγρι, μόνος με τις αναμνήσεις μου, ειρηνεμένος με τον εαυτό μου. Είναι και αυτό ένα είδος ευτυχίας..., κατέληξε.

32

ΣΤΗ «ΧΑΡΑΔΡΑ ΤΟΥ ΔΙΑΒΟΛΟΥ»

Το παλληκάρι που τούς ξεναγούσε στο απολιθωμένο δάσος αγόρευε με ενθουσιασμό.

– Αν στο ψηλό μοναστήρι κατοικεί κάποιος θεός, αυτή η χαράδρα μοιάζει να είναι το στέκι του σατανά. Θαρρώ πως τον βλέπω τώρα δα να χοροπηδάει μπροστά μας, πίσω μας, ανάμεσά μας, νιώθω τη σκιά του να μπερδεύεται με τις φωτοσκιάσεις της αυγής. Όσοι πιστεύουν στο θεό, αναγκαστικά παραδέχονται και την ύπαρξή του σατανά. Εφόσον παραδεχθούμε την παντοδυναμία του θεού, συμπεραίνουμε ότι δεν είναι δυνατόν να ανέχεται αντιπάλους, άρα μπορούμε να συμπεράνουμε ότι είναι εκείνος που τον δημιούργησε και ανέχεται την ύπαρξή του. Αυτά, άλλωστε, διδάσκουν και οι περισσότερες θρησκείες.

Ο Αλέξανδρος είχε ένα περίεργο ύφος. Σα να ήθελε ενδόμυχα να κλονίσει τη νεοφώτιστη ανακάλυψή της Σόνιας γύρω από την ύπαρξη του θεού αποκαλύπτοντάς της και το αντίπαλο δέος. Εκείνη σιωπούσε προβληματισμένη, έμοιαζε να βρίσκεται στο δικό της κόσμο.

– Από τότε που μια μυστηριώδης δύναμη – πέστε την φυσικό φαινόμενο ή πείτε την θεό ή σατανά ανάλογα με τις πεποιθήσεις σας – πάντως εκατομμύρια χρόνια πριν, τότε που τα γύρω ηφαίστεια σχίσανε τη γη στα δύο και σχημάτισαν τη Λέσβο ξερνώντας λάβα, από τότε «ζουν» μέσα στην αιωνιότητα που χάρισε η ηφαιστειακή σκόνη που τα κάλυψε αυτά τα απολιθωμένα δέντρα και τα πετρωμένα προϊστορικά ζώα που βλέπετε μπροστά σας. Τα περισσότερα ανακαλύψαμε σκάβοντας μέσα στη γη, άλλα βρήκαμε να στέκουν όρθια σε πείσμα των καιρών. Θαυμάστε την ομορφιά που κρύβουν μέσα τους τα ζωντανά χρώματα που διατήρησαν οι πετρωμένες καρδιές τους.

Ο Αλέξανδρος σχεδόν δεν τον άκουγε. Είχε βυθιστεί στους συλλογισμούς του.

– Και ύστερα μιλάμε και εμείς οι ασήμαντες υπάρξεις για ζωή και θάνατο, αγωνιούμε για τη διάρκεια της παρουσίας μας σε αυτά τα χώματα ξεχνώντας ότι τα ελάχιστα χρόνια της ζωής μας αντιστοιχούν σε μερικά δευτερόλεπτα σε σύγκριση με αυτά τις μυριάδες χρόνια που η φύση κρατά «ζωντανά» αυτά τα δέντρα. Αντικρίζοντάς τα, συνειδητοποιώ την ασημαντότητα της ύπαρξής μας, το πόσο προσωρινό είναι το διάβα μας από την γη, πόσο μάταιη είναι η ζωή μας με τα πάθη και τις αγωνίες μας, τις χαρές και τις λύπες μας. Είμαστε ένα τίποτα, πολύς θόρυβος για το τίποτα, συνέχισα. Άμποτε να μάς σκέπαζε και εμάς μια τέτοια σκόνη – όπως συνέβη και στην Πομπηία – να συνεχίζαμε να υπάρχουμε στους αιώνες. Δυστυχώς, εμείς οι ασήμαντες υπάρξεις αρχίζουμε και τελειώνουμε εδώ. Μόνο «θνητοί» σαν την Σαπφώ θα τα συναγωνίζονται στην αθανασία. Ώρες ώρες αναλογίζομαι ότι οι στίχοι της Σαπφώς είναι σαν την ηφαιστειακή σκόνη που χαρίζει την αθανασία.

Ωστόσο, η Σόνια αντάλλαξε επίμονα βλέμματα με το νεαρό ξεναγό.

– Με συγχωρείτε που δεν συστήθηκα ακόμα. Με λένε Φώτη και εργάζομαι προσωρινά εδώ σαν ξεναγός, είπε.

– Τί σπουδάζετε, αγαπητέ, ρώτησε ο Αλέξανδρος με ενδιαφέρον.

– Είμαστε μια μικρή ομάδα φοιτητών από το Πανεπιστήμιο Αιγαίου. Άλλοι σπουδάσαμε παλαιοντολογία, άλλοι γεωλογία και άλλοι περιβαλλοντολογία. Εγώ σπούδασα προηγουμένως και θεολογία. Εντυπωσιάστηκα από τα λόγια σας περί θεού και σατανά. Ομολογώ ότι έρχονται στιγμές που και εγώ νομίζω ότι αυτό το μέρος είναι έργο διαβολικό. Τέτοιο τραχύ τοπίο, τέτοια γύμνια, τόση απουσία κάθε στοιχείου που θα μπορούσε να εμπνεύσει κάποια γαλήνια συναισθήματα. Συχνά όταν βρεθώ μόνος μου εδώ κάποιο δειλινό με διακατέχει ένα απερίγραπτο δέος. Κάνω εδώ το διδακτορικό μου και συγχρόνως βγάζω τα έξοδά μου με τις ξεναγήσεις. Ξεναγώ και στο Μουσείο στο Σίγρι. Θα χαρώ να σάς δω και εκεί. Μην παραλείψετε να το επισκεφθείτε.

– Μια και έχεις σπουδάσει και θεολογία, ίσως μπορείς να εξηγήσεις τί εννοούσες όταν έλεγες ότι αυτά που αντικρίζεις εδώ μπορεί και να μην είναι έργο του θεού, απόρησε η Σόνια.

– Χαίρομαι που δώσατε προσοχή στα λόγια μου, δεσποινίς. Ό,τι είπα, το είπα γιατί αυτό το τοπίο με φορτίζει συναισθηματικά. Δεν μίλησε εκείνη την ώρα η επιστήμη, μίλησε το συναίσθημα που ώρες – ώρες ξεχειλίζει μέσα μου, πρόσθεσε.

– Άλλωστε, και το αντίθετο του θεού της καλοσύνης δεν είναι μία δύναμη που συμβολίζει το κακό, αντέκρουσε η Σόνια.

– Όπως το πάρει κανείς, απάντησε παρασυρμένος από τον αυθορμητισμό της ηλικίας του ο νεαρός. Και τώρα θα σάς αφήσω να απολαύσετε τα θαύματα της φύσης και να βγάλετε τα προσωπικά σας συμπεράσματα για θεούς, διαβόλους και ανθρώπους.

Όλοι σ' αυτήν τη χαράδρα βράζουν, δεν νομίζετε; Παρατηρώ ότι τα τελευταία βλέπω κάτι που μοιάζει για βρικόλακα.. Έχουμε γίνει προληπτικοί εδώ που περιφερόμαστε κάθε μέρα. Κάθε τι το παράξενο προκαλεί δέος. Γι' αυτό και δεν τολμάμε να το πλησιάσουμε.

***

33

Η ΕΠΑΝΕΜΦΑΝΙΣΗ ΤΟΥ ΓΚΟΥΡΟΥ

Πράγματι, όταν στρέψαμε το βλέμμα μας προς τα εκεί που υπέδειξε ο νεαρός, αντικρίσαμε μια σκιά να χοροπηδάει πάνω στα χαλάσματα. Η όψη της είχε κάτι το απόκοσμο, το τρομακτικό. Περπατούσε ανάλαφρα σα να χόρευε. Το πρόσωπό του ήτανε καλυμμένο από μια πυκνή γενειάδα και φορούσε ένα μανδύα και σανδάλια. Κατά καιρούς έβγαζε κάποιες δυνατές φωνές που τα γύρω βουνά πολλαπλασιάζανε με την ηχώ τους.

Η Σόνια κατατρομαγμένη με εγκατέλειψε και ακολούθησε το νεαρό με γρήγορα βήματα. Σε λίγο χαθήκανε πίσω από το βουνό. Άργησα να την ξανασυναντήσω. Εγώ, οπλισμένος από περιέργεια τον πλησίασα. Διέκρινα το γκουρού shalila να μού γνέφει φιλικά. Ήτανε ο γκουρού μας, αυτός που δίδαξε το διαλογισμό.

– Αλέξανδρε, μού έγνεψε. Έκανες καλά και ήρθες εδώ. Προσπάθησε να αντλήσεις ενέργεια από τους απολιθωμένους κορμούς. Κάνε ό,τι κάνω και εγώ.

Αγκαλιάσαμε από ένα κορμό ο καθένας και παραμείναμε ακίνητοι επί αρκετή ώρα. Σιγά σιγά άρχισα να νιώθω μια θέρμη να κυριαρχεί σε όλο μου το σώμα. Άρχισε από τα πόδια μου και σταδιακά «έκαιγε» και το υπόλοιπο κορμί μου μέχρι το κεφάλι. Η ενέργεια κυριαρχούσε σε όλα μου τα σάκρα. Έβλεπα χρώματα παράξενα, οράματα ανθρώπων που δεν είχα ξανασυναντήσει, άκουγα απόκοσμες μουσικές. Ο νους μου έτρεχε ακατάστατα σε στιγμές από τη μέχρι σήμερα ζωή μου. Είδα τον εαυτό μου σε νεαρή ηλικία, ύστερα μεσήλικα. Σε λίγο, δεν το αναγνώριζα πια, τη θέση του είχε πάρει μια ακαθόριστη μορφή, μια μορφή που απαλλαγμένη από κάθε βάρος αιωρούνταν ανάλαφρη στο άπειρο. Μια ανεξήγητη ευτυχία με είχε συνεπάρει. Ένιωθα την ανάγκη να φωνάξω, να εκτονωθώ, να γελάσω, να λικνιστώ στο κενό. Η φωνή του γκουρού με επανέφερε στην πραγματικότητα.

– Αλέξανδρε, τα κατάφερες. Για κάποια λεπτά «έφυγες» από το γήινο κορμί σου παίρνοντας ενέργεια από το ανώτατο σάκρα. Τώρα πλησιάζεις στο ανώτατο σημείο διαλογισμού. Είναι νομίζω ώρα να βοηθήσω να αναλύσεις τον εαυτό σου και να ανατρέξεις στο παρελθόν σου. Έλα, μίλα μου, σε ακούω.

Ο Αλέξανδρος ένευσε καταφατικά και κλείνοντας τα μάτια του άρχισε τη διήγησή του.

– Πλησιάζει το τέλος της πορείας μου σ' αυτόν τον κόσμο. Μόλις «γύρισα» από ένα ταξίδι στο παρελθόν και συνειδητοποίησα την τραγική κενότητα της ζωής μου. Δεν κατάφερα μέχρι σήμερα τίποτα το συνταρακτικό, ούτε βέβαια μπορώ πια να προσδοκώ το παραμικρό. Ανακουφίστηκα διαπιστώνοντας ότι η Σόνια με εγκατέλειψε για χάρη του νεαρού. Ας πάει στον κόσμο που ανήκει να κρατήσει την ψυχή της αμόλυντη μακριά από εμάς τους τελειωμένους. Να μην ξαναντικρίσει το γέρικο και παραμορφωμένο από τα χρόνια πρόσωπό μου, το φθαρμένο από τα γερατειά σώμα μου. Κατά βάθος – ίσως και να είναι φυσικό – όσο περνούσαν τα χρόνια, έτρεφα μια αντιπάθεια για τα νιάτα. Ζήλεψα την ελεύθερη ζωή τους, πόθησα να τρυγήσω τα νεανικά τους σώματα, να αρμέξω τους χυμούς τους εκμεταλλευόμενος τη δήθεν υπεροχή της ηλικίας μου. Ένιωσα την υποχρέωση να απαλλάξω τη Σόνια από την αναίτια παρουσία μου. «Φύγε μακριά μου, καλή μικρή μου Σόνια», ήθελα να τής πω. Δεν σού αρμόζουν τα τρεμάμενα χέρια μου να πασπατεύουν το κορμάκι σου, το μαραμένο μου όργανο να τρίβεται απάνω σου χωρίς να μπορεί να σε ικανοποιήσει, οι μάταιες κοσμοθεωρίες μου να προσπαθούν να επηρεάσουν τη ζωή σου, να δώσουν μια επίφαση σπουδαιότητας στην άχρηστη ύπαρξή μου. Νοιώθω νεκρός, ένας πεθαμένος που επιμένει να αναπνέει. Αρκετά με ανέχθηκες καλή μου Σόνια. Επιζητούσες μια κατανόηση που δεν μπορούσα πια να σού προσφέρω. Κατάλαβες πόσο επίπλαστα ήτανε τα λόγια μου. Θα πρέπει να τρόμαξες όταν ανακάλυψες το εγωιστικό κτήνος που έκρυβα μέσα μου. Και όμως. Με το ρομαντισμό της ηλικίας σου δεν δίστασες να μού δώσεις ένα αποχαιρετιστήριο μάθημα. Με πήρες από το χέρι να ανακαλύψουμε μαζί τον τόπο όπου κυριαρχεί ο θεός, τη χαράδρα όπου ενεδρεύει ο διάβολος. Έτσι είναι τα νιάτα. Θέλουν να ανακουφίσουν το δράμα μας, παλεύουν να μας καταλάβουν, αλλά και δε διστάζουν να μάς εγκαταλείψουν όταν δουν ότι ματαιοπονούν. Ίσως γι' αυτό με εγκατέλειψες, ακολουθώντας το νεαρό Φώτη που μοιάζει να δείχνει το δρόμο για το μέλλον. Έχεις την ευχή μου να βρεις κοντά του την ανεμελιά της νιότης που τόσο σού έλειψε.

– Αρκετά με τη Σόνια, τον διέκοψε ο γκουρού. Ασχολήσου λίγο με τον εαυτό σου και κάνε την αυτοκριτική σου, πρόσθεσε.

Ο Αλέξανδρος συνέχισε με τρεμάμενη φωνή.

– Τώρα βλέπω καθαρά ότι σπατάλησα τη ζωή μου με ύπουλες σκέψεις και πράξεις, σάπισε πια η ψυχή μου, ξεχείλισε από κακίες και μίση. Ντρέπομαι για το παρελθόν μου. Ντρέπομαι και τη θεά Σαπφώ που γνώρισα εδώ σ' αυτόν τον τόπο. Εκείνη τουλάχιστον είχε το θάρρος να φύγει από τη ζωή, όταν κατάλαβε ότι είχε εκτελέσει τον προορισμό της. Εγώ δεν το τόλμησα. Τώρα περιφέρομαι με τα χάπια του θανάτου στην τσέπη χωρίς να έχω το θάρρος να τα χρησιμοποιήσω. Δεν τολμώ να δώσω ένα τέλος σε μια ζωή που πέρασα προνομιούχος ανάμεσα στους ελάχιστους προνομιούχους της γης. Τι μού απέμεινε πια να προσδοκώ; Γνώρισα σχεδόν αφ' υψηλού τη δυστυχία των αρρώστων μου, αντίκρισα την αθλιότητα των κατατρεγμένων που ψάχνουν μάταια μια οδό διαφυγής, αντιμετώπισα ανθρώπους που μάταια παλεύουν να βρουν μια ισορροπία μέσα τους, ανθρώπους που ήτανε γεμάτοι με αγάπη και μίσος, και όμως εγώ παρέμεινα ένας απλός παρατηρητής. Να όμως και πάλι που αντικρίζοντας τώρα τον βιολετί ουρανό του δειλινού περιτριγυρισμένος από τη νεκρή, αλλά και «αθάνατη» τούτη φύση ανάμεσα στις χαράδρες και τους σβησμένους κρατήρες, νιώθω να αλλάζω για άλλη μια φορά ρότα για το ελάχιστο διάστημα που μού απομένει να ζήσω. Συμπεραίνω ότι ο καθένας μας έχει κάποιον προορισμό στη ζωή, και ο μόνος λόγος που παραμένω ζωντανός είναι να καταλάβω ποιός επιτέλους είναι αυτός ο προορισμός μου, ώστε να αποδεχθώ τη μοίρα μου με καλή διάθεση. Δε μπορώ, όσο και να το θέλω, να βάλω ένα τέρμα στην ύπαρξή μου. Κατέληξα στο συμπέρασμα ότι μόνο ένας εγωιστής μπορεί να απαρνιέται τη ζωή, την όποια ζωή του που έχει καθορίσει η μοίρα να ζήσει. Πρέπει, επιτέλους, να μάθω να αγαπάω αυτόν τον κόσμο όπου βρέθηκα, να αναπνέω με ανακούφιση τον καθαρό αέρα του βουνού και την αρμύρα της θάλασσας, να τιμήσω με την αγάπη μου τα παιδιά που με εμπιστεύτηκαν και με τιμήσανε με τη φιλία τους, τον τόπο όπου γεννήθηκα και τους ανθρώπους που με έφεραν στον κόσμο, να περιμένω στωικά το τέλος που η μοίρα μου έχει γράψει.

Ο γκουρού shalila χαμογελούσε ικανοποιημένος.

– Αλέξανδρε, χαίρομαι που η διδασκαλία μου δεν πήγε χαμένη. Τώρα θα συνεχίσεις τη ζωή σου ξαλαφρωμένος, μια και «έδιωξες» από μέσα σου αυτά που σε βαραίνανε. Εγώ σε αποχαιρετώ, και μην ξεχνάς ότι μπορεί το σώμα μου να βρεθεί μακριά σου, αλλά το πνεύμα μου θα είναι πάντα δίπλα σου να σε βοηθήσει όποτε το ζητήσεις. Γίναμε πια αδέλφια. Δεν θα χωρίσουμε ποτέ.

Αγκαλιάστηκαν και αποχαιρετιστήκανε.

***

34

ΣΙΓΡΙ – Ο ΑΠΟΧΑΙΡΕΤΙΣΜΟΣ ΜΕ ΤΗ ΣΟΝΙΑ

«Τα βήματά μου μέ οδήγησαν στο Σίγρι. Ένα απόμακρο λιμανάκι εδώ στα βόρια του νησιού μέχρι πριν κάποια χρόνια ξεχασμένο από θεούς και ανθρώπους. Έτσι που είναι χτισμένο, το μισό το δέρνει ο βοριάς και το αλμυρίζει το Αιγαίο, ενώ το άλλο μισό παραμένει φυλαγμένο από τις αντάρες, μια και το προστατεύει – σκέτος λιμενοβραχίονας – ένα νησάκι που απλώνεται μπροστά του.

Εδώ στο βυθό της θάλασσας ανακαλύψανε κάποιοι ψαροντουφεκάδες τους πρώτους απολιθωμένους κορμούς να γλύφει η θάλασσα αιώνες τώρα, να έχει καμουφλάρει ο Ποσειδώνας με φυτά και όστρακα ίδια ξεχασμένα ναυάγια. Τα λεηλάτησαν, τα κάνανε κομμάτια να τα φέρουν σαν τρόπαιο στα σπίτια τους. Ευτυχώς ένας αρχαιολόγος τους ανακάλυψε και γλίτωσε τον τόπο από την καταστροφή. Το μάθανε και κάποιοι τσομπαναρέοι και αποκάλυψαν ότι γνώριζαν κάποιες παράξενες πέτρινες στήλες που ορθώνονταν μοναχικές μέσα στην χαράδρα. Κάπως έτσι αποκαλύφθηκε το θαύμα της φύσης σε όλο το μεγαλείο του μπροστά στα έκπληκτα μάτια των ερευνητών.

Το ταπεινό χωριουδάκι έγινε παγκόσμια γνωστό. Άρχισε να κατακλύζεται από τουρίστες και ερευνητές επιστήμονες κάθε ειδικότητας. Δημιουργήθηκε ένα θαυμαστό μουσείο παλαιοντολογίας να στεγάσει αυτά τα θαύματα και να τα προφυλάξει από τη μανία των καιρών. Ευτυχώς που οι κάτοικοί του, φτωχοί ψαράδες οι περισσότεροι δεν επηρεάστηκαν και πολύ από τους ξένους. Διατηρήσανε το σοβαρό, τον ταπεινό χαρακτήρα τους κατά πως ταιριάζει στον τόπο τους και τη γη τους. Μια γη που φύλαξε στον κόρφο της επί αιώνες ανέπαφους όλους αυτούς τους ανεκτίμητους θησαυρούς.

– Το αγάπησα αμέσως αυτό το μέρος περιδιαβάζοντας τα έρημα σοκάκια του. Σπιτάκια απλά αλλά καλόγουστα στην ταπεινότητά τους. Ευτυχώς που δεν εκπορνεύθηκε ο τόπος. Ούτε πεντάστερα ξενοδοχεία, τέρατα στο όνομα μιας δήθεν αξιοποίησης, ούτε Σνακ Μπάρ, σκυλάδικα και μεθυσμένοι αλητοτουρίστες να ασχημονούν και να βρομίζουνε τις παραλίες του. Μακριά από έκφυλους σκατόγερους να σέρνουνε από το χέρι παιδάκια που προορίζονταν να ικανοποιήσουν τις διαστροφές τους. Απουσιάζανε ευτυχώς και οι κάθε είδους νταβατζήδες, χασισέμποροι, αποβράσματα της κοινωνίας να βρομίζουνε τον τόπο με την παρουσία τους. Εδώ αποφάσισα να κατασταλάξω. Δε με πείραζε η μοναξιά που με περίμενε. Είχα αγριέψει. Οι παρέες των ανθρώπων ξαφνικά έγιναν απωθητικές. Άλλωστε, δεν ήμουνα μακριά από την αγαπημένη μου Ερεσό. Θα ένιωθα πάντα κοντά μου τη Σαπφώ με τα ποιήματά της, τη Σόνια με τα άδολα νιάτα της, τη Λάουρα με τη λαχτάρα της για μια νέα ζωή.

Ήτανε, θυμάμαι, μια άγρια χειμωνιάτικη νύχτα που μέ βρήκε απομονωμένο στο φτωχικό μου δωμάτιο να είμαι βυθισμένος στους μελαγχολικούς συλλογισμούς μου. Ο βοριάς θαρρείς και είχε κηρύξει πόλεμο με τα παραθυρόφυλλα που τα έδερνε λυσσασμένος κάνοντάς τα να χτυπιούνται πάνω στους τοίχους. Η παγωμένη ψιχάλα έπεφτε αθόρυβα στην αρχή, ύστερα αγρίεψε και αυτή από τα αστροπελέκια, άρχισε να κυλάει στον έρημο δρόμο, να μετατρέπεται σε ρυάκι, ύστερα σε ποτάμι να πλημμυρίζει τα πάντα στο διάβα της. Τρίζανε απόκοσμα οι λεύκες, κάποιες ξεριζώθηκαν, μια έπεσε με πάταγο πάνω στη στέγη μου. Τρόμαξα, φοβήθηκα ότι κάποιος χτυπούσε επίμονα την πόρτα μου. Ο χάρος, αυτός θα είναι, σκέφτηκα. Ήρθε η ώρα να με πάρει κοντά του. Ξάφνου με έπνιξε ένας αβάσταχτος πόνος στο στέρνο. Άρχισε να απλώνεται μέσα μου σα χταπόδι που προσπαθούσε να με πνίξει. Μούδιασε το κορμί μου, κόπηκε η ανάσα μου.

«Σόνια βοήθεια», φώναξε στην απελπισία του, και εκείνη έμοιασε να τον άκουσε. Την «είδε» να μπαίνει άυλη και ανάλαφρη σα σκιά, να κάθεται στο κρεβάτι δίπλα του. Μονομιάς ο πόνος πέρασε, το σώμα του, αλάφρυνε σα να μην το τραβούσε πια η γη καταπάνω της. Το δωμάτιο πλημμύρισε από φως, ένα φως λαμπερό πλούσιο σε χρώματα πρωτόγνωρα. Μια ανείπωτη χαρά πλημμύρισε το κορμί του. Ένοιωσε πάλι νέος, δυνατός, γεμάτος σφρίγος και νεανικούς χυμούς, με διάθεση για ζωή, για έρωτα, για περιπέτειες. Ήτανε, λέει, ξαπλωμένοι οι δυο τους σε εκείνο το ακρογιάλι της Ερεσού και την κρατούσε σφιχτά στην αγκαλιά του και τη γέμιζε φιλιά και χάδια. Κάνανε έρωτα, όπως δεν είχανε ποτέ πριν ξανακάνει. Απολάμβανε τη σάρκα της έτσι που ήτανε σφιχτή, κρουστή, χάιδευε τα στήθη της – δυό λευκά περιστέρια – πού πετούσαν ελεύθερα, φιλούσε τις ερεθισμένες ρώγες που κοιτούσαν τον ουρανό. Δεν άργησε να έρθει η στιγμή που κορυφώθηκε η απόλαυση. Για κάποια φευγαλέα λεπτά, τα κορμιά τους απογειώθηκαν, πέταξαν στα ουράνια, τρανταχτήκανε από σπασμούς ονειρικής ηδονής, βγάλανε κραυγές άναρθρες που γίνανε ένα με το ουρλιαχτό του ανέμου, μέχρι που χαλαρώσανε και μείνανε ενωμένα και ακίνητα, εξουθενωμένα, αδειανά από πόθους, πλημμυρισμένα από αισθήματα. Το κορμό του ένιωθε να κείτεται σαν άδειο ασκί στο σκληρό στρώμα.

– Θα αντισταθώ, αναλογίστηκε. Δε θέλω να φύγω από κοντά σου, Σόνια.

– Κάνε κουράγιο, άκουσε τη φωνή της. Θα τα καταφέρεις. Μη σκιάζεσαι, και ένιωσε το χέρι της να τον χαϊδεύει απαλά στο κούτελο, να τού μεταγγίζει ζωή.

Πήρε δύναμη να αντισταθεί, να ανασηκωθεί από το κρεβάτι, να τη σφίξει απάνω του, να ξανακερδίσει τον αγώνα που έχανε. Τα ρουθούνια του πλημμύρισαν από την ευωδιά της, η φωνή της αντηχούσε στ' αυτιά του μακρινή και απόκοσμη. Ο βοριάς συνέχισε να παλεύει με τα παραθυρόφυλλα. Ένας βοριάς που όλο και δυνάμωνε τραγουδώντας παρέα με όσες λεύκες είχανε αντισταθεί, που τυραννούσε τα κεραμίδια προσπαθώντας να τα ξεκολλήσει από τη στέγη και να τα πάρει μαζί του, που έπαιζε τρελούς σκοπούς μπαινοβγαίνοντας με άνεση ανάμεσα στις χαραμάδες και τα λούκια. Τη μπόρα είχε διαδεχθεί και πάλι εκείνη η αθόρυβη ψιχάλα που εξακολουθούσε να υγραίνει την πλάση.

Αλέξανδρος κατέπεσε και πάλι.

– Θα είναι σκοτεινά και κρύα εκεί κάτω όπου θα πάω, σκέφθηκε ανατριχιασμένος. Σόνια μου, αγαπημένη μου Σόνια, διώξε το χάρο, κράτα με κοντά σου.

Εκείνη, ανήμπορη μπροστά στο ανθρώπινα αδύνατο, χαμογελούσε λυπημένα, τον έσφιγγε απαλά απάνω της, χάιδευε τα γκριζόασπρα, αραιωμένα από τα χρόνια μαλλιά του, σκούπιζε τον ιδρώτα της αγωνίας από το μέτωπό του. Σε κάποια στιγμή το πρόσωπό της πλησίασε το δικό του. Τα στόματά τους ενωθήκανε και πάλι, ένιωσε μια γλυκιά υγρασία να ανακουφίζει την ξεραμένη γλώσσα του. Αναρίγησε.

– Σόνια, καλή μου, σ' ευχαριστώ για ότι έκανες για μένα, ακούστηκε η κουρασμένη φωνή του.

Δεν τη διέκρινε πια καθαρά. Μόνο στον απέναντι τοίχο έβλεπε κάποια παράξενα σχήματα. Το σκοτάδι διαδέχθηκε μια ξαφνική αναλαμπή και ύστερα πάλι σκοτάδι... Το βαρίδι ξανακάθισε στο στέρνο του, το βάρος έπνιγε ο αέρας, θαρρείς και λιγόστευε συνέχεια, με δυσκολία έμπαινε πια στα πλεμόνια του. Ύστερα, ένα χέρι μαγικό ήρθε να τα σβήσει όλα. Χάθηκε από τα μάτια του το χαμόγελο που τον γέμιζε με αγαλλίαση, χαλάρωσε η αγκαλιά που τον κρατούσε στην ζωή, εξαφανίστηκε το βάρος από το στήθος του, ξαλάφρωσε από του αφόρητους πόνους. Τώρα το κουρασμένο του κορμί πετούσε ανάλαφρο τυλιγμένο μέσα στο φώς. Κάλεσε κοντά του τη Σόνια για μια ακόμα φορά.

– Σόνια, έλα να πετάξουμε μαζί στο όνειρο, έλα να συνεχίσουμε το ταξίδι μας στη χίμαιρα.

Όμως εκείνη χαμογελούσε απόμακρη.

– Φεύγω, Αλέξανδρε. Ό,τι μπορούσα στη ζωή το έκανα για σένα. Πάω και εγώ να τραβήξω το δρόμο μου συντροφιά με τον Φώτη, να γίνουμε μαθητές του γκουρού μας. Κράτα με πάντα ζωντανή στις αναμνήσεις σου. Θα είμαι πάντα κοντά σου αν με ξαναχρειαστείς.

35

Ο ΓΚΟΥΡΟΥ ΣΥΜΒΟΥΛΕΥΕΙ ΤΟΝ ΑΛΕΞΑΝΔΡΟ

Χάθηκε η οπτασία της Σόνιας και ο Αλέξανδρος παρέμεινε σε κώμα για αρκετές ώρες μέχρις ότου η φωτεινή μορφή του γκουρού παρουσιάστηκε και πάλι μπροστά του. Τον κοίταζε με ένα ύφος εφησυχασμένο.

– Αλέξανδρε, τα κατάφερες, κέρδισες άλλη μια παρτίδα στον αγώνα σου με το Χάρο. Μείνε στο Σίγρι να γαληνέψεις όσο μπορείς περισσότερο. Απόκτησε μια βαρκούλα να γνωρίσεις από κοντά τις χαρές της θάλασσας, κάνε παρέα με τους λίγους εκλεκτούς του χωριού, να ανατρέχεις συχνά στις αναμνήσεις σου, να προσφέρεις αγάπη και καλοσύνη στους γύρω σου. Αφιέρωσε τη ζωή σου στη συγγραφή, έχεις πολλά να διηγηθείς από τη ζωή σου. Ξέρω ότι ανήκεις στη χαρισματική τάξη αυτών που μπορούν να εκφραστούν με τον γραφτό λόγο. Μην αφήσεις αυτό το θείο χάρισμα να πάει χαμένο. Με τα γραφτά σου θα ανακαλύψεις την πιο γοητευτική μορφή επικοινωνίας με τους διπλανούς σου. Μην αναλωθείς σε διδασκαλίες, ο κόσμος πάσχει από εγωισμό, δε δέχεται εύκολα τα κηρύγματα. Προσπάθησε με τα γραφτά σου να ερεθίσεις τη φαντασία του αναγνώστη σου, να δείξεις την όμορφη πλευρά της ζωής, να τον κάνεις να απολαμβάνει τα δώρα του θεού. Γράφοντας θα νιώσεις μια πληρότητα μέσα σου, μια ικανοποίηση που μόνο εσύ μπορείς να προσφέρεις στον εαυτό σου. Μην απογοητευτείς ποτέ αν συμβεί οι «άλλοι» να αρνιούνται να σε διαβάζουν ή ακόμη και αν δεν συμφωνούν με τα γραφτά σου. Εσύ γράφε να βγάζεις από μέσα σου ό,τι πιο ευγενικό διαθέτεις, μη λυπηθείς ακόμα και αν δεν αποκτήσεις την αναγνώριση των αναγνωστών σου. Τα γούστα των ανθρώπων διαφέρουν, είναι αδύνατο να ικανοποιούνται όλοι οι άνθρωποι διαβάζοντάς σε. Να έχεις υπόψη σου ότι τα λεγόμενα best Sellers, όπως και οι σαπουνόπερες που μας σερβίρουν οι τηλεοράσεις, απευθύνονται στους πολλούς και απροβλημάτιστους για να περνάνε αδιάφορα τον καιρό τους. Εσύ να απευθύνεσαι στους λίγους και εκλεκτούς, στους σκεπτόμενους, στους προβληματισμένους. Μη γράφεις σύμφωνα με τα κελεύσματα των εμπόρων της λογοτεχνίας. Η συγγραφή δεν είναι εμπόριο, είναι κατάθεση ζωής. Γράψε κυρίως για τον εαυτό σου. Μην ξεχνάς ότι τα βιβλία σου θα υπάρχουν για πάντα, ενώ εσύ είσαι προσωρινός στον κόσμο. Θα μείνουν να μαρτυρούν το διάβα σου από τη ζωή θα σού χαρίσουν μια μικρή μορφή αθανασίας. Θα υπάρξουν στιγμές που κάποιος θα ανατρέξει σε εσένα κατεβάζοντας κάποιο σκονισμένο βιβλίο σου από το ράφι. Θα ενδιαφερθεί να διαβάσει για την εποχή σου, τους ανθρώπους της, τα προβλήματά τους, τις ιδέες σου και τις αγωνίες σου. Ο μελλοντικός σου αναγνώστης θα χαρεί να διαβάσει για εσένα και το διάβα σου από τη ζωή. Τα γραφτά σου θα παραμείνουν σαν καθρέφτης του εαυτού σου, μια μαρτυρία ότι κάποτε υπήρξες σ' αυτόν τον κόσμο. Είναι και αυτό μια μεγάλη ικανοποίηση. Θα έχεις αφήσει τα ίχνη σου, η μνήμη σου δεν θα σβήσει με το θάνατό σου.

– Όμως, θα μου μείνει η απογοήτευση ότι δεν κατάφερα στη ζωή μου να αποκτήσω χρήματα, όπως πολλοί συνάδελφοί μου, δεν άγγιξα καμιά μορφή δόξας ή εξουσίας, ούτε κατέκτησα κάποια κορυφή, όπως πολλοί που θαυμάζω, απάντησε ο Αλέξανδρος.

Ο γκουρού όμως επέμενε.

– Σκέψου πού κατέληξαν όλοι αυτοί που θαυμάζεις. Λίγο χώμα σκεπάζει τους τάφους τους, όπως θα συμβεί με όλους μας. Τους πλούσιους και όσους άσκησαν εξουσία τους περιμένει και αυτούς η λησμονιά. «Ματαιότης ματαιοτήτων». Μόνον όσοι άφησαν έργο πίσω τους κέρδισαν την υστεροφημία. Σε αυτούς ελπίζω να προστεθείς και εσύ. Προσπάθησέ το, ποτέ δεν είναι αργά. Με την πένα σου «ζωγράφισε» τον αγαπημένο μας τόπο. Όταν οι δυνάμεις σου στο επιτρέψουν, η Σαπφώ θα σε παρασύρει να σαλπάρεις για μια γνωριμία με τις υπόλοιπες ομορφιές του αγαπημένου σου «πλατανόφυλλου». Ο Γαβαθάς, ο Μόλυβος, η Παναγιά η Γοργόνα, η απεραντοσύνη των μεγάλων κόλπων – της Γέρας και της Καλλονής – θα σε περιμένουν για να σού δώσουν την έμπνευση και τη γαλήνη που τόσο επιζητούσες στη ζωή σου. Μη διστάσεις να περιγράψεις όλα αυτά όσο πιο λυρικά μπορείς. Προσπάθησε να μεταδώσεις την αισθητική σου απόλαυση στους αναγνώστες σου τουλάχιστον σε αυτούς που έχουν ευαισθησίες. Η θεά του νησιού, η Σαπφώ, θα φωτίζει πάντα με τους στίχους της το δρόμο σου. Καλή σου στράτα, φίλε μου.

Ο Αλέξανδρος ακολούθησε τις προτροπές του γκουρού. Άρχισε να γράφει ασταμάτητα και τα γραφτά τον γέμιζαν με ικανοποίηση και πληρότητα. Και ο καιρός περνούσε ανέμελα. μέσα στη γαλήνη του νησιού.

✳✳✳

36

ΣΤΗΝ ΑΘΗΝΑ
ΚΑΙ ΣΤΑ ΠΡΟΒΛΗΜΑΤΑ ΤΗΣ

– Παιδιά μου, επιτρέψτε μου να σάς λέω παιδιά μου γιατί έτσι πρέπει να νιώθει ένας σωστός δάσκαλος. Σάς ξαναβρίσκω με μεγάλη συγκίνηση και σάς ευχαριστώ που είχατε την πρωτοβουλία να με ξαναφωνάξετε κοντά σας. Η συγκίνησή μου είναι μεγάλη. Σάς ευγνωμονώ για αυτή σας την ενέργεια και υπόσχομαι να παραμείνω αντάξιος της εμπιστοσύνης σας. Και τώρα ας μην χάνουμε καιρό, ας αρχίσουμε το μάθημά μας.

Ο Μάικ τρισευτυχισμένος και κατασυγκινημένος είχε ξαναβρεθεί ανάμεσα στα μαθητούδια του. Το μάθημα κύλισε ομαλά μέσα σε μια ατμόσφαιρα μαγνητισμού που εκπέμπανε οι μαθητές στο δάσκαλο και αντίστροφα. Συνεχίσανε αργότερα μαζί του οι περισσότεροι στο «στέκι» τους, μια κοντινή καφετέρια και ακούγανε γεμάτοι περιέργεια τις διηγήσεις και τις εντυπώσεις του από την Ερεσό και τις εμπειρίες του στο κέντρο διαλογισμού.

Ο Μάικ ήτανε πολύ προσεχτικός στις διηγήσεις του αποφεύγοντας τις κακοτοπιές που θα μπορούσαν να δημιουργήσουν και πάλι παρεξηγήσεις με τους γονείς. Πέρασε έτσι ευχάριστα η ώρα, όταν ξεκίνησε για το σπίτι του να συναντήσει την αγαπημένη του Λάουρα, την οποία, μΜε έκπληξή του, βρήκε συννεφιασμένη.

– Τί συμβαίνει, αγαπούλα μου, ρώτησε ανήσυχος.

– Μάικ, ήρθε μια ειδοποίηση, σε καλούν να παρουσιαστείς στην Ασφάλεια, φοβάμαι Μάικ.

Περάσανε ένα βράδυ όλο αγωνία και όταν, επιτέλους, ξημέρωσε ο Μάικ έσπευσε να παρουσιαστεί στην Ασφάλεια.

Ο αξιωματικός, αφού εξακρίβωσε τα στοιχεία του, ανακοίνωσε με βλοσυρό ύφος.

– Έχουμε στα χέρια μας ένα ένταλμα της Ιντερπόλ. Σάς καταζητεί η σουηδική αστυνομία σχετικά με μια καταγγελία που έχει γίνει εις βάρος σας για κάποιο έγκλημα στο έδαφός της. Εμείς θα αρκεστούμε σε μία ανάκριση και θα σάς παραπέμψουμε στις δικαστικές αρχές να αποφασίσουν αν θα πρέπει να σάς δικάσουν εδώ ή να σάς εκδώσουμε στους Σουηδούς. Ως τότε δεν πρέπει να απομακρυνθείτε από την Αθήνα και να παρουσιάζεστε κάθε εβδομάδα στη Τμήμα μας.

Άνοιξε η γη να καταπιεί τον Μάικ. Δεν ήξερε πώς να αντιδράσει.

– Θα χρειαστώ κάποιον δικηγόρο, κύριε προϊστάμενε, ρώτησε τελικά με τρεμάμενη φωνή.

– Βεβαίως και θα χρειαστείτε. Φροντίστε μάλιστα να βρείτε έναν πολύ ικανό δικηγόρο. Τώρα μπορείτε να πηγαίνετε και όπως είπαμε. Μην προσπαθήσετε να εξαφανιστείτε, γιατί θα επιβαρύνετε πολύ τη θέση σας.

Ευτυχώς που η Λάουρα διατήρησε την ψυχραιμία της.

– Μην κάνεις έτσι, καλέ μου. Μαζί θα το παλέψουμε και να δεις που θα καθαρίσουμε. Έχω έναν διάσημο ποινικολόγο παλιό και καλό μου «πελάτη», που δεν θα μού αρνηθεί τις υπηρεσίες του. Θα τηλεφωνήσω σήμερα κιόλας να πάμε να τον βρούμε.

Πράγματι δεν άργησε να κλείσει ραντεβού για την επομένη κιόλας. Ο δικηγόρος – Απόστολος Λαυρεντιάδης λεγότανε– στην αρχή ανησύχησε με το τηλεφώνημα της Λάουρας. Αυτού του είδους οι επαφές «εκτός υπηρεσίας» καθόλου δεν άρεσαν. Συμπαθούσε τη Λάουρα, την «εύρισκε» μαζί της όποτε την ποθούσε, αλλά δεν ήθελε καμία περαιτέρω επαφή είτε κοινωνική είτε επαγγελματική. Από την άλλη, δεν ήθελε και να την δυσαρεστήσει. Οι κοινές τους αναμνήσεις δεν επέτρεπαν να τη χάσει. Από τη μεριά της, η Λάουρα, σαν καλή επαγγελματίας, ήξερε καλά το ρόλο της. Ούτε πολλές οικειότητες «εκτός κλίνης», ούτε χαρούλες στην περίπτωση τυχαίας συνάντησης, ούτε περιττά τηλεφωνήματα που θα μπορούσαν να εκθέσουν τον «πελάτη». Έτσι τώρα ντυμένη σεμνά, οπλισμένη με σοβαρό ύφος ζήτησε από τη γραμματέα να δει τον κύριο Λαυρεντιάδη.

– Έχετε κλείσει ραντεβού, ρώτησε με ψυχρά επαγγελματικό ύφος η γραμματεύς. Έμοιαζε να είναι μια πρώην καλλονή, αλλά τώρα κατέληξε να είναι μια μαραμένη γεροντοκόρη που σίγουρα στα νιάτα της θα είχε περάσει και από το κρεβάτι του δικηγόρου. Τώρα ίσως να διατηρούσε τη θέση της έχοντας μετατραπεί σε καρφί της συζύγου, κάτι τέτοιο έμοιασε της πολύπειρης Λάουρας.

– Μάλιστα, δεσποινίς», απάντησε προσπαθώντας να την κολακέψει κάπως.

Η επίσκεψη δεν κράτησε πολύ. Ο δικηγόρος , αφού άκουσε περιληπτικά το θέμα, επιφυλάχθηκε να αναζητήσει και να μελετήσει τη δικογραφία ορίζοντας σύντομα ένα καινούργιο ραντεβού.

– Αγαπητέ, κύριε Μάικ, θα κάνω ό,τι περνάει από το χέρι μου για εσάς υπό μίαν προϋπόθεση. Δεν θα αποκρύψετε την αλήθεια που εγώ βέβαια θα την κρατήσω σαν επτασφράγιστο μυστικό. Μόνον έτσι θα μπορέσω να σάς βοηθήσω. Συμφωνούμε ως εδώ;

– Είμαστε σύμφωνοι, απάντησε ο Μάικ με σιγανή φωνή.

Ο Μάικ ήτανε ένα ψυχικό ράκος ύστερα από τη δεύτερη επίσκεψη στο δικηγόρο.

– Δεν θα γλιτώσω ποτέ από την κατάρα του παρελθόντος μου, έλεγε με παράπονο στη Λάουρα. Δεν θα μπορέσουμε να δούμε μια άσπρη μέρα. Εμένα θα με κυνηγάει το φάντασμα του αδικοχαμένου Αρθούρου και εσύ θα έχεις πάντα το στίγμα της αμαρτωλής ζωής σου. Αν δεν πληρώσω με μια σκληρή τιμωρία για αυτό που κατηγορούμαι ότι έκανα δεν θα γλιτώσω ποτέ από τις τύψεις μου. Ακόμα και αν ο δικηγόρος καταφέρει με διάφορα δικονομικά τερτίπια να με απαλλάξει, εγώ μέσα μου ποτέ δεν θα απαλλαγώ από το αβάσταχτο βάρος. Τώρα πρέπει πάλι να παραιτηθώ από τη σχολή και να αποχωριστώ από τους αγαπημένους μου μαθητές πριν ξεσπάσει το σκάνδαλο και δεν έχω μούτρα να τους αντικρύσω. Τί να εξηγήσω και πώς να δικαιολογηθώ. Ποτέ δεν θα γίνω πιστευτός, αφού δεν μπορώ ούτε τον εαυτό μου να πείσω για την αθωότητά μου.

– Μην το βάζει κάτω, Μάικ. Σε θέλω να παλέψεις, να λάμψει η αλήθεια και να ελευθερωθείς από τις τύψεις σου. Δεν έφταιξες σε τίποτα. Παρασύρθηκες σε μια στιγμή επιπολαιότητας από τη Σόνια, θέλησες να φανείς «άντρας» απέναντι στα καπρίτσια της και ο έρωτας σε είχε τυφλώσει, δε σε άφηνε να σκεφτείς. Είναι απαράδεχτο να πληρώσεις εσύ για ξένες αμαρτίες. Αυτό δεν θα το επιτρέψω. Όσο για εμένα, έχω επαναλάβει ότι δεν απολογούμαι για το παρελθόν μου. Διάλεξα ενσυνείδητα ένα δρόμο και τον ακολούθησα χωρίς ντροπή και χωρίς τύψεις. Δεν παραδέχομαι καμία αμαρτία μου. Όλοι, άλλος πολύ και άλλος λίγο, είμαστε όλοι αμαρτωλοί. Παρατήρησε τους συνανθρώπους σου χωρίς να σε ξεγελάνε «οι βιτρίνες», προσπάθησε να διακρίνεις τί κρύβει ο καθένας πίσω από το προσωπείο του τίμιου οικογενειάρχη, του σεβαστού ιερωμένου, της εφησυχασμένης νοικοκυράς. Τα πάθη και οι αμαρτωλές επιθυμίες μας, είναι όλα μέσα στη φύση του ανθρώπου. Αυτά είναι που τον κυβερνάνε. Πολλοί παλεύουν να μην τα εκδηλώσουν, όμως αυτά ξεγλιστρούν και έρχονται κάποτε στην επιφάνεια μετατρεπόμενα σε άγχη, σε μονομανίες σε, μίση ακόμα και σε εγκλήματα. Τέλος πάντων, άσε με τώρα εμένα. Δεν είμαι εγώ το θέμα. Εγώ έχω τώρα έναν προορισμό, να παλέψω μαζί σου και να σε κάνω να μάθεις να παλεύεις. Μην με απογοητεύεις, καλέ μου Μάικ.

Στην επόμενη επίσκεψή τους στο γραφείο, βρήκαν το δικηγόρο πολύ προβληματισμένο.

– Κατηγορείσαι για το φόνο ενός αθώου παιδιού, κύριε Μάικ. Όμως, βρίσκω από πρώτης όψεως την κατηγορία εντελώς αβάσιμη. Πουθενά δεν αναφέρεται κάποιο κίνητρο του «εγκλήματός» σου, ούτε υπάρχει κάποιος μάρτυρας να βεβαιώνει την πράξη σου. Τα πάντα εξαρτώνται από τη μαρτυρία της κοπέλας που ήτανε κοντά σου εκείνη την ώρα, αν και δεν μπορώ να διακρίνω καθαρά το ρόλο που έπαιξε. Τα ερωτηματικά μου είναι πολλά. Αυτό όμως είναι ευτύχημα. Όσο πιο πολλά είναι τα ερωτηματικά σε ένα δικαστήριο, τόσο περισσότερο ο δικαστής αμφιβάλλει για την αλήθεια και τελικά σε απαλλάσσει. Για απάντησέ μου ειλικρινά μια και δεν παραδέχεσαι την ενοχή σου: Μήπως σε παρέσυρε εκείνη η κοπέλα στο μοιραίο αυτό παιχνίδι; «Μήπως είχε εκείνη κίνητρα να προκαλέσει το έγκλημα, οπότε είναι συνένοχος; Απαιτώ από εσένα να μού αποκαλύψεις την αλήθεια με κάθε λεπτομέρεια πριν ακούσω και τη δική της άποψη. Σε ακούω λοιπόν.

– Δεν φταίει σε τίποτα η κοπέλα, κύριε συνήγορε. Ό,τι έγινε, έγινε με τη δική μου θέληση σε μια στιγμή ηλίθιας επιπολαιότητας.

– Αυτό άστο σε μένα να το κρίνω. Εσύ διηγήσου μου το περιστατικό με κάθε λεπτομέρεια. Πρόσεξε να μη αποκρύψεις τίποτα. Α θες απλώς να καλύψεις την όποια συνένοχό σου δεν έχεις παρά να μού το πεις, να πάμε να ομολογήσουμε την ενοχή σου και να σαπίσεις στη φυλακή για την υπόλοιπη ζωή σου. Σκέψου σοβαρά και λέγε μου.

Ο Μάικ με τρεμάμενη φωνή διηγήθηκε το συμβάν με κάθε λεπτομέρεια. Ο δικηγόρος Λαυρεντιάδης άκουγε διστακτικός.

– Αν είναι πράγματι έτσι τα γεγονότα δεν θα είναι δύσκολο να αθωωθείς, αγαπητέ Μάικ. Φτάνει να μπορέσουμε να αποδείξουμε ότι έτσι γίνανε τα πράγματα. Αν η κοπέλα επιβεβαιώσει τη κατάθεσή σου, τότε δεν υπάρχει θέμα για σένα. Θα αθωωθείς πανηγυρικά.

– Ναι αλλά έτσι κινδυνεύει να βρεθεί κατηγορούμενη η κοπέλα, αυτό δεν μπορώ ποτέ να το δεχτώ.

– Άσε κατά μέρος τους ιπποτισμούς και τις αυτοθυσίες, Μάικ, διέκοψε αγανακτισμένη η Λάουρα. Εάν πρόκειται για έγκλημα, πρέπει να το πληρώσει αυτός που το έκανε. Εγώ έχω τις αποδείξεις για την αθωότητά σου και δεν θα σε αφήσω ποτέ να θυσιαστείς.

Άνοιξε στη συνέχεια την τσάντα της και άρχισε να διαβάζει το γράμμα που είχε στείλει η Σόνια στο Μάικ όταν τον προσκαλούσε να έρθει στην Ερεσό: «Θες η τραυματική μου εμπειρία με το δύστυχο τον Γουστάβο, όταν σε μια στιγμή αλλοφροσύνης προκάλεσα έμμεσα το θάνατό του προσπαθώντας να καταστήσω και εσένα συνένοχο, θες το απαίσιο θέαμα των ομαδικών οργίων των γονιών μου...»

Ο δικηγόρος άκουσε την ανάγνωση της Λάουρας με ανακούφιση.

– Μάικ, νομίζω ότι τη γλίτωσες. Σύμφωνα με τη δικονομία, δεν υποχρεούσαι εσύ να αποδείξεις την αθωότητά σου. Πρέπει οι κατήγοροί σου να αποδείξουν ότι εγκλημάτισες. Δεν είσαι εσύ ο ένοχος, ούτε καν κινδυνεύεις να καταδικαστείς ως συνένοχος, μια και η κοπέλα ομολογεί ότι «προσπάθησε να σε καταστήσει και εσένα συνένοχο». Δεν ισχυρίζεται ότι πέτυχε το σκοπό της, απλώς λέει ότι προσπάθησε. Είναι πολύ πιθανή η απαλλαγή σου, αν και εξαρτάται από την κοπέλα να διευκρινίσει μερικές λεπτομέρειες στο δικαστήριο.

Ο Μάικ σηκώθηκε όρθιος.

– Όχι, αυτό δεν θα το επιτρέψω ποτέ. Η αλληλογραφία μου με τη Σόνια είναι εντελώς προσωπική μας υπόθεση. Δε θα την κάνω βούκινο. Ούτε θα αφήσω να μπει στη φυλακή η Σόνια για να κυκλοφορώ εγώ ελεύθερος.

Ο Λαυρεντιάδης πήρε πάλι επίσημο ύφος.

– Εν τοιαύτη περιπτώσει, οφείλω να σάς προειδοποιήσω ότι σάς περιμένουν μεγάλες περιπέτειες. Το γράμμα της δεσποινίδος Σόνιας είναι το κλειδί της υποθέσεως που μπορεί να σάς απαλλάξει. Αν δεν το θέσουμε υπ' όψιν του ανακριτή είναι σχεδόν σίγουρο ότι η προανάκριση θα εξελιχθεί σε προφυλάκισή σας. Θα οριστεί ένα σεβαστό ποσό να κατατεθεί ως εγγύηση, αν θελήσετε να αποφυλακιστείτε προσωρινά. Εάν δεν μπορέσετε να καταβάλετε το ποσό θα παραμείνετε προφυλακισμένος μέχρις ότου οριστεί δικάσιμος. Γνωρίζετε, βέβαια, ότι η ελληνική δικαιοσύνη κινείται με ρυθμό χελώνας, οπότε θα σάς δοθεί η ευκαιρία να γνωρίσετε από κοντά την αθλιότητα των φυλακών μας. Ακόμα και όταν ορισθεί η ημερομηνία της δίκης δεν θα σάς δικάσουν «ελλείψει ουσιωδών μαρτύρων», εάν η αγαπητή σας Σόνια θα εξακολουθεί να παραμένει εξαφανισμένη. Έτσι θα περάσετε μερικά ακόμα χρονάκια ως κρατούμενος. Δε σάς ζηλεύω γι' αυτό. Φυσικά, εγώ κάτω από αυτές τις συνθήκες δεν θα μπορέσω να σάς συνδράμω. Το πολύ να σάς συστήσω έναν καλό συνάδελφο.

Σηκώθηκε με ύφος και έδωσε το χέρι του σηματοδοτώντας έτσι το τέλος του ραντεβού.

– Λυπάμαι, αγαπητέ Μάικ, αλλά από την άλλη δεν μπορώ και να μη σε συγχαρώ που είσαι ένα τίμιο παλληκάρι.

Η Λάουρα έσκασε ένα φιλάκι στα πεταχτά στο δικηγόρο, αφού προηγουμένως βεβαιώθηκε για την απουσία της γραμματέας του.

– Μη χαίρεσαι προκαταβολικά, Απόστολε (για πρώτη φορά απευθύνθηκε με το μικρό του όνομα, να υπενθυμίσει πονηρά την ερωτική τους προϊστορία). Δεν θα απαλλαγείς εύκολα από εμάς. Θα πάρω την κατάσταση στα χέρια μου να σε βοηθήσω να απαλλάξεις από την άδικη τιμωρία αυτόν τον ...ηλίθιο Δον Κιχώτη. Γεια χαρά.

Φύγανε και σχεδόν με το ζόρι πήγαν σε μια καφετέρια και άρχισε να τον ψέλνει.

– Είσαι μεγάλος μαλάκας, Μάικ. Και εγώ είμαι ένα ζώο που έμπλεξα με έναν τέτοιον μαλάκα σαν εσένα. Όχι, μην απαντάς, δεν θέλω αντιρρήσεις. Σκέφτηκες να θυσιαστείς γι' αυτό το αρρωστημένο πλάσμα, τη Σόνια, και εμένα δεν με σκέφτηκες καθόλου που θα με αφήσεις μόνη στα κρύα του λουτρού. Δεν είναι δικαίωμά σου, είμαι κι εγώ εδώ. Όμως, μη φοβάσai. Εγώ δεν το βάζω τόσο εύκολα κάτω. Θα δεις!»

– Έλα τώρα Λάουρα, το μόνο που μού έλειπε είναι η γκρίνια σου. Δεν είναι θέμα καμιάς προτίμησης για μένα. Είναι θέμα αρχών. Μπορείς να με αποκαλείς όπως θες, εγώ πάντως επιμένω να κάνω αυτό που νομίζω ότι είναι σωστό, έστω και αν το πληρώσω ακριβά.

– Εντάξει, κύριε ιππότη. Για την ώρα εδώ οι δρόμοι μας χωρίζουν. Θα τα ξαναπούμε, πάντως, σύντομα. Δε γλιτώνεις τόσο εύκολα από τη Λάουρα.

Με αυτά τα λόγια η Λάουρα σηκώθηκε και, αφού έριξε ένα φαρμακερό βλέμμα, γύρισε την πλάτη και εξαφανίστηκε στο δρόμο.

* * *

ΜΕΡΟΣ ΤΕΤΑΡΤΟ

Η ΔΙΚΗ

37

ΤΟ ΤΑΞΙΔΙ ΤΟΥ ΜΑΪΚ ΣΤΗΝ ΚΟΛΑΣΗ

Η προανάκριση ήτανε σύντομη. Η ανακρίτρια περιορίστηκε μόνο σε μία τυπική εξέταση. Ο Μάικ βρέθηκε χωρίς δικηγόρο στο γραφείο του ανακριτή. Η Λάουρα παρακολουθούσε μισοκρυμμένη στα πίσω καθίσματα της αίθουσας. Ετσι, χωρίς παρεμβάσεις το δικαστήριο προχώρησε γρήγορα χωρίς την παραμικρή διάθεση να εξετάσει την υπόθεση στις λεπτομέρειές της. Άλλωστε, αυτό που εξέταζε κατά βάθος ήτανε αν ο κατηγορούμενος είχε την πρόθεση διαφυγής και αν θα μπορούσε να επαναλάβει το έγκλημά του.

– Κατηγορούμενε, έχεις οικογένεια και μόνιμη κατοικία στην Ελλάδα; Ρώτησε η ανακρίτρια, αφού τον όρκισε να πει την αλήθεια.

– Όχι, κυρία ανακρίτρια, είμαι ανύπαντρος και οι γονείς μου δεν ζουν εδώ.

– Μήπως θέλεις να ομολογήσεις την ενοχή σου;

– Αρνούμαι κατηγορηματικά ότι εγώ διέπραξα το έγκλημα.

– Είχες κάποιον δεσμό με την κοπέλα που αναφέρουν ότι παρίστατο την ώρα του εγκλήματος;

– Τη γνώριζα και κάναμε συχνά παρέα.

– Είχες σεξουαλικές σχέσεις μαζί της;

– Δεν απαντώ σε σχέση με προσωπικά δεδομένα.

– Γνώριζες ότι η κοπέλα είχε σεξουαλική επαφή με το θύμα;

– Μάλιστα, μού είχε διηγηθεί εκείνη ότι έγινε μια τέτοια απόπειρα.

– Μήπως ένιωσες κάποια αντιζηλία προς το θύμα;

– Αρνούμαι να απαντήσω.

Στο βάθος της αίθουσας η Λάουρα γεμάτη αγωνία περίμενε την απόφαση. Δεν άργησε να αποφανθεί η ανακρίτρια.

– Κατηγορούμενε θεώρησε ύποπτος φυγής και θα κρατηθείς μέχρις ότου ορισθεί η δίκη που θα αποφανθεί περί της ενοχής σου ή μη. Το δικαστήριο ορίζει την καταβολή χρηματικής εγγυήσεως 300.000 ευρώ για να αναστείλει την προφυλάκισή σου.

– Δε διαθέτω τέτοιο ποσόν, κυρία ανακρίτρια.

Εν τοιαύτη περιπτώσει, κράτηση μέχρι νεωτέρας.

Έτσι ο Μάικ είδε το φρουρό να περνάει χειροπέδες και σε λίγο οδηγήθηκε στα κρατητήρια. Ήτανε γαλήνιος και παρατημένος. Κατά βάθος ένιωσε μιαν ανακούφιση που είχε έρθει η ώρα να πληρώσει για το «έγκλημά» του, μια και τελικά είχε καταδικάσει μέσα του ο ίδιος τον εαυτό του.

Η Λάουρα πήρε τους δρόμους με την ψυχή της μαύρη. Διαισθανότανε και εκείνη ότι ο Μάικ με τις απαντήσεις του είχε κατά κάποιο τρόπο προκαλέσει την κράτησή του.

– Καημένε μου, Μάικ. Είσαι ένας σπάνιος άνθρωπος. Πληρώνεις ξένες αμαρτίες θέλοντας να καλύψεις την πρωτινή – ή μήπως και παντοτινή σου – αγάπη. Εγώ πάντως θα κάνω το παν για σένα κι ας έρχομαι δεύτερη στην καρδιά σου.

Το μυαλό της έπαιρνε χιλιάδες στροφές.

– Το πρώτο που πρέπει να κάνω είναι να βρω τα χρήματα και να σε βγάλω από το κελί σου, αγαπημένε μου Μάικ. Ξέρω ότι δεν θα την αντέξεις τη φυλακή, εσύ μια τόσο λεπτή ψυχή παρέα με τους ποινικούς εγκληματίες.

Περπατούσε χωρίς να βλέπει μπροστά της, το μυαλό της έκανε χιλιάδες συνδυασμούς. Μέχρι και να ξαναγυρίσει στην ξευτίλα του πεζοδρομίου σκέφτηκε με ανατριχίλα. Όμως, τα χρήματα ήτανε πολλά. Θα έπαιρνε πολλούς μήνες «δουλειάς» μέχρι να τα εξοικονομήσει. Το απέρριψε. Δε θα άντεχε να ξέρει τον αγαπημένο της φυλακισμένο για τόσον καιρό.

Ξάφνου μια λάμψη πέρασε από το μυαλό της: «Ο Σείχης», σκέφτηκε. Αυτός μόνο θα μπορούσε να βοηθήσει την κατάσταση».

 Χαμογέλασε γεμάτη ελπίδα και μελαγχολία στην ιδέα ότι θα έπρεπε να βάλει πάλι το φερετζέ και να παριστάνει την οδαλίσκη. Όμως, αποφάσισε χωρίς δεύτερη σκέψη. Για χάρη του Μάικ δεν θα δίσταζε να κάνει τα πάντα.

– Πουτάνα ζωή, μονολόγησε. Τα έφερες έτσι ώστε να μη μπορώ να απαγκιστρωθώ από το παρελθόν μου. Χαλάλι σου, πάντως. «Ο σκοπός αγιάζει τα μέσα».

Το ίδιο βράδυ βρέθηκε στο αεροπλάνο να πετά για την Αραβία. Ο σείχης την αντίκρισε γεμάτος έκπληξη. Από καιρό γυρόφερνε στο νου του. Παρ' όλες τις οδαλίσκες που είχε στη διάθεσή του, η Λάουρα είχε παραμείνει σα μια γλυκιά και ηδονική ανάμνηση. Θυμότανε ότι τού είχε δοθεί με κέφι, την είχε νιώσει να μην υποκρίνεται ψεύτικους οργασμούς, προς στιγμήν πίστεψε ότι δεν ήτανε μόνο τα χρήματα που καθόριζαν την ερωτική της συμπεριφορά. Και αυτό ήτανε για το σείχη μια σχεδόν απρόσμενη εμπειρία, κάτι το μοναδικό και ανεπανάληπτο. Βέβαια, τώρα κατά βάθος ένιωθε ότι η Λάουρα δεν είχε επιστρέψει επειδή νοστάλγησε την αγκαλιά του. Δεν καλάρεσε αυτή η σκέψη. Ωστόσο, ο πόθος που ξύπνησε με την παρουσία της δεν άφηνε περιθώρια να εμβαθύνει πάνω στο θέμα.

– Καλώς όρισες, καλή μου, την υποδέχτηκε εγκάρδια. Ποιος καλός άνεμος σε έστειλε πάλι κοντά μου, ρώτησε.

Η Λάουρα αισθάνθηκε αδυναμία να υποκριθεί. Πεσμένη στην αγκαλιά του, διηγήθηκε την περιπέτεια του αγαπημένου της και το σκοπό της επίσκεψής της. Ο σείχης, παρόλο που ένοιωσε μια μικρή απογοήτευση, συγκινήθηκε με την ειλικρίνεια της Λάουρας. Έβγαλε από την τσέπη το μαγικό μπλοκάκι που άνοιγε όλες τις πόρτες του κόσμου και πρόθυμα έδωσε μία επιταγή. Η Λάουρα έκλαιγε, δεν το πίστευε ότι θα έβρισκε τόση ανθρωπιά στην ψυχή ενός τόσο μακρινού της ανθρώπου.

Δεν έφυγε αμέσως σαν το σκυλί που έκλεψε ένα κόκκαλο. Θέλησε να του δοθεί, να τον ανταμείψει με τον τρόπο της. Ο σείχης έδειχνε διστακτικός. Η Λάουρα όμως ένιωσε μια πραγματική ανάγκη να πέσει στην αγκαλιά του. Ομολογούσε μέσα της ότι δεν το έκανε για να τον ανταμείψει για τη γενναιοδωρία του. Είχε εκτιμήσει το φέρσιμό του και σαν αποτέλεσμα ένιωσε μέσα της μια σταγόνα αγάπης να ανακατεύεται με έναν ανείπωτο πόθο.

Οργιάσανε ένα ολόκληρο βράδυ και ο σείχης ίσως να ένιωσε για πρώτη φορά τί θα πει πραγματικό σεξ. Την άλλη μέρα την οδήγησε ο ίδιος στο αεροδρόμιο. Την αποχαιρέτησε με ένα σφίξιμο στην καρδιά του.

– Χρυσή μου, Λάουρα, σ' ευχαριστώ που με σκέφτηκες σε μια δύσκολη για σένα ώρα. Ελπίζω να κρατήσεις μια γωνίτσα ελεύθερη για μένα στη μεγάλη σου καρδιά, καλή σου ώρα.

Η Λάουρα είχε συγκινηθεί για άλλη μία φορά.

– Σε έχω μόνιμα στην καρδιά μου. Η φωλίτσα μας στην Αθήνα θα σε καλοδεχτεί, όταν με νοσταλγήσεις, ψιθύρισε στο αυτί μπαίνοντας στο αεροπλάνο.

Ο Μάικ στο κρατητήριο ζούσε μια πραγματική κόλαση. Οι συγκρατούμενοί του είχανε σαν έθιμο να μη συγχωρούν αυτούς που εγκληματήσαν σε ένα παιδί. Θέλανε πρώτοι αυτοί να τιμωρήσουνε τον εγκληματία. Και η τιμωρία ήτανε πολύ σκληρή. Εκτός από τη γενική περιφρόνηση, έπεφτε πολύ ξύλο, ξεσπούσαν σε βλαστήμιες και προπηλακισμούς, μέχρι που διάφοροι έκφυλοι τούς υπέβαλαν σε σεξουαλικά μαρτύρια στην προσπάθειά τους να εξιλεωθούν για τα δικά τους αμαρτήματα. Ο Μάικ υπέστη όλα αυτά με μια μοναδική καρτερία. Θεώρησε όλα αυτά σαν πληρωμή για τα αμαρτήματά του. Δεν έπαυε, πάντως, να είναι ένα ψυχικό ράκος. Ένιωθε απίστευτη πίκρα και μοναξιά, κανείς δεν ενδιαφερότανε για τη μοίρα του. Ακόμα και η καλή του Λάουρα τον είχε εγκαταλείψει.

– Ήρθε η ώρα να φύγω από τη ζωή, έλεγε και μέσα του είχε κυριαρχήσει η έμμονη ιδέα. Δεν έχω πια τίποτα να προσδοκώ, σε τίποτα να ελπίζω. Η καριέρα μου καταστράφηκε, οι κοντινοί μου άνθρωποι με εγκατέλειψαν, δεν υπάρχει τίποτα να με κρατά ζωντανό. Τί καταλαβαίνω να περνάω τις μέρες μου σ' αυτό το άθλιο περιβάλλον που με κάνει να ντρέπομαι που είμαι άνθρωπος.

Περνούσε τις ώρες της αϋπνίας του σχεδιάζοντας το τέλος του και ελπίζοντας σε μιαν «άλλη» ζωή, σαν αυτή που είχε διδάξει ότι υπάρχει μετά το θάνατο ο γκουρού shalila.

Να όμως που έγινε το θαύμα. Εντελώς ανεξήγητα, ένα πρωί ο φύλακας τον ξύπνησε. Στο φέρσιμό του διέκρινε κάτι το παράξενο. Τα λόγια του έφεραν μιαν ανατριχίλα. Στην αρχή νόμισε ότι επρόκειτο για μια κακόγουστη φάρσα, μία ακόμα δοκιμασία στην οποία θέλησαν να το υποβάλουν.

– Ετοίμασε τα μπογαλάκια σου και έλα στο γραφείο να παραλάβεις τα πράγματά σου και το αποφυλακιστήριο. Σε λίγο θα είσαι ελεύθερος. Κάποιος κατέθεσε την εγγύηση και τώρα μπορείς να φύγεις «μέχρι νεωτέρας», πρόσθεσε ο φύλακας με σαδισμό.

Πήγε με αβέβαιο βήμα, γεμάτος απορίες μέχρι το γραφείο μη πιστεύοντας τα αυτιά του.

– Μάγκα, έχεις υψηλές γνωριμίες και δεν μας το είχες πει», είπε ο διευθυντής με ύφος πονηρό. Μάζεψτα και φύγε να μάς αδειάσεις τη γωνιά.

Ο Μάικ υπάκουσε και σε λίγο βρέθηκε να περνάει την πόρτα των φυλακών. Η Λάουρα έπεσε στην αγκαλιά του μόλις τον αντίκρισε.

– Μάικ, αγαπημένε μου, ψιθύρισε, ενώ δάκρια έτρεχαν από τα μάτια της. Επιτέλους σε σφίγγω στην αγκαλιά μου, είπε.

Με το ζόρι κατόρθωσε ο Μάικ να μάθει την αλήθεια. Το ηθικό του κατέπεσε για άλλη μία φορά.

– Δεν έπρεπε να το κάνεις αυτό, Λάουρα, είπε. Δεν άξιζα μια τέτοια θυσία.

Η Λάουρα θέλησε να το διασκεδάσει.

– Σώπα, καημένε Μάικ. Για ποια θυσία μιλάς; Και το σκοπό μου πέτυχα και ο σείχης δεν με άφησε παραπονεμένη ύστερα από …τη «νηστεία» τόσων ημερών.

– Άσε την πλάκα, Λάουρα. Με κάνεις να ντρέπομαι.

– Και βέβαια να ντρέπεσαι για το πείσμα σου, που δημιούργησε τόσες στενοχώριες. Ελπίζω τώρα, μετά το «φροντιστήριο» της φυλακής, να έχεις βάλει μυαλό και να γίνεις συνεργάσιμος. Το πρόβλημα δεν έχει λυθεί. Μάς περιμένει η δίκη και η οριστική απόφαση. Όλα τώρα εξαρτώνται από τη Σόνια και αυτά που θα διηγηθεί στο δικαστήριο. Ανν καταδεχτεί να κοπιάσει βέβαια, αν όχι κρατάω το γράμμα της που είναι σκέτη ομολογία!

– Λάουρα, σού έχω πει να το ξεχάσεις αυτό το γράμμα.

– Κι εγώ σου λέω, Μάικ, ότι η αχαριστία δεν θα περάσει, κατάλαβέ το επιτέλους καλά. Μάθε ότι η καλή σου έχει ζευγαρώσει με ένα νεαρό και καλοπερνάνε οι δυο τους καλά κρυμμένοι στη φωλίτσα του γκουρού shalila στην Ερεσό. Ούτε αυτή ούτε και ο Αλέξανδρος που παριστάνει το μοναχικό διαλογιζόμενο εξερευνώντας τη Μυτιλήνη, γνωρίζουν το δράμα που πέρασες.

* * *

38

Η ΣΟΝΙΑ ΠΑΙΡΝΕΙ ΤΙΣ ΑΠΟΦΑΣΕΙΣ ΤΗΣ

Είναι καιρός να βοηθήσουν να σε απαλλάξουμε από αυτή την περιπέτεια. Φεύγω αύριο για το νησί είτε το θέλεις είτε όχι, και υπόσχομαι ότι θα τους φέρω πίσω. Αρκετά διαλογίσθηκε ως τώρα η νεαρά. Είναι καιρός να αντιμετωπίσει την πραγματικότητα. Να πω και κάτι που θα σε καθησυχάσει. Ο δικηγόρος Λαυρεντιάδης με διαβεβαίωσε ότι η Σόνια σου δεν κινδυνεύει σε τίποτα αν ομολογήσει την αλήθεια. Έχει κληθεί ως μάρτυρας. Δεν υπάρχει καμία δίωξης εις βάρος της, δεν την βαραίνει καμία κατηγορία. Θα τα «μπουρδουκλώσει» στο δικαστήριο με τη βοήθεια του δικηγόρου, ώστε να απαλλαγείς εσύ και ύστερα ας καταφύγει πάλι στην Ερεσό και... μην την είδατε...

– Κάνε ότι νομίζεις Λάουρα. Εγώ αισθάνομαι εντελώς αδύναμος να επιβάλλω τη θέλησή μου. Ας γίνει ό,τι είναι γραφτό!

Ο γκουρού ήτανε από μέρες τώρα ανήσυχος. Είχε προαισθανθεί ότι κάτι συνταρακτικό θα συνέβαινε εκείνες τις μέρες και ήτανε προετοιμασμένος. Αντίκρισε τη Λάουρα να μπαίνει φουριόζα στο Κέντρο χωρίς να νιώσει καμία έκπληξη.

– Λάουρα, χαρά μου να σε συναντώ και πάλι. Όμως κάτι σού συμβαίνει. Βλέπω την «αύρα» σου να είναι κατακόκκινη. Πρέπει να κατέχεσαι από αγωνία και θυμό.

– Αγαπητέ μου δάσκαλε, σωστά το μάντεψες. Είμαι πολύ αναστατωμένη από αυτά που μάς συμβαίνουν στην Αθήνα. Ο Μάικ είναι προφυλακισμένος για ένα έγκλημα που δεν έκανε, η Σόνια είναι η μόνη αυτόπτης μάρτυς που θα μπορούσε να τον απαλλάξει από τις κατηγορίες με τη μαρτυρία της στο δικαστήριο. Ξέρω ότι έχει βρει καταφύγιο κάτω από τη φτερούγα σου. Πρέπει να βοηθήσεις να την πείσουμε να παρασταθεί στη δίκη και να φανερώσει την αλήθεια.

– Εξήγησέ μου τις λεπτομέρειες, Λάουρα. Πρέπει να πειστώ για τα λεγόμενά σου πριν αποφασίσω ποια θέση θα πάρω.

Η Λάουρα διηγήθηκε όλο το περιστατικό αφήνοντας επίτηδες μερικά σκοτεινά σημεία στη διήγησή της. Έτρεμε στην ιδέα ότι ο γκουρού θα αρνιότανε τη συμπαράστασή του. Ο γκουρού από την άλλη δεν ήθελε να έχει παρτίδες με τις αρχές. Πρόσφατα είχε ταλαιπωρηθεί με ανακρίσεις, ύστερα από μια καταγγελία ότι στο Κέντρο γινόντουσαν σεξουαλικά όργια με ανήλικα κορίτσια που τα ντοπάριζαν με ναρκωτικά. Είδε και έπαθε να απαλλαγεί από τις κατηγορίες μια και δεν εμφανίστηκαν μάρτυρες και δεν υπήρξαν αποδείξεις. Όμως το κακό είχε γίνει, ήξερε ότι από εδώ και πέρα το Κέντρο του θα ήτανε υπό στενή παρακολούθηση από τις αρχές πράγμα που δυσαρεστούσε ιδιαίτερα τον γκουρού. Και να που τώρα είχε να αντιμετωπίσει αυτό το ιδιαίτερα σοβαρό περιστατικό που καθόλου δεν άρεσε.

– Κάθε έγκλημα έχει δύο πιθανά αίτια. Είτε γίνεται για οικονομικούς λόγους, είτε για ερωτικές αντιζηλίες, απεφάνθη θυμόσοφα. Στην περίπτωσή μας, αν δεν γνώριζα το χαρακτήρα του Μάικ, θα έλεγα ότι ισχύει το δεύτερο, αν βέβαια πρόκειται περί εγκλήματος.

Όπως και να έχει το πράγμα δεν είναι δικό μου θέμα να ανακαλύψω την αλήθεια. Ας αποφανθεί το δικαστήριο...

Έστειλε να φωνάξουν τη Σόνια, η οποία, μόλις αντίκρισε τη Λάουρα έτσι αναστατωμένη, ένιωσε τη γη να φεύγει κάτω από τα πόδια της. Πήγε να αγκαλιάσει τη Σόνια, αλλά εκείνη τον απέφυγε με ψυχρότητα.

– Σόνια, συμβαίνουν τραγικά γεγονότα στην Αθήνα. Κάποιοι στη Σουηδία κατηγορήσανε τον Μάικ για το φόνο του Γουστάβου. Προφυλακίστηκε και με χίλια ζόρια πέτυχα την προσωρινή ελευθερία του. Τώρα πρόκειται να γίνει η δίκη και κινδυνεύει να καταδικαστεί ίσως και ισόβια, αν δεν έρθεις να πεις την αλήθεια στο δικαστήριο. Εσύ δεν κινδυνεύεις, μια και δεν έχει γίνει μήνυση εναντίον σου. Πρέπει να έρθεις να βοηθήσεις τον Μάικ στο όνομα του παλιού σας έρωτα. Άλλωστε, εκείνος προσπάθησε να σε καλύψει κατά την προανάκριση, θυσιάζοντας την ελευθερία του. Πες μου, λοιπόν, τί σκέφτεσαι να κάνεις!

Η Σόνια παρέμενε άφωνη. Στο μυαλό της τριγυρνούσαν με φρίκη οι τραγικές σκηνές που είχανε εκτυλιχτεί στο ξενοδοχείο της λίμνης. Προσπάθησε αυθόρμητα να ξεφύγει από την πραγματικότητα.

– Μη με ανακατεύετε εμένα, Λάουρα σε μια υπόθεση που δεν έλαβα μέρος. Άλλωστε κανείς δεν με έχει κατηγορήσει, όπως λες.

Ο γκουρού παρενέβη με αυστηρό ύφος.

– Μην λές ψέματα, Σόνια ότι δεν έχει παίξει και εσύ το ρόλο σου. Είναι καθήκον σου να βοηθήσεις τον Μάικ στο όνομα της παλιάς σας αγάπης. Μην ξεχνάς, άλλωστε, ότι και εσύ έχεις λερωμένη τη φωλιά σου.

Η Σόνια έσκυβε το κεφάλι και απέφευγε τα βλέμματά τους. Έφερε στο μυαλό της τον Μάικ, τον καλό και χαμηλών τόνων Μάικ που «άθελά της» τον είχε μπλέξει στην τραγική περιπέτεια. Ήθελε να βοηθήσει τον Μάικ, αλλά από την άλλη το ένστικτο αυτοσυντήρησης υπαγόρευε να αποφύγει την κακοτοπιά. Ζήτησε από τον γκουρού shalila την άδεια να διαλογιστεί.

– Απόψε θα διαλογιστούμε μαζί, άκουσε τον γκουρού shalila να λέει.

Απομονωθήκανε οι δυο τους εκείνο το βράδυ στην αίθουσα διαλογισμού. Πήρανε τη στάση της γιόγκας και παρέμειναν με κλειστά μάτια για πολλές ώρες αμίλητοι και βυθισμένοι στους συλλογισμούς τους. Η Σόνια έστρεψε τη σκέψη της στην παλιά της ζωή με τον Μάικ. Τότε που ερωτευμένοι οι δυο τους, ύστερα από κάθε σεξουαλική επαφή, παρέμεναν ξαπλωμένοι στο σκοτεινό δωμάτιο και κάνανε σχέδια και όνειρα για μια ιδανική ζωή, ενώ έπαιρναν όρκους να μείνουνε πάντα μαζί. Ταξιδεύανε κάτι τέτοιες ώρες τα δύο ερωτευμένα παιδιά, φεύγανε από την παγωμένη τους πραγματικότητα, «ζούσανε» στιγμές απόλαυσης στις χώρες των ονείρων τους. Ανέτρεξε στις τρυφερές τους στιγμές όταν τα σώματά τους χορτασμένα από τον πόθο βυθιζόντουσαν σε ένα κόσμο γεμάτο μακαριότητα και γαλήνη. Ο Μάικ μιλούσε ακατάπαυστα για την ποίηση, τη λογοτεχνία, τη μαγεία της μουσικής, ενώ εκείνη πλημμυρισμένη από έρωτα παρακολουθούσε τον Μάϊκ μέχρις ότου την έπαιρνε ένας λυτρωτικός ύπνος κουλουριασμένη στην αγκαλιά του.

Ωστόσο, ο ανήσυχος χαρακτήρας της γρήγορα την οδήγησε σε μια κατάσταση κορεσμού. Προτίμησε την περιπέτεια από την ήσυχη αγκαλιά του αγαπημένου της. Προσπάθησε να κάνει να καταλάβει, να προκαλέσει να φύγει πρώτος. Ανέλυε τη γοητεία της φυγής, της περιπέτειας, της ελευθερίας που κυριαρχούσαν μέσα της. Ματαιοπονούσε. Ο Μάικ προσποιούτανε ότι δεν καταλαβαίνει. Εκείνος μιλούσε για την απόλαυση του έρωτα, την ανάγκη των ανθρώπων να ζούνε μαζί, να μοιράζονται χαρές και λύπες. Δεν κατόρθωσε να την κρατήσει άλλο κοντά του. Χωρίσανε «δοκιμαστικά».

Ξαναθυμήθηκε τα τραγικά γεγονότα. Τότε που εκείνος δεν άντεξε άλλο μακριά της. Τότε που έψαχνε απελπισμένα. Και όταν ανακάλυψε πού βρίσκεται έτρεξε να τη βρεί στο ξενοδοχείο, να εξιστορήσει το δράμα του, να προσπαθήσει άλλη μία φορά να την πείσει να αλλάξει γνώμη. Βρήκε μια Σόνια σε έξαλλη κατάσταση. Αηδιασμένη από τα φερσίματα των γονιών της, μετανοιωμένη με την ανόητη επαφή της με τον Γουστάβο, γεμάτη μίσος με τη ζωή και τους ανθρώπους. Είχε αντικρύσει έναν Μάικ να τα έχει χαμένα. Ο άβουλος εαυτός του την άφησε να τον κάνει όργανό της, έρμαιο στο φριχτό της παιχνίδι. Δεν θέλησε να της αντισταθεί στην προσπάθειά του να την ξανακάνει δική του. Αμέσως μετά έγινε το κακό, και ακολούθησε η άτακτη φυγή του. Ξάφνου «είδε» μπροστά της σαν οπτασία τον Γουστάβο. Χαμογελούσε με μειλίχιο ύφος κρατώντας στο χέρι του το πιστόλι. Το είχε στρέψει καταπάνω του και ψιθύριζε.

– Σόνια, μην έχεις τύψεις. Δεν εγκληματήσες ούτε εσύ ούτε ο Μάικ. Ότι έγινε, έγινε με τη δική μου θέληση. Έπασχα από κατάθλιψη. Η αίσθηση της σεξουαλικής μου διαφορετικότητας, η έλξη που ένιωθα για τους εφήβους συχνά με γέμιζε με απαξία για τον εαυτό μου, η απέχθειά μου προς το αντίθετο φύλο, τα ειρωνικά βλέμματα και οι σπόντες των συμμαθητών μου, το λυπημένο και αμήχανο φέρσιμο του πατέρα μου που είχε αποξενωθεί από εμένα, η μητέρα μου που την έβλεπα συνέχεια βυθισμένη σε βαθιά μελαγχολία, όλα αυτά με είχαν οδηγήσει από καιρό στην απόφαση να αυτοκτονήσω. Μόνο που δεν το τολμούσα! Αυτά που ζήσαμε μαζί στο ξενοδοχείο, τα αίσχη των γονιών μου, η δική μου αδυναμία να κάνω έρωτα μαζί σου, το περιπαιχτικό σου ύφος αμέσως μετά με οδήγησαν να νικήσω τους δισταγμούς μου. Κατόρθωσα να βρω το κουράγιο να «παίξουμε» εκείνο το ηλίθιο παιχνίδι που σχεδίασα να καταλήξει στο θάνατό μου. Ελπίζω να με συγχωρέσετε που σάς έμπλεξα και εσάς. Ήτανε κάτι που δεν άντεχα να το κάνω μόνος μου. Γειά σου, Σόνια. Μη μού κρατάς κακία.

Με αυτά τα λόγια η οπτασία του Γουστάβου εξαφανίστηκε αφήνοντας τη Σόνια άναυδη. Και να που ήρθε η ώρα της πληρωμής. Τώρα, έστω και αργά, η Σόνια είχε μετανιώσει... Ήτανε πολύ άδικο να πληρώσει για όλα αυτά ο καημένος ο Μάικ. Δεν θα το επέτρεπε στον εαυτό της.

– Σωστά διαλογίστηκες Σόνια, η γεμάτη μυστικισμό φωνή του γκουρού shalila, ανακατεμένη με μια απόκοσμη μουσική που ακουγότανε μονότονη, έφτασε στο νου της σα να ερχότανε από πολύ μακριά. Μπήκα στο πνεύμα σου και διάβασα τις σκέψεις σου, ήμουνα «εκεί» και όταν εμφανίστηκε η οπτασία του Γουστάβου, τώρα θα σε αφήσω ελεύθερη να πάρεις τις αποφάσεις σου.

– Θα πάω να βοηθήσω τον Μάικ, δάσκαλε, απάντησε θαρρετά.

Μονοιασμένες πια η Σόνια με τη Λάουρα κίνησαν για την Αθήνα να προσπαθήσουνε να σώσουνε τον Μάικ.

39

ΜΙΑ ΣΦΟΔΡΗ ΑΝΤΙΔΙΚΙΑ

Δεν πρόλαβαν να παρκάρουνε έξω από το δικαστήριο και ένα σμήνος από ρεπόρτερς και φωτογράφους έπεσε απάνω τους σαν όρνια που ορμάνε στο θήραμα. Η Σόνια στριμωγμένη ανάμεσα στη Λάουρα και το δικηγόρο έσπευσε να βρει προστασία μέσα στην αίθουσα του δικαστηρίου. Από κοντά την ακολουθούσαν οι δημοσιογράφοι με τα μικρόφωνα κυριολεκτικά κολλημένα στο πρόσωπό της. Βροχή οι απανωτές ερωτήσεις, όμως εκείνη βουβή ακολουθούσε πιστά τις οδηγίες του δικηγόρου. Με αναίδεια και επιμονή οι ρεπόρτερς προσπαθούσαν να «βγάλουν είδηση» και να ξεδιαλύνουν το μυστήριο.

— Δεσποινίς, ήσασταν παρούσα την ώρα του εγκλήματος;

— Κοπέλα μου είχες προηγούμενα με το θύμα;

— Εσύ σκέφθηκες να τον βάλεις να σκοτώσει το άτυχο παιδί;

— Είχες ερωτικές σχέσεις με το δολοφόνο;

– Μήπως το σκότωσε ο εραστής σου από αντιζηλία;

Αμείλιχτα ερωτήματα που έδειχναν προς ποια κατεύθυνση θα παρέσυρε ο Τύπος την κοινή γνώμη. Ανάμεσα στο πλήθος η Σόνια διέκρινε με ανακούφιση τον Αλέξανδρο να χαμογελάει καθησυχαστικά.

– Αλέξανδρε, εσύ. Δόξα τώ θεώ που ήρθες.

– Φαντάστηκες ότι δεν θα ερχόμουνα; Πήρα το πρώτο πλοίο μόλις διάβασα τα γεγονότα στις εφημερίδες. Ήτανε ποτέ δυνατό να μη συμπαρασταθώ στην «ομάδα των τεσσάρων» σε μια τέτοια στιγμή;

Ο Λαυρεντιάδης παρακολουθούσε με περιέργεια. Έγιναν οι απαραίτητες συστάσεις και μετά συμφώνησαν στο διάλειμμα της δίκης να βρεθούν στο γραφείο του να προετοιμάσουν τη μαρτυρία του. Αλέξανδρου. Τα μέλη του δικαστηρίου κατέλαβαν με ιεροτελεστία τις θέσεις τους.

– Να σηκωθεί ο κατηγορούμενος, ακούστηκε το πρόσταγμα του κλητήρα. Ο Μάικ σηκώθηκε και βάδισε προς το εδώλιο του κατηγορουμένου. Μέσα του επαναλάμβανε τις οδηγίες του δικηγόρου.

– Να απαντάς όσο μπορείς πιο μονολεκτικά. Ούτε περιγραφές, ούτε δικές σου κρίσεις. Να κοιτάζεις τους ενόρκους στα μάτια χωρίς το βλέμμα σου να προδίδει αναίδεια ούτε εκνευρισμό, αλλά ούτε και φόβο. Μην προσπαθήσεις να πείσεις κανένα για την αθωότητά σου. Αυτό είναι δική μου δουλειά. Πρόσεχε μην πέσεις σε αντιφάσεις. Ο εισαγγελέας θα προσπαθήσει να σε παρασύρει, εγώ θα τον διακόπτω όποτε μπορώ, όμως εσύ πρόσεχε τί θα λες. Φυσικά δεν πρόκειται να ομολογήσεις, ούτε να κατηγορήσεις, αλλά ούτε και να προσπαθήσεις να δικαιολογήσεις τη Σόνια. Να θυμάσαι ότι κανείς δεν σε παρέσυρε, διότι απλούστατα δεν έκανες τίποτα το αξιόποινο. Άσε να πλανάται μία ασάφεια για τα γεγονότα. Εγώ θα τα διευκρινίσω όπως μάς συμφέρει.

Η δίκη άρχισε με τις ερωτήσεις του προέδρου του δικαστηρίου

– Κατηγορούμενε, είναι αλήθεια ότι στο ξενοδοχείο της λίμνης στη Σουηδία συνέβαλες στο θάνατο του ανήλικου Γουστάβου;

– Αρνούμαι την κατηγορία, κύριε πρόεδρε.

– Διηγήσου μας τα γεγονότα που έλαβαν χώρα.

– Βρέθηκα στο δωμάτιο εκείνου του ξενοδοχείου να συζητάω με τη Σόνια, όταν εμφανίστηκε ο νεαρός κρατώντας ένα πιστόλι, κειμήλιο του πατέρα του – όπως είπε. Το περιεργαζότανε και σημάδευε διάφορα αντικείμενα πιέζοντας κατά καιρούς τη σκανδάλη «για να μάς τρομάξει», όπως έλεγε αστειευόμενος. Το όπλο έμοιαζε να είναι αδειανό και εμείς παριστάναμε τους φοβισμένους συμμετέχοντας στο «παιχνίδι» του. Κάποια στιγμή το μάτι του μικρού γυάλισε περίεργα. Γελούσε νευρικά και μάς αποκαλούσε δειλούς – «χέστες» για την ακρίβεια. Τη μοιραία στιγμή, θέλοντας να κάνει επίδειξη του ανδρισμού του, σημάδεψε το κεφάλι του και τράβηξε τη σκανδάλη. Τότε ακούστηκε ένας πυροβολισμός και συνέβη το μοιραίο.

– Είσαι σίγουρος ότι δεν κρατούσες εσύ το πιστόλι, ρώτησε ο εισαγγελεύς.

– Κύριε πρόεδρε, πετάχτηκε ο δικηγόρος Λαυρεντιάδης. Στο όπλο βρέθηκαν δακτυλικά αποτυπώματα μόνον του θύματος. Παραδίδω την ιατροδικαστική έκθεση προς επιβεβαίωση του ισχυρισμού μου.

Ο εισαγγελέας πετάχτηκε όρθιος και διάβασε το έγγραφο, ύστερα επέστρεψε σα βρεγμένη γάτα στην έδρα του. Ωστόσο, συνέχισε τις ερωτήσεις του.

– Κατηγορούμενε, αληθεύει το γεγονός ότι διατηρούσες ερωτικές σχέσεις με τη δεσποινίδα Σόνια, ρώτησε με ένα διφορούμενο ύφος.

– Ένσταση, κύριε πρόεδρε. Η ερώτηση αφορά προσωπικά δεδομένα άσχετα με το γεγονός.

– Δεκτή η ένσταση, ακούστηκε η φωνή του προέδρου.

– Πώς αντέδρασες κατηγορούμενε, όταν αποκαλύφθηκε ότι πριν από το έγκλημα το θύμα είχε μία ερωτική επαφή με την παρισταμένη μάρτυρα;

– Ποτέ δεν συνέβη κάτι τέτοιο, αντέδρασε με θυμό ο Μάικ.

– Ένσταση και πάλι, πετάχτηκε ο Λαυρεντιάδης. Η ερώτηση είναι παραπλανητική μια και δεν υπάρχει καμία ομολογία ότι συνέβη κάτι τέτοιο.

– Δεκτή η ένσταση, είπε ο πρόεδρος ρίχνοντας μιαν άγρια ματιά στον εισαγγελέα.

– Κύριε πρόεδρε, και μόνο από τη βίαιη αντίδραση του κατηγορουμένου, ευκόλως μπορούμε να υποθέσουμε ότι κάτι τέτοιο συνέβη μεταξύ του θύματος και της μάρτυρος, γεγονός που είναι βέβαιο ότι προκάλεσε τη μήνιν του κατηγορουμένου, επέμεινε ο εισαγγελεύς.

Ο Λαυρεντιάδης απευθύνθηκε τώρα στους ενόρκους.

– Κύριοι ένορκοι, είναι προφανές ότι ο κύριος εισαγγελεύς αυτοσχεδιάζει βασιζόμενος σε αίολες υποθέσεις. Προσπαθεί να εφεύρει ένα κίνητρο – το κίνητρο της ερωτικής αντιζηλίας – βασιζόμενος σε υποθέσεις και αναπόδεικτα γεγονότα. Παρακαλώ να λάβετε αυτό υπ᾽ όψιν σας κατά την ετυμηγορία σας.

– Το λόγο έχει ο συνήγορος της πολιτικής αγωγής, ανήγγειλε ο πρόεδρος.

Η δικηγόρος που είχαν διορίσει οι μηνυτές – γονείς του Γουστάβου – σηκώθηκε από το έδρανό της.

– Δεσποινίς Σόνια, είναι αλήθεια ότι ήσαστε, είχατε κάποια συμμετοχή κατά την ώρα του εγκλήματος;

– Ένσταση, δεν προκύπτει κάτι τέτοιο. Η πολιτική αγωγή αυτοσχεδιάζει, είπε ο δικηγόρος Λαυρεντιάδης, δίνοντας ρεσιτάλ. Η πολιτική αγωγή είναι πολύ βιαστική να χαρακτηρίσει το ατυχές γεγονός ως έγκλημα χωρίς να έχει αποδειχθεί κάτι τέτοιο. Προσπαθεί να επηρεάσει τους κυρίους ενόρκους αρνητικά προς τον κατηγορούμενο.

– Δεκτή. Προχωρήστε στην επόμενη ερώτηση, απεφάνθη ο πρόεδρος.

– Κυρία μάρτυς, ποιόν ρόλο παίξατε κατά τη στιγμή που εκτυλίχτηκε το δράμα;

– Δεν έπαιξα κανέναν ρόλο, απλώς έτυχε να είμαι παρούσα.

– Επιβεβαιώνετε την μαρτυρίαν του... εραστού σας ή μήπως έχετε να προσθέσετε κάτι άλλο; Πριν απαντήσετε επιτρέψτε μου να σάς υπενθυμίσω τις διατάξεις περί ψευδομαρτυρίας και συνενοχής σε εγκληματική πράξη.

– Κύριε πρόεδρε, ζητώ την προστασίαν του δικαστηρίου σας. Η πολιτική αγωγή προχωρεί ανεπίτρεπτα εις χαρακτηρισμούς και προσπαθεί να εκφοβίσει την μάρτυρα.

– Να μη γραφεί στα πρακτικά, απεφάνθη ο πρόεδρος. Συνεχίστε παρακαλώ.

– Κυρία μάρτυς, γνωρίζετε τί απέγινε το πτώμα του θύματος;

Έπεσε νεκρική σιγή. Όλων η προσοχή ήτανε τώρα στραμμένη προς τη Σόνια περιμένοντας την απάντησή της.

– Δεν το γνωρίζω, αποκρίθηκε εκείνη με φωνή που μόλις ακουγόντανε.

– Μήπως ο κατηγορούμενος μπορεί να μάς διαφωτίσει;

– Ούτε εγώ γνωρίζω.

– Τι κάνατε μόλις αντικρίσατε νεκρό τον ατυχή Γουστάβο;

– Εγκαταλείψαμε το ξενοδοχείο.

Η πολιτική αγωγή απευθύνθηκε με θριαμβευτικό ύφος στους ενόρκους.

– Να σας διαφωτίσω εγώ, κύριοι δικαστές. Το πτώμα βρέθηκε στη λίμνη κατασπαραγμένο από τα όρνια και τα ψάρια.

– Τι προσπαθείτε να αποδείξετε, κυρία συνήγορε, πετάχτηκε η υπεράσπιση.

– Το αφήνω στην κρίση του δικαστηρίου. Για μένα παραμένει μυστήριο.

– Πολλά μυστήρια αποκαλύπτετε, δεν μας φέρνετε όμως καμία απόδειξη.

– Καμία άλλη ερώτηση, κύριε πρόεδρε.

– Διακόπτεται η δίκη για αύριο την δεκάτην πρωινή, είπε ο πρόεδρος και σηκώθηκε και μαζί του σηκώθηκαν και οι αντίδικοι.

Η Λάουρα πήρε από το χέρι τον Μάικ και παρέα με το δικηγόρο τράβηξαν προς την έξοδο του δικαστηρίου. Πίσω τους ακολουθούσε με δειλά βήματα η Σόνια. Ο Μάικ γύρισε και την κοίταξε συγκινημένος.

– Σ' ευχαριστώ, Σόνια, που ήρθες να με βοηθήσεις, είπε.

– Μη με ευχαριστείς, Μάικ, απάντησε. Δεν είναι το φταίξιμο δικό σου, φταίξαμε και οι δυο μας. Όμως, μη φοβάσαι. Με έχει συγκλονίσει η αντρίκια στάση σου απέναντί μου. Είμαι αποφασισμένη να μην αφήσω να πάθεις κανένα κακό.

Κατά την επανάληψη της δίκης ο πρόεδρος κάλεσε τη Λάουρα.

Η δικηγόρος της πολιτικής αγωγής άρχισε την ανάκρισή της με επιθετικό ύφος.

– Κυρία μου, τί έχετε να πείτε για τον κατηγορούμενο;

– Έχω να σάς πω ότι πρόκειται για έναν σπάνιο άνθρωπο που άδικα κατηγορείται για μια πράξη που δεν έκανε.

– Πώς είστε τόσο κατηγορηματική, γνωρίζετε τόσο καλά τον κατηγορούμενο;

– Βεβαίως και τον γνωρίζω, ζούμε μαζί για πολύ διάστημα.

– Είστε παντρεμένοι ή έχετε ελεύθερο δεσμό.

– Δεν απαντώ σε ερώτημα που αφορά προσωπικά δεδομένα.

– Μου αρκεί αυτή η δήλωσή σας για να βγάλω τα συμπεράσματά μου. Συνεχίζω. Δε σάς έχει ποτέ διηγηθεί μια και συζείτε, για τα περιστατικά του «μυστηριώδους» εγκλήματος, όπως θέλει να μάς το παρουσιάζει;

– Η παρουσία του κατά τις τραγικές εκείνες ώρες έχει επηρεάσει τη ζωή του. Ζει με εφιάλτες και αισθάνεται τύψεις που δεν κατόρθωσε να προλάβει το κακό.

– Τί εννοείτ, κύριε πρόεδρε. Η κυρία συνάδελφος προσπαθεί να διαστρεβλώσει τα λεγόμενα της μάρτυρος.

«Δεκτή η ένσταση. Κυρία συνήγορε, παρακαλώ να είστε πιο προσεκτική στη διατύπωση των ερωτήσεών σας. Συνεχίστε παρακαλώ.

– Ζητώ συγγνώμη, κύριε πρόεδρε, αλλά δεν μπορώ παρά να αγανακτώ μπροστά στην τόση υποκρισία.

– Λέγοντας «να προλάβει» εννοούσα ότι όταν ο κατηγορούμενος είδε το μικρό να κρατά όπλο και δεν το πήρε από τα χέρια, όπως μού έχει εξηγήσει, ακούστηκε δυνατά η φωνή της Λάουρας.

– Κυρία μάρτυς, πώς βιοπορίζεστε σαν ζεύγος;

– Μην απαντάτε, κυρία μάρτυς, παρενέβη ο πρόεδρος με ύφος ενοχλημένο.

– Θα απαντήσω, κύριε πρόεδρε, δεν έχω τίποτα να κρύψω. Ο κατηγορούμενος εργαζότανε σαν εκπαιδευτικός, εγώ απλώς βοηθούσα οικονομικά όταν υπήρχε ανάγκη.

– Εσείς που βοηθούσατε οικονομικά ασκείτε κανένα επάγγελμα, ρώτησε η δικηγόρος, η οποία τώρα είχε ένα θριαμβευτικό ύφος.

– Μάλιστα, εργάζομαι και εγώ.

– Και τί επαγγέλλεστε, κυρία μου;

Το ύφος της δικηγόρου δεν έκρυβε κάποια ειρωνεία. Η Σόνια φούντωσε και ξεσπάθωσε. Κατάλαβε πού το πήγαινε η δικηγόρος.

– Ασκώ το επάγγελμα της συνοδού.

– Πρώτη φορά ακούω για ένα τέτοιο επάγγελμα. Μήπως μπορείτε να διευκρινίσετε ποιους... συνοδεύετε;

– ,Ελάτε, κυρία μάρτυς. Μη μασάτε τα λόγια σας. Μήπως τούς συντροφεύεται και στο κρεβάτι, μήπως είσαστε ...πόρνη!

Στο δικαστήριο έγινε χαμός. Ο Λαυρεντιάδης ωρυόταν έξαλλος. Ο πρόεδρος χτυπούσε συνεχώς το κουδούνι του.

– Κυρία συνήγορε, σάς επαναφέρω στην τάξη. Η υπομονή μου έχει εξαντληθεί. Μη με αναγκάσετε να σας αποβάλω από την αίθουσα.

Και τότε ακούστηκε η δυνατή και σταθερή φωνή της Λάουρας.

– Μάλιστα, κυρία συνήγορε, η ανάγκη της επιβίωσης με παρέσυρε και σε αυτό το επάγγελμα. Βρέθηκα στην Ελλάδα σα λαθρομετανάστης, αντιμετώπισα το δράμα της πείνας και τη γενική απαξίωση. Έχω διατελέσει και πόρνη, επάγγελμα που θεωρώ τιμιότερο από αυτό, όπως το εξασκείται εσείς παριστάνοντας μια δικηγόρο που εκπορνεύεται ψυχικά προσπαθώντας να παραπλανήσει τη δικαιοσύνη, όταν καλύπτει τον κάθε είδους εγκληματία ή προσπαθεί να στείλει στη φυλακή κάποιον αθώο κατηγορούμενο! Εάν, τονίζοντας το παρελθόν μου, προσπαθείτε να αποδείξετε ότι η μαρτυρία μου είναι αναξιόπιστη λόγω του επαγγέλματός μου, ας αφήσουμε το σεβαστό δικαστήριο να το κρίνει.

Θα ακολουθούσε άγριο, σού άξιζε να γίνεις δικηγόρος, αν και το στόλισες για καλά σήμερα το «λειτούργημά» μας, σχολίασε ο Λαυρεντιάδης σκασμένος στα γέλια την ώρα που , απάντησε η Λάουρα κοκκινίζοντας.

Στο εδώλιο του μάρτυρα κάθισε στη συνέχεια ο Αλέξανδρος. Καλοντυμένος και αυστηρός, έδειχνε ότι δε θα δεχότανε υποδείξεις και μαθήματα από την πολιτική αγωγή. Την συνήγορο των κατηγόρων είχε τώρα αντικαταστήσει ο βοηθός της μια και εκείνη δήλωσε κώλυμα.

– Κύριε μάρτυς, απ' ότι πληροφορούμαι είσαστε ψυχίατρος.

– Διετέλεσα ψυχίατρος, όμως εδώ και χρόνια τώρα είμαι συνταξιούχος.

– Αυτό, βέβαια, δεν σάς απαλλάσσει από την υποχρέωση να μην αποκαλύπτεται τα προσωπικά δεδομένα των πρώην ασθενών σας.

– Κύριε συνήγορε, ευχαριστώ για την υπόδειξη, αν και θεωρώ αυτή περιττή. Δεν είσθε εσείς που θα μού δώσετε μαθήματα σχετικά με την εξάσκηση του πρώην επαγγέλματός μου, ούτε που θα μού κλείσετε το στόμα υπενθυμίζοντάς μου τους κανόνες δεοντολογίας. Εν πάση περιπτώσει και για να μη δημιουργηθούν εντυπώσεις στο σεβαστό δικαστήριο δηλώνω ότι οι μαρτυρίες μου σε σχέση με τον ατυχή νεαρό Γουστάβο πηγάζουν από αυτά που με συμβουλεύθηκε κάποιος συνάδελφος, όταν ζήτησε τη γνώμη μου σχετικά με το πώς θα έπρεπε να χειριστεί την περίπτωση ενός καταθλιπτικού νεαρού πελάτη του που έμοιαζε να κινδυνεύει να εξελιχθεί σε αυτοκτονικό. Αναγνώρισα ποιος είναι, όταν αργότερα ζήτησε τις συμβουλές μου και ο πατέρας του. Όσον αφορά τον κατηγορούμενο, έχω την ανεπιφύλακτη άδεια του ιδίου να αποκαλύψω τις εξομολογήσεις του προκειμένου να συμβάλω να λάμψει η αλήθεια. Συνεπώς, κύριε συνήγορε, δεν δέχομαι μαθήματα και υποδείξεις.

Ο Αλέξανδρος ήτανε κάθετος, αυστηρώς και φανερά εκνευρισμένος.

– Συνεχίστε, κύριε μάρτυς, ακούστηκε ο πρόεδρος με φανερή ικανοποίηση που ο Αλέξανδρος είχε βάλει στη θέση του το νεαρό δικηγόρο.

– Παρακαλώ, περιγράψτε στο δικαστήριο τα συμπεράσματά σας από τις επαφές σας με τον κατηγορούμενο.

– Σεβόμενος το χρόνο του σεβαστού δικαστηρίου δεν θα επεκταθώ στην περιγραφή της επιδημίας κατάθλιψης και αυτοκτονικών τάσεων που επικρατεί στις βόρειες χώρες. Ούτε, βέβαια, στην επιπολαιότητα ορισμένων νεαρών που ενεργούν κάτω από την επίδραση καταχρήσεων ναρκωτικών ουσιών ή οινοπνεύματος. Όλα αυτά είναι λίγο έως πολύ γνωστά. Θα εξειδικεύσω, λοιπόν, τα γεγονότα, όπως τα αντιλαμβάνομαι εγώ με την ιδιότητα του ειδικού.

Οι ένορκοι κρεμόντουσαν κυριολεκτικά από τα λόγια του Αλέξανδρου. Είχε εντυπωσιάσει το σοβαρό και αυστηρό του ύφος που έμοιαζε να μη σηκώνει αντιρρήσεις.

– Περιγράψτε μας επιγραμματικά τα συμπεράσματά σας από όσα γνωρίζετε για τον κατηγορούμενο και ενδεχομένως και για το θύμα.

– Ο κύριος Μάικ, ο κατηγορούμενος, είναι μια αγνή ψυχή. Εύκολα μπορεί κανείς να τον χαρακτηρίσει επιπόλαιο και απροσάρμοστο, αλλά πόσοι και πόσοι νεαροί δεν παρουσιάζουν αυτές τις ιδιότητες... Ούτε, βέβαια, μπορούμε να τον καταδικάσουμε για κάτι τέτοιο. Ο χωρίς μεγάλη ανταπόκριση έρωτάς του επικουρούμενος από το σκοτείνιασμα του νου που έχει σαν αποτέλεσμα η κατάχρηση οινοπνεύματος, τον οδήγησαν να παρασταθεί στην τραγική ενέργεια του Γουστάβου. Η ανάγκη του να αποδείξει τον απελπισμένο έρωτά του προς τη δεσποινίδα Σόνια τον απέτρεψε από το να αντιδράσει έγκαιρα. Ο πανικός του στο θέαμα του νεκρού Γουστάβου τον οδήγησε στη φυγή. Μπορώ να βεβαιώσω ότι ακόμα ευρίσκεται κάτω από αυτό το καθεστώς, βολοδέρνει με τις τύψεις του για κάτι που δεν έκανε και έχει άμεση ανάγκη ψυχιατρικής βοήθειας. Διαβεβαιώνω σαν ειδικός. Κατηγορεί συνέχεια τον εαυτό του επειδή παρέμεινε ουδέτερος και άβουλος μάρτυρας κατά την τραγική εκείνη ώρα. Αυτό είναι και το μοιραίο σφάλμα του. Παραδίδω τον κατηγορούμενο στην κρίση του δικαστηρίου, εσείς θα κρίνετε, κύριοι δικαστές, σε πιο αδίκημα υπέπεσε και ποια είναι η αξιόποινος πράξη του.

Ο δικηγόρος του κατήγορου έβλεπε ότι θα χάσει το παιχνίδι. Έπαιζε τώρα το τελευταίο του χαρτί.

– Διηγηθείτε, κύριε μάρτυς, όσα, επιτέλους, γνωρίζετε και για το αδικοχαμένο ανήλικο. (Χρησιμοποιούσε επίτηδες εξεζητημένα λόγια στην προσπάθειά του να συγκινήσει του ενόρκους.)

– Θυμάμαι ότι ένας νεαρός συνάδελφος είχε ζητήσει σχεδόν φορτικά να γνωμοδοτήσω για ένα ζήτημα «ζωής και θανάτου» ενός ασθενούς του, όπως το περιέγραφε από τηλεφώνου. Δεν είναι κάτι το ασυνήθιστο οι νεότεροι γιατροί να συμβουλεύονται τους παλαιοτέρους προκειμένου να αποφασίσουν τη θεραπεία που θα ακολουθήσουν σε ένα δύσκολο περιστατικό. Παρ' όλο που απέφευγα τέτοιου είδους συμβουλές όταν δεν είχα πλήρη γνώση του ιστορικού κάποιου ασθενούς, ένιωσα για λόγους δεοντολογικούς την υποχρέωση να τον συναντήσω: «Αγαπητέ μου συνάδελφε, μπήκε κατευθείαν στο θέμα μόλις εξαντλήσαμε τα τετριμμένα. Ζητώ την πολύτιμη συμβουλή σας για ένα νέο παιδί που νομίζω ότι η ζωή του εξαρτάται από τη θεραπεία που θα καθορίσω.». Και απάντησα: «Σοβαρή η ευθύνη σου, φίλε μου, όταν πρόκειται περί αυτοκτονικού ασθενούς. Κατανοώ πλήρως την ανάγκη σου να καταφύγεις και σε μια δεύτερη γνώμη. Ας αρχίσουμε αμέσως. Πες μου για την οικογενειακή του κατάσταση και τις εμπειρίες των παιδικών του χρόνων». Ο συνάδελφος είπε: «Ήτανε ένα όμορφο και μοναχικό παλληκαράκι που φαινομενικά έμοιαζε να είναι γεμάτο υγεία, μεγαλωμένο σε μια τυπική σκανδιναβική οικογένεια με τα κλασικά της γνωρίσματα. Ψυχρή και τυπική σχέση γονέων, υπερβολική στοργή της μάνας, εγκληματική αδιαφορία του πατέρα. Τα παιδικά του χρόνια τα πέρασε «κανονικά» μέσα στα πλαίσια αυτής της οικογένειας, ώσπου έφτασε στην εφηβεία και άρχισε να αντιμετωπίζει την επανάσταση των ορμονών μέσα του. Και τότε φανερώθηκαν τα πρώτα προβλήματα. Αδιαφορία για τα μαθήματά του, απομονωτισμός, ατελείωτες σιωπές. Καμία φιλία με συμμαθητές του, καμία σχέση με το αντίθετο φύλο. Τότε ήτανε που τον έφερε η μητέρα του. Ομολογώ ότι εξάντλησα όλα τα τεχνάσματα της επιστήμης χωρίς να καταφέρω να κάνω να μού μιλήσει. Απελπισμένος παρακολουθούσα το βλέμμα του να περιφέρεται απλανές και αφηρημένο χωρίς να εστιάζεται πουθενά. Σκεφτόμουνα να ομολογήσω την ήττα μου και να παραιτηθώ από την περίπτωση, όταν κάποια στιγμή μπήκε στο γραφείο μου ο βοηθός μου. Ήτανε ένας μελαμψός Άδωνις με άψογο κορμί και ευχάριστα χαρακτηριστικά. Το βλέμμα του νεαρού καρφώθηκε επάνω του. Παρακολουθούσε συνέχεια, ενώ σχεδόν δεν άκουγε τις ερωτήσεις μου. Το βλέμμα του είχε τώρα ζωηρέψει, οι κινήσεις του ήτανε τώρα νευρικές, ανακάθιζε και τακτοποιούσε με νευρικότητα τα μαλλιά του. Κάτι υποψιάστηκα και σκέφτηκα να κάνω ένα μικρό πείραμα: «Άκουσέ με, Γουστάβο. Δε μπορώ να συνεχίσω μαζί σου, οι ασθενείς μου είναι πάρα πολλοί. Σκέφτηκα να σε αναθέσω στο βοηθό μου να σε αναλάβει εκείνος. Εσύ τι λες;»: Ευχαρίστως, απάντησε με ασυνήθιστα ζωηρή φωνή: «Εντάξει, από αύριο θα βλέπεις τον καλό μου συνάδελφο, το δόκτορα Κεμάλ», είπα. Είχα σχεδόν ξεχάσει το περιστατικό, Ήξερα, άλλωστε, ότι τον είχα αναθέσει σε πολύ καλά χέρια, όταν ύστερα από κάποιο διάστημα σκέφτηκα να ρωτήσω τον Κεμάλ πως πήγαινε η θεραπεία: «Κατάθλιψη, τάσεις φυγής από την πραγματικότητα, χαοτική σχέση με τον πατέρα, πληθωρική αγάπη από τη μητέρα και, κυρίως, φοβίες μειονοτικού ανθρώπου που οφείλεται σε ορμονικές ανωμαλίες. Άτομο απροσάρμοστο που κυριαρχείται από την επιθυμία της αυτοκτονίας», διέγνωσε ο Κεμάλ και εγώ έσπευσα να συμφωνήσω: «Μήπως υπονοείς, συνάδελφε, ότι ο ασθενής μας έχει ομοφυλοφιλικές τάσεις, έστω και αν δεν έχουν εκδηλωθεί ακόμα;», ρώτησα: «Συμφωνώ απολύτως με τη γνωμάτευσή σας, κύριε συνάδελφε. Ο ασθενής θα εξισορροπήσει ψυχολογικά μόλις τολμήσει να κάνει το επόμενο αποφασιστικό βήμα. Να καταφύγει στην επιστήμη, ώστε να καθορίσει το φύλο του. Αν προλάβει βέβαια...», είπε ο συνάδελφος. «Εδώ βρισκόμαστε, αγαπητέ συνάδελφε. Περιμένω τη σοφή σας γνώμη», πρόσθεσε: «Δεν ωφελεί σε τίποτα να εναντιωθούμε στις ιδιοτροπίες της φύσης, θα ήτανε ματαιοπονία. Ας προτρέψουμε το νεαρό να προσχωρήσει στη μειονότητα που ανήκει. Είτε είναι θέμα ορμονικό, είτε καθαρά ψυχολογικό η προσπάθεια να κάνουμε να αλλάξει μπορεί να έχει τραγικά αποτελέσματα, ιδίως που δεν μπορούμε να βασισθούμε και στη συνεργασία των γονέων του. Ας αφήσουμε το παιδί να τραβήξει το δρόμο του, αφού τον στηρίξουμε ψυχολογικά. Ας τον οδηγήσουμε να συνειδητοποιήσει ότι δεν κάνει κανένα έγκλημα υποκύπτοντας σε αυτήν του την ιδιαιτερότητα. Δεν είναι ο πρώτος ούτε θα είναι ο τελευταίος», απάντησα στο συνάδελφο.

– Αν κατάλαβα καλά, γιατρέ, καταθέτετε ότι το θύμα ήτανε ομοφυλόφιλος;

– Καταθέτω μετά βεβαιότητος, κύριε πρόεδρε, και λαμβάνοντας υπ' όψιν και τα άλλα δεδομένα του αυτόχειρος καταλήγω ότι προέβη σε αυτή του την ενέργεια με τη θέλησή του.

– Δηλαδή ισχυρίζεστε ότι πρόκειται περί αυτοκτονίας, γιατρέ;

– Είμαι σίγουρος, κύριε πρόεδρε.

– Σάς ευχαριστώ, κύριε μάρτυς, για την πολύτιμη μαρτυρία σας, μπορείτε να αποχωρήσετε. Τον λόγον έχει η πολιτική αγωγή.

– Δεν έχουμε ερωτήσεις, κύριε πρόεδρε.

Ήρθε η ώρα της υπεράσπισης. Ο Λαυρεντιάδης σηκώθηκε με αυτοπεποίθηση.

– Κύριοι δικαστές, παρακολουθήσατε μια πολύ θλιβερή ιστορία. Ένα δυστυχισμένο αγόρι παρασυρμένο από το άγχος της εφηβείας του αποφάσισε να θέσει τέρμα στη ζωή του μόλις διαπίστωσε το αδιέξοδο στο οποίο οδηγούσε η ιδιομορφία της φύσης του. Απογοητευμένος από την αντιμετώπιση της οικογενείας του και, κυρίως, από την εντελώς αψυχολόγητη στάση του πατέρα του δεν είχε το σθένος να αντιμετωπίσει το πρόβλημά του. Επωφελήθηκε από τη συμμετοχή του σε ένα ανόητο παιχνίδι και με τη βοήθεια του ποτού που είχε καταναλώσει θέλησε να βρει το θάρρος να τερματίσει τη ζωή του. Το απαίσιο θέαμα των οργίων των γονέων του που μέχρι τότε υποκρίνονταν τους άμεμπτους, η μάταιη προσπάθειά του να φανεί «άντρας» και η προσβολή που υπέστη από τη Σόνια, όταν εκείνη διαπίστωσε την ιδιαιτερότητά του, το γκρέμισμα του ειδώλου του πατέρα του και, κυρίως, η έλλειψη κατανόησης, οδήγησαν το νεαρό σε αυτή την απονενοημένη ενέργεια. Δεν ανήκει σε εμάς να τον κρίνουμε, μόνο τη λύπη μας μπορούμε να εκφράσουμε. Οι φερόμενοι ως συνένοχοι και ιδίως ο κατηγορούμενος αντιμετώπισαν με καταφανή επιπολαιότητα το τραγικό συμβάν. Θα μπορούσε, βέβαια, κανείς να κατηγορήσει ότι δεν απέτρεψαν ένα τέτοιο επικίνδυνο παιχνίδι. Ας έρθουμε όμως και στη θέση τους. Επηρεασμένοι ο καθένας από τα προβλήματά τους. Ο Μάικ προσπαθώντας απελπισμένα να βρει ανταπόκριση στον έρωτά του, η Σόνια σοκαρισμένη από τα αίσχη της οικογενείας της, μισομεθυσμένοι και οι δύο δεν είχαν τα αντανακλαστικά να αντιδράσουν έγκαιρα. Είχανε μειωμένο καταλογισμό αλλά σε καμία περίπτωση δεν ώθησαν τον αυτόχειρα στην απονενοημένη πράξη του, ούτε, άλλωστε, είχαν καμία πρόθεση να κάνουν κάτι τέτοιο. Ζητώ την επιείκεια του δικαστηρίου για αυτήν τους την παράλειψη. Και τώρα είναι η στιγμή να σάς παρουσιάσω την απόδειξη για τα λεγόμενά μου, ώστε να απαντηθούν και τα τελευταία σας ερωτήματα και η ετυμηγορία σας να στηριχθεί σε αποδείξεις. Έλαβα προ ημερών μία επιστολή της τραγικής μητέρας του αυτόχειρα την οποία θέλω να σας διαβάσω:

«Σεβαστέ μου κύριε συνήγορε, σάς απευθύνω αυτή μου την επιστολή μόλις πληροφορήθηκα τη μήνυση που έκανε ο πρώην άντρας μου (σας πληροφορώ ότι έχουμε χωρίσει) κατηγορώντας τον άγνωστό μου κύριο Μάικ ως αυτουργό του θανάτου του γιού μου. Είναι ένα μεγάλο ψέμα και μία υψίστη υποκρισία στην προσπάθειά του να απαλλαγεί από τις τύψεις του.

Ουσιαστικά είναι εκείνος που με την έλλειψη κατανόησης και το αψυχολόγητό του φέρσιμο οδήγησε το απελπισμένο παιδί μου στην αυτοκτονία. Τού φερότανε συνέχεια με ειρωνείες και προσβολές νομίζοντας ότι έτσι θα τον επανέφερε «στον ίσιο δρόμο.»

Ο ψυχίατρος μάς είχε προειδοποιήσει για τον κίνδυνο να αυτοκτονήσει το παιδί μας. Μάς είχε συμβουλεύσει να δείξουμε κατανόηση, να μην τα βάλουμε με τη φύση, αλλά αντιθέτως να προσαρμοστούμε στην κατάσταση και να τον αφήσουμε να χαράξει μόνος του την πορεία στη ζωή του.

Όμως, ο τέως σύζυγός μου αρρώσταινε και μόνο με την ιδέα ότι θα αντιμετώπιζε την κοινωνία με αυτό το στίγμα. Δεν τολμώ να πιστέψω ότι κατά βάθος ήλπιζε σε κάποιο τέλος του παιδιού...

Όταν ακούστηκε η πιστολιά τρέξαμε και οι δύο στο δωμάτιο όπου είχε συμβεί το κακό. Αντικρίσαμε το πτώμα του παιδιού μας να κείτεται μόνο του στο πάτωμα. Τολμώ να πω ότι ο άντρας μου αντίκρισε το τραγικό θέαμα με ανακούφιση. Εγώ τα είχα χαμένα, δεν ήξερα τί έκανα. Με διέταξε με ύφος που δεν σήκωνε αντιρρήσεις να πάρουμε το πτώμα να το πάμε στην αστυνομία. Υπάκουσα χωρίς να ξέρω τι κάνω. Τον σηκώσαμε και πήγαμε προς το αυτοκίνητο. Ξάφνου άλλαξε γνώμη. Η λίμνη βρισκότανε δίπλα στο παρκαρισμένο αυτοκίνητο. Με αποφασιστικές κινήσεις έσυρε το πτώμα προς τα εκεί και το πέταξε στο νερό. Έπειτα με ύφος αποφασιστικό με τράβηξε πίσω στο ξενοδοχείο. «Ίσως να είναι καλλίτερα έτσι», άκουσα να λέει. Ξέφυγα από τα χέρια του και έξαλλη άρχισα να τρέχω μακριά του. Από τότε χωρίσαμε και δεν τον ξαναείδα.

Και να που τώρα έμαθα ότι τολμά να κατηγορήσει έναν αθώο νεαρό. Δεν θα το επιτρέψω ποτέ ένα δεύτερο έγκλημα. Σάς στέλνω αυτή την επιστολή στη μνήμη του παιδιού μου και σάς εξουσιοδοτώ να τη χρησιμοποιήσετε, όπως νομίζετε.

Μια απελπισμένη μάνα.»

Το δικαστήριο είχε μείνει άναυδο.

– Τον λόγον έχει η πολιτική αγωγή, είπε ο πρόεδρος.

– Κύριοι δικαστές, είπε η συνήγορος, η οποία είχε επανέλθει στη θέση της. Θα μπορούσα να συγχαρώ την υπεράσπιση για τη σατανική υπερασπιστική γραμμή που διάλεξε, αν δεν επρόκειτο για ένα τόσο τραγικό γεγονός. Με μία σειρά από ψεύδη τολμώντας να προσβάλει τη μνήμη του καημένου παιδιού επινόησε και σάς παρουσίασε μία σειρά από ψευδείς και αναπόδεικτους συλλογισμούς για να πετύχει την αθώωση του κατηγορουμένου. Ντρέπομαι για λογαριασμό τους! Κοντεύω να δικαιώσω «εκείνη την πόρνη» για τους χαρακτηρισμούς ορισμένων συναδέλφων μου. Ντροπή και αίσχος, κύριοι δικαστές. Επικαλούνται την υποψία ενός ψυχιάτρου που είναι απλώς μία υποψία και επ' ουδενί δεν αποτελεί απόδειξη. Αναφέρονται στη συνέχεια στην επιστολή μιας τραγικής μητέρας, επιστολή που, Κύριος οίδε, κάτω από ποιά ψυχολογική πίεση τη συνέταξε. Η επιστολή αυτή μοιάζει να έχει σα σκοπό την κατασυκοφάντηση του εν διαστάσει συζύγου της και όχι την εξιστόρηση της αλήθειας. Σκέφτομαι εκείνη τη μητέρα να έχει χάσει το παιδί της, να μισεί τον πρώην σύζυγο και να θέλει να τον ενοχοποιήσει, να φτάνει στα άκρα για να πετύχει το σκοπό της. Δεν έχουμε καμία απόδειξη ότι το παιδί ήτανε ομοφυλόφιλο, ούτε, βέβαια, και αυτοκτονικό. Μια υποψία κάποιου ψυχιάτρου, μια στιγμιαία ανικανότητα ενός εφήβου που αντιμετώπιζε υπό την επήρεια του οινοπνεύματος για πρώτη φορά το σοκ της σεξουαλικής επαφής, μια έμφυτη μελαγχολία ενός παιδιού τόσο συνηθισμένη στην εφηβεία και με βάση αυτά τα στοιχεία ο ψυχίατρος, αλλά και η υπεράσπιση σπεύδει να βγάλει τα αίολα συμπεράσματα της. Ομοφυλόφιλος και αυτοκτονικός ο νεαρός κατά την υπεράσπιση και όχι θύμα ενός ηλίθιου παιχνιδιού που τον παρέσυραν οι μεθυσμένοι σύντροφοί του. Έλεος, επιτέλους, κύριοι ένορκοι. Σάς εξορκίζω μην παρασύρεστε από τα εξωπραγματικά σενάρια της υπεράσπισης. Προτρέπω να μην αμαυρώσετε τη μνήμη του αδικοχαμένου παιδιού και να αποδώσετε δικαιοσύνη τιμωρώντας παραδειγματικά τον κατηγορούμενο και τη συνεργό του.

– Επιθυμώ να τονίσω στο σεβαστό δικαστήριο ότι έχουμε έναν και μόνο κατηγορούμενο. Η δεσποινίς Σόνια δεν αντιμετωπίζει καμία κατηγορία, παρίσταται απλώς ως μάρτυς. Αλλά με τη φόρα που πήρε η πολιτική αγωγή δε θα αργήσει να ζητήσει τη φυλάκιση όλων μας, παρενέβη ο Λαυρεντιάδης.

– Συμφωνώ, κύριε συνήγορε. Κατηγορούμενε, έχεις να προσθέσεις κάτι άλλο, ρώτησε ο πρόεδρος.

– Είμαι αθώος, δε σκότωσα εγώ τον ατυχή Γουστάβο.

– Οι κύριοι ένορκοι να αποσυρθούν για διάσκεψη. Το δικαστήριο θα αναμείνει την ετυμηγορία τους, την απάντησή τους που θα περιοριστεί σε ένα και μόνο ερώτημα. Ο κατηγορούμενος είναι ένοχος ή αθώος; Η απόφασή σας θα πρέπει να είναι εντελώς ανεπηρέαστη από τυχόν αναγνώσματα των εφημερίδων και εκπομπές των τηλεοράσεων. Εφιστώ την προσοχή σας και τονίζω ότι εσείς και μόνον εσείς θα είστε υπεύθυνοι ενώπιον θεού και ανθρώπων για την αθώωση ή την καταδίκη του κατηγορουμένου. Θέλω, επίσης, να υπενθυμίσω ότι η οποιαδήποτε αμφιβολία σας είναι υπέρ της αθωότητας του κατηγορούμενου. Για να καταδικάσετε θα πρέπει να είσαστε απόλυτα σίγουροι για την ενοχή του. Αυτά είχα να πω πριν αποφασίσετε.

Οι ένορκοι σηκώθηκαν και αποσύρθηκαν στην αίθουσα συνεδριάσεων. Η συνεδρίαση τραβούσε σε μάκρος. Από την αρχή φάνηκε καθαρά ότι οι ένορκοι είχανε χωριστεί σε δύο ομάδες. Από τη μία μεριά πρωταγωνιστούσε ο πρόεδρος που εκλέξανε, ένας απόστρατος αξιωματικός, μία ζωντοχήρα που έσταζε μίσος για την κοινωνία, ένας μεσήλικας απολυμένος από τη δουλειά του και μια γεροντοκόρη που είχε από καιρό αποχαιρετήσει τη νιότη της. Όλοι τους ξεχείλιζαν από κακία για τις αδικίες της ζωής τους και με ικανοποίηση θα βλέπανε τον Μάικ να οδηγείται στις φυλακές. Στην αντίθετη όχθη, μία κοπελίτσα που απολάμβανε τα τρελά της νιάτα, η μητέρα ενός νέου αγοριού φυλακισμένου για χρήση ναρκωτικών, ένας νεαρός αμφιλεγόμενου φύλου και ένας καλοκάγαθος γεράκος, συνταξιούχος. Ανάμεσά τους, αμφιταλαντευότανε ένας μεσήλικας συγγραφέας, ίσως ο μόνος που ενδιαφερότανε πραγματικά να ανιχνεύσει την αλήθεια. Οι συζητήσεις και οι αντεγκλήσεις ήτανε θυελλώδεις. Η κάθε ομάδα υποστήριζε με πάθος την άποψή της, ενώ ο συγγραφέας παρέμενε σιωπηλός και συλλογισμένος. Ήξερε ότι ο κλήρος είχε πέσει σε αυτόν να δώσει με την ψήφο του τη λύση. Προσπαθούσε να κάνει διάφορα σενάρια, να μαντέψει πώς θα έβλεπε εκείνος τους πρωταγωνιστές του δράματος, σα θύτες ή σα θύματα. Θυμότανε εκείνο το λυπημένο στα όρια του πανικού βλέμμα του Μάικ και ένιωθε απέραντη θλίψη στην ιδέα ότι ένα τέτοιο παλληκάρι θα σάπιζε στις φυλακές. Από την άλλη καταλάβαινε ότι η ιστορία είχε πολλά κενά. Δεν είχε πείσει η υπεράσπιση ότι ελέχθη όλη η αλήθεια. Μεγάλα ερωτήματα είχαν παραμείνει μέσα του και τον έκαναν να αμφιταλαντεύεται.

– Ο νεαρός δήθεν αυτόχειρας ήθελε πράγματι να αυτοκτονήσει ή προσπάθησε να αποκτήσει το κύρος του μεγάλου με μια ανόητη επίδειξη θάρρους;

– Η τραγική μητέρα έστειλε αυτή την επιστολή επειδή την «έπνιγε» η αλήθεια ή μήπως για να εκδικηθεί το σύζυγό της αφήνοντας να πλανάται για το γιο της η ρετσινιά του αδικημένου από τη φύση;

– Ο Μάικ και η Σόνια ενεργούσαν πράγματι σαν επιπόλαιοι νεαροί που διατελούσαν υπό την επήρεια του οινοπνεύματος και της αρρωστημένης ψυχολογικής τους κατάστασης ή προσπάθησαν με την ολέθρια πράξη τους να εκδικηθούν η Σόνια τους δικούς της και ο Μάικ τον αντίζηλό του;

– Ο πατέρας του μικρού ήτανε ένα εγωιστικό τέρας που έψαχνε απελπισμένα να βρει μια λύση στα δικά του αδιέξοδα ακόμα και με το θάνατο του παιδιού του ή παρά τις υποψίες του το άφησε να αυτοκτονήσει για να απαλλαγή από τη «ντροπή» που το είχε καταδικάσει η φύση του;

Αμφιταλαντευότανε ο συγγραφέας μέχρι που ακούστηκε η κατάληξη αγόρευσης της νεαράς που υποστήριζε φανατικά τον Μάικ.

– Μην καταστρέψετε, κύριοι συνάδελφοι, ένα νέο άνθρωπο μόνο και μόνο για να ικανοποιήσετε το μίσος σας για τους νέους και την κοινωνία. Οι μάρτυρες κατέθεσαν ότι ο κατηγορούμενος είναι ένας αξιόλογος νέος που αντιμετώπιζε με τιμιότητα και αγάπη τη ζωή και τους πλησίον του. Ένας άνθρωπος με άμεμπτο παρελθόν, με ιδανικά και όνειρα, με αγάπη στην τέχνη και τη φιλοσοφία, δεν μπορεί να είναι ένας κυνικός δολοφόνος χωρίς κίνητρα. Ας μην ξεχνάμε το αξίωμα ότι είναι καλλίτερα να αθωωθούν δέκα ένοχοι παρά να βρεθεί ένας αθώος στη φυλακή.

Αυτό το τελευταίο επιχείρημα έμοιασε να οδήγησε το συγγραφέα στην απόφασή του! Σε αυτό το σημείο έγινε ψηφοφορία και αμέσως μετά έληξε η σύσκεψη των ενόρκων.

– Κύριε πρόεδρε των ενόρκων, καταλήξατε στην απόφασή σας; ρώτησε ο πρόεδρος του δικαστηρίου μόλις γύρισαν στην αίθουσα.

– Μάλιστα, κύριε πρόεδρε.

– Πείτε μας, λοιπόν, θεωρείτε ένοχο ή αθώο;

Ο πρόεδρος των ενόρκων παρέδωσε στο δικαστή ένα σημείωμα με την απόφασή τους...

*** *

40

ΕΠΙΣΤΡΟΦΗ ΣΤΟ «ΠΛΑΤΑΝΟΦΥΛΛΟ»

Τραγουδούσαν ανακουφισμένοι οι φίλοι μας καθισμένοι στο κατάστρωμα του πλοίου που θα μετέφερε στο μέρος που θεωρούσαν Γη της Επαγγελίας. Μετά την αθώωση «λόγω αμφιβολιών» του Μάικ είχανε πάρει την απόφαση να συνεχίσουν ενωμένοι τη ζωή τους. Η μεγάλη δοκιμασία που υπέστησαν όλοι τους είχε δημιουργήσει ένα συναίσθημα ανασφάλειας που μόνο στηριζόμενοι ο ένας στον άλλον μπορούσαν να αντιμετωπίζουν. Η ανάγκη της φυγής είχε και πάλι κυριαρχήσει μέσα τους.

– Να φύγουμε μακριά από τις βρωμουπόλεις, να ζήσουμε κοντά στη φύση, μακριά από τις κακίες και τα μίση, επέμενε ο Μάικ.

Η Λάουρα ανέτρεξε για άλλη μια φορά στο παρελθόν της. Τότε που ναυαγισμένη είχε βρει τη θαλπωρή στην αγκαλιά εκείνων των αγνών ανθρώπων, εκεί στην «κουτσομούρα» παρέα με τον Αχμάκη, την αγαθή μητέρα του και τα ζωάκια τους που την περιβάλανε με την άδολη αγάπη τους. Ένα τέτοιο περιβάλλον ονειρεύτηκε για το υπόλοιπο της ζωής της, ένα περιβάλλον που θα μπορούσε και εκείνη να προσφέρει κάτι στους δυστυχισμένους συνανθρώπους της, τους μετανάστες που ναυαγούσανε στο νησί απελπισμένοι και ανήμποροι.

– Πάμε στο αγαπημένο μας πλατανόφυλλο, πρότεινε με ενθουσιασμό. Πάμε να ιδρύσουμε ένα κέντρο θαλπωρής για τους ναυαγούς της ζωής, να μάθουμε σε αυτούς μια τέχνη να μπορέσουν να επιπλεύσουν στο πέλαγος που τούς περιμένει. Να δώσουμε την αγάπη και την πίστη στον άνθρωπο που τόσο έχουν στερηθεί. Να αντλούμε και εμείς θάρρος και πίστη εκεί κοντά στο Κέντρο Διαλογισμού και στον αγαπημένο μας γκουρού που θα μάς υποστηρίζει ψυχικά, όποτε χρειαζόμαστε τη βοήθειά του.

Η πρόταση της Λάουρας είχε ενθουσιάσει και την υπόλοιπη παρέα. Επιτέλους, η ζωή τους θα αποκτούσε κάποιον προορισμό. Να πάψουν να είναι οι αδιάφοροι διαβάτες μιας ζωής χωρίς νόημα. Να προσφέρουν κάτι και στους συνανθρώπους τους να αισθανθούν και αυτοί μια πληρότητα. Αγόρασαν ένα μικρό κομμάτι γης σε ένα ύψωμα που αγνάντευε την Ερεσό. Συγκεντρώσανε εκεί μερικούς ναυαγούς της ζωής, λαθρομετανάστες που διψούσανε για αγάπη και θαλπωρή. Παιδάκια που τ' αντίκριζαν με τα γεμάτα ευγνωμοσύνη βλέμματά τους. Δυστυχισμένες μητέρες πρόθυμες να κάνουν το παν για να βοηθήσουν.

– Εγώ θα αναλάβω τα παιδάκια, είπε με ενθουσιασμό η Σόνια. Θα δώσω την αγάπη που στέρησα από τον εαυτό μου, θα μαθαίνω τραγουδάκια, θα λέω παραμύθια, θα προετοιμάζω για τη σκληρή ζωή που τα περιμένει.

– Εγώ θα εργάζομαι κοντά στους άντρες. Θα καλλιεργούμε τη γη και θα ζούμε από τους καρπούς των κόπων μας. Θα κάνουμε ένα πρότυπο αγρόκτημα με βιολογικές καλλιέργειες με τη βοήθεια των ειδικών που θα καλέσουμε. Θα γίνει ο τόπος μας ένα φυτώριο αγάπης και προκοπής.

Ο Μάικ έδειχνε ενθουσιασμένος με τον καινούργιο του ρόλο. Η Λάουρα ανέλαβε το νοικοκυριό.

– Θα μαγειρεύω και θα φροντίζω την καθαριότητα. Θα είναι όλα τέλεια στο μικρό μας χωριό. Τα βράδια θα κάνουμε μια μικρή χορωδία με τις άλλες γυναίκες, θα τραγουδάμε τραγούδια του τόπου τους, θα δίνουμε παραστάσεις, θα διηγούμαστε τα ήθη και έθιμα της φυλής τους.

Ο Αλέξανδρος παρακολουθούσε μελαγχολικός, αλλά και ευχαριστημένος. Ένιωθε σαν καπετάνιος που αντιμετώπισε τρικυμίες και καταιγίδες, αλλά κατόρθωσε να φέρει το σκάφος του σε σίγουρο λιμάνι.

– Αναλαμβάνω – για όσο θα είμαι ακόμα κοντά σας – την ψυχική υποστήριξη όσων θα έχουν την ανάγκη μου. Θέλω να κάνω να αποκτήσουν αυτοπεποίθηση, να ξανακερδίσουν την εμπιστοσύνη τους προς τον άνθρωπο, να αποτρέψω να εξοκείλουν προς το έγκλημα και την παρανομία.

41

ΕΝΑΣ ΑΞΙΟΠΡΕΠΗΣ ΘΑΝΑΤΟΣ

Ο καημένος ο Αλέξανδρος. Ένιωθε πια τις μέρες του να λιγοστεύουν. Η καταραμένη αρρώστια είχε ξαναθυμηθεί τον Αλέξανδρο. Είχε «ξεχάσει» τα σωτήρια χάπια που διατηρούσε στο τσεπάκι του, αναγνώριζε ότι η αυτοκτονία θα ήτανε μια ήττα που δεν του ταίριαζε.

– Θα σε παλέψω, χάρε, αναλογιζότανε, θα σε παλέψω μέχρι που να με νικήσεις. Δεν θα δώσω την ικανοποίηση να παραιτηθώ πριν από το τελειωτικό σου χτύπημα.

Οι υπόλοιποι είχανε μαντέψει στην όψη του Αλέξανδρου ότι το τέλος του πλησίαζε. Προσπαθούσαν να δίνουν θάρρος να κάνουν να ξεχνά το τραγικό πεπρωμένο του, όμως η σκιά του θανάτου του είχε βυθίσει σε μια διαρκή μελαγχολία. Απέφευγαν – και πρώτος ο Αλέξανδρος – να αναφέρονται στο θέμα, όμως αυτό δεν βοηθούσε βέβαια να καθυστερήσει το τέλος που πλησίαζε. Κάποιο πρωινό εμφανίστηκε αθόρυβα ο γκουρού. Το ύφος του ήτανε σοβαρό και προβληματισμένο. Χαιρέτησε εγκάρδια όλους και ύστερα έπιασε τον Αλέξανδρο από το χέρι. Κοιτούσε αμίλητος στα μάτια του και τον έσφιγγε απάνω του. Ο Αλέξανδρος ένιωσε εκείνη τη φλόγα να κατακαίει το κορμί του. Μια δύναμη κυριάρχησε στα αδύνατα πόδια του, οι πόνοι θαρρείς και εξαφανίστηκαν. Αναθάρρησε.

– Όχι Αλέξανδρε, δεν είμαι θαυματοποιός. Μετέφερα λίγη ενέργεια για να αντέξεις τις δοκιμασίες σου. Ήρθα να σε πάρω μαζί μου στο Κέντρο να σε βοηθήσω όσο μπορώ να αντιμετωπίσεις το κακό. Πάμε, έχουμε πολλά να πούμε οι δυο μας.

Ήτανε ένα γοητευτικό ανοιξιάτικο πρωινό από αυτά που σέ κάνουν να αγαπάς ακόμα περισσότερο τη ζωή. Η φύση οργίαζε, τα δέντρα γεμίζανε καρπό, τα λουλούδια μοσχοβολούσαν στα χωράφια, τα έντομα χόρευαν και ζουζούνιζαν στο δικό τους ρυθμό. Ένας λαμπερός ήλιος κυριαρχούσε στον ουρανό.

– Τι κρίμα να πεθαίνει κανείς μια τέτοια εποχή, αναστέναξε ο Αλέξανδρος.

– Θα' θελες να ζήσεις αιώνια, Αλέξανδρε; Θα σού άρεσε όμως; Για σκέψου το; Το σώμα μας είναι φτιαγμένο για να διατηρεί ορισμένα χρόνια πάνω στη γη. Φαντάσου να ζούσαμε για πάντα. Ο κορεσμός που φέρνει την πλήξη θα έκανε τη ζωή μας αφόρητα μονότονη. Για πόσο καιρό μπορεί ο άνθρωπος να απολαμβάνει τις ίδιες μουσικές, να συγκινείται αντικρίζοντας συνεχώς τα ίδια αριστουργήματα της τέχνης. Μάθαμε απέξω τις συμφωνίες του Μπετόβεν συγκινηθήκαμε για πολλοστή φορά με τα έργα του Μιχαήλ Άγγελου και των άλλων μεγάλων ζωγράφων, όσοι ταξιδέψαμε απολαύσαμε την ποικιλία της γης, τίποτα πια δεν μάς κάνει εντύπωση. Μη λυπάσαι που θα χάσεις όλα αυτά. Σε περιμένουν πολύ μεγαλύτερες συγκινήσεις στη μετά θάνατο ζωή, αρκεί να πιστέψεις σε αυτή. Είμαι εδώ για να σε προετοιμάσω να κυριαρχήσεις πάνω στους πόνους που σε περιμένουν, να βοηθήσω να φύγεις γαλήνιος για άλλους κόσμους. Έλα να κάνουμε μαζί διαλογισμό, να μελετήσουμε και να αντλήσουμε ενέργεια από τα Σάκρα, να ανακαλύψουμε τις μυστικές δυνάμεις που κρύβει το επίγειο σώμα μας. Ο θάνατός σου δεν πρόκειται να μάς χωρίσει. Έχω φτάσει στο ανώτατο σημείο διαλογισμού, ώστε να μπορώ να επικοινωνώ μαζί σου όπου και να βρεθείς. Ας αρχίσουμε αύριο κιόλας το διαλογισμό μας.

Κλεισμένοι οι δύο φίλοι σε ένα μισοσκότεινο δωμάτιο και με τη μονότονη συνοδεία της μυστικιστικής μουσικής βυθίστηκαν στο διαλογισμό τους.

– Αλέξανδρε, η ζωή σου βρίσκεται στην «ανώτερη οκτάβα» των κύκλων της ανώτερης ανάπτυξης, πράγμα που σημαίνει ότι έχεις «ζήσει τα χρονάκια σου». Ας διαλογιστούμε – δηλαδή, ας στρέψουμε τη σκέψη μας στο καθένα από τα επτά τσάκρα που υπάρχουν στο ανθρώπινο σώμα για να αντλήσουμε την ενέργεια που εκπέμπουν. Ας αρχίσουμε διαλογιζόμενοι πάνω στο κατώτατο τσάκρα, αυτό που έχει σχέση με τον υλικό κόσμο. Από αυτό θα αντλήσουμε την αρχέγονη ζωτική ενέργεια, τη σταθερότητα και τη δύναμη. Όταν νιώσουμε να μάς πλημμυρίζει με ενέργεια θα διαλογιστούμε πάνω στο επόμενο τσάκρα. Αυτό θα μάς γεμίσει με αρχέγονα συναισθήματα, με δημιουργικότητα, με δέος και ενθουσιασμό. Από το τρίτο τσάκρα θα αντλήσεις ισχύ και σοφία, αλλά και δύναμη να αντεπεξέλθεις στις δοκιμασίες σου. Θα καταλήξουμε στο τελευταίο τσάκρα που θα σού δώσει φώτιση μέσα από τον εσωτερικό διαλογισμό. Θα αποκτήσεις συμπαντική συνειδητότητα και θα καταλήξεις στην ενότητα με το πανταχού παρόν ον. Τώρα θα φτάσεις στο ανώτατο σημείο διαλογισμού. Θα ανακαλύψεις ότι ο εσωτερικός πυρήνας του είναι σου ζει σε αδιαίρετη ενότητα με το απόλυτο, το πανταχού παρόν ον που ονομάζουμε θεό. Αυτό είναι το ον που δημιούργησε και διαποτίζει όλους τους τομείς της ύπαρξής σου. Σε αυτή τη φάση θα αισθανθείς την απόλυτη γαλήνη. Θα καταλήξεις στο συμπέρασμα ότι δεν μπορείς να καταστραφείς, ότι ο θάνατος δεν είναι τίποτα άλλο από μια αλλαγή της εξωτερικής μορφής του σώματος. Έχουμε πολλή δουλειά μπροστά μας μέχρι να «ξεκλειδώσουμε» τα τσάκρα σου, αλλά όταν το πετύχουμε θα έχεις φτάσει σε ένα σημείο απέραντης μακαριότητας και δεν θα έχεις κανένα φόβο του θανάτου. Σε είχα παρακολουθήσει που δίδαξες στους φίλους σου τη θεωρία για τα διάφορα σώματα. Ξέρεις, λοιπόν, ότι το αιθερικό σώμα παρέχει μια φυσική προστασία και εμποδίζει τον άνθρωπο να αρρωστήσει από εξωτερικά αίτια. Τα αίτια της αρρώστιας του σώματος είναι πάντοτε εσωτερικά. Δυστυχώς, έχει εξαντληθεί η ένταση της ενεργειακής ακτινοβολίας μέσα σου. Δεν έχεις πια την αιθερική ζωτική δύναμη που σε κρατούσε υγιή. Αυτό οφείλεται σε αρνητικές σκέψεις και συναισθήματα, αλλά και στον τρόπο ζωής σου, που δε βρισκότανε πάντα σε αρμονία με τις φυσικές ανάγκες του σώματός σου. Είναι αποτέλεσμα του στρες, της ανθυγιεινής διατροφής, της επιβαρημένης ατμόσφαιρας, του καπνίσματος, της κατανάλωσης αλκοόλ και, βέβαια, των φαρμάκων. Βλέπω την αρρώστιά σου στην αιθερική σου αύρα και αυτήν είχα προβλέψει πριν εμφανιστεί στο φυσικό σου σώμα. Με τν θάνατό σου θα καταστραφεί και το αιθερικό σου σώμα. Πολλοί το «βλέπουν» να υψώνεται στο ουρανό σα λάμψη μέσα από τον τάφο σε λίγες μέρες μετά το φυσικό θάνατο. Μη φοβηθείς, το αστρικό, το νοητικό και το πνευματικό σώμα δεν πεθαίνουν. Θα υπάρχουν για να ξαναενωθούν με το μετασχηματισμένο φυσικό σου σώμα την ώρα της μετενσάρκωσης. Αυτή η μετενσάρκωση είναι και το μυστικό της αθανασίας.

Ο Αλέξανδρος πίστεψε τα λόγια του γκουρού. Δούλεψε μαζί του μέχρι να ξεκλειδώσει τα τσάκρα του και τώρα γαληνεμένος και σε κατάσταση μακαριότητας περίμενε το τέλος του ανατρέχοντας στο παρελθόν του.

– Αγάπησα τους ανθρώπους και προσπάθησα να μη βλάψω κανέναν. Βοήθησα όσο μπορούσα όσους κατέφυγαν στις γνώσεις μου και αυτό μού δίνει μεγάλη χαρά. Οι ταλαιπωρίες, ο πόνος, οι τσακωμοί και τα λάθη του παρελθόντος δεν έχουν πια καμία σημασία για εμένα. Δεν θα πάρω μαζί μου στον τάφο μίση, παράπονα ή έχθρες. Έχω ξεπεράσει όλα αυτά. Βέβαια, απομένουν κάποιες απογοητεύσεις, κάποιες ντροπές, μερικές ενοχές, μόνο ένας ηλίθιος δεν απογοητεύεται κάποιες φορές στη ζωή του. Ανακαλύπτοντας με νοσταλγία το παρελθόν μου, αποφάσισα ότι μπορούν να παραμεριστούν οι μικρότητες και οι ανοησίες της μέσης ηλικίας. Γνώρισα στη ζωή μου δύο δυνατές γυναίκες. Γυναίκες της φωτιάς, γυναίκες με πνευματικές ανησυχίες, τη Σόνια με τους εγωισμούς της και τη διάθεση για έντονη ζωή, τη Λάουρα, την επαναστάτρια που δεν δίστασε να τολμήσει για να ξεπεράσει την αθλιότητα εκεί όπου η μοίρα την είχε τάξει... Πέρασα έντονες στιγμές κοντά τους, χαρές και λύπες απρόσμενες. Ευγνωμονώ όλες για ό,τι μού έδωσαν. Ο φίλος μου ο γκουρού αποκάλυψε τα μυστικά της ινδικής φιλοσοφίας. Πίστεψα στις θεωρίες του και ίσως για αυτό έχω απαλλαγεί από το φόβο του θανάτου. Δεν πίστεψα ούτε έψαξα να βρω παρηγοριά σε κανέναν θεό. Ένιωθα ότι ο θεός είναι μέσα μας, είναι μία φαντασίωση που δίνουμε στις βαθύτερες επιθυμίες μας. Όταν μάς καταλαμβάνει ο φόβος του θανάτου στρεφόμαστε στους θεούς, ενώ πρέπει να βρούμε παρηγοριά στον εαυτό μας. Έχω, επιτέλους, έχω αντικρίσει μια μεγάλη αλήθεια, την πιθανότητα για αταραξία, για αποδοχή, για μια σχετική γαλήνη. Στα γεράματα όλοι οι άνθρωποι καταλήγουν να είναι ίσοι. Τουλάχιστον στην ηλικία. Είμαστε ίσοι μπροστά στο θάνατο, αυτή είναι η υπέρτατη απόδειξη της δικαιοσύνης. Και τώρα «σαν έτοιμος από καιρό» αποχαιρετώ το μάταιο τούτο κόσμο και φεύγω για άλλους κόσμους, χωρίς κανένα φόβο ή πανικό.

Με αυτές τις σκέψεις ο Αλέξανδρος έφυγε ένα πρωινό από τη ζωή. Ο γκουρού παρέμεινε μέχρι την τελευταία στιγμή στο πλευρό του και με ανακούφιση διέκρινε ένα χαμόγελο να έχει μείνει χαραγμένο στη νεκρική του μάσκα. Εκεί ψηλά στο λόφο του κτήματος, δίπλα στο αγαπημένο του κυπαρίσσι, αγκαλιά με τη φύση που ξαναγεννιότανε, σε τόπο πλημμυρισμένο από μυρωδάτα αγριολούλουδα, εκεί θάψανε οι σύντροφοί του τον αγαπημένο τους Αλέξανδρο.

– Θα σε έχουμε πάντα στο νου μας Αλέξανδρε. Θα είσαι δίπλα μας, παρέα μας, να μιλάμε μαζί σου και να ακούμε τις συμβουλές σου.

Ο γκουρού θα έρχεται συχνά να μάς βοηθά να επικοινωνούμε με το πνεύμα σου. Δεν ξεχνάμε τα λόγια του όταν μας ανήγγειλε το θάνατό σου.

– Οι θνητοί πεθαίνουνε δύο φορές. Μία φορά με το φυσικό τους θάνατο και μία δεύτερη και οριστική όταν ξεχαστούν και δεν μνημονεύονται από τους ανθρώπους που ζήσανε μαζί. Εμείς θα φροντίσουμε να μην πεθάνεις ποτέ για δεύτερη φορά!

Με αυτά τα παρηγορητικά λόγια η Λάουρα έκλεισε δακρυσμένη τον κύκλο της ζωής του μεγάλου της φίλου.

Το πλατανόφυλλο θαρρείς και δίπλωσε τα φύλλα του να αγκαλιάσει τον αγαπημένο τους και να του χαρίσει την αθανασία εκεί δίπλα στα αθάνατα τα απολιθωμένα δέντρα...

ΤΕΛΟΣ